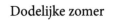

Dodelijke zomer

Antonio Hill

Dodelijke zomer

Vertaald door M. Vanderzee

SIGNATUUR

2012

Omslagontwerp: Wil Immink Design
Omslagbeeld: Gloria Miguelez/ Arcangel Images
Foto auteur: Jaime Recoder
Typografie: Pre Press Media Groep, Zeist
Druk- en bindwerk: Koninklijke Wöhrmann, Zutphen

ISBN 978 90 5672 430 6
NUR 305

Dit boek is gedrukt op papier dat het keurmerk van de Forest Stewardship Council (FSC®) mag dragen. Bij dit papier is het zeker dat de productie niet tot bosvernietiging heeft geleid. Een flink deel van de grondstof is afkomstig uit bossen en plantages die worden beheerd volgens de regels van FSC. Van het andere deel van de grondstof is vastgesteld dat hiervoor geen houtkap in de laatste resten waardevol bos heeft plaatsgevonden. Daarom mag dit papier het FSC Mixed Sources label dragen. Voor dit boek is het FSC-gecertificeerde Munkenprint gebruikt. Dit papier is 100% chloor- en zwavelvrij gebleekt en wordt geleverd door Arctic Paper Munkedals AB, Zweden.

vroeger

Ik heb al lang niet meer aan Iris gedacht en al evenmin aan de zomer waarin ze stierf. Ik neem aan dat ik haar heb willen vergeten, zoals ik eerder alle nachtmerries en ellende uit mijn jeugd uit mijn herinnering had gewist. En nu, nu ik me haar dan wel herinner, zie ik alleen maar de laatste keer voor me dat ik haar heb gezien, alsof die beelden alle voorafgaande hebben bedolven. Ik hoef mijn ogen maar te sluiten of ik ben weer in die grote kampeerboerderij, in de slaapzaal met lege bedden, die op de volgende groep kinderen staan te wachten. Ik ben zes, op kamp, en kan niet slapen omdat ik bang ben. Nee, ik lieg. Die nacht gedroeg ik me juist moedig: ik trok me niets aan van de regels en ging in het donker op zoek naar Iris. Maar toen ik haar vond dreef ze dood in het zwembad, met een heleboel poppen om zich heen.

woensdag

1

Meteen toen zijn wekker begon te rinkelen zette Héctor hem uit. Het was acht uur 's ochtends. Hoewel hij uren wakker had gelegen, voelde hij zich zwaar en slaperig, en hij kwam slechts met moeite uit bed om te gaan douchen. Het koude water maakte hem klaarwakker en leek zijn jetlag bijna helemaal weg te spoelen. Gistermiddag was hij namelijk vanuit Buenos Aires teruggekeerd naar Barcelona, met een vlucht waaraan geen einde leek te komen, en die zelfs nog veel langer had geduurd dan normaal omdat zijn koffer spoorloos was verdwenen en hij lang bij de bagagebalie had moeten wachten voordat ze hem duidelijkheid konden geven. De medewerkster die hem hielp – en die in een vroeger leven ongetwijfeld een vreselijk strenge gouvernante in Engeland was geweest – keek hem vol weerzin aan, alsof zijn koffer een levend wezen was dat op eigen initiatief een andere, veel sympathiekere eigenaar had gezocht.

Hij droogde zich goed af en stelde geïrriteerd vast dat het zweet alweer van zijn voorhoofd liep: zo heet waren de zomers in Barcelona nu. Vochtig en kleverig als een smeltend ijsje. Met de handdoek om zijn middel gewikkeld keek hij naar zichzelf in de spiegel. Hij zou zich eigenlijk moeten scheren. Ach, onzin! Hij liep terug naar de slaapkamer en zocht in de halflege kast naar een onderbroek. Gelukkig maar dat in de verdwenen koffer alleen zijn winterkleding zat. Een overhemd met korte mouwen en een broek had hij dan ook zo gevonden. Daarna ging hij op blote voeten op het bed zitten en haalde diep adem. Omdat de jetlag toch nog niet helemaal was verdwenen, kon hij amper de verleiding weerstaan om weer te gaan liggen, zijn ogen te sluiten en de afspraak te vergeten die hij om tien uur had, hoewel hij goed wist dat hij daartoe niet in staat was. Héctor Salgado ging namelijk altijd naar zijn afspraken. Al heb ik een afspraak met mijn eigen beul, zei hij in zichzelf met een spottend lachje. Met zijn rechterhand zocht hij op het nachtkastje naar zijn mobiele telefoon. De batterij was bijna leeg en het schoot hem plots te binnen dat de oplader in die vervloekte koffer zat. Gisteren had hij zich te moe gevoeld om met iemand te bellen, hoewel hij diep in zijn hart misschien wel had gehoopt dat zij hem zouden bellen. Hij zocht in de agenda het nummer van Ruth en staarde een paar seconden naar het schermpje alvorens op de groene toets te drukken. Hij belde haar altijd op haar mobiele telefoon, ongetwijfeld om er niet aan herinnerd te worden dat ze ook een vast nummer had. Een huis. Een relatie. Hij hoorde haar slaperige stem in zijn oor fluisteren: 'Héctor ...'

'Heb ik je wakker gemaakt?'

'Nee ... Nou ja, een beetje.' Op de achtergrond hoorde hij gesmoord gelach. 'Maar ik moest toch opstaan. Wanneer ben je aangekomen?'

'Het spijt me. Gistermiddag, maar die klootzakken zijn mijn koffer kwijt en dat heeft me een halve dag gekost. De batterij van mijn mobieltje is bijna leeg. Ik wilde alleen maar even laten weten dat ik goed ben aangekomen.'

Plotseling voelde hij zich volkomen belachelijk. Als een kind dat zijn mond niet kan houden.

'Hoe was je reis?'

'Rustig,' loog hij. 'Zeg, slaapt Guillermo nog?'

Ruth lachte.

'Altijd wanneer je uit Buenos Aires terugkomt heb je een Argentijns accent. Guillermo is er niet – had ik je dat niet verteld? Hij is een paar dagen naar het strand, in het huis van een vriend,' antwoordde ze. 'Maar ongetwijfeld slaapt hij nu,' voegde ze er meteen aan toe.

'Vast, ja.' Er viel een stilte, iets wat de laatste tijd wel vaker gebeurde wanneer ze met elkaar praatten. 'En hoe is het met hem?'

'Met hem goed, maar als hij nog lang zo opstandig blijft, zweer ik dat ik hem voldoende gefrankeerd naar je retour zend.' Ruth lachte.

Hij herinnerde zich haar lach en de felle glans die ze daarbij altijd in haar ogen kreeg. Ze veranderde van toon: 'Zeg, Héctor, weet je al iets meer over wat er met je op je werk gaat gebeuren?'

'Om tien uur heb ik een afspraak met commissaris Savall.'

'Oké, vertel me daarna hoe het gegaan is.'

Opnieuw viel er een stilte.

'Zullen we samen lunchen?' vroeg Héctor op gedempte toon. Haar antwoord bleef langer uit dan nodig was.

'Het spijt me, maar ik heb al een afspraak.' Even dacht hij dat de batterij van zijn mobieltje nu helemaal leeg was, maar uiteindelijk ging haar stem verder: 'We kunnen later afspreken om koffie te drinken ...'

Toen was het echt afgelopen. Voordat hij antwoord kon geven was zijn mobieltje in een dood stuk metaal veranderd. Hij keek er woedend naar. Vervolgens viel zijn blik op zijn blote voeten. En alsof het korte telefoongesprek hem veel energie gegeven had, sprong hij overeind en liep naar de kast vol lege kleerhangers.

Héctor woonde op de bovenste etage van een pand met drie verdiepingen. Niets speciaals, een van die vele typische woningen in de Poblenou-buurt, vlak bij een metrostation en een paar straten verwijderd van een *rambla* die in geen enkele reisgids voorkwam. Het enige opmerkelijke aan zijn woning was de huur, die niet was gestegen toen de buurt – vlak bij het strand – het air van een betere wijk had gekregen, en het dakterras, dat in de praktijk alleen voor hem was omdat de tweede etage leegstond en op de eerste een vrouw van bijna zeventig woonde, de eigenaresse, die helemaal geen zin had om trappen te klimmen. Hij had het dakterras samen met Ruth opgeknapt, het deels overdekt, planten neergezet, die nu stonden weg te kwijnen, en een tafel met stoelen om er op zomeravonden te kunnen eten. Sinds Ruth was vertrokken was hij er bijna niet meer geweest.

De deur van de eerste etage ging precies op het moment dat hij langsliep open, en Carmen, de eigenaresse, kwam naar buiten om hem te begroeten.

'Héctor,' zei ze lachend. Zoals altijd bedacht hij dat hij later net zo opgewekt als deze aardige vrouw zou willen zijn. Of beter nog: dat hij iemand zoals zij aan zijn zijde zou willen hebben. Hij bleef staan en gaf haar enigszins onhandig een kus op haar wang. Zulke blijken van tederheid gingen hem nooit zo goed af. 'Gisteren hoorde ik gestommel boven, maar ik dacht dat je wel moe zou zijn van de reis. Wil je een kopje koffie? Ik heb net gezet.'

'Begin je me alweer te vertroetelen?'

'Wat een onzin,' antwoordde ze beslist. 'Voor je de straat op gaat moet je goed ontbijten. Kom naar de keuken.'

Héctor volgde haar gehoorzaam. Het huis rook naar verse koffie. 'Ik heb je koffie gemist, Carmen.'

Terwijl ze een grote kop koffie voor hem inschonk, waar ze een paar druppels melk en een lepeltje suiker aan toevoegde, keek ze hem met gefronste wenkbrauwen aan.

'Ja, voor je de straat op gaat moet je goed ontbeten hebben ... en goed geschoren zijn,' zei ze nadrukkelijk.

'Alsjeblieft, wees niet zo hard voor me, Carmen. Ik ben net thuis,' smeekte hij.

'En gedraag jij je niet als een slachtoffer. Hoe gaat het trouwens met je?' Ze keek hem teder aan. 'Hoe was het in je land? Ach, en steek gerust een sigaret op. Ik weet dat je ernaar snakt.'

'Je bent echt geweldig, Carmen.' Hij haalde een pakje sigaretten tevoorschijn en stak er een op. 'Ik kan maar niet begrijpen dat je niet aan de haak bent geslagen door een rijke oude kerel.'

'Dat komt doordat ik helemaal niet van oude kerels hou! Toen ik vijfenzestig werd, keek ik om me heen en zei tegen mezelf: Carmen, zo is het mooi geweest. Sluit je winkel en ga thuis films kijken ... Trouwens, nu ik het daar toch over heb: hier heb je de films terug die je me had uitgeleend. Ik heb ze allemaal gezien,' zei ze vol trots.

De filmcollectie van Héctor zou menig filmfan groen hebben doen zien van jaloezie en liep van de klassieke Hollywood-films, waar Carmen zo dol op was, tot aan de allernieuwste. De films stonden schijnbaar ordeloos in een kast die een hele muur van zijn huis besloeg en wanneer hij niet kon slapen, haalde Héctor er altijd op goed geluk een paar uit om er op de bank naar te gaan liggen kijken.

'Fantastisch,' ging Carmen verder. Ze was een enorme fan van Grace Kelly, op wie ze, naar haar eigen zeggen, leek toen ze jong was. 'Maar probeer maar niet van onderwerp te veranderen. Hoe is het met je?'

Héctor blies langzaam de rook uit en dronk vervolgens zijn koffie op. De blik van die vrouw bood geen enkele mogelijkheid om te ontsnappen: met haar blauwe ogen moest ze heel wat mannen het hoofd op hol hebben gebracht. Carmen behoorde niet tot het slag oude vrouwen dat ervan geniet eindeloos over het verleden te vertellen, maar dankzij Ruth wist Héctor dat ze minstens twee echtgenoten had gehad – 'Ik ben die arme stakkers allang vergeten,' had ze daarbij gezegd – en een minnaar – 'Zo'n schoft die je nooit meer vergeet.' Maar desondanks had hij voor haar oude dag gezorgd door haar dat huis met drie etages na te laten, waaraan ze zelfs nog meer zou kunnen verdienen als ze de tweede etage niet voor haar zoon had gereserveerd, die een paar jaar geleden was vertrokken en nooit was teruggekeerd.

Héctor schonk nog een beetje koffie in alvorens antwoord te geven: 'Jou kan ik niet voor de gek houden, Carmen.' Hij probeerde te glimlachen maar door zijn vermoeide gezicht en droevige ogen lukte dat niet zo best. 'Vergeef me dat ik het zo zeg, maar het is één grote klotezooi. En dat is het al een hele tijd.'

Dossier 1231-R.
H. Salgado
Nog niet afgesloten.

Deze drie regeltjes stonden met zwarte stift op een geel papiertje geschreven dat op een map van dezelfde kleur was geplakt. Zonder ze te lezen sloeg commissaris Savall meteen de map open en begon erin te bladeren. Alsof hij de inhoud niet al uit zijn hoofd kende. Verklaringen. Processen-verbaal. Medische rapporten. Grof politiegeweld. Foto's van de verwondingen die door dat vreselijke pak slaag waren veroorzaakt. Foto's van dat arme Nigeriaanse meisje. Foto's van de woning in de Raval-buurt waar de meisjes opgesloten zaten. Zelfs een paar krantenknipsels; sommige – niet veel, godzijdank – deden op een wel heel speciale, hetzerige manier verslag van de gebeurtenissen door erg veel nadruk te leggen op zaken als onrechtvaardigheid, racisme en machtsmisbruik. De commissaris sloeg de map hard dicht en keek naar de klok op zijn bureau. Het was tien over negen. Nog vijftig minuten. Hij was net een stukje naar achteren geschoven met zijn stoel om zijn benen te kunnen strekken, toen er iemand op de deur klopte en vrijwel onmiddellijk binnenkwam.

'Is hij er al?' vroeg de commissaris.

De vrouw die zijn kantoortje was binnengekomen schudde haar hoofd zonder te vragen wie hij bedoelde en legde haar handen heel langzaam op de rugleuning van de stoel die voor het bureau stond. Ze keek hem recht aan en zei: 'Wat denk je eigenlijk tegen hem te gaan zeggen?' De vraag klonk als een beschuldiging, als een kort spervuur van woorden.

Savall haalde bijna onmerkbaar zijn schouders op.

'Precies wat we weten. Wat wil je anders dat ik tegen hem zeg?'

'Nou dat klinkt geweldig.'

'Martina ...' begon hij, met de bedoeling haar onverbiddelijk het zwijgen op te leggen, maar omdat hij haar erg waardeerde was hij niet in staat kwaad te worden en veranderde hij van toon. 'Ik kan geen kant op, verdomme.'

Ze gaf echter niet op. Nadat ze de stoel een eindje naar achteren had getrokken, ging ze zitten en ze schoof naar het bureau toe.

'Wat willen ze nog meer? Die kerel is inmiddels uit het ziekenhuis ontslagen. Hij zit thuis en is weer even hard bezig met zijn kwakzalverij als eerst ...'

'Hou je mond, Martina!' riep Savall. Hij was even volkomen van zijn stuk gebracht en het zweet liep van zijn voorhoofd. En dat terwijl hij zich toen hij vanochtend was opgestaan had voorgenomen zijn kalmte te bewaren. Maar hij was ook maar een mens. Hij sloeg opnieuw de gele map open en haalde de foto's eruit. Die legde hij een voor een op tafel, alsof het de winnende kaarten in een pokerspel waren. Een gebroken kaak. Twee gekneusde ribben. Hoofd- en buikwonden. Een gezicht vol blauwe plekken. En dat alleen maar omdat Héctor zich niet had kunnen inhouden en even bij die klootzak op bezoek was gegaan. Het was nog een geluk bij een ongeluk dat hij geen inwendige bloedingen had opgelopen, want bij dat vreselijke pak slaag dat hij hem gegeven had was dat niet ondenkbaar geweest.

Martina wist dat allemaal. Ze wist ook dat als zij in zijn schoenen had gestaan, ze precies hetzelfde zou hebben gezegd. Maar als er iets was wat onderinspecteur Martina Andreu typeerde, dan was het wel haar onverbiddelijke trouw aan haar familie, collega's en vrienden. Voor haar was de wereld in twee duidelijk onderscheiden groepen verdeeld: de mensen die ze als de hare beschouwde en de rest. Héctor Salgado behoorde ongetwijfeld tot de eerste groep. Vandaar dat ze op hoge toon in de tegenaanval ging, met een stem waarin een vreselijke minachting doorklonk en die haar baas meer irriteerde dan de foto's die hij op het bureau had uitgestald: 'Waarom haal je die andere foto's niet voor de dag, die van dat meisje? Waarom laat je niet zien wat die zwartjoekel met dat arme meisje heeft uitgehaald?'

Savall zuchtte diep.

'Let een beetje op je woorden,' zei hij. De ergernis stond op Martina's gezicht te lezen. 'Dat is wel het laatste wat we nu kunnen gebruiken. En wat er met dat meisje is gebeurd rechtvaardigt op geen enkele manier Héctors agressie. Dat weten we allemaal. En wat nog erger is: de advocaat van die klootzak ook.' Hij dempte zijn stem; hij werkte al heel wat jaren met Andreu samen en hij vertrouwde haar meer dan wie ook van zijn ondergeschikten. 'Eergisteren was die hier namelijk op bezoek.'

Martina trok een wenkbrauw op.

'Ja, zijn advocaat ... ik ben even zijn naam kwijt. Ik heb hem simpelweg voor het blok gezet: óf hij trekt de aanklacht tegen Salgado in, óf zijn cliënt krijgt voortdurend bewaking van een agent, zelfs wanneer hij naar de wc gaat.'

'En?' vroeg Martina, en ze leek het respect voor haar baas te hebben hervonden.

'Hij zei dat hij met hem moest overleggen. Ik heb echt geprobeerd hem het mes op de keel te zetten. Off the record, natuurlijk. Hij had me toegezegd om me deze ochtend voor tien uur te bellen.'

'En als die klootzak akkoord gaat, wat heb je hem dan in ruil daarvoor beloofd?'

Savall kreeg geen tijd om te antwoorden. De telefoon op zijn bureau klonk als een wekker die afging. Hij gebaarde de onderinspecteur dat ze stil moest blijven en nam de hoorn van de haak.

'Ja?' zei hij terwijl hij heel even een verwachtingsvol gezicht trok, dat echter meteen weer even geërgerd stond als daarvoor. 'Nee, nee! Ik kan nu niet. Ik bel je straks terug.'

Terwijl hij de hoorn hard op de haak smeet zei hij tegen de onderinspecteur: 'Joana Vidal.'

Martina zuchtte diep.

'Al weer?'

De commissaris haalde zijn schouders op.

'Er is niets nieuws toch?'

'Nee, niets. Heb je het rapport gelezen? Het is zo klaar als een klontje. De jongen werd ergens door afgeleid en is uit het raam gevallen. Gewoon vette pech.'

Savall knikte instemmend.

'Een goed rapport, trouwens. Er ontbrak echt niets aan. Was dat niet van onze nieuwe collega?'

'Inderdaad. Ik heb het haar wel over laten doen, maar uiteindelijk was het goed.' Martina glimlachte. 'Het is een slim meisje.'

Wanneer inspecteur Andreu iemand prees moest je dat heel serieus nemen.

'Haar curriculum is perfect,' zei de commissaris. 'De beste van haar lichting, uitstekende referenties van haar superieuren, cursussen in het buitenland ... Zelfs Roca, die altijd bikkelhard is tegen nieuwelingen, heeft een lovend rapport over haar geschreven. Als ik me goed herinner, had hij het erover dat ze een aangeboren talent voor onderzoek heeft.'

Net toen Martina op het punt stond een van haar sarcastische feministische opmerkingen over het talent en het gemiddelde IQ van de mannelijke en vrouwelijke agenten van het korps te maken, rinkelde de telefoon opnieuw.

Precies op hetzelfde moment ging de jonge agent Leire Castro er in de kantine van het politiebureau toe over om behendig een van haar opvallendste karaktertrekken uit te leven: nieuwsgierigheid. Ze besloot een kopje koffie te nemen met een collega die al wekenlang steeds tersluiks naar haar had geglimlacht. Het leek een geschikte vent, zei ze bij zichzelf, en ze voelde zich dan ook een beetje schuldig dat ze hem gebruikte om naar inspecteur Salgado te vissen. Maar al vanaf het moment dat ze op het hoofdbureau op de Plaza de Espanya was komen werken, had ze slechts met grote moeite haar nieuwsgierigheid naar het raadsel Héctor Salgado weten te bedwingen. En nu, nu hij elk ogenblik weer kon verschijnen, kon ze zich echt niet langer meer inhouden.

Nadat ze koffie hadden ingeschonken en wat beleefdheden hadden uitgewisseld, viel Leire dan ook met de deur in huis. Tenslotte kon ze het zich ook niet permitteren om een halfuur lang in de kantine te blijven zitten kletsen.

'En hoe is hij? Inspecteur Salgado, bedoel ik,' vroeg ze, terwijl ze haar beste glimlach liet zien en haar verlangen naar een sigaret in de kiem smoorde.

'Ken je hem niet dan? Ach, natuurlijk, jij bent hier begonnen toen hij op vakantie ging.'

Leire knikte.

'Ik weet niet goed wat ik je moet vertellen,' ging haar collega verder. 'Een heel gewone vent – althans – dat leek zo.'

Hij lachte even. 'Met Argentijnen weet je het maar nooit.'

Leire probeerde haar teleurstelling zo goed mogelijk te verbergen. Ze had een hekel aan gemeenplaatsen en deze kerel met zijn vriendelijke glimlach had voor haar dan ook al meteen een paar punten verspeeld. Dat moest hij gemerkt hebben, want hij sloofde zich echt uit om haar nog meer te vertellen.

'Als je me een paar dagen voor dit alles gebeurde naar hem had gevraagd, zou ik hebben gezegd dat hij een rustige man was. Hij verhief nooit zijn stem. Efficiënt. Een beetje nors, maar geduldig. Ongetwijfeld een goede agent ... Erg consciëntieus, zoals een echte politieman betaamt. Maar plotseling heeft hij een black-out gekregen en is volkomen door het lint gegaan. Eerlijk gezegd waren we allemaal stomverbaasd. Ons imago is toch al niet zo goed, maar als een agent op deze manier buiten zijn boekje gaat wordt het er natuurlijk niet beter op.'

Daar had hij inderdaad gelijk in, dacht Leire. En omdat haar collega even zweeg vroeg ze meteen: 'Wat is er gebeurd dan? Ik heb iets in de krant gelezen maar ...'

'Nou, hij is echt over de schreef gegaan,' zei haar collega, die hier een duidelijke mening over leek te hebben. 'Niemand zegt dat hardop omdat hij inspecteur is en de commissaris hem erg waardeert, maar het is echt zo. Hij heeft die kerel half doodgeslagen. Ze zeggen dat hij daarna zijn ontslag heeft ingediend, maar de commissaris wilde daar niets van weten. In plaats daarvan heeft hij hem een maand met vakantie gestuurd, zodat hij tot bedaren kon komen. En het moet worden gezegd dat de pers zich vrij rustig heeft gehouden over deze zaak. Het had in elk geval nog veel erger gekund.'

Leire nam nog een slokje van haar koffie. Die smaakte haar niet goed. Ze snakte naar een sigaret, maar ze had besloten er pas na de lunch een op te steken en dat duurde nog zeker vier uur. Ze haalde diep adem in de hoop zo haar hevige verlangen naar nicotine te kalmeren. Maar dat trucje hielp niet veel. Haar collega gooide zijn plastic bekertje in de vuilnisbak.

'Als het moet ontken ik alles wat ik je heb verteld,' zei hij met een glimlach. 'Je kent dat: allen voor één en één voor allen, zoals de drie musketiers. Maar dit is toch echt iets wat niet helemaal in de haak is. Nu moet ik gaan: de plicht roept.'

'Natuurlijk,' antwoordde ze afwezig. 'Tot ziens.'

Ze bleef nog even in de kantine zitten nadenken over wat ze in de krant over de zaak van inspecteur Salgado had gelezen. In maart, nauwelijks vier maanden geleden, had Héctor Salgado een operatie geleid tegen vrouwenhandel. Zijn team zat al minstens een jaar achter een bende aan die jonge meisjes uit Afrika haalde, vooral uit Nigeria, om hen in bordelen in verschillende buurten van Barcelona te stoppen. Hoe jonger, hoe beter, natuurlijk. De meisjes uit Oost-Europa en Zuid-Amerika waren inmiddels niet meer zo in trek, omdat ze te slim en te veeleisend waren. De klanten wilden timide, jonge negerinnen om hun laagste lusten te kunnen botvieren, terwijl de handelaars zelf deze meisjes, die analfabeet waren en erg gedesoriënteerd, veel makkelijker onder de duim konden houden. Omdat de meisjes in vreselijk armoedige omstandigheden leefden, wisten de handelaars hen eenvoudig met de vage belofte van een betere toekomst mee te lokken. Maar dat was natuurlijk pure onzin. Soms vroeg Leire zich af hoe die meisjes zo blind konden zijn. Hadden ze ooit weleens een meisje dat vóór hen was vertrokken terug zien keren als een rijke vrouw, in staat om haar familie van de armoede te verlossen? Niet dus; het ging hier slechts om een vlucht vooruit, een wanhoopsdaad waartoe velen door hun eigen ouders en echtgenoten werden gedwongen, zonder dat ze iets te kiezen hadden. De meisjes reisden ongetwijfeld bang, maar hoopvol naar Europa, om uiteindelijk in een smerig kamertje te belanden waar hun in één klap duidelijk werd dat hoop niet voor hen was weggelegd. Er wachtte hun geen beter leven, maar alleen overleven. En de smeerlappen die hen in handen hadden, een bende criminelen en voormalige prostituees, peperden hun op alle mogelijke manieren in waarom ze eigenlijk hier waren en welke afschuwelijke verplichtingen ze hadden.

Haar mobieltje vibreerde in haar broekzak. Het knipperende rode lichtje duidde op een sms'je. Toen ze de naam van de afzender zag, moest ze glimlachen: Javier. Een meter tachtig, donkere ogen, precies de goede hoeveelheid haar op zijn bruinverbrande borst en een getatoeëerde poema op zijn onderbuik. En bovendien was hij ook nog eens aardig, dacht Leire, terwijl ze het sms'je begon te lezen: HOI, IK BEN NET WAKKER EN JE BENT ER AL NIET MEER. WAAROM VERDWIJN JE STEEDS ZONDER IETS TE ZEGGEN? ZIEN WE ELKAAR VANAVOND WEER EN BRENG JE ME DAN MORGENOCHTEND ONTBIJT OP BED? IK MIS JE. KUSJES.

Leire bleef eventjes naar haar mobieltje staren. Nou die Javier laat er geen gras over groeien. Ongetwijfeld was het een geweldige knul, hoewel niet al te snugger. En van vroeg opstaan hield hij ook al niet, dacht ze, terwijl ze op haar horloge keek. Bovendien was er door zijn sms'je bij haar een welbekend alarm afgegaan, iets waar ze niet zomaar even overheen wilde stappen: zo'n licht dat onmiddellijk aanflitste bij mannen die al meteen na een paar liefdesnachten kapsones kregen en van haar eisten dat ze hun ontbijt op bed bracht. Gelukkig waren dat er maar weinig. De meesten accepteerden zonder problemen het spel dat zij openlijk speelde: dat van gezond seksueel verkeer zonder moeilijk te doen of vragen te stellen. Maar altijd zat er wel eentje bij, zoals Javier, die dat blijkbaar niet helemaal begreep. Dat was jammer, dacht ze, terwijl ze razendsnel een antwoord schreef waaruit moest blijken dat hij precies tot de kleine groep mannen behoorde waar zij niets van moest hebben. VANAVOND KAN IK NIET. TROUWENS, ONTBIJT IS NIET BIJ DE OVERNACHTING INBEGREPEN. DUS JE KUNT MAAR BETER EEN ANDER HOTEL ZOEKEN! Ze herlas het sms'je en in een aanval van medelijden wiste ze de zin over het zoeken van een ander hotel. Dat was alleen maar onnodige wreedheid, sprak ze zichzelf vermanend toe. Ze verstuurde het sms'je en hoopte maar dat Javier zou begrijpen dat ze hem niet meer wilde zien, maar voordat ze haar koffie opdronk zette ze voor alle zekerheid toch maar haar mobieltje uit. Bij de laatste slok, die al lauw was, keerde haar maag zich om. Zweetdruppels parelden op haar voorhoofd. Voor de tweede keer haalde ze diep adem, terwijl ze dacht dat ze het nu toch niet langer meer kon uitstellen. De misselijkheid die ze de laatste tijd steeds 's ochtends voelde moest een oorzaak hebben. Vandaag nog ga je naar de apotheek, beval ze zichzelf, hoewel ze donders goed wist dat dat eigenlijk niet nodig was. Dat het antwoord op haar vraag besloten lag in het verrukkelijke weekend dat ze een maand geleden had gehad.

Langzaamaan herstelde ze zich en een paar minuten later was ze in staat om naar haar bureau terug te lopen. Net toen ze achter haar computer ging zitten en aan de slag wilde gaan, zag ze dat er iemand het kantoor van commissaris Savall binnenging.

De man die al bij de commissaris in het kantoor zat toen Héctor Salgado binnenkwam probeerde zijn brood te verdienen als advocaat, maar door al zijn gestuntel leek hij geen erg rooskleurige toekomst te hebben. Het was duidelijk dat hij zich in de hoek gedreven voelde doordat zowel de commissaris als de inspecteur hem voortdurend het vuur na aan de schenen legde.

Voor de vierde keer in tien minuten wiste Damián Fernández met hetzelfde verfrommelde papieren zakdoekje het zweet van zijn voorhoofd alvorens te antwoorden op een vraag.

'Dat heb ik u al verteld. Eergisteren, om negen uur 's avonds, ben ik bij dokter Omar geweest.'

'En hebt u hem mijn voorstel overgebracht?'

Héctor wist niet over welk voorstel Savall het had, maar hij kon zich daar wel iets bij indenken. Hij keek zijn baas dan ook instemmend aan, al bleef in zijn ogen nog altijd woede zichtbaar. Elke deal met die klootzak, zelfs als hij daardoor zijn eigen hachje kon redden, sneed dwars door zijn ziel.

Fernández knikte en maakte de knoop van zijn stropdas wat losser, alsof hij dreigde te stikken.

'Woord voor woord,' zei hij bijna rochelend. 'Ik heb hem verteld ... dat er eigenlijk geen enkele reden is om dat voorstel te accepteren. U hebt namelijk praktisch geen bewijs tegen hem.' De advocaat moest de woede van het gezicht van de commissaris hebben afgelezen, want hij begon zichzelf onmiddellijk te rechtvaardigen: 'Dat is gewoon de waarheid. Nu dat meisje dood is, valt onmogelijk te achterhalen of ze het slachtoffer is geworden van vrouwenhandel ... En zelfs van malafide praktijken kunt u Omar niet beschuldigen, want hij is niet eens arts. Op die manier zou u alle kaartleggers, kwakzalvers en wichelaars van Barcelona moeten arresteren ... en daar hebt u niet eens genoeg celruimte voor. Desondanks,' bracht hij haastig naar voren, 'heb ik hem duidelijk voorgehouden dat de politie erg vasthoudend kan zijn en dat het, omdat hij intussen is hersteld van het pak slaag dat hij had gekregen,' – en bij deze woorden wierp hij een vluchtige blik in de richting van inspecteur Salgado, die geen spier vertrok – 'misschien maar beter is om de hele zaak te vergeten ...'

De commissaris slaakte een zucht van verlichting.

'U hebt hem dus weten te overtuigen?'

'Ik dacht van wel ... Nou, ja,' krabbelde hij terug, 'in feite heeft hij alleen gezegd dat hij erover na zou denken en dat hij me de volgende dag zou bellen om me een antwoord te geven.'

'Maar dat heeft hij niet gedaan.'

'Nee. Ik heb gisteren verschillende keren naar zijn praktijk gebeld, maar hij nam niet op. Dat verbaast me overigens niet, want wanneer de dokter aan het werk is neemt hij nooit de telefoon op.'

'Dus bent u hem vanmorgen vroeg maar gaan opzoeken.'

'Ja. Tenslotte had ik een afspraak met u, en tja ...' zei hij weifelend, 'ik heb nu ook niet zoveel te doen.'

Nee, en dat zal ook wel zo blijven, dachten Savall en Salgado tegelijk, zonder dat hardop te zeggen.

'En om negen uur bent u bij hem langsgegaan.'

Fernández knikte. Hij moest slikken. Dat hij bleek zag was nog zacht uitgedrukt.

'Hebt u een glaasje water voor me?'

De commissaris zuchtte diep.

'Hierbinnen niet. We zijn bijna klaar. Gaat u alstublieft door, meneer Fernández.'

'Het was nog geen negen uur. De bus ging sneller dan normaal en ...'

'Komt u ter zake, alstublieft!'

'Ja, ja. Wat ik bedoel is dat ik, ook al was ik te vroeg, naar zijn huis ben gegaan. Maar toen ik op het punt stond aan te bellen, zag ik dat de deur op een kier stond.' Hij stopte even. 'Nou ja, ik dacht dat ik wel door kon lopen; tenslotte had het best zo kunnen zijn dat hem iets overkomen was.' Opnieuw moest hij slikken, en het papieren zakdoekje rafelde uiteen toen hij probeerde het zweet af te vegen. 'Het rook ... Het rook vreemd. Een rottingslucht. Ik riep zijn naam terwijl ik naar het kantoor aan het eind van de gang liep ... Ook de deur daarvan stond op een kier en ... ik duwde hem langzaam verder open. Mijn lieve god!'

De rest had hij de commissaris al aan het begin verteld, toen Héctor Salgado er nog niet was. De varkenskop op het bureau. Alles onder het bloed. En van de dokter zelf geen spoor te bekennen.

'Dat ontbrak er nog maar aan,' mompelde de commissaris zodra de zenuwachtige advocaat de deur uit was. 'De kranten duiken natuurlijk weer onmiddellijk als aasgieren boven op ons.'

Héctor dacht dat gieren altijd erg omzichtig op hun prooi af gingen, maar hield wijselijk zijn mond. Hoe dan ook, hij kreeg geen tijd om een opmerking te maken, want Savall had onmiddellijk de hoorn van de haak genomen en toetste een nummer in.

Even later stapte onderinspecteur Andreu het kantoor binnen.

Martina wist niet wat er aan de hand was, maar omdat het gezicht van haar baas niet veel goeds voorspelde ging ze – na Héctor met een knipoogje te hebben begroet – onmiddellijk zitten om naar hem te luisteren. Als het nieuws haar net zo verraste als hen, wist ze dat erg goed verborgen te houden. Ze luisterde aandachtig en stelde een paar goede vragen, alvorens ze de orders ging uitvoeren die de commissaris haar gaf. Héctor keek haar na terwijl ze naar buiten liep. Hij schrok op toen Savall plots zijn naam zei.

'Héctor. Luister eens goed naar me want ik vertel het je maar één keer. Ik heb mijn eigen positie voor jou op het spel gezet. Ik heb je tegenover de pers en mijn superieuren verdedigd. Ik heb alle mogelijkheden aangegrepen om deze zaak in de doofpot te stoppen. En ik heb die kerel bijna zo ver dat hij zijn aanklacht intrekt. Maar als jij naar zijn huis gaat of je met het onderzoek bemoeit, ook al is het maar één minuut, dan houdt alles op. Is dat duidelijk?'

Héctor sloeg zijn benen over elkaar. Aan zijn gezicht was te zien dat hij diep nadacht.

'Nou, ik ben anders degene wiens kop kan gaan rollen,' zei hij uiteindelijk. 'Ben je het dan niet met me eens dat ik ook het recht heb om te beslissen waarom hij wordt afgehakt?'

'Dat recht heb je verspeeld, Héctor. De dag dat je die klootzak een pak slaag hebt gegeven heb je dat verspeeld. Je weet dat je in de fout bent gegaan en nu zul je ook de consequenties moeten dragen.'

Héctor wist dat natuurlijk erg goed maar op dat moment maakte het hem helemaal niets meer uit. Berouw had hij al evenmin: de aframmeling die hij die kerel had gegeven leek hem terecht en verdiend. Het was alsof hij plots was teruggekeerd naar zijn jeugd in een buurt in Buenos Aires waar meningsverschillen met een paar klappen werden opgelost bij de deur van de school, je thuiskwam met een gescheurde lip en je met het smoesje moest aankomen dat je bij het voetballen keihard een bal in je gezicht had gekregen. Hij had nog altijd een beetje de opstandigheid van de puber, iets wat absurd was en volkomen ongepast voor een agent die kortgeleden drieënveertig was geworden.

'En dat meisje is iedereen natuurlijk allang vergeten?' vroeg Héctor verbitterd. Een zwakke verdediging, maar het was de enige die hij had.

'Wanneer dringt het eindelijk eens tot die botte hersens van je door, Salgado,' zei Savall, die tegen wil en dank zijn stem verhief, 'dat je volkomen buiten je boekje bent gegaan? Voor zover we weten is er helemaal geen contact geweest tussen die dokter Omar en het meisje nadat we de woning waren binnengevallen waar de meisjes opgesloten zaten. We kunnen zonder dat meisje trouwens niet eens bewijzen dat er voor die tijd contact tussen hen is geweest. Ze was naar een opvanghuis voor minderjarigen overgebracht. En op de een of andere manier kreeg ze daar de kans om ... dit te doen.'

Héctor knikte.

'Ik ken de feiten, baas.'

Maar de gruwelijkheid van de feiten tartte elke beschrijving. Zoals haar gezicht, waarin, ook al was ze dood, een verschrikkelijke angst tot uitdrukking kwam. Kira was nog geen vijftien en praatte geen woord Spaans, en al evenmin een andere Europese taal, en desondanks had ze het nieuws gehaald. Ze was klein en erg slank, en in haar gladde poppengezicht schitterden een paar felle ogen, waarvan de kleur het midden hield tussen amber en kastanje en die Héctor erg bijzonder leek. Voor Kira uit haar land was vertrokken, op zoek naar een betere toekomst, had ze zoals de andere meisjes deelgenomen aan een ritueel dat *ju-ju* heette. Daarbij moesten ze eerst water drinken dat was gebruikt bij een lijkwassing en vervolgens moesten ze schaamhaar of menstruatiebloed afstaan, dat op een altaar werd geofferd. Door dit ritueel verbonden ze zich ertoe de vrouwenhandelaars niet aan te geven, de reissom te betalen en zonder tegenstand te gehoorzamen. Meisjes die zich daar niet aan hielden stond een verschrikkelijke dood te wachten en vaak moesten ook achtergebleven familieleden het ontgelden. Dit lot had Kira moeten ondergaan en niemand had ooit vermoed dat er uit haar broodmagere lichaam zoveel bloed kon vloeien.

Héctor probeerde het beeld uit zijn gedachten te bannen, hetzelfde beeld waardoor hij eerder razend was geworden en dokter Omar was gaan opzoeken met de bedoeling hem helemaal in elkaar te slaan. De naam van de dokter was tijdens het onderzoek al verschillende keren gevallen, omdat hij zogenaamd over de gezondheid van de meisjes waakte. De angst die de meisjes vertoonden wanneer ze de naam van de 'dokter' hoorden, wees er echter op dat zijn activiteiten heel wat meer inhielden dan louter medische verzorging. Niet één van hen durfde ook maar iets te zeggen over deze sluwe kerel, die de meisjes een voor een of met twee tegelijk in zijn praktijk ontving. De zwaarste beschuldiging die men hem ten laste kon leggen was dat hij nergens naar had gevraagd en op zulke gronden kon die kwakzalver, die in zijn dubieuze praktijk illegale immigranten hielp, natuurlijk nooit worden veroordeeld.

Maar Héctor had zich daarbij niet kunnen neerleggen en had het jongste en bangste meisje uitgekozen om haar met hulp van een tolk onder druk te zetten meer over dokter Omar te vertellen. Maar het enige wat hij uit haar had weten te krijgen – en dat op fluistertoon – was dat hij haar had onderzocht om te weten of ze nog maagd was en om haar er tussen neus en lippen door aan te herinneren dat ze precies moest doen wat de heren van haar verlangden. Dat was alles. De volgende dag werd ze gevonden in een plas bloed en met een schaar in haar hand, waarmee ze zichzelf verschrikkelijk had toegetakeld. In de achttien jaar dat Héctor bij de politie werkte had hij nog nooit zoiets afschuwelijks gezien en dat terwijl hij toch junks met volledig geperforeerde armen en slachtoffers van allerlei soorten geweldsmisdrijven onder ogen had gehad. Dit sloeg echt alles. Rond het verminkte lichaam van Kira hing een akelige, sinistere sfeer die met geen pen te beschrijven viel en die slechts met die van nachtmerries te vergelijken was.

'Nog iets anders,' ging Savall verder, alsof ze het zonder enige discussie eens waren over het vorige punt. 'Voordat je weer aan de slag kunt, zul je eerst een paar keer naar de politiepsycholoog moeten. Daar kom je niet onderuit. Je eerste afspraak is morgenochtend om elf uur. Laat dus alsjeblieft duidelijk zien dat je bij je volle verstand bent. En scheer je.'

Héctor protesteerde niet. Wat zijn baas hem zojuist had verteld, wist hij namelijk al. Ondanks alle goede voornemens die hij zich tijdens de lange vlucht naar Barcelona had gemaakt, kon het hem plotseling allemaal niets meer schelen. Behalve dan die bloederige varkenskop.

'Kan ik gaan?' vroeg hij.

'Een ogenblikje nog. Ik verbied je om ook maar iets tegen de pers te zeggen. Jouw zaak is nog lang niet opgelost en je mag je er niet over uitlaten. Is dat duidelijk?'

Toen Savall zag dat Héctor knikte, slaakte hij een zucht van verlichting en glimlachte. Héctor stond op om weg te gaan, maar de commissaris leek nog altijd niet bereid om hem te laten gaan.

'Hoe was het in Buenos Aires?'

'Ach ... soms heb je de indruk dat de stad elk moment in elkaar kan storten, maar uiteindelijk blijft alles toch gewoon overeind staan.'

'Het is een fantastische stad! En je bent een stuk dikker geworden!'

'Te veel barbecues – elke zondag had ik er wel eentje bij een van mijn vrienden. Het is moeilijk om nee te zeggen.'

De telefoon op Savalls bureau ging opnieuw over en Héctor wilde van de gelegenheid gebruikmaken om te vertrekken.

'Wacht even, nog niet weggaan. Ja ...? Verdomme ...! Zeg haar dat ik haar meteen bel ... Nou, dan zeg je het nog maar een keer!' Savall gooide woedend de hoorn op de haak.

'Problemen?' vroeg Héctor.

'Wat zou het leven zijn zonder problemen?' antwoordde Savall terwijl hij even zweeg. Dat deed hij meestal wanneer hij plotseling een idee kreeg en een momentje nodig had om dat onder woorden te brengen. 'Luister,' zei hij heel langzaam, 'ik geloof dat er iets is wat je voor me zou kunnen doen. Iets wat tussen ons moet blijven.'

'Wil je soms dat ik iemand een pak slaag geef? Daar draai ik mijn hand niet voor om.'

'Hè?' vroeg Savall afwezig, omdat hij nog altijd in gedachten was verzonken. 'Ga zitten.' Daarop haalde hij diep adem en knikte met een tevreden glimlach, alsof hij zojuist het licht had gezien. 'Ik werd daarnet gebeld door Joana Vidal.'

'Het spijt me, maar ik weet niet waar je het over hebt.'

'Ja, jij was er al niet meer toen dit is gebeurd. Het was in de Sint-Jansnacht.' Savall schoof een paar dossiers opzij tot hij vond wat hij zocht. 'Marc Castells Vidal, negentien jaar. Hij hield een klein feestje in zijn huis, alleen met een paar vrienden. Op een bepaald moment is hij uit zijn raam gevallen. Hij was op slag dood.'

'Het Superman-complex na een paar lijntjes coke?'

'Er zijn geen drugs in zijn bloed gevonden. Alcohol wel, maar niet heel erg veel. Klaarblijkelijk had hij de gewoonte om op de vensterbank een sigaret te roken. Misschien verloor hij zijn evenwicht en is hij gevallen; misschien is hij gesprongen ... Het was een rare jongen.'

'Op hun negentiende zijn alle jongens raar.'

'Maar ze vallen niet zomaar uit het raam,' antwoordde Savall. 'Het punt is dat Marc Castells de zoon was van Enric Castells. Die naam zegt je toch wel wat, of niet soms?'

Héctor dacht even na alvorens antwoord te geven.

'Vaagjes ... Een ondernemer of een politicus, is het niet?'

'Allebei. Hij was directeur van een bedrijf met meer dan honderd werknemers. Vervolgens stortte hij zich als makelaar op de huizenmarkt, en hij was een van de weinigen die zich terugtrokken voor die als een zeepbel uit elkaar spatte. En de laatste tijd wordt zijn naam steeds genoemd als mogelijke nummer twee van een politieke partij. Er zit veel beweging in de lijsten voor de volgende verkiezingen en men zegt dat er nieuwe gezichten nodig zijn. Op dit moment is er nog niets bevestigd, maar het is duidelijk dat er een paar rechtse partijen zijn die hem graag op hun lijst zouden willen hebben.'

'Succesvolle ondernemers verkopen altijd goed.'

'En nog meer in crisistijd. Nou ja, hoe dan ook, die jongen is uit het raam gevallen, of gesprongen. Punt. Verder is er geen enkele verdenking.'

'Ja, en?'

'Nou, zijn moeder wil dat niet aanvaarden. Zij belde net,' zei Savall terwijl hij Héctor met een veelbetekenende blik aankeek. 'Ze is de ex van Castells ... Een nogal vervelende geschiedenis. Joana liet haar man en Marc in de steek toen die een of twee was. Ze heeft hem alleen nog teruggezien bij de uitvaart.'

'Nou, fraaie boel.'

'Inderdaad. Ik kende Joana trouwens, voordat ze vertrok. We waren vrienden.'

'Ach, natuurlijk. De oude garde van Barcelona, samen gestudeerd, uiteraard. Ik vergeet altijd hoe sterk jullie aan elkaar verknocht zijn.'

Savall maakte een wegwerpgebaar.

'Zoals overal. Moet je horen, zoals ik al zei hebben we officieel geen enkele verdenking. Ik kan dan ook niemand op deze zaak zetten, vooral omdat ik toch al zo weinig inspecteurs heb en het zeer waarschijnlijk helemaal niets zal opleveren. Maar ...'

'Maar ik heb toch niets te doen.'

'Precies. Je hoeft er heus geen halszaak van te maken. Praat gewoon eens met de ouders en de vrienden van Marc die op het feestje waren. Zorg ervoor dat Joana zekerheid krijgt.' Savall sloeg zijn ogen neer. 'Jij hebt ook een zoon. Het enige wat ze vraagt is dat we de dood van haar zoon verder onderzoeken. Alsjeblieft.'

Héctor wist niet goed of zijn baas hem nu om een gunst vroeg of dacht dat hij dokter Omar nog steeds in het vizier had en daar een stokje voor wilde steken.

Savall reikte hem met een zuur glimlachje het dossier aan.

'Morgen houden we een bespreking met Andreu. Zij heeft samen met onze nieuwe collega aan deze zaak gewerkt.'

'Hebben we een nieuwe dan?'

'Ja, inderdaad, ik heb haar onder de hoede van Andreu geplaatst. Ze is weliswaar niet zo ervaren maar erg intelligent. De eerste in alle tests, een flitsende carrière. De jeugd is onstuitbaar.'

Héctor nam het dossier aan en stond op.

'Ik ben blij dat je weer bij ons bent,' zei Savall op plechtige toon. Hij trok echt alle registers open. Zijn gezicht deed Héctor op dat moment aan dat van Robert Duvall denken: vaderlijk, hard, minzaam en een tikkeltje glad. 'Ik wil dat je me precies op de hoogte houdt van de ontwikkelingen in deze zaak.' Het enige wat er nog aan ontbrak was dat hij er 'gedraag je netjes' of 'ik hoop dat ik hier geen spijt van krijg' aan toevoegde.

Ze gaven elkaar de hand.

'En vergeet niet,' zei Savall terwijl hij zachtjes in de hand van de inspecteur kneep, 'deze zaak blijft onder ons.'

Héctor maakte zijn hand los, maar de woorden van de commissaris bleven in zijn hoofd rondzoemen als een dikke bromvlieg die voortdurend tegen een ruit botst.

2

Voor het eerst sinds vele dagen voelde Joana zich wat kalmer. Ze was zelfs tevreden, of in elk geval opgelucht. Eindelijk had de politie gereageerd op haar gebel en was haar verzekerd dat de zaak niet op zijn beloop zou worden gelaten. 'We gaan dit tot op de bodem uitzoeken, Joana, ik beloof het je,' had Savall haar toegezegd. En dat was het enige wat ze wilde, de reden waarom ze in Barcelona was gebleven, een stad waaruit ze lang geleden was gevlucht en waar ze was teruggekeerd om de begrafenis van een zoon bij te wonen die ze eigenlijk niet kende.

Nu moest ze afwachten, zei ze tegen zichzelf terwijl ze door de hoge vertrekken ijsbeerde van het huis dat aan haar oma had toebehoord en waar al jaren niemand meer was geweest. De antieke, of liever gezegd oude meubels bedekt met vergeelde lakens gaven het geheel een spookachtige sfeer. De lakens in de slaap- en eetkamer had ze al weggehaald, maar ze wist dat de andere kamers, aan de overkant van de lange, smalle gang, nog vol stonden met die witachtige, doodstille silhouetten. Ze liep naar het balkon, waar een groen, halfkapot rolgordijn een rij bloempotten, waarin alleen kurkdroge aarde zat, tegen de zon beschermde. Terwijl ze het balkon op liep, kneep ze haar ogen dicht door het felle licht. Dit balkon vormde de grens tussen twee werelden: aan de ene kant de Calle Astúries, het hart van de Gràcia-buurt, die intussen in een alleen voor voetgangers toegankelijke winkelstraat was veranderd, waardoor zich een grote massa voortstuwde in kleren met vrolijke kleuren: rood, groen, lichtblauw; aan de andere kant de smoezelige muren van de woning, die ooit wit waren geweest maar met de jaren grijs waren geworden. Ze hoefde alleen maar het rolgordijn op te trekken om de woning in licht te laten baden en de levenden zich met de doden te laten verbroederen. Maar het was niet het juiste moment. Nog niet. Eerst moest ze besluiten waar haar plek was.

Vanwege de hitte liep ze weer naar binnen om in de keuken water te drinken. Hoewel ze nooit naar de kerk ging, voelde ze dat ze in het huis van haar oma tot rust kwam, alsof het haar eigen kerk was. En op haar vijftigste was die woning eigenlijk het enige wat ze bezat. Tegen de zin van haar familie had ze die geërfd, waarschijnlijk omdat haar oma een beetje kinds was geworden en zich niet goed meer realiseerde dat Joana de grootste zonde had begaan die je je maar kon indenken en waarvoor iedereen haar had veroordeeld. Ze pakte een plastic kan uit de ijskast en schonk een glas water in. Misschien hadden ze toch wel een beetje gelijk, dacht ze, terwijl ze op een formicastoel was gaan zitten met het glas in haar hand; misschien had ze wel iets wreeds in zich, of in elk geval iets tegennatuurlijks. 'Zelfs de dieren laten hun jongen niet in de steek,' had haar moeder er uitgeflapt. 'Verlaat je man, als je dat wilt. Maar je kind?'

Het kind. Marc. Ze had hem voor de laatste keer gezien toen hij in zijn wieg lag te slapen en nu had ze hem teruggezien in een eikenhouten kist. En beide keren was ze door een verschrikkelijke angst overvallen omdat ze geen enkele emotie voelde. De baby die ze had gedragen en gebaard had haar even weinig gedaan als die jongen met kortgeknipt haar die ze in het uitvaartcentrum onder een glasplaat in een belachelijk zwart kostuum had zien liggen.

'Kijk eens aan, je bent er ook.' Joana had de stem achter zich onmiddellijk herkend, maar het duurde een paar seconden alvorens ze zich durfde om te draaien.

'Fèlix had me gewaarschuwd,' antwoordde ze, bijna als een excuus. In de zaal van het uitvaartcentrum was even een doodse stilte gevallen, die alweer snel door het drukke geroezemoes van de bezoekers werd verstoord. Ze was binnengekomen zonder dat iemand haar had opgemerkt – de zoveelste vrouw van middelbare leeftijd in discreet donkergrijs –, maar nu voelde ze de blik van iedereen in haar rug branden. Verrassing, nieuwsgierigheid, verwijten. Plotseling was ze veranderd in de hoofdrolspeler op de begrafenis van een ander.

'Enric ...' klonk plots achter haar rug de stem van Fèlix, en die hielp haar om de confrontatie aan te gaan met de man die vlak voor haar stond en door wie ze zich in het nauw gedreven voelde.

'Ik wilde hem alleen maar even zien,' zei ze droogjes tegen Enric. 'Ik ga al.'

Enric keek haar verbaasd aan, maar deed een pas opzij alsof hij haar uitnodigde te vertrekken. Hij had dezelfde gezichtsuitdrukking als de laatste keer dat ze hem had gezien, een halfjaar nadat ze hem verlaten had, toen hij naar Parijs was gekomen om haar te smeken naar huis terug te komen. Hij had weliswaar meer rimpels, maar die uitdrukking van ongeloof en minachting was nog precies hetzelfde. Net zoals de laatste keer vroeg Joana zich af hoe hij er zo verzorgd uit kon zien: goed geschoren, zonder één kreukel in zijn pak, een perfecte knoop in zijn das en glimmende schoenen. Op zijn uiterlijk viel helemaal niets aan te merken en dat maakte dat ze plotseling een instinctieve weerzin voelde.

'Kom, Joana,' zei Fèlix. 'Ik loop met je mee.'

Vanuit haar ooghoek zag ze dat er een spottend glimlachje rond de mond van haar ex speelde, terwijl ze zich ongemerkt wat kleiner maakte. Alsof de tijd was blijven stilstaan. Pas toen zij al een eindje waren weggelopen zei Enric met luide stem: 'De begrafenis is morgen om elf uur. Voor als je kunt en zin hebt om te komen. Het is geen verplichting, dat weet je.'

Joana vermoedde wat voor blik Fèlix zijn broer toewierp, maar ze liep door naar de deur: een tiental passen die haar een eeuwigheid leken te duren, terwijl het minachtende geroezemoes rondom steeds meer aanzwol. Maar op de drempel keerde ze zich plots om en keek de zaal in. Het deed haar genoegen dat er plotseling een doodse stilte viel.

Joana gaf een harde klap tegen de oude ijskast om het storende gebrom tot zwijgen te brengen, maar deze keer hielp het niet veel. Al na een paar seconden begon het, op een uitdagende manier, opnieuw. Langzaam liep ze naar haar laptop – gelukkig maar dat ze zo in contact kon blijven met haar eigen wereld. Ze ging achter het bureau zitten en keek of ze e-mail had. Ze had er vier: twee van collega's van de universiteit, waar ze les in Catalaanse literatuur gaf, een van Philippe en een van een onbekende afzender: eeuwigiris@gmail.com. Juist toen ze die laatste e-mail opende werd er aangebeld – een prettig geluid, uit een andere tijd.

'Fèlix!' Na de klim over de steile trap stond hij hijgend voor haar, terwijl hij met zijn hand steun zocht bij de deurpost. Plotseling drong het tot haar door dat ze nog altijd haar ochtendjas aanhad en ze schaamde zich diep. 'Wat doe jij hier?'

Omdat hij nog niet was bijgekomen van de vijf trappen die hij had beklommen, kon hij geen woord uitbrengen.

'Sorry. Kom binnen. Ik ben het niet gewend bezoek te ontvangen,' zei ze met een verontschuldigend glimlachje. 'Ik ga me even aankleden. Ga zitten waar je kunt ... Het huis wordt al een tijd niet meer gebruikt, zoals je weet.'

Toen ze terugkwam in de woonkamer stond hij met zijn rug naar haar toe bij de balkondeuren. Fèlix was altijd al een forse kerel geweest, maar met de jaren waren er een paar kilo's bij gekomen, die duidelijk zichtbaar waren bij zijn middel. Hij haalde een zakdoek tevoorschijn om het zweet van zijn voorhoofd te vegen en Joana dacht dat hij zo'n beetje de enige moest zijn die nog zakdoeken van stof gebruikte.

'Wil je iets drinken?'

Hij keerde zich glimlachend om.

'Een glas water, als het kan.'

'Natuurlijk.'

Hij volgde haar naar de keuken.

'Zit je goed hier?' vroeg hij haar.

Ze knikte en pakte een glas uit een kastje, dat ze eerst omspoelde alvorens er water uit de kan in te schenken.

'Het huis is wat verouderd maar het is niet slecht,' zei ze terwijl ze hem het glas aanreikte. Hij dronk het in één teug leeg. Het was duidelijk dat hij een slechte conditie had. Priesters doen waarschijnlijk niet veel aan sport, dacht ze.

'Waarom ben je hiernaartoe gekomen, Fèlix?' flapte ze er zonder enige schaamte uit.

'Ik wilde zien hoe het met je gaat,' antwoordde hij met een flauw glimlachje. 'Ik maakte me zorgen.'

Joana leunde tegen de muur. De witte tegeltjes, die meer bij een ziekenhuis pasten dan bij een keuken, waren koud.

'Het gaat goed met me,' antwoordde ze, waarna ze er gedachteloos aan toevoegde: 'Je kunt tegen Enric zeggen dat ik heb besloten net zo lang te blijven als nodig is.'

'Ik ben niet namens mijn broer gekomen. Zoals ik al zei: ik maakte me zorgen om jou.'

Ze wist dat dat waar was. Altijd, zelfs op de slechtste momenten, had ze op Fèlix kunnen rekenen. Vreemd dat juist hij, een priester – die al lang geen rok meer droeg, maar die ongetwijfeld nog in zijn kast hing –, de enige leek te zijn die haar begrepen had.

'Ik wilde je nog iets vragen. Heeft Marc contact met jou opgenomen het afgelopen jaar?'

Joana sloot haar ogen en knikte. Ze haalde diep adem en keek naar het plafond alvorens te antwoorden. De ijskast begon opnieuw te brommen.

'Hij heeft me verscheidene e-mails gestuurd. Ach, die klereherrie ook!' riep ze terwijl ze een harde klap tegen de ijskast gaf, die deze keer meteen ophield met brommen. 'Sorry. Maar ik word gek van dat gebrom.'

Fèlix ging zitten en Joana vreesde even dat die oude keukenstoel zijn gewicht niet zou kunnen dragen.

'Ik had hem je adres gegeven,' legde hij uit. 'Hij had me erom gevraagd toen hij in Ierland was. Ik wist eerst niet of ik dat wel moest doen, maar uiteindelijk heb ik het toch gegeven. Marc was geen kind meer en hij had het recht bepaalde dingen te weten.'

Joana zei niets, zodat Fèlix zijn verhaal kon afmaken.

'Een week later kreeg ik weer een e-mail van hem, waarin hij me zei dat jij niet had geantwoord. Klopt dat?'

Joana vocht tegen haar tranen.

'Wat wilde je dat ik tegen hem zou zeggen?' vroeg ze met zwakke stem. 'Opeens kreeg ik een e-mail van hem ... Eerst wist ik niet wat ik moest antwoorden,' zei ze terwijl ze een traan wegpinkte. 'Ik dacht er veel over na en schreef verschillende e-mails die ik nooit heb verstuurd. Maar hij bleef aandringen. Uiteindelijk heb ik toch antwoord gegeven en hebben we wat met elkaar gemaild, tot hij voorstelde om naar Parijs te komen.'

'En hebben jullie elkaar gezien?'

Ze schudde van nee.

'Je weet dat ik altijd een lafaard ben geweest,' antwoordde ze met een verbitterd glimlachje. 'Ik neem aan dat ik hem opnieuw heb teleurgesteld.'

Fèlix liet zijn hoofd zakken.

'Ben je daarom hier? Zo zul je jezelf alleen maar pijn doen. Je moet je eigen leven weer oppakken en teruggaan naar Parijs.'

'Jij hoeft me niet te vertellen wat ik moet doen,' antwoordde ze, terwijl ze doodstil bleef staan en de priester voor het eerst recht in zijn ogen keek zonder een spier te vertrekken. 'Ik blijf hier tot ik weet wat er die nacht is gebeurd. Ik neem geen genoegen met die vage verklaring dat hij misschien is gevallen of gesprongen. Misschien heeft iemand hem wel geduwd ...'

'Het was een ongeluk, Joana. Kwel jezelf daar toch niet langer mee.'

Ze trok zich niets aan van wat hij zei en praatte gewoon door: 'Ik kan maar niet begrijpen dat Enric daar akkoord mee is gegaan. Wil hij soms niet weten wat er die nacht is gebeurd?'

'Dat weet hij al. Het was een tragisch ongeluk, maar het leven gaat nu eenmaal door. Je voortdurend in je eigen verdriet blijven rondwentelen is weerzinwekkend.'

'De waarheid is anders nooit weerzinwekkend, Fèlix! Die moet boven tafel komen ... Althans, dat is wat ik wil.'

'Waarom?' vroeg hij, terwijl hij voelde dat ze tot de kern van de zaak kwamen. Hij stond op en liep naar zijn voormalige schoonzus toe. Ze voelde dat haar knieën het begaven en ongetwijfeld zou ze op de grond zijn gevallen als hij haar niet op tijd had opgevangen.

'Om te weten hoeveel schuld ik draag,' mompelde Joana. 'En welke prijs ik daarvoor moet betalen.'

'Dat is niet de manier om je van je schuld te verlossen, Joana.'

'Hoezo "verlossen"?' riep ze, terwijl ze naar haar hoofd greep en het zweet haar opnieuw uitbrak. 'Dat taaltje van jullie verandert ook nooit, Fèlix. Van je schuld kún je je niet verlossen, die draag je!'

Joana's uitroep bleef nagalmen in de doodse stilte die was gevallen. Fèlix drong opnieuw bij haar aan, hoewel hij wist dat het nutteloos was.

'Je zult veel mensen pijn doen die proberen hieroverheen te komen. Enric, zijn vrouw, zijn dochter. Mij. Ik hield ook erg veel van Marc: hij was meer voor me dan alleen maar een neef. Ik heb hem zien opgroeien.'

Ze ging plotseling rechtovereind staan en duwde Fèlix' hand weg.

'Pijn is soms onvermijdelijk, Fèlix,' zei ze terwijl ze droevig naar hem glimlachte. Vervolgens keerde ze zich om en liep naar de deur. Die deed ze open, en ze bleef daar staan wachten ten teken dat hij weg moest gaan. Toen hij naar haar toe kwam voegde ze eraan toe: 'Met pijn moet je leren leven.' Plotseling echter veranderde ze van toon en vervolgde nuchter en zakelijk: 'Deze ochtend heb ik commissaris Savall gesproken. Hij heeft een inspecteur op de zaak gezet. Zeg dat maar tegen Enric. Dit is nog niet afgelopen, Fèlix.'

Hij knikte en kuste haar op haar wang alvorens te vertrekken. Maar voor hij de trap af liep keerde hij zich om en zei: 'Er zijn nu eenmaal dingen die je maar beter kunt laten rusten.'

Joana deed net of ze niets had gehoord en sloot de deur. Het viel haar plots in dat ze een e-mail aan het lezen was geweest toen Fèlix had aangebeld en ze liep dan ook snel terug naar het bureau.

3

Het was halfeen toen Héctor voor het postkantoor uit een taxi stapte. Het kolossale, aftandse gebouw vormde een soort schild voor het achterliggende labyrint van steegjes die waren ontsnapt aan de golf van vernieuwingsdrift die de omliggende buurten had overspoeld: in deze straatjes hingen de mensen nog altijd hun was aan de balkons te drogen en ze waren zo nauw dat je die van de overbuurman bijna kon stelen, terwijl de restauratie van de gevels zo goed als onmogelijk was omdat er geen plaats was voor steigers. De benedenwoningen, die lang hadden leeggestaan, puilden nu uit van de Pakistanen en overal waren winkels die buitenlandse kleding verkochten, met slechts hier en daar een bar. In een van die straatjes, de Calle Milans, op de tweede verdieping van een smal, smerig pand had dokter Omar zijn praktijk. Toen Héctor bij de hoek kwam zocht hij gedachteloos naar zijn mobieltje, maar meteen daarop viel het hem in dat hij dat vanochtend met een lege batterij thuis had laten liggen. Verdomme ... Hij had eigenlijk naar Andreu willen bellen om te vragen of de kust veilig was. Hij glimlachte om die uitdrukking die eigenlijk meer bij piraten paste en liep behoedzaam door naar het huis van Omar. Anders dan wat hij had gedacht, was de straat verlaten. Toch was dat niet zo vreemd. Het onderzoek in het huis van dokter Omar had ervoor gezorgd dat veel buurtbewoners, die doorgaans geen papieren hadden, liever binnenbleven. De enige levende ziel die er te bespeuren viel was een agent, een behoorlijk jonge knul die Héctor weleens eerder had gezien en die de wacht hield bij de deur om pottenkijkers op afstand te houden.

'Inspecteur Salgado,' zei de agent enigszins nerveus. 'Onderinspecteur Andreu had me gewaarschuwd dat u misschien zou komen.'

Héctor keek hem vragend aan en de agent knikte.

'Gaat u maar omhoog. Ik heb u niet gezien. Orders van de onderinspecteur.'

Op de trap rook het muf, naar armoede. Hij kwam een negerin tegen die hem geen blik waardig keurde. Op de overloop van de tweede verdieping waren twee deuren, allebei van verschillend hout. De donkerste moest hij hebben. Die zat dicht en pas nadat hij twee keer op het knopje had gedrukt maakte de bel geluid. Wanneer hij dacht aan wat er die rampzalige avond was gebeurd, werd hij overspoeld door een vloed van losse beelden: het bloederige lichaam van het zwarte meisje, zijn vreselijke razernij, die hij op geen enkele manier de baas werd, en vervolgens hoe hij meedogenloos inhakte op een figuur die hij slechts één keer op het politiebureau had ondervraagd. Vage beelden, die hij maar liever zo snel mogelijk wilde vergeten.

Op de hoek van de straat rookt Héctor zijn vierde sigaret in een halfuur. Hij voelt pijn in zijn borst en de smaak van de tabak begint hem tegen te staan.

Hij loopt de trap op naar de tweede verdieping en duwt de deur open. Doordat het erg donker is in het vertrek ziet hij geen hand voor ogen, en terwijl hij doodstil blijft staan spitst hij zijn oren. Met ingehouden adem luistert hij tot uiteindelijk een zwak geluid verraadt dat er iemand in het vertrek aanwezig is. Die knipt plotseling een lamp op een bureau aan.

'Komt u verder, inspecteur.'

Hij herkent de stem. Loom, met een ondefinieerbaar buitenlands accent.

'Gaat u zitten, alstublieft.'

Dat doet hij. Ze worden gescheiden door een antiek bureau, ongetwijfeld het beste wat er in die aftandse woning, in dat nogal bedompte vertrek, te vinden is.

'Ik verwachtte u al.'

De vage gestalte achter het bureau buigt zich naar voren, waardoor het licht van de lamp recht op zijn gezicht valt. Héctor is verbaasd: Omar ziet er een stuk ouder uit dan de dag dat hij hem op het politiebureau ondervroeg. Een donker en mager gezicht, breekbaar haast, en een paar angstige ogen, als van een hond die lijdzaam op zijn dagelijkse aframmeling wacht.

'Hoe hebt u ooit zoiets kunnen doen?'

Hij glimlacht, maar Héctor weet maar al te goed dat het in wezen angst is. Dat is maar beter ook, want hij heeft goede redenen om bang voor hem te zijn.

'Waar hebt u het over?'

Héctor onderdrukt de neiging om hem bij zijn strot te grijpen en met zijn hoofd tegen het bureau te rammen. In plaats daarvan balt hij zijn vuisten en zegt droogjes: 'Kira is dood.'

Hij voelt een koude rilling terwijl hij haar naam zegt. De bedompte lucht in het vertrek maakt hem misselijk.

'Wat jammer nou, niet? Zo'n knap meisje ...' zegt de ander, alsof hij het over een cadeautje of een kunstvoorwerp heeft. 'Weet u, haar ouders hadden haar die belachelijke naam speciaal gegeven omdat ze naar Europa ging. Of naar Amerika. Ze verkochten haar zonder enige scrupules, ervan overtuigd dat alles beter zou zijn dan wat haar in haar dorp te wachten stond. Dat hadden ze haar met de paplepel ingegoten. Spijtig dat ze haar ook niet hadden geleerd om haar mond dicht te houden.'

Héctor moet even slikken. De muren komen op hem af, waardoor de toch al niet zo grote kamer op een cel begint te lijken. In het kille licht van de lamp zien de erg lange, fijne vingers van de dokter eruit als slangetjes.

'Hoe hebt u ooit zoiets kunnen doen?' herhaalt Héctor met een rauwe stem, alsof hij al uren geen woord meer heeft gezegd.

'Denkt u nu werkelijk dat ik het heb gedaan?' antwoordt de dokter lachend, terwijl hij opnieuw vooroverbuigt, zodat het licht op zijn gezicht valt. 'Dat verbaast me ten zeerste, inspecteur. Het Westen steekt meestal de draak met ons oude bijgeloof. Wat je niet kunt zien en aanraken, bestaat simpelweg niet. Jullie hebben de deur naar een hele wereld gesloten en leven gelukkig aan de andere kant. Jullie voelen je superieur. Arme stakkers.'

Héctor begint zich steeds meer te ergeren en kan zijn ogen niet van de handen van de dokter afhouden, die nu ontspannen op het bureau liggen, op een uitdagende manier kalm.

'U bent echt een interessante man, inspecteur. Veel interessanter dan de meeste politieagenten. U had vast zelf nooit gedacht dat u agent zou worden. Dat weet ik honderd procent zeker.'

'Laat die flauwekul maar achterwege. Ik ben hier gekomen om antwoord te krijgen, niet om onzin aan te horen.'

'Antwoord, antwoord ... Feitelijk hebt u allang antwoord gehad, maar u wilt gewoon niet luisteren. Ik vrees dan ook dat ik u hiermee niet verder kan helpen.'

'Op welke manier hebt u haar bedreigd?' vraagt Héctor, terwijl hij probeert kalm te blijven. 'Hoe hebt u haar in vredesnaam zo ver gekregen dat ze dit heeft gedaan?'

'Ik weet van niets.'

Doordat de dokter achteroverleunt verdwijnt hij in de duisternis, maar zijn stem gaat verder, alsof hij uit het niets weerklinkt: 'Gelooft u in dromen, inspecteur? Nee, ik denk van niet. Het is vreemd dat jullie in zulke abstracte dingen als atomen geloven en tegelijk met grote minachting dat verwerpen wat je elke nacht weer overkomt. Want dromen doen we allemaal, of niet soms?'

Héctor bijt op zijn lip om te voorkomen dat hij hem het zwijgen oplegt. Want het is duidelijk dat die klootzak op zijn manier antwoord gaat geven: hij praat nu zo zachtjes dat Héctor hem bijna niet meer kan volgen.

'Kinderen zijn slim. Ze hebben nachtmerries en daar zijn ze bang voor. Maar als ze ouder worden, wordt ze bijgebracht dat dat helemaal niet nodig is. Had u nachtmerries als kind, inspecteur? Ach, ja, ik kan het aan uw gezicht zien. Angstdromen misschien? Ik zie wel dat u dat allemaal al lang vergeten bent. Hoewel u nog altijd slecht slaapt, is het niet? Maar vertelt u me eens: denkt u nu echt dat ik de geest van dat arme kind ben binnengedrongen om haar te vertellen wat ze moest doen? Pak die schaar en streel je buik ermee. Ga er vervolgens mee over die kleine borsten en steek hem in één keer in ...'

En vanaf dat moment herinnert Héctor zich een tijdje niets meer. Het volgende dat hij voor zich ziet is zijn bloederige vuist, waarmee hij in het gezicht van die klootzak ramt.

'Verdomme, wat doe jij hier!'

De snibbige stem van Martina bracht hem ruw terug in de werkelijkheid. Door de schrik kon hij niet op tijd antwoord geven.

'Maakt niet uit, zeg maar niets. Ik wist toch al dat je zou komen. Dit is afschuwelijk.'

Héctor liep de gang door.

'Schrik niet als je die deur opendoet.'

Het was dezelfde kamer, maar in het daglicht zag hij er rommelig uit en had hij niets spookachtigs meer.

'Om je de waarheid te zeggen: ik heb inderdaad wel schattiger varkentjes gezien,' zei de onderinspecteur achter zijn rug.

Wat als een soort buste op het bureau stond was dan ook niet de kop van een zeug, maar van een heuse beer. Ze hadden hem al in een plastic zak gedaan maar het smerige en opgezwollen roze gezicht, de oren en de snuit waren nog duidelijk te zien.

'Het bloed is trouwens niet van dat beest afkomstig. Kijk maar: bij die kop is geen druppel bloed te zien.'

Dat was inderdaad zo. Op het bureau lag geen spettertje, maar de muur en de vloer zaten onder het bloed.

'Ik heb het even helemaal gehad. Ik denk dat ik een maand geen plakje ham meer zal eten. Agent,' zei Andreu tegen de man die met plastic handschoenen aan in het vertrek bezig was, 'breng die kop zo snel mogelijk naar ...'

Ze viel even stil, alsof ze niet wist waar die varkenskop naartoe zou moeten.

'Ja, onderinspecteur, maakt u zich geen zorgen.'

'En inspecteur Salgado hebben we niet gezien, of wel soms?'

De man glimlachte.

'Ik weet niet eens wie dat is.'

Ze gingen iets eten in een bar in de buurt. Een menu van elf euro met een toetje of koffie inbegrepen en placemats met bijpassende papieren servetjes. Slappe sla, inktvis in een plas olie en een smakeloze fruitsalade.

'Hoe is het deze week gegaan?' vroeg Héctor.

'Vreselijk,' antwoordde Andreu kortaf. 'Savall was gewoon niet te pruimen en reageerde zijn woede af op iedereen die hem voor de voeten kwam.'

'Mijn schuld, neem ik aan?'

'Nou ja, jouw schuld ... De schuld van de advocaat van die klootzak, de schuld van de wethouder, de pers ... Maar het is waar dat je ons met de rotzooi hebt laten zitten, Salgado.'

'Tja,' gaf hij toe. 'Ik vind het zelf ook erg vervelend dat ik jullie hiermee heb opgescheept. Echt.'

'Dat weet ik,' antwoordde ze, terwijl ze haar schouders ophaalde. 'Je kunt er nu toch niets meer aan veranderen, dus dan maar beter zo. Hoe dan ook, Savall heeft je fantastisch behandeld. Ieder ander zou je als een baksteen hebben laten vallen. Het is maar dat je het weet.'

Martina wist dat Héctor er een hekel aan had om bij iemand in het krijt te staan, maar ze dacht dat het goed was hem de waarheid te zeggen.

'Gelukkig maar,' ging ze verder, 'dat deze keer eigenlijk niemand de zaak aan de grote klok wilde hangen: de pers niet omdat ze veel meer geïnteresseerd waren in die afgrijselijke foto's van het meisje, de wethouder niet omdat hij een tot dan toe vlekkeloos verlopende operatie niet getorpedeerd wilde zien, en de advocaat niet omdat hij hierdoor een mooie kans had om onderhands de dreigende aanklacht tegen zijn cliënt ongedaan te maken. Als hij te veel ophef zou maken over deze zaak, zou die namelijk niet meer ingetrokken kunnen worden in ruil voor ... Nou ja, je begrijpt me wel, ordinaire koehandel. Je weet hoe dat soort dingen werken.'

Er viel even een stilte. Héctor had de indruk dat zijn collega nog niet klaar was met haar verhaal. Met samengeknepen ogen zette hij zich schrap om zijn vraag te kunnen stellen, als iemand die wacht op de knal van het rotje dat hij een ander heeft zien aansteken. Andreu liet er zoals altijd geen gras over groeien.

'Wat is er verdomme toch met je aan de hand, Salgado? Alles liep fantastisch! We hadden de kopstukken van de bende te pakken en hun bordelen ontmanteld. Een operatie op Europees niveau, waarbij er voor ons allemaal erg veel op het spel stond ... En toen alles min of meer in kannen en kruiken was, het nieuws al in alle kranten had gestaan en de wethouder glom van trots, ging jij in een soloactie de enige verdachte te lijf die we nog niet hadden kunnen pakken.'

Héctor gaf geen antwoord. Hij nam een slokje water en haalde zijn schouders op. Omdat hij er genoeg van had steeds weer dezelfde vraag te moeten aanhoren, veranderde hij snel van onderwerp: 'Hoor eens, hebben jullie aanwijzingen gevonden in zijn huis?'

Ze schudde van nee.

'Andreu, alsjeblieft,' drong hij op gedempte toon aan.

'Eerlijk gezegd erg weinig. Het vreemdste is waarschijnlijk nog wel dat hij een verborgen camera had. Schijnbaar hield dokter Omar ervan om zijn bezoek te filmen. En verder dat bloed op de grond en de muren. Het heeft er alle schijn van dat dat niet van een varken is, maar van een mens. Ik heb het laten analyseren en morgen hebben we de resultaten. Die varkenskop is duidelijk een boodschap. Ik weet alleen niet voor wie en wat die betekent.' Ze goot haar koffie over de ijsblokjes in het glas zonder een druppel te morsen en ging verder: 'Ik zal je nog wat meer vertellen, maar alleen als je belooft je onder geen beding met deze zaak te bemoeien.'

Héctor knikte vaag.

'Nee, Héctor, ik meen het serieus. Ik beloof dat ik jou op de hoogte zal houden, als jij mij belooft je hier niet mee in te laten. Wat ik je ook vertel. Is dat duidelijk?'

Hij legde zijn hand op zijn borst en trok een plechtig gezicht.

'Ik zweer het.'

'Je hart zit aan de andere kant, eikel,' zei ze bijna lachend. 'Moet je luisteren, we hebben een ordner bij dokter Omar gevonden. Daar zat maar één map in, met jouw naam erop.'

Héctor keek haar verbaasd aan.

'En wat stond erin?'

'Niets.'

'Niets?' vroeg hij vol ongeloof. 'Je liegt toch niet, hoop ik?'

Martina zuchtte diep.

'Er zaten alleen twee foto's in. Een recente van jou. En een van Ruth met Guillermo, van jaren geleden. Toen hij nog een kind was. Verder niets.'

'Wat een vuile klootzak!'

'Héctor, één vraagje,' zei Andreu beslist maar met een enigszins droevige uitdrukking in haar ogen. 'Waar was je gisteren?'

Hij ging plots achteruitzitten alsof er iets op zijn bord was ontploft.

'Dit is puur routine, Héctor ... Maak het me niet nog moeilijker, alsjeblieft,' smeekte ze bijna.

'Eens kijken ... Het vliegtuig landde even over drieën. Ik heb lang op mijn koffer staan wachten en omdat hij niet op de band lag, moest ik naar de bagagebalie om navraag te doen. Dat heeft me minstens een paar uur gekost. Daarna heb ik een taxi naar huis genomen. Ik was doodop.'

Martina knikte.

'Ben je daarna niet meer weggegaan?'

'Ik ben alleen thuisgebleven, half in slaap gedommeld. Je zult me op mijn woord moeten geloven.'

Ze keek hem ernstig aan.

'Je woord is genoeg. Dat weet je.'

4

Die namiddag was het iets minder warm doordat de zon schuilging achter laaghangende bewolking. Daarom – en ook omdat hij geen zin had zichzelf nog langer te kwellen met wat Andreu hem had verteld – trok Héctor zijn sportkleding aan en ging joggen. Lichamelijke inspanning was het enige wat hielp wanneer hij doodmoe was van zijn gepieker en niet meer goed kon nadenken. Terwijl Héctor over de boulevard sjokte keek hij naar het strand. Op dat tijdstip waren er nog maar weinig mensen – slechts een enkel groepje strandliggers dat koste wat kost van de zomer wilde profiteren, en een enkele zwemmer die de zee bijna helemaal voor zich alleen had. Stadsstranden hadden toch een andere sfeer, dacht hij, terwijl hij zich niets probeerde aan te trekken van de kramp die hij in zijn linkerkuitspier voelde, en waren het tegendeel van maagdelijk en rustgevend. Eerlijk gezegd leken ze meer op passerelles, waarover – begeleid door discomuziek – bruinverbrande modellen paradeerden met opspringende borsten en gespierde buiken. Hij dacht weleens dat die eerst een casting hadden moeten ondergaan voor ze op het strand werden toegelaten. Of misschien ging het hier wel om vrijwillige uitsluiting: wie niet aan het stereotiepe lichamelijke model kon voldoen zocht een meer afgelegen strand op om er zijn weke lichaam aan ieders blik bloot te stellen. Hoewel het strand tegen de avond halfleeg was, kon je dat niet bepaald zeggen van de boulevard, waar het een komen en gaan was van ouders met kinderen, jongens en meisjes op fietsen, joggers die, net als hij, de straat op gingen zodra het minder warm was en Afrikaanse straathandelaars, die jaar in jaar uit dezelfde spullen verkochten en klaarblijkelijk nog nooit van het devies 'vernieuwen of sterven' hadden gehoord. Hier kreeg de stad 's zomers altijd de allure van een soap uit Californië met een exotisch tintje. Er waren zelfs jongeren die hardnekkig probeerden te surfen op de spiegelgladde zee.

Toen Héctor zich eenmaal warm had gelopen, ging hij steeds sneller. Al met al was het al twee maanden geleden dat hij iets aan sport had gedaan; de winter in Buenos Aires leende zich nu eenmaal niet zo om te joggen, en bovendien was hij eraan gewend om wanneer hij jogde de zee aan de ene kant en twee hoge flatgebouwen aan de andere kant te zien. De zee was niet bepaald blauw, maar daar lag hij in elk geval: eindeloos en rustgevend – de belofte van een onbegrensde ruimte waarin je je gedachten de vrije loop kon laten door ze op de golven te laten meerijden. Een plotselinge kramp in zijn kuitspier dwong hem ertoe weer langzamer te gaan rennen en hij werd ingehaald door een knul op een lawaaierig skateboard die een basketbalpet en veel te wijde zwarte kleren droeg, die rond zijn lichaam fladderden. Daardoor moest hij plotseling denken aan het rapport dat Savall hem had gegeven, over die jongen die uit het raam was gevallen. Het leek of de zee hem nu heel andere gedachten ingaf dan even tevoren en hij zag de foto's van Marc Castells weer voor zich – sommige van de vorige zomer, toen hij zijn haar lang droeg en krullen had en over deze zelfde boulevard rolschaatste; andere van deze lente, zijn haar heel kort afgeschoren, ernstig en zonder rolschaatsen; en ten slotte de politiefoto's van een lichaam dat zelfs dood nog altijd gespannen leek. Hoewel Marc nou niet bepaald een zachte dood had gehad, was hij, volgens het rapport, wel op slag dood geweest. Hij was zijwaarts naar beneden gevallen, van een hoogte van meer dan elf meter en door de enorme klap tegen de tegels was zijn nek gebroken. Een dom ongeluk. De val was veroorzaakt door een sterk verslechterd reactievermogen, dat op zijn beurt aan overmatig alcoholgebruik te wijten was. Kortom, zijn zwaarbenevelde toestand had hem de kop gekost.

Volgens het rapport had Marc met een vriend en een vriendin een feestje gehouden bij hem thuis, in een van de betere buurten van Barcelona. Daartoe had hij dankbaar gebruikgemaakt van de afwezigheid van zijn vader, stiefmoeder en hun geadopteerde dochter, die voor een lang weekend in een huis aan de kust zaten om met vrienden de Sint-Jansnacht te vieren.

Om halfdrie 's nachts ging de vriend van Marc, een buurjongen, Aleix Rovira genaamd, naar huis; de vriendin, een zekere Gina Martí, bleef slapen. Volgens het rapport had ze bijna hysterisch verklaard dat ze 'even nadat Aleix vertrokken was' in het bed van

Marc was gaan liggen. Het meisje herinnerde zich praktisch niets, en dat was niet zo vreemd, want volgens haar eigen zeggen was zij degene die het meest had gedronken. Schijnbaar hadden Marc en zij een woordenwisseling gehad nadat Aleix was vertrokken. Daarna had ze in zijn bed op hem liggen wachten. Meer herinnerde ze zich niet; ze moest bijna onmiddellijk in slaap zijn gevallen en werd pas weer wakker door het gegil van de schoonmaakster die om acht uur 's morgens het lichaam van Marc op de binnenplaats vond. Waarschijnlijk had Marc, zoals hij wel vaker 's avonds deed, het raam van de zolderkamer opengedaan om op de vensterbank een sigaret te roken. Een fraaie gewoonte. Volgens het rapport was hij tussen drie en vier uur 's nachts gevallen of gesprongen, terwijl zijn vriendin, zonder ook maar iets te merken, in zijn kamer één verdieping lager haar roes lag uit te slapen. Hoewel het erg aandoenlijk was, viel er weinig verdachts aan op te merken. Zoals Savall al had gezegd, was er geen enkele aanwijzing. Er was slechts één kleinigheidje dat niet in het volmaakte beeld leek te passen: een ruit van de achterdeur was kapot en dat wat in elke andere nacht verdacht zou zijn geweest was nu bij gebrek aan verdere aanwijzingen toegeschreven aan de Sint-Jansnacht, waarin jongeren gewoonlijk rotjes afsteken en de stad in een soort slagveld veranderen.

Naarmate Héctor zich verder van de populairste stranden verwijderde waren er steeds minder mensen op de boulevard te zien. Omdat hij moe begon te worden, keerde hij om en sjokte terug. Het was even over halfnegen. Hij voerde het tempo op en trok een lange, nogal pijnlijke sprint naar huis.

Toen hij aankwam bij zijn huis, dat echt aan renovatie toe was, was hij buiten adem en kletsnat van het zweet. Het leek wel of iemand een naald in zijn kuit had gestoken, en de laatste meters naar zijn deur kon hij alleen nog maar strompelen. Hijgend leunde hij tegen de deur om de sleutels uit de zak van zijn sportbroek te vissen.

Plotseling hoorde hij dat iemand hem riep en toen hij zich omkeerde zag hij Ruth op hem af komen, met een autosleutel in haar hand. Héctor glimlachte flauwtjes, maar door de vreselijke kramp in zijn kuit veranderde zijn glimlach in een pijnlijke grijns.

'Ik dacht al dat je aan het joggen was.'

Hij keek haar vragend aan.

'Je had mijn telefoonnummer opgegeven bij de bagagebalie van het vliegveld. Je koffer is aangekomen. Ze probeerden je te bereiken maar je mobieltje stond uit, dus hebben ze mij gebeld.'

'Och, sorry,' antwoordde hij nog altijd hijgend. 'Ze hadden me een tweede nummer gevraagd ... De batterij van mijn mobieltje is namelijk leeg.'

'Dat dacht ik al. Kom, ga douchen en kleed je om. Ik breng je naar het vliegveld.' Hij knikte en Ruth begon te glimlachen.

'Ik wacht hier op je,' zei ze, voordat hij haar kon vragen naar boven te komen.

Even later kwam Héctor weer naar beneden met een plastic tas met daarin een doos Argentijnse gebakjes en een boek over grafisch ontwerpen dat Ruth hem had gevraagd uit Buenos Aires voor haar mee te brengen. Ze bedankte hem met een glimlach en zei: 'Mooie boel dat je zulke lekkernijen midden in de zomer voor me meeneemt, precies wanneer ik er het minst weerstand tegen kan bieden.'

Vreemd genoeg was er niet veel verkeer en ze waren dan ook in een halfuurtje op het vliegveld. Onderweg praatten ze weinig en voor zover ze dat wel deden hadden ze het eigenlijk alleen maar over Guillermo. Dat was veilig terrein, een onderwerp waar ze gewoon niet omheen konden en dat doorgaans vanzelf ter sprake kwam. Ruth en Héctor waren bijna een jaar geleden gescheiden en als ze ergens trots op waren dan was het wel de manier waarop ze deze netelige kwestie aan hun zoon hadden uitgelegd, een jongen van dertien die zich aan een heel andere werkelijkheid had moeten aanpassen en daar kennelijk zonder veel problemen in was geslaagd. In elk geval op het eerste gezicht.

Nadat ze zijn bagage in de achterbak hadden gelegd – een vreselijk toegetakelde koffer waarvan het slot kapot was en die wel uit een oorlog leek te komen in plaats van uit een vliegtuigruim – reed Ruth kalm terug naar de stad. De lichtjes van Barcelona schitterden aan het einde van de snelweg.

'Hoe verliep je gesprek vandaag met Savall?' vroeg ze eindelijk, terwijl ze zich even in zijn richting keerde.

Héctor zuchtte diep.

'Nou, redelijk goed. Hij heeft me iets te doen gegeven ... een klusje. Het ziet ernaar uit dat ze me niet ontslaan; dat is al heel wat. Die klootzak heeft zijn aanklacht ingetrokken,' loog hij. 'Ik neem aan omdat het hem beter uitkomt om niet op voet van oorlog met de politie te staan. Maar ze hebben me verplicht naar de psycholoog te gaan. Grappig, vind je niet, een Argentijn die naar een zielknijper moet.'

Ruth knikte zonder iets te zeggen. Ze stonden te wachten in een lange rij voor een stoplicht bij een afslag naar de stad.

'Waarom had je die man eigenlijk in elkaar geslagen?'

Ze keek hem met haar grote kastanjebruine ogen recht aan, een blik die altijd dwars door hem heen ging en waarmee ze onmiddellijk zijn kleine en niet zo kleine leugens wist te ontmaskeren.

'Hou daar nu maar over op, Ruth. Hij verdiende het gewoon,' antwoordde hij, maar hij ging er vervolgens zelf toch over door: 'Het ging vanzelf. Ik had het nooit moeten doen. Maar goed, ik heb ook nooit beweerd dat ik volmaakt ben.'

'Kom nou niet met smoesjes aanzetten, Héctor. De ochtend ... De dag dat je die kerel in elkaar hebt geslagen was precies nadat ...'

'Klopt. Mag ik hier roken?' vroeg hij terwijl hij het raampje liet zakken. De warme lucht sloeg hun in het gezicht.

'Je weet best dat dat niet mag,' antwoordde zij met een zucht van vermoeidheid. 'Rook maar als je wilt, maar kijk een beetje uit.'

Hij stak een sigaret op en inhaleerde diep.

'Geef je mij er ook eentje?' mompelde Ruth.

Héctor moest lachen.

'Verdomme ... Hier, pak aan,' zei hij nadat hij een sigaret voor haar had aangestoken, waarbij zijn gezicht oplichtte door de vlam van de aansteker. Vervolgens voegde hij er op plagerige toon aan toe: 'Het is wel duidelijk dat ik een slechte invloed op je heb.'

'Dat is altijd al zo geweest. Mijn ouders herhaalden het steeds weer tegen me ... Ook al gaan ze nu we uit elkaar zijn gewoon door met klagen.'

Ze glimlachten met de medeplichtigheid die ontstaat door gedeelde afkeer. Wanneer ze rookten hadden ze iets te doen en hoefden ze in elk geval niet te praten. Héctor keek door de rookwolken naar de stad. Nadat hij zijn peuk door het raampje naar buiten had geschoten, keek hij naar Ruth. Ze waren er bijna. Voor alle dingen waar ze het nog over moesten hebben hadden ze een veel langere reis nodig gehad. Ruth parkeerde de auto op een plek waar dat eigenlijk verboden was.

'Nog één sigaret?' vroeg Héctor.

'Ja, graag. Maar niet in de auto.'

Het was volledig windstil. De straat was verlaten, maar het geluid van televisies was duidelijk hoorbaar. Het tijdstip van de nieuwsberichten. De weerman kondigde een nieuwe hittegolf aan voor de komende dagen en onweer voor het weekend.

'Je ziet er moe uit. Slaap je al beter?'

'Ik doe mijn best. Het is een lange dag geweest,' antwoordde hij.

'Héctor, het spijt me ...'

'Dat is nergens voor nodig, Ruth,' zei hij terwijl hij haar aankeek. Hij was werkelijk doodop en in zulke omstandigheden kon je maar beter zwijgen. Hij probeerde er luchtig overheen te stappen: 'We zijn met elkaar naar bed gegaan, meer niet. De wijn, de herinneringen, de gewoonte. Ik geloof dat de meeste gescheiden paren dat op een gegeven moment wel een keer doen. Dus in wezen zijn we doodnormaal.'

Ruth trok een ernstig gezicht. Misschien was hij niet meer in staat om haar aan het lachen te maken, dacht hij. Misschien lachte ze niet meer om dezelfde dingen als eerst.

'Dat weet ik, maar ...'

'En wat dan nog?' onderbrak Héctor haar op een felle toon. 'De volgende dag heb ik die kerel in elkaar geslagen, maar dat had niets met jou te maken. Dus kwel jezelf niet langer en ga rustig slapen.' Hij wilde eigenlijk nog iets meer zeggen maar hield zich net op tijd in. 'Vergeet het nu maar gewoon allemaal.'

Net toen Ruth wilde antwoorden ging haar mobieltje over. Héctor had niet eens gezien dat ze het uit de auto had meegenomen.

Terwijl Ruth iets verderop ging staan om de telefoon te beantwoorden, voelde Héctor zich plotseling nog vermoeider dan hij al was. Terwijl Ruth praatte, haalde hij zijn koffer uit de auto en begon die in de richting van zijn huis te rijden.

'Ik ga nu,' zei zij, terwijl hij knikte. 'Guillermo komt zondagavond terug. Ik ... Ik ben blij dat alles weer oké is. Op je werk bedoel ik.'

'Twijfelde je daar dan aan?' antwoordde Héctor terwijl hij naar haar knipoogde. 'Bedankt dat je me naar het vliegveld hebt gebracht. Zeg, heb je de laatste tijd soms iets vreemds opgemerkt bij je thuis?'

'Hoe bedoel je?' vroeg Ruth geschrokken.

'Niets ... Maak je maar niet al te druk. Maar er zijn de laatste tijd in jouw buurt wat inbraken geweest. Kijk uit, oké?' antwoordde hij in een onhandige poging haar gerust te stellen.

Met afscheid nemen konden ze nog altijd niet goed overweg. Een kus op de wang, een knik met het hoofd ... Hoe moest je afscheid nemen van iemand met wie je zeventien jaar had samengeleefd en die nu een ander huis had, een andere relatie, een ander leven? Misschien dat ze daarom wel de laatste keer met elkaar naar bed waren gegaan, dacht Héctor: omdat ze niet goed wisten hoe ze afscheid van elkaar moesten nemen.

Die vrijpartij hadden ze van tevoren zien aankomen. Want toen Ruth er na hun etentje – speciaal georganiseerd om over de komende examens van hun zoon te praten – mee instemde met hem mee naar boven te gaan om nog een glaasje te nemen, wisten ze allebei donders goed wat er zou gaan gebeuren. Héctor haalde een fles wijn tevoorschijn die al meer dan negen maanden in het keukenkastje stond – dat wil zeggen, al voordat zij had aangekondigd dat ze bij hem wegging omdat er een deel van haar seksualiteit was dat ze nog altijd graag wilde ontdekken. In elk geval deden ze het allebei voorkomen alsof het slechts om een feestelijk afscheid ging van een beschaafd paar dat na hun abrupte scheiding redelijk goed met elkaar overweg kon. Op dezelfde bank gezeten waar ze zoveel avonden in elkaars armen hadden gelegen, waar Ruth zoveel uren op Héctor had gewacht en waarop hij, sinds ze was vertrokken, vaak tevergeefs in slaap probeerde te komen, namen ze het ene glas na het andere, misschien om zichzelf moed in te drinken en datgene te kunnen doen waar ze zo naar verlangden. Het leek er in elk geval op dat ze iets nodig hadden om hun geest mee te benevelen en dat hielp om de afstandelijkheid te overwinnen. Wie er nu met die vrijpartij begon was eigenlijk niet goed te zeggen, want ze vielen werkelijk met een ongekende begeerte op elkaar aan. Al snel zakten ze van de bank op het vloerkleed, waarbij ze elkaar in een paar seconden de kleren van het lijf rukten. Onmiddellijk daarop zoenden ze begerig verder, alsof ze snakten naar zuurstof uit de mond van de ander. Het vuur van de hartstocht leek onblusbaar. Terwijl Héctor Ruth tegen het vloerkleed gedrukt hield, dacht zij hoe anders het toch was wanneer ze de liefde bedreef met een vrouw: de strelingen, de geur van de huid en het ritme van de bewegingen waren niet te vergelijken. Het gaf haar altijd een intens gevoel van intimiteit. Precies op het moment waarop Ruth door al haar gepieker weer volkomen ontnuchterd was, zakte Héctor uitgeput en bevredigd op haar neer. Ze smoorde een kreet, maar meer van pijn dan van genot. Toen ze haar blik door de kamer liet gaan, zag ze haar met wijn besmeurde bloes en een omgevallen glas op de vloer liggen. Ze probeerde Héctor zachtjes van zich af te duwen en gaf hem daarbij, meer uit beleefdheid, een laatste zoen, die in niets meer leek op de zoenen die ze hem even daarvoor nog gegeven had. Doordat het even duurde voordat Héctor in beweging kwam, kreeg ze het gevoel in het nauw gedreven te zijn. Toen hij uiteindelijk opstond, krabbelde Ruth zo snel overeind dat het wel leek of het huis instortte en ze op de vlucht sloeg. Even snel als ze zich eerder van de bank op het vloerkleed had laten zakken, liep ze nu naar de deur. Ze vermeed het Héctor aan te kijken of iets tegen hem te zeggen. Terwijl ze haar slipje aantrok voelde ze zich volkomen belachelijk. Ze zocht de rest van haar kleren bij elkaar en kleedde zich aan met haar rug naar hem toe. Ze had de indruk dat Héctor haar iets vroeg, maar het enige wat ze nu nog wilde was daar zo snel mogelijk weg zien te komen.

Toen hij haar de deur uit zag snellen, begreep hij dat zijn huwelijk definitief voorbij was: als het er tot dan toe nog op had geleken dat ze een nieuwe start zouden kunnen maken, dat de avontuurtjes van Ruth met andere vrouwen niet meer waren dan oppervlakkig geflirt, dan werd het Héctor op dat moment in één klap duidelijk dat het tussen hen voorgoed was afgelopen. Nadat hij op de vloer was gaan zitten, met zijn rug tegen de bank, stak hij een sigaret op en terwijl hij die langzaam oprookte staarde hij lusteloos naar het omgevallen glas en de onherroepelijk lege fles.

Deze keer was hun afscheid echter makkelijker. Ruth keerde zich om en stapte in haar auto, terwijl Héctor naar de deur van zijn huis liep. In de achteruitkijkspiegel zag ze hoe hij hinkend zijn koffer achter zich aan trok. Onbegrijpelijk genoeg voelde ze op dat moment plotseling iets van tederheid voor hem.

5

Hij had al een tijd geleden moeten gaan slapen, maar met de jaren was het hem steeds moeilijker gaan vallen de slaap te vatten en lezen was dan het enige wat overbleef om de lange uren dat hij wakker lag door te komen. En hoewel eerwaarde Fèlix Castells die nacht een goed boek las, kon hij zich niet concentreren. Terwijl hij in zijn lievelingsleunstoel zat in zijn stille woning aan de Sant Joan-boulevard, waar hij al van kinds af aan woonde, kostte het hem door zijn slechte ogen veel moeite om de roman van Iris Murdoch te lezen, een schrijfster die hij nog niet zo lang geleden had ontdekt en van wie hij nu alle boeken aan het lezen was. Toen hij er uiteindelijk echt genoeg van had stond hij op, liep naar de kast waarin hij een fles cognac had staan, schonk zich een flink glas in, nam een grote teug en liep terug naar zijn leunstoel. Het enige licht in de kamer kwam van een schemerlamp, en terwijl hij naar het witte omslag van het boek keek ging er onwillekeurig een rilling door hem heen. Iris. EeuwigIris ... Hij kneep zijn ogen samen en zag de e-mail op de computer van Joana weer voor zich, die hij stiekem had gelezen terwijl zij zich aan het aankleden was. Hij had het gewoon niet kunnen geloven en had zich werkelijk moeten inhouden om die e-mail niet te wissen. Iris kon helemaal geen e-mails schrijven. Iris was namelijk dood.

Hij was degene geweest die het zwembad in was gegaan om haar om te keren en daarbij haar paars aangelopen gezichtje te zien had gekregen. Hij was degene geweest die had geprobeerd om haar kunstmatige ademhaling te geven, hoewel haar ijskoude lippen zich al voorgoed hadden gesloten. Toen hij zich met een verkrampt gezicht en haar lichaam in zijn armen had omgekeerd om terug te waden naar de kant, keek hij recht in de ogen van zijn neef Marc, die hem doodsbenauwd aanstaarde. Hij had niets liever gewild dan dat iemand hem met zich mee zou trekken, hem die vreselijke aanblik zou besparen, maar Marc leek als aan de grond genageld. En pas toen had hij gevoeld dat er iets langs zijn lichaam schampte: hij had het haast niet kunnen geloven, maar er dreven poppen in het water.

Hij tastte naar het glas cognac en nam weer een slok, maar er was niets wat die verschrikkelijke kou kon verdrijven. Het magere lichaam van Iris, nat en met paarse lippen. De poppen om haar heen als een macabere hofhouding. Beelden die hij dacht al vergeten te zijn maar die nu, sinds de recente tragedie in de Sint-Jansnacht, terugkwamen en hem meer dan ooit achtervolgden. Hoezeer hij ook probeerde te denken aan aangename dingen en gelukkige momenten – aan een levende, ongedeerde Marc, hoewel altijd met een treurige blik –, hij kon ze met geen mogelijkheid uit zijn gedachten bannen. Marc had van alles geprobeerd om zijn verdriet te overwinnen, maar het bezinksel ervan was hardnekkig op de bodem van zijn ziel achtergebleven zonder dat hij er iets tegen kon doen, klaar om bij de minste of geringste sarcastische opmerking van Enric weer boven te komen. Hoe vaak had hij al niet tegen zijn broer gezegd dat spotternij niet de manier was om zijn kind op te voeden! Dat had allemaal niets uitgehaald; hij leek gewoon niet te willen begrijpen dat sarcasme veel harder kon aankomen dan een oorvijg. Dat huis had een vrouw nodig. Een moeder. Als Joana bij hen zou zijn gebleven, zouden de dingen anders zijn geweest. En zou Glòria overbodig zijn. Hoezeer zij Enrics verbittering ook had weten te verzachten, voor Marc kwam het te laat. En de adoptie van Natàlia had er alleen maar toe bijgedragen dat die timide, schuwe, eenzame en enigszins norse jongen nog meer buiten het gezin kwam te staan. Hoewel Glòria wel had geprobeerd om Marc meer bij het gezin te betrekken, had ze dat eigenlijk alleen maar gedaan uit een soort plichtsbesef en niet omdat ze hem nu zo graag mocht.

Toch was het erg gemakkelijk om kritiek te hebben op Glòria, dacht hij; ze had gedaan wat ze kon in die jaren die voor haar ook niet bepaald gemakkelijk waren geweest. Omdat ze geen kinderen kon krijgen had ze eerst een lange lijdensweg van medische onderzoeken moeten ondergaan, wat uiteindelijk tot een even langdurig adoptieproces had geleid. Die dingen gingen nu eenmaal langzaam, en hoewel Enric er door zijn positie in was geslaagd de afhandeling deels sneller te laten verlopen, had voor Glòria het wachten eindeloos geduurd. Ze was dan ook dolgelukkig met de komst van Natàlia. In de ogen van Fèlix was ze een ideale moeder. Wanneer hij haar samen met haar dochter zag, voelde hij een enorme vrede over zich komen. Hoewel het om een vluchtig gevoel ging, was het zo aangenaam dat hij steeds probeerde het opnieuw te ondergaan. Het bleef hem meestal lang bij en hielp hem om zijn vervelende gedachten te verdrijven; door zulke momenten was hij niet alleen in staat om de zonden van de wereld te vergeven, maar ook zichzelf ... Helaas werkte dat nu niet meer: met de dood van Marc was het alsof niets hem nog kon troosten. Telkens wanneer hij maar even rustig ging zitten, kwelde hem het beeld van zijn neef, languit op de tegels van de binnenplaats. Sommige nachten zag hij hem zelfs vallen, met uitgestoken armen in een poging zich in de lucht aan iets vast te grijpen, en dan voelde hij een vreselijke doodsangst. Op andere nachten zag hij hem op de vensterbank zitten, terwijl hij achter hem de vage gestalte van een meisje met lang, blond haar ontwaarde; van beneden probeerde hij hem te waarschuwen door zijn naam te roepen, maar het was al te laat. De vage gestalte gaf hem een duw en hij vloog met een enorme snelheid het raam uit, alvorens met een doffe dreun op de vloer te ploffen, een heuse doodsklap, die werd gevolgd door een enorme schaterlach. Hij keek omhoog en zag het gezicht van Iris: nat en paars als toen hij haar uit het water had gehaald, maar nu met een vrolijke lach omdat ze eindelijk wraak had kunnen nemen.

donderdag

6

Héctor had nooit veel vertrouwen in psychologen gehad. Ook al beschouwde hij ze niet als oplichters of kwakzalvers, hij geloofde er gewoon niet in dat de ene mens, die toch evengoed zijn eigen emoties, vooroordelen en manies had, in de gedachtekronkels van de andere mens kon doordringen. En deze rotsvaste overtuiging, die hij altijd al had gehad, vertoonde geen enkel scheurtje nu hij voor de eerste keer in zijn leven als patiënt een psycholoog bezocht.

Hij keek de jongeman die tegenover hem zat achter het bureau recht aan, terwijl hij om niet onbeleefd over te komen zijn afkeer onderdrukte, hoewel het hem tegelijkertijd erg merkwaardig leek dat zo'n overduidelijk jonge knul, die pas afgestudeerd was en vlot gekleed ging, in een spijkerbroek en een wit-groen geblokt overhemd, over de carrière van een politie-inspecteur van drieënveertig besliste. Tenslotte had hij zelfs met gemak zijn vader kunnen zijn. Hij moest plotseling aan de reactie van Guillermo denken toen die een paar jaar geleden van een begeleider op zijn school te horen had gekregen dat het helemaal niet zo slecht zou zijn als hij naar een psycholoog ging, die – zo had hij letterlijk gezegd – 'hem zou kunnen helpen open te staan voor anderen'. Ruth was al evenmin een fan van zielknijpers, maar omdat ze dachten dat het Guillermo ook geen kwaad zou doen, hadden ze ermee ingestemd, al wisten ze dat hij alleen wilde omgaan met leeftijdgenoten die hij interessant vond. Wekenlang hadden Ruth en hij zich vrolijk gemaakt over de uitkomst. De psychologe had aan hun zoon gevraagd om een huis, een boom en een gezin te tekenen; Guillermo, die met zijn zeven jaar verslingerd was aan stripboeken en die over een even groot tekentalent bleek te beschikken als zijn moeder, had er zich enthousiast, maar met zijn gebruikelijke eigenwijsheid op gestort: van bomen hield hij niet, dus die had hij gewoon overgeslagen en in plaats van een huis had hij een middeleeuws kasteel getekend, waarin een gezin woonde dat uit Batman, Catwoman en Pingu bestond. Ze hadden er geen idee van tot welke conclusies de arme vrouw was gekomen toen ze die zogenaamde moeder had gezien, in een strakke body geperst en met een zweep in haar hand, maar ze waren er zeker van dat die de tekening had bewaard als illustratiemateriaal voor haar proefschrift over de teloorgang van het moderne gezin of zoiets.

Zonder erg had Héctor geglimlacht; dat maakte hij op uit de vorsende blik waarmee de psycholoog hem door zijn ronde studentenbrilletje aankeek. Héctor schraapte zijn keel en trok een serieus gezicht, maar hij was er zeker van dat de knul die voor hem zat in zijn vrije tijd nog altijd stripboeken las.

'Nou, inspecteur, ik ben blij dat u zich op uw gemak voelt.'

'Sorry, ik moest plots ergens aan denken. Een anekdote over mijn zoon,' antwoordde hij, maar hij kreeg er onmiddellijk spijt van dat hij dat had gezegd, want het was natuurlijk niet bepaald het juiste moment.

'Aha. U hebt niet zoveel vertrouwen in de psychologie, hè?' zei hij, zonder dat er vijandigheid doorklonk in zijn stem – eerder oprechte nieuwsgierigheid.

'Om u de waarheid te zeggen, weet ik niet zo goed wat ik ervan moet vinden.'

'Maar u beziet de psychologie met wantrouwen. Dat mag. Veel politieagenten zien het trouwens zo, denkt u niet?'

Héctor moest toegeven dat dat zo was, maar plaatste toch een kanttekening: 'De dingen zijn inmiddels erg veranderd. De politie wordt nu niet meer als vijand beschouwd.'

'Precies. De politie wekt geen vrees meer bij de burger, in elk geval niet bij de oprechte burger. Maar het heeft wel veel tijd gekost voordat dat beeld in dit land is veranderd.'

Ondanks de neutrale, objectieve toon, wist Héctor dat ze zich op een hellend vlak bevonden.

'Bedoelt u daar soms iets mee?' vroeg hij terwijl zijn glimlach helemaal was verdwenen.

'Wat denkt u dat ik daarmee zou kunnen bedoelen?'

'Laten we het beestje bij zijn naam noemen ...' antwoordde Héctor een beetje geïrriteerd, iets waarbij hij meestal weer een Argentijns accent kreeg. 'We weten allebei waarom ik hier ben en wat u moet zien uit te vinden. Laten we er alsjeblieft geen doekjes om winden.'

De psycholoog zweeg in alle talen. Salgado kende die techniek, hoewel hij deze keer aan de andere kant van de tafel zat.

'Oké. Moet u luisteren, ik had het niet moeten doen. Als u dat wilt horen, alla.'

'En waarom had u het niet moeten doen?'

Héctor probeerde zichzelf te kalmeren. Zo zat het spelletje nu eenmaal in elkaar: vragen, antwoorden ... Hij had genoeg films van Woody Allen gezien om dat te kunnen weten.

'Tja, dat weet u zelf ook best. Omdat het gewoon niet goed is, omdat de politie zich zo niet mag gedragen, omdat ik mijn kalmte had moeten bewaren ...'

De psycholoog noteerde iets.

'Wat voelde u op dat moment, herinnert u zich dat?'

'Woede, neem ik aan.'

'Overkomt dat u wel vaker?'

'Nee. Zo erg niet.'

'Herinnert u zich dat u ooit weleens eerder zo uw zelfbeheersing hebt verloren?'

'Misschien,' antwoordde Héctor peinzend. 'Toen ik jonger was.'

'Aha,' zei de psycholoog terwijl hij opnieuw een notitie maakte. 'Hoe lang is dat geleden – vijf, tien, twintig, meer dan twintig jaar?'

'Toen ik nog heel jong was,' zei Héctor nadrukkelijk. 'Een adolescent.'

'Vocht u weleens?'

'Hoe bedoelt u?'

'Of u weleens vocht toen u adolescent was.'

'Nee, gewoonlijk niet.'

'Maar u verloor af en toe weleens uw zelfbeheersing.'

'Zoals u zegt: af en toe.'

'Geeft u eens een voorbeeld.'

'Ik herinner me er niets van,' loog hij. 'Althans, geen concreet geval. Maar ik neem aan dat ik, zoals alle jonge knullen, er een tijdje moeite mee heb gehad om mezelf te beheersen.'

Opnieuw maakte de psycholoog een notitie, waarna hij even zweeg.

'Wanneer bent u naar Spanje gekomen?'

'Sorry?' vroeg Héctor, die op het punt stond te antwoorden: twee dagen geleden. 'Ach, u bedoelt natuurlijk wanneer ik hier ben komen wonen. Dat was toen ik negentien was.'

'Had u toen nog steeds moeite om uzelf te beheersen?'

Héctor glimlachte.

'Nou, ik veronderstel dat mijn vader dat wel zo zag.'

'Juist. Dus uw vader had besloten dat u in Spanje moest gaan wonen?'

'Zo ongeveer wel, ja. Hij was Spanjaard ... Galliciër. Hij had altijd al willen terugkeren naar zijn vaderland, maar dat was onmogelijk. Dus stuurde hij mij hier maar naartoe.'

'En hoe vond u dat?'

Héctor haalde zijn schouders op, alsof hij de vraag niet op zijn plaats vond.

'Het spijt me, maar het is wel duidelijk dat u een stuk jonger bent dan ik ... Mijn vader besloot dat ik verder moest studeren in Spanje en daarmee was de kous af. Niemand heeft ooit iets aan mij gevraagd,' antwoordde hij terwijl hij zijn keel schraapte. 'In die tijd ging dat zo.'

'Maar wat vond u er dan zelf van? Tenslotte werd u gedwongen uw familie, uw vrienden, uw leven in Argentinië vaarwel te zeggen. Deed dat u niets?'

'Natuurlijk wel. Maar ik had nooit gedacht dat het voor altijd zou zijn. En bovendien herhaal ik wat ik zojuist al zei: niemand had ook maar iets aan mij gevraagd.'

'Aha. Hebt u broers en zussen, inspecteur?'

'Ja. Een broer, die ouder is dan ik.'

'En híj werd níet naar Spanje gestuurd om te studeren?'

'Nee.'

Na dit antwoord viel er een stilte die ongemakkelijker was dan alle voorafgaande. Ongetwijfeld borrelde er bij de psycholoog een vraag. Héctor sloeg zijn benen over elkaar en keek de andere kant uit. De knul leek te twijfelen, maar veranderde uiteindelijk toch van onderwerp.

'In het rapport over u staat dat u nog geen jaar geleden van uw vrouw bent gescheiden. Bent u na uw studie in Spanje gebleven omdat u haar hier had leren kennen?'

'Ja, onder andere,' antwoordde Héctor, maar hij voegde er onmiddellijk aan toe: 'Ik ben hier alleen gebleven vanwege Ruth. Om met haar samen te zijn. Maar ...' Hij keek de psycholoog verbaasd aan: hij wist niet dat dit soort dingen in rapporten stonden. In elk geval vond hij het knap vervelend dat zijn hele leven, of in elk geval de

belangrijkste dingen ervan, in een rapport stonden dat door iedereen die er toegang toe had kon worden ingekeken. Nadat hij zijn
voeten weer naast elkaar had gezet, boog hij zich over het bureau
heen en zei: 'Sorry, ik wil niet grof worden, maar kunt u me vertellen waar u het recht vandaan haalt om dit allemaal te vragen? Ik
ben me er donders goed van bewust dat ik in de fout ben gegaan en
dat dat me mijn baan kon – of nog altijd kan – kosten. Als het dat
is wat u zo graag horen wilt: ik geloof dat ik inderdaad een misstap
heb begaan en daar voel ik me flink belazerd over, maar ... ik ben
niet van plan om alle details van mijn privéleven met u te bespreken, en ik geloof al evenmin dat u het recht hebt om daar uw neus
in te steken.'

De psycholoog vertrok geen spier en nam er rustig de tijd voor
om Héctor van repliek te dienen. Zonder ook maar een duimbreed
toe te geven antwoordde hij volkomen zelfverzekerd: 'Het lijkt me
dat ik even een paar dingen duidelijk moet maken. Misschien had
ik dat eigenlijk al aan het begin van dit gesprek moeten doen. Luistert u eens, inspecteur, ik zit hier niet om te oordelen over wat u
hebt gedaan, en ook niet over of u wel of niet door kunt gaan met
uw werk als politieman. Dat is een zaak van uw superieuren. Mijn
enige opdracht is u ervan bewust te maken waarom u uw zelfbeheersing hebt verloren en u daardoor in staat te stellen om dat in
een volgende, vergelijkbare situatie op tijd te voorkomen. En als u
niet meewerkt is dat onmogelijk. Begrijpt u dat?'

'Nou, als u het zegt ...' antwoordde Héctor, terwijl hij achteroverleunde en zijn benen een beetje strekte. 'Om antwoord te geven op
uw vraag van daarnet: ja. Ik ben nog geen jaar geleden gescheiden.
En om vooruit te lopen op uw volgende vraag: nee, ik koester geen
onblusbare haat- of wraakgevoelens tegen mijn vrouw.'

De psycholoog moest even lachen.

'Uw voormalige vrouw.'

'Sorry. Dat is het onderbewuste, daar weet u alles van ...'

'Daar maak ik uit op dat u met wederzijds goedvinden bent gescheiden.'

Deze keer was Héctor degene die moest lachen.

'Met alle respect, maar wat u daar zegt bestaat eigenlijk niet. Altijd laat een van beiden de ander in de steek. Dat "goedvinden"
houdt slechts in dat de ander dat accepteert zonder te protesteren.'

'En in uw geval?'

'In mijn geval heeft Ruth me in de steek gelaten. Staat dat dan niet in uw rapport?'

'Nee,' antwoordde de psycholoog terwijl hij op zijn horloge keek. 'We hebben nog maar weinig tijd over, inspecteur. Maar ik zou graag willen dat u iets doet voor onze volgende sessie.'

'Geeft u me huiswerk?'

'Zoiets, ja. Ik wil dat u zich opnieuw inleeft in de woede die u voelde toen u die verdachte in elkaar timmerde en dat u die vergelijkt met eerdere woedeaanvallen die u hebt gehad. Toen u klein was, adolescent of volwassen.'

'Uitstekend. Kan ik nu gaan?'

'We hebben nog een paar minuten. Wilt u soms iets vragen, is er iets niet duidelijk ...?'

'Ja,' antwoordde Héctor terwijl hij de psycholoog recht aankeek. 'Denkt u niet dat er situaties zijn waarin woede gerechtvaardigd is? Zou het niet onnatuurlijk zijn wanneer je iets anders zou voelen als je tegenover een ... duivel staat?' Héctor was zelf verbaasd over het woord dat hij had gebruikt en de psycholoog keek hem erg geïnteresseerd aan.

'Ik zal u zo meteen antwoord geven, maar laat me eerst een vraag aan u stellen. Gelooft u dat God bestaat?'

'Nou, nee, eigenlijk niet. Maar ik geloof wel dat het kwaad bestaat. Ik heb veel slechte mensen gezien – zoals alle politieagenten, neem ik aan. Maar kunt u antwoord geven op mijn vraag?'

De knul dacht even na.

'Echt antwoord geven zou nu te ver voeren. Maar kort gezegd denk ik dat er inderdaad situaties zijn waarin de natuurlijke reactie op een prikkel woede is. Zoals dat ook angst of walging kan zijn. Waar het om gaat is de woede in goede banen te leiden, te beheersen, zodat hij geen schade aanricht. In onze samenleving mag woede als emotie op zich dan aanvaardbaar zijn, het is nog maar de vraag of je je daar in je dagelijks handelen door mag laten leiden. Dat zou betekenen dat je de grootste gewelddaden kunt goedpraten, of niet soms?'

Omdat Héctor niet in staat was ook maar iets tegen die redenering in te brengen, stond hij op, gaf de psycholoog een hand en vertrok. Terwijl hij in de lift naar beneden ging, met zijn pakje sigaretten al in zijn handen, zei hij in zichzelf dat deze zielknijper dan een broekie mocht zijn en vast en zeker stripboeken las,

achterlijk was hij beslist niet. Iets wat Héctor trouwens niet erg
best uitkwam.

7

'Ik geloof dat agent Castro zich verveelt,' zei commissaris Savall op een spottende, droge toon terwijl hij haar strak aankeek. Zo wilde hij haar duidelijk maken dat ze in een gesprek was gewikkeld en moest opletten. 'Het spijt me dat ik jouw ongetwijfeld boeiende gedachtewereld heb verstoord met zo'n onbenullig onderwerp, maar we willen ook graag jouw mening horen. Als het je uitkomt, natuurlijk.'

Leire Castro werd vuurrood en probeerde zich te verontschuldigen. Ze was niet in staat antwoord te geven op een vraag die ze niet had gehoord, omdat ze met haar gedachten ergens anders zat.

'Sorry, commissaris. Ik zat over iets na te denken ...'

Savall had, net als Salgado en Andreu, goed in de gaten dat ze zijn vraag, die hij vlak daarvoor had gesteld, helemaal niet had gehoord. Ze zaten met z'n vieren in het kantoor van de commissaris, om achter gesloten deuren het rapport over de zaak-Marc Castells te bespreken. Leire deed haar uiterste best toch nog iets naar voren te brengen wat niet als een tang op een varken sloeg. De commissaris had de inhoud van het autopsierapport uit de doeken gedaan, een rapport dat zij goed kende. Het alcoholpercentage in Marcs bloed was erg hoog; de jongen zou een bloedproef vast niet hebben doorstaan, maar hij was nu ook weer niet zo dronken dat hij niet meer op zijn benen kon staan. Volgens het medisch onderzoek was er verder geen spoor van drugs in zijn bloed aangetroffen, dus was het volkomen onwaarschijnlijk dat hij al hallucinerend uit het raam was gesprongen. Toch had dat medisch onderzoek Leire Castro erg aan het twijfelen gebracht en ze was dan ook gespitst op een aantal dingen die haar onverklaarbaar leken.

'We hadden het over die gebroken ruit in de achterdeur,' schoot inspecteur Salgado haar te hulp, en ze liet hem met een blik van verstandhouding duidelijk merken hoe dankbaar ze daarvoor was.

'Ja,' zuchtte ze opgelucht, en omdat ze daar alles van wist kon ze op zelfverzekerde toon van wal steken: 'Het probleem is dat niemand precies weet wanneer die ruit gebroken is. De schoonmaakster dacht te hebben gezien dat hij al kapot was toen ze op de avond van het feestje wegging, maar daar was ze niet zeker van. In elk geval zijn er resten van rotjes achter het huis gevonden, zeer waarschijnlijk afkomstig uit de tuin van de buren. Hun vier zonen hebben toegegeven dat ze 's avonds en 's nachts rotjes hadden gegooid.'

'Tja, het was tenslotte Sint-Jansnacht,' zei de commissaris. 'Mijn god, wat heb ik daar toch een hekel aan! Vroeger was het een leuk feest, maar vandaag de dag gooien al die kleine monsters zo ongeveer met bommen.'

'In het huis ontbrak niets en er is geen enkel spoor gevonden dat op inbraak wijst,' ging Leire verder. 'Bovendien ...'

'Bovendien zou die inbreker helemaal naar de zolder moeten zijn gegaan om Marc naar beneden te duwen. En waarom? Nee, dat is erg onwaarschijnlijk,' onderbrak de commissaris haar met een geergerd gezicht.

'Met alle respect,' bracht Andreu naar voren, die tot nu toe niets had gezegd, 'die jongen is volgens mij gewoon gevallen. Of anders is hij gesprongen. Mensen reageren nu eenmaal heel verschillend op drank.'

'Is er iets wat aanleiding geeft om aan zelfmoord te denken?' vroeg Héctor.

'Nee, eigenlijk niet,' antwoordde Leire plompverloren. Maar ze begreep meteen dat de vraag helemaal niet aan haar was gericht en ze verontschuldigde zich dan ook.

'Nu je het toch al zo zelfverzekerd hebt gezegd, kun je ons ook wel meteen uitleggen waarom,' slingerde de commissaris haar in het gezicht.

'Goed dan,' antwoordde ze terwijl ze even nadacht. 'Marc Castells was al een tijd terug van een halfjaar in Dublin om zijn Engels te verbeteren. Volgens zijn vader had de reis hem goedgedaan. Voordat hij vertrok had hij wat problemen gehad op school: spijbelen, provocerend gedrag; hij was zelfs voor drie dagen geschorst. Zijn eindexamen had hij wel gehaald, maar zijn cijfers waren niet hoog genoeg om te kunnen gaan studeren, wat hij zelf graag wilde. Hij wist trouwens ook nog niet eens zo goed welke studie hij zou gaan volgen, zodat die keuze een jaar werd uitgesteld.'

'Juist, en dus stuurden ze hem naar Ierland om zijn Engels bij te spijkeren. In mijn tijd zou hij hebben moeten gaan werken,' schamperde de commissaris terwijl hij de dossiermap sloot. 'Zo is het welletjes geweest. Dit lijkt verdomme wel de vergadering van een schooldirectie. Gaan jullie nog een keer met de ouders van Marc praten en met het meisje dat die nacht bij hem is blijven slapen, en dan is deze zaak wat mij betreft gesloten. Als het nodig is kunnen jullie zijn vriend Aleix Rovira ook nog een keer aan de tand voelen, maar doe voorzichtig aan. Zijn vader heeft namelijk duidelijk laten weten dat het hem niets bevalt dat we zijn zoon ondervragen, omdat die al was vertrokken toen de tragedie plaatsvond. En omdat hij de arts is die de kinderen van verschillende wethouders op de wereld heeft geholpen, onder anderen van de wethouder die over de politie gaat, is het maar beter om hem niet al te zeer tegen de haren in te strijken. Zoals ik al eerder heb gezegd, geloof ik dat iedereen eigenlijk veel liever heeft dat dit zo snel mogelijk voorbij is. Enric Castells heeft ons al piekfijn duidelijk gemaakt dat zodra het onderzoek is afgesloten, we iedereen met rust moeten laten, en daar moet ik hem wel enigszins gelijk in geven.' Savall keek even naar de foto van zijn dochters die op zijn bureau stond voordat hij verderging: 'Het is al zwaar genoeg wanneer je je kind moet begraven, maar als je dan ook nog eens voortdurend de pers en de politie op je nek hebt ... Volgende week heb ik een afspraak met Joana en dan zal ik kijken of ik haar een beetje gerust kan stellen. Heb je hier nog iets aan toe te voegen, Castro?'

Leire schrok op. Inderdaad was ze van plan om iets te berde te brengen waar ze het nog niet over hadden gehad.

'Ik twijfel een beetje,' zei ze, hoewel ze juist erg zelfverzekerd klonk, 'en misschien is het alleen maar mijn indruk, maar de reactie van het meisje, Gina Martí, was ... nogal vreemd.'

'Hoezo "vreemd"? Ze is achttien, gaat dronken slapen en wanneer ze wakker wordt krijgt ze te horen dat haar vriend dood is. Het lijkt me dat "een bijna hysterische reactie", zoals je zelf in je rapport schreef, toch niet zo vreemd is.'

'Nee, natuurlijk niet, maar ...' antwoordde Leire, die even van haar stuk was gebracht maar meteen haar zelfvertrouwen herwon: 'Haar hysterie was logisch, commissaris, maar ze was helemaal niet verdrietig. In plaats daarvan leek ze bang.'

De commissaris zweeg even.

'Oké,' zei hij uiteindelijk. 'Ga deze middag bij haar langs, Héctor.

Ik weet nergens van, en zet haar niet te veel onder druk. Ik wil geen problemen met Castells en zijn vriendjes. Castro gaat met je mee. Zij kent het meisje al en jongeren hebben nu eenmaal meer vertrouwen in vrouwen. Dus Castro, als jij de familie Martí inlicht dat jullie op bezoek komen ...' Vervolgens zei de commissaris tegen Andreu: 'Blijf nog even zitten. We moeten het nog hebben over die zelfverdedigingscursussen voor vrouwen die door hun mannen worden bedreigd. Ik heb gehoord dat die cursussen erg goed bevallen, maar ben je echt in staat om ermee door te gaan?'

Salgado en Castro wierpen elkaar een blik van verstandhouding toe alvorens ze het kantoor verlieten: zij twijfelden er helemaal niet aan dat Martina Andreu in staat was om met die cursussen door te gaan. Sterker nog: ze wilde niets liever.

waar zit je aleix?
hé, aleix, lul, waar zit je toch?

Gina probeerde al een tijd Aleix te pakken te krijgen maar op haar scherm zag ze steeds dat hij niet online was. Het meisje beet zenuwachtig op haar onderlip en pakte haar mobieltje al om hem te gaan bellen, toen ze zag dat hij intussen was begonnen te chatten. Ze smeet het mobieltje op haar bureau en typte:

ik moet met je praten! geef antwoord

Uiteindelijk verscheen het antwoord op haar scherm: *hoi*, samen met een lachend gezichtje dat naar haar knipoogde. Gina schrok want opeens werd de deurklink naar beneden gedrukt. Ze had nog net genoeg tijd om het scherm te minimaliseren voordat de deur openzwaaide en ze haar moeder op de drempel zag staan. Er trok een wolk parfum haar kamer in.

'Gina, schatje, ik ga,' zei ze zonder naar binnen te komen. Ze had een witte tas over haar schouder hangen waarin ze al pratend iets aan het zoeken was. 'Waar is die autosleutel nou, verdomme? Ze zijn ook zo klein vandaag de dag!' Toen ze hem uiteindelijk vond hield ze hem met een triomfantelijke glimlach omhoog. 'Liefje, weet je zeker dat je niet met me mee wilt?' vroeg ze, terwijl haar glimlach bijna onmiddellijk verflauwde toen ze de enorme wallen onder de ogen van haar dochter zag. 'Je kunt je toch niet de hele zomer hier opsluiten, liefje? Dat is ongezond. Moet je eens kijken wat een mooie dag het is! Je hebt frisse lucht nodig.'

'Maar je gaat naar het winkelcentrum, mama, daar ben je in tien minuutjes met de auto,' mopperde Gina. 'Je bent toch niet van plan een wandeling in de natuur te maken, is het wel?'

Ze hoefde trouwens alleen maar naar de kleren van haar moeder te kijken om te weten dat ze dat beslist niet van plan was: ze droeg een witte jurk met een dito ceintuur eromheen en witte sandalen met behoorlijk hoge hakken, waardoor het een stuk minder opviel hoe klein ze was. Verder droeg ze haar blonde, glanzende haar los, tot op haar schouders. Het enige wat er nog aan ontbrak waren palmbomen op de achtergrond, dan had ze zo in een reclamespotje voor shampoo kunnen figureren.

Regina Ballester hield zich doof voor haar spot. Al een tijd geleden had ze een olifantshuid gekregen voor de bijtende opmerkingen van haar dochter, die, om halftwee 's middags nog altijd in pyjama, meer dan ooit een kind leek. Ze liep naar haar toe en gaf haar een kus op haar kruin.

'Zo kun je echt niet doorgaan, schatje. Ik ga nu, maar om je de waarheid te zeggen ben ik er helemaal niet gerust op.'

'Mama!' riep Gina verontwaardigd uit. Ze had helemaal geen zin in dat soort discussies; haar moeder liet haar de laatste dagen bijna niet met rust. Omdat ze nu dringend met Aleix moest spreken, liet ze haar maar begaan – ze glimlachte zelfs tegen haar – en nam die doordringende parfumlucht op de koop toe. En dan te bedenken dat er ooit een tijd was geweest dat ze zich spontaan in haar moeders armen had gestort; nu had ze het gevoel alsof ze erin stikte. Zelfs haar borsten roken naar parfum! Nog steeds met het valse glimlachje op haar gezicht vroeg ze: 'Ga je ook bij die winkel voor badmode langs?' Dat werkte namelijk altijd: wanneer ze haar moeder vroeg iets voor haar te doen en daarbij de woorden 'winkel' en 'kopen' gebruikte, kalmeerde ze altijd onmiddellijk. Trouwens, ook al wist Gina het niet honderd procent zeker, haar geparfumeerde borsten deden vermoeden dat de gang naar het winkelcentrum gewoon een smoesje was. 'Breng je die bikini voor me mee die we laatst in de etalage hebben gezien?' Gina was helemaal niet van plan om die zomer naar het strand te gaan en die stomme bikini kon haar dan ook eigenlijk geen fluit schelen. Desondanks wist ze haar vraag een overtuigende toon te geven. En vervolgens drong ze als een heus verwend nest aan, iets wat ze zelf vreselijk haatte: 'Ga nou maar, alsjeblieft.'

'Toen we voor die etalage stonden was je er anders niet zo enthousiast over,' antwoordde Regina.

'Ik voelde me vreselijk kut, mama,' zei Gina. 'Kut' was een woord dat Regina Ballester afschuwelijk vond, want behalve dat het erg vulgair klonk, gebruikte haar dochter het om de haverklap om elke willekeurige gemoedstoestand mee aan te duiden: verdrietig, bezorgd, slechtgehumeurd, verveeld ... 'Kut' leek echt een wondermiddel.

Gina bewoog nerveus met de muis van de computer heen en weer. Gaat ze nou nooit weg, dacht ze terwijl ze zich zachtjes uit de omarming van haar moeder losmaakte. Vervolgens zette ze haar laatste wapen in: 'Oké, koop die bikini dan maar niet. Ik heb dit jaar trouwens toch niet veel zin om naar het strand te gaan ...'

'Natuurlijk ga je naar het strand. Morgen komt je vader terug van zijn promotietour en dan gaan we volgende week naar Llafranc. Ik heb niet voor niets vakantie genomen deze maand,' zei Regina, en dat was iets wat ze wel vaker deed: er in bedekte termen op zinspelen hoeveel ze wel niet voor anderen overhad. Nadat ze steels op haar zilveren horloge had gekeken, vervolgde ze: 'Ik ben Barcelona spuugzat! Die vreselijke hitte ook. Maar ik ga nu, anders hou ik helemaal geen tijd meer over. Ik ben voor vijf uur terug. Als die agenten er voor die tijd al zijn, zeg je niets, begrepen?'

'Mag ik wel de deur voor ze opendoen? Of heb je liever dat ik ze op straat laat staan?' vroeg Gina met gespeelde onschuld. Dat ging vanzelf, want haar moeder maakte haar de laatste dagen helemaal dol.

'Maak je maar geen zorgen, ik ben op tijd terug. Dat beloof ik je.'

Het geluid van haar hakken weerklonk op de traptreden. Gina stond net op het punt het scherm te maximaliseren, toen ze hoorde dat haar moeder haastig kwam teruggelopen.

'Heb ik hier mijn ...?'

'Hier heb je de autosleutel, mama,' onderbrak Gina haar, terwijl ze die van het bureau pakte, waar haar moeder hem had neergelegd om haar te kunnen omhelzen, en hem naar haar toe gooide zonder overeind te komen. Haar moeder ving de sleutel moeiteloos op. 'Je zou hem eigenlijk om je nek moeten hangen,' zei ze, en toen Regina alweer naar beneden liep, voegde ze er op gedempte toon aan toe:

'Maar misschien raakt hij dan wel ontregeld door die afschuwelijke parfumlucht.'

Ze klikte met de muis en het scherm verscheen weer. Aleix had haar intussen vier keer geschreven:

wat is er aan de hand, gi?
ben je nou online, of niet?
hé! ik verveel me vreselijk
nou, zoek het maar uit, bitch, tot de volgende keer!!!

Nee, nee, nee ... godverdomme, geef antwoord alsjeblieft, Aleix.

mijn moeder was in mijn kamer en ik kon geen antwoord geven.
hèhè, eindelijk!! ik dacht al zoiets!! loopt ze nog steeds tegen je te zeiken?

Gina slaakte een zucht van verlichting. Ze begon als een bezetene te typen, en niet om tegen haar moeder tekeer te gaan.

heeft die smeris jou ook gebeld?
smeris? nee, waarom?
kut ... ze komen vanmiddag om vijf uur bij me langs, ik weet niet wat ze willen, echt waar ...

Gina stopte even om na te denken.

dat is geheid gezeur om niets, zoals altijd. Maak je geen zorgen
ik ben bang ... en als ze beginnen over ...
daar beginnen ze niet over, ze weten nergens van
hoe weet je dat?
daarom. bovendien hebben we het plan uiteindelijk toch niet uitgevoerd, of ben je dat alweer vergeten soms?

Gina fronste haar wenkbrauwen terwijl ze diep nadacht.

hoe bedoel je?

Gina kon het geërgerde gezicht van Aleix – dat hij altijd trok wanneer hij iets moest uitleggen wat hem glashelder leek – haast voor zich zien. Een gezicht dat haar een enkele keer irriteerde, maar waar ze gewoonlijk heel kalm onder bleef. Die jongen was echt een kei. Daar twijfelde niemand aan. Maar wanneer je bevriend was met het wonderkind van de school, werd je vaak met een medelijdende blik aangekeken.

> *we waren iets van plan maar hebben het niet gedaan.*
> *dat is niet hetzelfde, toch? het maakt niet uit wat we van plan waren, uiteindelijk hebben we ons alleen maar flink bezopen.*
> *marc anders niet, hoor.*

De cursor knipperde in afwachting van haar bericht.

> *gi, heus, WE HEBBEN NIETS GEDAAN*

Door de hoofdletters leek het zinnetje op een beschuldiging.

> *ja, jij hebt er een stokje voor gestoken ...*
> *en daar had ik gelijk in, of niet soms? we hadden het er samen over gehad en waren het met elkaar eens. we moesten hem gewoon stoppen*

Gina knikte alsof Aleix haar kon zien. Maar diep in haar hart wist ze dat haar mening hierover niet vaststond. En omdat dat nu plots in alle hevigheid tot haar doordrong, voelde ze een diepe verachting voor zichzelf. Aleix had haar die avond overtuigd, maar eigenlijk wist ze dat ze de kant van Marc had moeten kiezen, want het ging om iets wat voor hem heel erg belangrijk was.

> *jij hebt die USB-stick toch?*
> *ja*
> *oké. luister, wil je dat ik er vanmiddag bij ben wanneer de smeris komt?*

Eigenlijk wilde Gina dat wel, maar ze was te trots om het te accepteren.

nee, dat is niet nodig ... ik bel je daarna wel op
je zult zien dat ze ook bij mij op bezoek komen

Gina veranderde van onderwerp:

mijn moeder liep trouwens weer in een flinke wolk par-
fum toen ze wegging
haha ... en mijn vader komt straks niet thuis eten!!!

Gina glimlachte. Dat zogenaamde avontuurtje tussen haar moeder en zijn vader was iets wat ze hadden verzonnen op een avond toen Marc al in Dublin zat en zij zich verveelden. Ze hadden nooit uitgezocht of het echt waar was, maar omdat ze hun veronderstelling steeds weer herhaalden was die, in elk geval voor Gina, in een onomstotelijke waarheid veranderd. Ze hadden er gewoon veel lol in om zich voor te stellen dat haar moeder en zijn vader – de bloedserieuze en streng katholieke dokter Miquel Rovira – een vluggertje aan het maken waren in een hotelkamer.

ik ga iets eten, gi!! straks praten we verder, oké? xxx

Aleix wachtte niet meer op haar antwoord. Plotseling was hij niet meer online en ze bleef alleen voor haar scherm achter. Ze keek om zich heen: het onopgemaakte bed, de kleren die over een stoel hingen, de planken vol met knuffels. Dit is een kinderkamer, zei ze minachtend in zichzelf. Ze beet tot bloedens toe op haar onderlip en veegde het bloed vervolgens met haar hand af. Daarna stond ze op, haalde een enorme kartonnen doos tevoorschijn waarin tot voor kort haar schoolboeken hadden gezeten – die ze jarenlang met een overdreven liefde had bewaard – en zette die midden in haar kamer. Vervolgens pakte ze een voor een de knuffels en gooide die, bijna gedachteloos, met hun gezicht naar beneden in de doos. Dat was zo gebeurd. Nog geen kwartier later stond de doos propvol en met het deksel dicht in een hoek van de kamer en zagen de wanden er vreemd leeg uit. Kaal. Treurig. Saai, zou haar vader zeggen.

8

Naarmate Leire en Héctor verder naar het noorden van de stad reden werden de straten leger. Na nauwelijks een kwartier rijden was van het drukke verkeer in de omgeving van het politiebureau, waar het altijd stikte van de brommers die tussen de stapvoets rijdende auto's door slalomden, niet veel meer over en bevonden ze zich op de rustige, brede boulevard Sarrìa, in de richting van de rondweg. Op dagen zoals deze, met een verblindende zon en een verstikkende hitte, leek de hemel helemaal verbleekt te zijn en zag de Montjuïc, die nauwelijks zichtbaar aan het einde van de boulevard oprees, eruit als een frisse oase die fel contrasteerde met het gloeiende asfalt van de namiddag.

Terwijl Leire reed, keek Héctor afwezig naar de stad. Vanwege zijn gezichtsuitdrukking, zijn droevige blik en lichtelijk gefronste wenkbrauwen, leek het of hij met zijn gedachten ver weg zat en op een plek rondzwierf waar meer schaduw was, maar die niet bepaald aangenaam kon zijn. Ze hadden geen woord met elkaar gewisseld sinds ze in de auto waren gestapt. De stilte was echter geen moment ongemakkelijk geweest omdat ook Leire in haar eigen gedachten verzonken was. Eigenlijk vond ze deze korte momenten van rust zelfs wel prettig: in het politiebureau was het deze ochtend een heksenketel geweest en bovendien had ze nogal een belabberd figuur geslagen tegenover de commissaris. En het beeld van Savall kwam haar dan ook op de meest onverwachte momenten weer voor de geest.

Héctor kneep zijn ogen samen terwijl hij probeerde zijn gedachten op een rijtje te zetten. Hij brandde van verlangen om Andreu te vragen of er iets nieuws was in de zaak van dokter Omar, maar hij had haar helaas niet onder vier ogen kunnen spreken. Verder had hij nadat hij bij de psycholoog was geweest zijn zoon proberen te bellen, maar hij had nog altijd niets van hem gehoord. Hij staarde naar zijn mobieltje met de ijdele hoop dat hij het alleen door ernaar te kijken zou kunnen laten overgaan.

Doordat Leire plotseling moest remmen werden zijn gedachten ruw verstoord en hij keek haar aan zonder dat hij goed wist wat er was gebeurd. Dat begreep hij echter onmiddellijk toen hij een fietser zag – een van die enorme massa fietsers die de laatste tijd de stad onveilig maakten – die meer kwaad dan geschrokken naar hen gebaarde.

'Sorry,' zei Leire, 'maar die fietser stak plotseling over.'

Héctor antwoordde niet en knikte slechts afwezig. Die fietser was nou ook weer niet helemaal uit het niets opgedoken en Leire werd kwaad op zichzelf omdat ze er niet met haar hoofd bij was. Verdomme, zo is het wel genoeg ... Ze zuchtte diep en omdat de stilte haar te veel werd, besloot ze een gesprek met de inspecteur aan te knopen voordat hij opnieuw in gepeins zou verzinken.

'Bedankt voor wat je daarstraks voor me hebt gedaan. In het kantoor van Savall, bedoel ik. Ik was er totaal niet bij.'

'Tja,' antwoordde Héctor, terwijl ook hij probeerde het gesprek gaande te houden omdat hij zijn gepeins beu was. 'Dat was overduidelijk, om je de waarheid te zeggen. Maar trek je maar niet te veel van Savall aan: blaffende honden bijten niet.'

'Ik geef toe dat hij gelijk had om me af te blaffen,' antwoordde ze glimlachend.

Héctor praatte door zonder haar aan te kijken.

'Wat vond je van de familie Castells?' vroeg hij plotseling.

Het duurde even voor Leire antwoord gaf.

'Het is vreemd ... Ik had gedacht dat het veel moeilijker zou zijn om hen te ondervragen over de dood van hun zoon, die nog maar amper negentien was.'

'Maar had je er dan geen moeite mee?' vroeg hij op een nog altijd enigszins gespannen, haastige toon, waarbij hij zich deze keer echter wel rechtstreeks tot haar richtte. Leire kreeg het gevoel dat ze examen aan het doen was en ze dacht dan ook even diep na om het juiste antwoord te kunnen geven.

'Prettig was het natuurlijk niet. Maar het was ook niet' – ze zweeg even om het goede woord te zoeken – '"dramatisch". Ik geloof dat de familie Castells te beschaafd is om scènes te maken. Bovendien is Glòria niet zijn moeder ... Maar dat wil nog niet zeggen dat ze geen emotie tonen wanneer ze alleen zijn.'

Omdat Héctor geen antwoord gaf, ging Leire maar gewoon door met haar uitleg: 'Ik denk trouwens dat in zulke gevallen het geloof erg goed kan helpen. Iets waar ikzelf altijd jaloers op ben geweest. Toch zit het me nog niet helemaal lekker.'

Voor de tweede keer die dag werd God te berde gebracht. Toen Héctor eindelijk antwoord gaf – ze waren al bijna waar ze wezen moesten –, begreep Leire hem niet helemaal.

'Gelovigen hebben altijd een streepje op ons voor. Ze hebben iemand op wie ze vertrouwen kunnen, die hen beschermt of troost. Een hogere macht die hun twijfels uit de weg ruimt en een gedragslijn voor hen uitstippelt. Wij, daarentegen, staan alleen tegenover onze demonen.'

Leire merkte dat Héctor meer tegen zichzelf praatte dan tegen haar. Gelukkig zag ze plots rechts van zich het moderne gebouw van de school waar ze moesten zijn. Omdat het zomer was, lag de straat er praktisch verlaten bij. Ze kon dan ook moeiteloos op de hoek aan de overkant parkeren, op een plek in de schaduw.

Héctor stapte onmiddellijk uit omdat hij snakte naar een sigaret. Hij stak er een op zonder Leire er een aan te bieden en inhaleerde diep, terwijl hij naar de school keek waar Marc tot een jaar voor zijn dood op had gezeten. Ondertussen liep Leire naar het hek van de school, die omzoomd werd door een groot grasveld; hoewel zij ook zin had in een sigaret, verdroeg ze sinds kort de rook van anderen helemaal niet meer.

De school van Marc leek evenveel op de dorpsschool waarop zij gezeten had als het Witte Huis op een eenvoudig witgekalkt arbeidershuisje. De rijken hebben nu eenmaal altijd in een andere wereld geleefd en dat zal ook wel altijd zo blijven, zei ze bij zichzelf. Hoeveel gelijkheid er ook in de samenleving mocht zijn gekomen, het schoolgebouw dat ze voor zich zag, omgeven door het groene laken van een enorm grasveld, met een aparte gym- en gehoorzaal, had meer weg van een universiteitscampus dan van een middelbare school. Iets wat natuurlijk van het begin af aan een enorm verschil creëerde tussen de selecte groep leerlingen die over al deze mogelijkheden beschikte alsof het de normaalste zaak van de wereld was en de rest, die dit soort plaatsen alleen maar in Amerikaanse televisieseries zag.

Toen ze omkeek, zag Leire dat de inspecteur zijn peuk al had weggegooid en door het openstaande hek het schoolterrein op liep. Een beetje geïrriteerd, omdat ze zich opeens voelde als de chauffeur die bij het hek moest blijven wachten, volgde ze hem. Eigenlijk was

Héctor pas op het laatste moment op het idee gekomen een bezoek aan de school van Marc te brengen. En hoogstwaarschijnlijk, zei Leire tegen zichzelf, zouden ze er op dat tijdstip niemand meer aantreffen, maar Héctor had haar niets gevraagd. Typisch voor chefs, dacht ze, terwijl ze vlak achter hem aan liep. In elk geval had hij een lekker kontje.

Ze liepen over de brede toegangsweg van natuursteen, die het grasveld in tweeën deelde, naar de ingang van het hoofdgebouw. De deur zat op slot, zoals Leire al had gedacht, maar desondanks zwaaide hij met een metaalachtig gezoem open vlak nadat Héctor op de bel had gedrukt. Ze kwamen in een brede gang met aan één kant een kantoortje met enorme ramen, ongetwijfeld dat van de conciërge. Een vrouw van middelbare leeftijd begroette hen met een geërgerd gezicht vanaf de andere kant van het glas.

'Het spijt me, maar we zijn al gesloten,' zei ze, terwijl ze met een hoofdbeweging op een biljet wees waarop duidelijk de openingstijden stonden aangegeven, die in de zomer van negen tot halftwee waren. 'Als u informatie wilt over inschrijvingen of over de school zult u morgen terug moeten komen.'

'Nee, we willen geen informatie,' zei Héctor, terwijl hij zijn politie-insigne liet zien. 'Ik ben inspecteur Salgado en dit is agent Castro. We hebben een paar vragen over een leerling van u, Marc Castells.'

De vrouw trok plotseling een erg geïnteresseerd gezicht; ongetwijfeld was dit het spannendste wat ze in tijden had meegemaakt.

'Ik neem aan dat u op de hoogte bent van wat er is gebeurd?' ging Héctor op formele toon verder.

'Maar natuurlijk!' riep ze vol overtuiging uit. 'Ikzelf heb voor de rouwkrans gezorgd die namens de school naar zijn begrafenis is gestuurd. Wat verschrikkelijk toch! Maar ik geloof niet dat ik u kan helpen. Het zou beter zijn als u met wat leraren praatte, maar ik weet niet wie er nu aanwezig zijn. In de zomer hebben de leraren namelijk nooit een vast rooster: ze komen tot de vijftiende alleen maar 's morgens, om programma's te maken en papieren in orde te brengen, maar rond de middag vertrekken ze bijna allemaal.'

Op dat moment weerklonken er echter duidelijk voetstappen in de enorme gang en een man van in de dertig kwam in de richting van het conciërgekantoor gelopen met een stapel gele mappen in zijn handen. De vrouw lachte opgelucht.

'U hebt geluk! Alfonso,' zei ze terwijl ze zich tot de leraar richtte, 'dit is inspecteur ...'

'Salgado,' maakte Héctor haar zin af.

'Alfonso Esteve was de begeleider van Marc in zijn laatste jaar hier,' legde de conciërge met een tevreden gezicht uit.

Maar de leraar leek minder tevreden; hij monsterde hen in elk geval met een behoorlijk onwillige blik van top tot teen.

'Kan ik u ergens mee helpen?' vroeg hij na een korte weifeling. De man was klein, beslist niet groter dan een meter zestig, droeg een spijkerbroek, een wit overhemd met korte mouwen en sportschoenen. Een bril met een hoornen montuur gaf zijn voorkomen een serieus tintje. Voordat Héctor antwoord kon geven legde de leraar de mappen op de balie en zei tegen de conciërge: 'Mercè, berg je deze mappen op, alsjeblieft? Het zijn de herexamens voor september.'

De conciërge pakte de mappen, maar bleef aan de balie staan.

'Is er hier ook een plek waar we rustig kunnen praten?' vroeg Héctor. 'Het duurt maar een paar minuten.'

De leraar keek de conciërge met een steelse blik aan alsof hij van haar redding verwachtte, maar ze gaf geen kik.

'Ik weet niet of de directeur dit goedvindt,' zei de leraar uiteindelijk. 'De dossiers van onze leerlingen zijn privé, dat is bekend.'

Héctor vertrok echter geen spier en bleef hem strak aankijken.

'Nou, goed dan,' gaf de leraar schoorvoetend toe. 'Laten we naar de lerarenkamer gaan, daar is nu niemand.'

De conciërge trok een teleurgesteld gezicht maar zei niets. Héctor en Leire volgden de leraar, die snel naar een kamer aan het einde van de gang liep.

'Gaat u zitten, alstublieft,' zei hij toen ze eenmaal binnen waren en hij de deur gesloten had. 'Wilt u koffie?'

Leire zag een blinkend koffieapparaat op een kleine ijskast staan. Héctor was echter sneller met zijn reactie dan zij: 'Ja, graag,' zei hij op een veel vriendelijkere toon dan daarvoor. 'U hebt bijna vakantie?'

'Ja, nog een paar dagen. Wilt u ook koffie?' vroeg de leraar glimlachend aan Leire terwijl hij een capsule in het apparaat deed.

'Nee, dank u,' antwoordde ze.

'Voor mij met een klein beetje melk,' zei Héctor. 'En zonder suiker.'

De leraar liep met de twee kopjes naar de tafel. Zodra hij zat trok hij weer een bezorgd gezicht. Om eventuele vragen voor te zijn, stak Héctor meteen van wal.

'Moet u luisteren, dit is beslist geen officieel verhoor. We willen deze zaak eigenlijk het liefst sluiten, maar er zijn nog een paar vragen overgebleven waarop de familie en vrienden van Marc geen antwoord kunnen geven. Het gaat om onduidelijkheden over zijn persoon en karakter. Ik ben ervan overtuigd dat u uw leerlingen goed kent en precies weet hoe ze in elkaar zitten. Kunt u ons wat meer vertellen over Marc? En daarmee bedoel ik niet zijn schoolresultaten, maar zijn gedrag, zijn vrienden. U begrijpt me wel.'

De leraar leek erg in zijn nopjes met de lof die Héctor hem had toegezwaaid en antwoordde zonder enige omhaal.

'Nou ja, strikt genomen was Marc dit jaar niet meer mijn leerling, maar daarvoor heb ik hem wel lang in de klas gehad.'

'In welk vak geeft u les?'

'Afhankelijk van het jaar aardrijkskunde of geschiedenis.'

'En u was de begeleider van Marc in zijn laatste jaar.'

'Inderdaad. En dat was geen goed jaar voor Marc. Ik kan overigens wel stellen dat hij nooit een briljante leerling is geweest. De onderbouw haalde hij maar net en het eerste jaar van de bovenbouw moest hij overdoen, maar buiten dat had hij tot dan toe nooit problemen veroorzaakt.'

Leire keek de leraar met grote belangstelling aan.

'En dat veranderde toen plotseling?' vroeg ze.

'Ja, en niet zo weinig ook,' bevestigde de leraar. 'Hoewel we er in het begin juist erg blij mee waren. U moet bedenken dat Marc altijd een erg timide, introverte, stille jongen was. Zo een die onzichtbaar blijft in de klas ... en ik vrees ook daarbuiten. Ik geloof dat hij in het laatste jaar van de onderbouw alleen maar iets zei wanneer hij antwoord moest geven op een vraag. Vandaar dat het een opluchting was toen hij in het eerste jaar van de bovenbouw meer begon te praten. Hij was actiever, minder gesloten ... Ik neem aan dat dat vooral aan zijn omgang met Aleix Rovira te danken was.'

Héctor knikte; die naam klonk hem bekend in de oren.

'Waren ze vrienden?'

'Ik geloof dat hun ouders elkaar al kenden, maar toen Marc bleef zitten kwam hij bij Aleix in de klas en werden ze onafscheidelijk. Dat is heel gewoon bij jongeren en het was duidelijk dat hun vriendschap Marc zeer ten goede kwam, in elk geval wat betreft zijn schoolresultaten. Aleix is namelijk zonder twijfel een van de beste leerlingen die deze school de laatste jaren heeft gehad.' Dat laatste zei de leraar met volle overtuiging, maar desondanks klonken er een lichte spot en een tikkeltje rancune in zijn stem door.

'Aleix lag u niet zo?'

Duidelijk weifelend speelde de leraar met zijn lepeltje. Leire stond al op het punt om opnieuw met veel nadruk te verklaren dat dit geen officieel verhoor was, toen de leraar plotseling toch verderging.

'Aleix Rovira is een van de meest problematische leerlingen geweest die ik heb gehad,' antwoordde hij. Omdat hij wel begreep dat zijn opmerking onduidelijk bleef, ging hij door met zijn uitleg: 'Hij was erg intelligent en, volgens de meisjes, ook erg aantrekkelijk. Hij had niets van een uitslover en was even briljant in sport als in wiskunde. Een geboren leider. Dat is eigenlijk ook niet zo vreemd, want hij is de jongste van vijf broers, die allemaal, wat je noemt, streng katholiek zijn opgevoed.' Hier zweeg de leraar even alvorens hij verderging. 'Maar ik moet er wel bij zeggen dat hij ernstige gezondheidsproblemen in zijn jeugd had gehad, ik dacht leukemie. Vandaar dat het echt een grote verdienste is dat hij, toen hij eenmaal was hersteld, altijd de beste van de klas was.'

'Maar ...?' vroeg Héctor glimlachend.

'Maar,' ging de leraar onverdroten voort. 'Aleix had iets kils over zich. Alsof hij alles al had meegemaakt en hij door zijn intelligentie en ziekte een ... cynische instelling had gekregen. Hij wist de klas in alle opzichten voor zijn karretje te spannen, en sommige leraren ook. Doordat hij de beste van de klas was, de laatste op rij van een lange reeks briljante leerlingen die onze school heeft voortgebracht, en ook doordat hij met succes tegen de kanker had gevochten, ging hij zich steeds meer als een bikkelharde leider gedragen.'

'Wilt u soms beweren dat hij de andere leerlingen koeioneerde?'

'Dat is iets te veel gezegd, maar een beetje toch wel. Spottende opmerkingen tegen minder slimme of begaafde leerlingen, dat soort dingetjes; het was duidelijk dat hij de klas in zijn zak had. Of hij een leraar nu slecht of goed behandelde, iedereen deed hem na. Maar natuurlijk is dit slechts mijn persoonlijke mening, want de meeste leraren vinden Aleix een geweldige knul.'

'U bent anders behoorlijk overtuigd van uzelf, meneer Esteve,' drong Leire aan, want ze vermoedde dat er nog iets meer was en ze wilde voorkomen dat de leraar dat voor zichzelf hield.

'Moet u eens luisteren, ik mag dan erg overtuigd zijn van mezelf, dat wil nog niet zeggen dat ik de waarheid in pacht heb,' antwoordde hij, terwijl hij tegelijk zijn stem dempte alsof hij een geheim vertelde. 'Op een school gaan voortdurend geruchten en het is erg moeilijk te achterhalen waar die vandaan komen: ze schieten simpelweg als paddenstoelen uit de grond en iedereen heeft het erover. In eerste instantie worden ze op fluistertoon verteld, achter de rug van de persoon in kwestie; vervolgens wordt er steeds openlijker over gepraat, totdat uiteindelijk de bom barst.'

Zowel Héctor als Leire volgde het verhaal van de leraar met grote belangstelling.

'Er was een al niet meer zo jonge lerares, van net over de veertig, die hier kwam werken toen Aleix en Marc samen in het eerste jaar van de bovenbouw zaten. Om de een of andere reden kon zij het niet goed vinden met Aleix. Dat was vreemd, want gewoonlijk stond hij juist op goede voet met de leraressen. Onmiddellijk begonnen er allerlei geruchten de ronde te doen. Niemand wist precies wat er nu was gebeurd, maar ze vertrok voor het einde van het jaar.'

'En u vermoedt dat die geruchten het werk van Aleix waren?'

'Ik zou er mijn hand voor in het vuur durven steken. Op een dag dat ze niet kwam werken, trad ik op als haar vervanger. En op het gezicht van Aleix was een gemeen lachje te zien, dat kan ik u verzekeren.'

'En Marc?'

'Nou ja, die arme stakker was zijn grootste fan. Zijn vader was pas opnieuw getrouwd en omdat zijn vrouw geen kinderen kon krijgen adopteerden ze een Chinees meisje. Dat betekende dat ze veel reisden en veel van huis waren ... Marc had iemand nodig en die iemand was Aleix Rovira.'

'Uiteindelijk werd hij zelfs een paar dagen van school gestuurd,' voegde Héctor eraan toe.

Dat was de belangrijkste reden geweest waarom hij zo graag de school had willen bezoeken, want op een school zoals deze, waarop eigenlijk alleen maar kinderen uit de betere families zaten, was dat iets ongehoords. Maar ook al had Héctor stilletjes gehoopt dat Esteve hem daar iets over uit de doeken zou willen doen, hij kwam bedrogen uit, want de leraar, die kennelijk opeens spijt had gekregen van alles wat hij zo-even had verteld, klapte onmiddellijk dicht.

'Dat was het jaar daarna, maar daar kan ik u echt niets over vertellen omdat het privégegevens zijn. En die zijn vertrouwelijk. Als u meer wilt weten zult u met de directeur moeten gaan praten.'

Leire schraapte nadrukkelijk haar keel om aan Héctor duidelijk te maken dat hij moest aandringen, maar dat deed hij niet.

'Vanzelfsprekend,' antwoordde hij. 'Trouwens, heeft Marc u nog opgezocht na zijn terugkeer uit Dublin?'

Deze vraag kalmeerde de leraar duidelijk; opnieuw bevond hij zich op veilig terrein en hij antwoordde dan ook snel, alsof hij zijn eerdere weigering om verdere uitleg te geven wilde goedmaken.

'Ja. Hij maakte een veel rustigere indruk op me. We praatten over zijn toekomst. Hij vertelde dat hij herexamens wilde doen, om zo hogere cijfers te halen en zich te kunnen inschrijven voor communicatiewetenschappen. Daar had hij erg veel zin in.'

Héctor knikte.

'Dank u vriendelijk. U hebt ons erg geholpen,' zei hij, terwijl hij opstond omdat hij het gesprek als beëindigd beschouwde, maar toen hij al overeind was gekomen, kwam hij toch nog met een vraag, alsof het hem plots inviel dat hij iets vergeten was: 'En dat meisje? Hoe heet ze ook alweer ...?'

'Gina Martí,' zei Leire.

De leraar trok meteen een vrolijk gezicht.

'Gina is een schat van een meid. Erg onzeker, te veel beschermd door haar ouders, maar veel slimmer dan ze zelf denkt. Ze kan erg goed schrijven. Ik neem aan dat ze dat van haar vader heeft meegekregen.'

'Haar vader?' vroeg Héctor, terwijl hij zich voor de geest probeerde te halen of daar iets over in het rapport stond.

'Ze is de dochter van de schrijver Salvador Martí.'

Héctor knikte, hoewel hij eigenlijk helemaal niet wist wie Salvador Martí was of wat hij schreef.

'Ze was toch ook bevriend met Marc en Aleix?'

'Hoewel ze een jaar jonger is, geloof ik dat Gina van jongs af aan met Marc bevriend is geweest. Ze kwam hier in de bovenbouw toen Marc het eerste jaar overdeed. En inderdaad liet Aleix haar ook tot zijn vriendenkring toe om Marc een plezier te doen. De waarheid is dat ze Marc twee jaar lang als een schoothondje volgde. Dit laatste jaar, zonder Aleix en Marc, was ze veel kalmer; het is heel goed voor haar geweest dat ze dat over moest doen, want ze heeft erg goede cijfers gehaald. Wat was ze blij toen ze die van ons hoorde ... Nu zit ze waarschijnlijk diep in de put; het is een erg gevoelig meisje.'

9

Toen de bel weerklonk werd Gina wakker. Ze lag half versuft op bed en het duurde even voor ze reageerde. Tien voor half-vijf. Had haar moeder niet gezegd dat ze om ongeveer vijf uur terug zou zijn? Er werd opnieuw gebeld, nu een paar keer kort achter elkaar. Het schoot haar plots te binnen dat de schoonmaak-ster om drie uur wegging en dat ze alleen in huis moest zijn. Vandaar dat ze zo snel mogelijk op blote voeten de trap af ging. Voor ze opendeed bekeek ze zichzelf in de spiegel van de hal. Mijn god, wat zag ze er vreselijk uit. Terwijl ze nog half en half met afkeer naar haar spiegelbeeld keek, deed ze de deur open.

'Sliep je nog, schatje ...?'

'Aleix! Wat doe jij hier?' vroeg ze, als aan de grond genageld door dit onverwachte bezoek.

'Je dacht toch niet dat ik je alleen zou laten met die smeris, hè?' antwoordde hij glimlachend. Zijn voorhoofd glom van het zweet en terwijl hij zijn zonnebril afzette, gaf hij haar een knipoogje. 'Mag ik binnenkomen, of hoe zit het?'

Ze ging een beetje opzij en Aleix kwam met een grote stap naar binnen. Hij droeg een vaalblauw shirt en een ruim zittende ge-blokte bermuda. Door zijn diepbruine kleur leek het wel of Gina, die erg bleek was, aan tbc leed.

'Je zou weleens iets aan mogen trekken, dacht je niet?' zei Aleix en zonder een antwoord af te wachten liep hij door naar de keuken. 'Zeg, ik neem wat te drinken. Ik ben namelijk op de fiets gekomen en heb vreselijke dorst.'

Gina gaf geen antwoord. Traag liep ze de trap op. Ze sloot de deur van haar kamer voor hij naar boven zou komen, hoewel ze heel goed wist dat hem dat toch niet zou tegenhouden. En terwijl ze nog altijd aan het twijfelen was over wat ze zou aantrekken, stond hij inderdaad al op de drempel. Hij glimlachte nog steeds en had een blikje cola in zijn hand.

'Ben je met je verkeerde been uit bed gestapt?' vroeg hij. Daarop liep hij naar haar toe en probeerde haar te kietelen. Omdat hij nogal naar zweet rook, deed ze een stapje achteruit.

'Laat me met rust ...'

'"Laat me met rust ..."' imiteerde hij haar spottend en hij gaf haar een kus op haar mond. 'Wil je echt dat ik je met rust laat? Zal ik dan maar gaan?'

'Nee,' flapte ze er ondanks zichzelf uit. Nee, ze wilde niet dat hij wegging. 'Maar wacht buiten alsjeblieft, dan kleed ik me aan.'

Hij stak zijn armen omhoog als een overvaller die op heterdaad wordt betrapt. Vervolgens sloot hij zijn ogen met nog altijd diezelfde glimlach rond zijn mond.

'Ik beloof dat ik niet zal kijken ... Maar je beeld staat allang op mijn netvlies gegrift.'

'Doe maar wat je niet laten kunt,' antwoordde ze terwijl ze zich omdraaide naar de stoel waar haar kleren op lagen. Ze pakte een kort spijkerbroekje en een zwart shirt met een diepe hals en erg korte mouwen. Snel trok ze haar pyjama uit, maar voor ze zich kon aankleden stond hij al achter haar.

'Ik heb mijn ogen nog steeds dicht, ik zweer het,' zei hij terwijl hij haar opnieuw kuste, deze keer in haar nek. Daarbij raakte hij haar per ongeluk aan met het ijskoude blikje. Gina gaf onmiddellijk een harde gil. 'Goed ... goed ... ik laat je al met rust. Ik zal braaf zijn! Hé, ik zie dat je je knuffels hebt weggehaald. Dat werd tijd ...'

Gina kleedde zich aan. Aleix ging achter haar computer zitten en begon iets te typen. Ze keek hem kwaad aan; ze haatte het dat hij altijd haar spullen gebruikte zonder iets te vragen, alsof ze van hem waren.

'Laten we naar beneden gaan,' zei ze. 'Mijn moeder kan elk moment thuiskomen.'

'Momentje, ik kijk alleen maar even op Facebook.'

Gina ging vlak achter hem staan. Op het scherm zag ze hetzelfde bericht dat zij een paar uur eerder ook had ontvangen: *EeuwigIris wil je vriendin zijn op Facebook* stond er, naast een vage foto van een blond meisje dat haar ogen half dichtkneep in het felle zonlicht.

'Hebben ze jou dat bericht ook gestuurd?' vroeg ze.

'Ze kan de klere krijgen!' antwoordde Aleix woedend, terwijl hij het hele bericht zonder pardon wiste.

'Ik heb daarstraks hetzelfde gedaan,' zei Gina, maar opeens

merkte ze, zonder dat ze wist waarom, dat de tranen over haar wangen begonnen te biggelen. En ze kon er niets tegen doen.

'Gina ...' zei Aleix terwijl hij opstond om haar te omhelzen. 'Schatje, rustig maar. Rustig maar.'

Ze legde haar hoofd tegen zijn borst. Die was zo hard en stevig dat het wel een boomstronk leek. Ze snotterde even hulpeloos als een klein kind.

'Zo is het welletjes geweest. Dit is nu definitief voorbij,' zei hij, terwijl hij haar een stukje van zich af duwde om haar tranen weg te vegen. Gina probeerde te glimlachen.

'Wat ben ik toch een oen.'

'Nee. Nee,' zei hij, waarbij hij haar aankeek met de tederheid van een oudere broer. 'We moeten dit alles van ons afzetten. Het was een zaak van Marc, daar hebben wij niets mee te maken.'

'Ik mis hem zo erg.'

'Ja, ik ook,' zei hij, maar Gina voelde dat hij loog. Dat irriteerde haar en ze maakte zich los uit zijn omarming. 'Trouwens, geef mij die USB-stick maar. Die kan ik beter bewaren.'

Gina vroeg niet waarom hij die eigenlijk zo graag wilde hebben. Ze trok een la van de commode open en gaf hem de stick. Aleix stopte die glimlachend in zijn broekzak.

'Kom, laten we naar beneden gaan. Eens kijken of die smerissen nu eindelijk op komen dagen en dit eens en voor altijd voorbij is. En denk eraan: geen woord hierover.'

Gina zag aan zijn ogen dat hij bang was. Daarom was hij dus gekomen: niet omdat hij haar wilde steunen of zich zorgen maakte over haar, maar omdat hij het niet vertrouwde wat een kind zoals zij wel niet allemaal zou kunnen loslaten als de politie haar onder druk zette. Plots zag ze het verbaasde gezicht van Marc weer voor zich, die met een trillende, haast onhoorbare stem zei: 'Je bent een klootzak, een verschrikkelijke klootzak', terwijl er achter het zolderraam, hoog in de donkere lucht, vuurwerk ontplofte. Ze voelde hoe Aleix haar stevig bij haar pols pakte en haar aan bleef staren.

'Dit is erg belangrijk, Gina. Geen flauwekul.'

Nadat hij haar had losgelaten wreef ze over de pijnlijke plek.

'Heb ik je pijn gedaan?' vroeg hij, en hij begon haar te strelen. 'Sorry. Ik meen het.'

'Nee, hoor,' antwoordde Gina, maar ze vroeg zich af waarom, want eigenlijk had ze ja willen zeggen. En waarom liet ze toe dat hij haar op haar voorhoofd kuste terwijl ze die zweetlucht van hem zo afschuwelijk vond?

Omdat er werd aangebeld hoefde ze geen antwoord op die vraag te geven, iets waar ze trouwens toch al helemaal geen zin in had.

Het maakte totaal geen indruk op de portier van de flat aan de Via Augusta dat er twee politieagenten bij een bewoner op bezoek kwamen. Hij was uit zijn stoel overeind gekomen alsof dat hem een bijna bovenmenselijke krachtsinspanning kostte en iets was wat je niet om vijf uur 's middags op een bloedhete zomerdag kon vergen van iemand die eerlijk zijn boterham verdiende door met een kop-telefoon op in een sportkrant te bladeren. Degene die door de huistelefoon praatte had er blijkbaar mee ingestemd dat ze naar boven kwamen, want de portier wees hun met een verveeld gebaar de lift aan en mompelde 'zolderverdieping', alvorens zich weer in zijn stoel te laten vallen.

Héctor en Leire liepen naar de lift, die net zo traag en log was als de portier. Toen Leire zichzelf in de spiegel bekeek, zag ze dat ze nu niet bepaald een vrolijk gezicht had. Hoe nieuwsgierig ze ook naar de inspecteur mocht zijn geweest voordat ze hem had leren kennen, met hem samenwerken vond ze behoorlijk lastig. Nadat ze in de school van Marc waren geweest, had zij geprobeerd haar visie te geven op wat de leraar had gezegd, maar Héctor was daar volkomen aan voorbijgegaan. En tijdens hun tocht hiernaartoe – die weliswaar niet lang had geduurd – had hij alleen maar met ja en nee geantwoord, terwijl hij door het raampje staarde met een norse houding waaruit duidelijk bleek dat hij met rust gelaten wilde worden. En dat was nu nog steeds zo, ook al had hij haar beleefd laten voorgaan toen ze het flatgebouw en de lift in waren gegaan. Aan zijn gezicht, waar Leire steels naar keek, was goed te zien dat hij ergens mee in zijn maag zat. Het zag eruit als dat van een ambtenaar die gedwongen overwerk moet doen.

Gina Martí liet hen binnen en ze zagen onmiddellijk dat ze even tevoren moest hebben gehuild, want ze had een rode neus en waterige ogen. Achter haar stond een beleefde knul met een ernstig gezicht, die Leire meteen als Aleix Rovira herkende.

'Mijn moeder kan elk moment thuiskomen,' zei Gina nadat Héctor zich had voorgesteld. Het leek of ze erover twijfelde of ze hun voor zou gaan naar de woonkamer of dat ze in de hal zou wachten tot haar moeder kwam. Maar Aleix hakte de knoop door en gebaarde hun, alsof hij de heer des huizes was, door te lopen.

'Ik was toevallig bij Gina op bezoek,' zei hij, alsof zijn aanwezigheid een rechtvaardiging nodig had. 'Als u met haar alleen wilt praten, dan ga ik,' ging hij op een beschermende, vriendschappelijke toon verder. Het meisje verloor haar serieuze, gespannen houding echter niet.

Nadat ze in de woonkamer waren gaan zitten, zag Leire dat de inspecteur met een enigszins medelijdende blik naar het gezicht van Gina Martí keek. Terwijl hij haar uitlegde dat ze alleen maar een paar vragen wilden stellen – waarbij Aleix, die achter haar stond met een hand op haar schouder, knikte –, bekeek Leire de woonkamer van de familie Martí eens goed en stelde vast dat de inrichting echt vreselijk was. De muren werden volledig in beslag genomen door uitpuilende boekenkasten, de eettafel en de overige meubels waren van donker hout, terwijl de zitkussens van de stoelen en het bankstel van donkergroene stof waren. De stillevens die aan de okerkleurige muren hingen – donkere olieverfschilderijen in enorme gouden lijsten – gaven het geheel een enigszins ouderwetse en zelfs beklemmende sfeer. De kamer maakte een stoffige indruk, hoewel ze zeker wist dat wanneer ze over de tafel zou strijken haar vinger brandschoon zou blijven. De gordijnen, van dezelfde donkergroene kleur als de bekleding van de stoelen, waren gesloten, wat de duistere, beklemmende sfeer alleen nog maar versterkte.

'Als je dat liever hebt kunnen we wachten tot je moeder komt,' zei Héctor.

Gina haalde haar schouders op. Ze ontweek zijn blik voortdurend. Dat kon gewoon verlegenheid zijn, dacht Leire, maar ook een teken dat ze iets verborg.

'Jullie kenden Marc allebei al lang, is het niet?'

Aleix was Gina te vlug af: 'Vooral Gina dan. Daar hadden we het net over. Het is erg vreemd deze zomer, zo zonder hem. En bovendien zit het me behoorlijk dwars dat we ruzie met elkaar hadden. Ik was die avond eerder naar huis gegaan dan de bedoeling was en daarna heb ik hem niet meer teruggezien.'

'En waarom hadden jullie dan ruzie?'

Aleix haalde zijn schouders op.

'Ach, eigenlijk om niets. Ik weet niet goed meer wat de aanleiding was,' antwoordde hij, terwijl hij naar Gina keek alsof hij om steun vroeg, maar zij zei niets. 'Marc was heel anders uit Dublin teruggekomen, erg serieus en prikkelbaar. Hij werd om de kleinste dingen kwaad en die avond had ik er schoon genoeg van. Het was tenslotte het Sint-Jansfeest en ik had daar helemaal geen trek in. Dat klinkt hard nu, nietwaar?'

'Volgens je eerdere verklaring ging je direct naar huis.'

'Klopt. Mijn broer was nog op en heeft dat tegenover jullie bevestigd. Ik was in een slecht humeur vanwege de ruzie met Marc en ook een beetje aangeschoten, dus ik ging meteen naar bed.'

Héctor knikte en wachtte even om te zien of het meisje er iets aan toe te voegen had, maar ze hield haar mond. Ze staarde naar de vloer en keek pas op toen ze de deur open hoorde gaan en haar moeder vanuit de hal riep: 'Gina, schatje ... is de politie er al?' Vervolgens liep ze met snelle passen door naar de woonkamer: 'Mijn god, waarom zitten jullie hier in het donker? Die schoonmaakster wil van ons huis een graf maken.' Zonder zich ook maar voor te stellen beende Regina Ballester naar de ramen en trok haastig de gordijnen open. De woonkamer baadde plotsklaps in het zonlicht. 'Zo, dat is een stuk beter.'

En dat was inderdaad zo, hoewel niet alleen vanwege het licht. Sommige mensen vullen nu eenmaal de hele ruimte en hun aanwezigheid valt met geen mogelijkheid weg te denken: Regina Ballester had in een paar tellen een muffe bibliotheek in een fel verlichte catwalk veranderd, waarop zij als het enige en belangrijkste model paradeerde.

Héctor was opgestaan om mevrouw Ballester een hand te geven en Leire meende te zien dat zij hem behoedzaam maar welwillend aankeek.

'Volgens mij kent u agent Castro al.'

Regina knikte vluchtig en ongeïnteresseerd. Het was duidelijk dat ze niet veel belangstelling voor haar had. Hoe dan ook, tegenover Aleix, die ze helemaal niet had verwacht, gedroeg ze zich het kilst. Aleix bleef gewoon naast Gina staan en fluisterde haar iets in het oor.

'Nou, ik ga maar eens. Ik kwam eigenlijk alleen maar even bij Gina op bezoek.'

'Erg bedankt, Aleix,' zei Regina, maar het was duidelijk dat ze hem liever zag gaan dan komen.

'Binnenkort praten we verder,' zei Aleix tegen Gina en vervolgens liep hij naar de deur, maar voor hij naar buiten ging keerde hij zich om en zei tegen Héctor: 'Ik weet niet of ik u ergens bij kan helpen, maar mocht dat zo zijn ... dan sta ik tot uw beschikking.' Uit de mond van een andere jongen hadden deze woorden stijf of zelfs hol geklonken. Maar uit de mond van Aleix klonken ze beleefd en vriendelijk, zonder een sprankje gedienstigheid.

'Ik denk niet dat we je nodig hebben, maar toch bedankt,' antwoordde Héctor.

Het was inderdaad zoals zijn leraar, Alfonso Esteve, had gezegd: Aleix Rovira kon erg innemend zijn.

10

Precies toen Aleix op zijn fiets de straat insloeg waar hij woonde, knipperde een daar geparkeerde auto een paar keer met zijn koplampen. Het was een oude bak met een paar deuken in de zijkant, die nogal uit de toon viel in deze rustige buurt, waar iedereen een eigen garage had. Even dacht hij rechtsomkeert te maken of hard door te fietsen alsof hij niets had gezien, maar hij wist donders goed dat hij hier uiteindelijk niet onderuit zou komen. Bovendien kon hij maar beter voorkomen dat iemand bij hem thuis hem met een figuur als Rubén zag. Dus reed hij met voorgewende kalmte naar de auto toe en stapte af.

'Nou, daar ben je dan eindelijk, man,' zei de knul die achter het stuur zat. 'Ik stond al op het punt om bij je aan te bellen.'

Aleix glimlachte geforceerd.

'Ik was net van plan om je te bellen. Hoor eens, ik moet ...'

De ander schudde zijn hoofd.

'We moeten eens met elkaar praten. Stap in.'

'Ik ga even mijn fiets wegbrengen. Ik ben zo weer terug.'

Aleix wachtte niet op het antwoord: hij stak de straat over, duwde het witte tuinhek open en liet zijn fiets daar achter. In een oogwenk zat hij in de auto en hij keek even achterom of iemand hem soms de tuin in had zien komen en weer weg had zien gaan.

'Kom op, snel weg,' zei hij tegen de ander.

Die zei niets. Hij startte de auto en reed langzaam de straat uit. Aleix deed de gordel om en haalde diep adem. Dat hielp niet veel, want toen hij begon te praten klonk zijn stem nog steeds zenuwachtig.

'Zeg, Rubén, ik heb meer tijd nodig, verdomme ... Ik doe echt wat ik kan.'

Rubén zweeg. Hij zweeg op een vreemde manier! Alsof hij zijn chauffeur was in plaats van zijn makker. Hij was iets ouder dan Aleix, maar omdat hij erg slank was leek hij jonger. Ondanks de tatoeage op zijn arm en de zonnebril, zag hij er jongensachtig uit, wat nog werd versterkt door het witte shirt en de trainingsbroek die hij droeg. Het was hem niet aan te zien dat hij jarenlang had geploeterd, eerst als ober en vervolgens als bouwvakker, tot zowel de bar als het bouwbedrijf was gesloten. Hij keek Aleix pas aan toen hij voor een verkeerslicht moest stoppen.

'Je hebt het goed verknald, man.'

'Verdomme, dat weet ik ook wel. Maar wat wil je dat ik doe? Denk je soms dat ik die poen zomaar in een paar dagen loskrijg?'

Rubén schudde opnieuw teleurgesteld zijn hoofd.

'Trouwens, waar gaan we eigenlijk heen?' vroeg Aleix.

Weer gaf Rubén geen antwoord.

In de woonkamer van de familie Martí keek Héctor erg aandachtig naar het gezicht van het meisje dat tegenover hem zat. Hoewel ze al achttien was, kwam Gina op hem over als een naïef meisje. En erg zenuwachtig bovendien. Hij dacht dat hij haar maar het beste eenvoudige, concrete vragen kon stellen, in elk geval in het begin, zodat ze wat zou kalmeren.

'Moet je luisteren,' zei Héctor met de bedoeling haar gerust te stellen, 'we willen alleen maar een paar vragen stellen. Ik weet ook wel dat je helemaal geen zin hebt om te praten over wat er die avond is gebeurd, dus ik zal proberen het kort te houden. Beantwoord mijn vragen zo direct mogelijk, oké?'

Gina knikte.

'Hoe laat kwam je die avond bij Marc aan?'

'Na achten. Of nee,' corrigeerde ze zichzelf, 'ik kwam om acht uur en Aleix pas later. Ik weet niet precies hoe laat. Om negen uur ongeveer, geloof ik ...'

'Oké,' zei Héctor, terwijl hij haar vriendelijk bleef aankijken. 'En wat waren jullie van plan?'

Gina haalde haar schouders op.

'Niks speciaals ...'

'Maar jij wilde blijven slapen, is het niet?'

De vraag maakte haar zenuwachtig. Ze keek haar moeder aan, die tot dan toe geen woord had gezegd en aandachtig naar de vragen en antwoorden luisterde.

'Klopt.'

'En wat hebben jullie gedaan? Gedronken, muziek geluisterd, iets gegeten?'

Gina kneep haar ogen samen. Een knie begon te trillen.

'Alstublieft, inspecteur, deze vragen zijn allemaal al de dag erna gesteld,' kwam Regina tussenbeide, terwijl ze naar Leire keek om steun te vinden voor wat ze zei. 'Dat was al vervelend genoeg voor haar. Marc en Gina kenden elkaar al heel lang, ze waren als broer en zus.'

'Nee,' zei Gina plotseling met wijd opengesperde ogen en op een felle toon die iedereen verbaasde. 'Ik heb er schoon genoeg van om dat steeds weer te moeten horen, mama! We waren niét als broer en zus. Ik ... ik ... hield van hem.' Haar moeder probeerde haar hand te pakken, maar zij wilde dat niet en ze richtte zich vervolgens met meer zelfverzekerdheid tot de inspecteur. 'Ja, we hebben inderdaad gedronken, muziek geluisterd en een paar pizza's gemaakt. Niet dat we nooit iets speciaals deden, maar het speciale was juist dat we samen waren.'

Héctor liet Gina praten zonder iets te zeggen en gebaarde naar Leire dat ook zij haar mond moest houden.

'Later kwam Aleix. Toen hebben we nog meer gegeten, gedronken en muziek geluisterd, zoals we al zo vaak hadden gedaan. We hadden het over de toelatingsexamens voor de universiteit, over Dublin en de scharreltjes van Aleix. Het was al een tijd geleden dat we met z'n drieën bij elkaar waren geweest. Zoals vroeger.'

Héctor was de verbazing op het gezicht van Regina niet ontgaan. Het viel nauwelijks op, omdat ze maar heel even haar wenkbrauwen had opgetrokken, maar het was onmiskenbaar. Gina ging ondertussen steeds sneller door met haar verhaal: 'Bij een nummer waar we alle drie weg van waren begonnen we als gekken te dansen en te zingen. In elk geval Aleix en ik, want Marc klapte dicht en ging weer zitten. Maar wij dansten door. Het was immers feest, of niet soms? Dat zeiden we ook tegen hem, maar hij had geen zin ... Aleix en ik zetten de muziek harder, ik weet al niet meer welk nummer het was. We dansten nog een tijdje door, totdat Marc plotseling de muziek afzette.'

'Maakte hij zich soms ergens zorgen over?'

'Ik weet het niet ... Hij was erg veranderd toen hij uit Dublin was teruggekomen. Veel serieuzer. In de twee maanden dat hij al terug was had ik hem bijna niet gezien. Weliswaar moest ik blokken voor school, maar hij belde me bijna nooit.'

'Maar ...' wilde Regina haar onderbreken. Gina ging echter door met haar verhaal zonder zich iets van haar moeder aan te trekken: 'En toen zei Aleix dat als het feest afgelopen was, hij opstapte. Ze begonnen met elkaar te ruziën. En dat vond ik kut, want ik had het heel erg naar mijn zin, net als vroeger. Dus toen Aleix weg was vroeg ik aan Marc wat er met hem aan de hand was.' Hier stopte Gina even en het leek erop dat ze in huilen zou uitbarsten. 'Hij antwoordde zoiets in de trant van dat ik veel gedronken had en er morgen beroerd aan toe zou zijn, en dat was waar, neem ik aan, maar ik werd kwaad en ging in zijn bed liggen, waar ik een tijdje op hem heb liggen wachten ... Nou ja, eigenlijk had ik eerst overgegeven in de badkamer – ik heb alles netjes schoongemaakt, hoor – en omdat ik daarna koude rillingen kreeg en alles om me heen draaide, kroop ik in bed.' Op dat moment liet Gina haar tranen de vrije loop. Haar moeder sloeg een arm om haar heen en deze keer liet ze haar begaan. 'Dat was het. Toen ik wakker werd, was Marc al dood.'

Gina zocht als een jong vogeltje bescherming in de armen van haar moeder, die op ernstige toon tegen Héctor begon: 'Nou, zo is het wel genoeg geweest, dacht u niet? Zoals u ziet gaat dit alles mijn dochter niet in haar kouwe kleren zitten. Ik wil niet dat ze steeds weer hetzelfde verhaal moet vertellen.'

Héctor knikte terwijl hij schuins naar Leire keek. En hoewel ze niet goed begreep wat hij met die blik wilde zeggen, was het haar wel duidelijk dat Gina, beschermd door haar moeder, haar mond voorlopig niet meer open zou doen. Ook al leken haar tranen oprecht, het was haar niet ontgaan dat ze zich opgelucht voelde toen haar moeder tussenbeide kwam. Leire wilde iets zeggen, maar Regina was haar voor en de ster van de show eiste opnieuw alle aandacht op: 'Ik zie die verschrikkelijke ochtend nog steeds voor me.'

Héctor speelde het spelletje mee.

'Hoe kreeg u eigenlijk te horen wat er was gebeurd?'

'Glòria belde me 's morgens vroeg op om het me te vertellen. Mijn lieve god! Ik kon het gewoon niet geloven ... En hoewel ze meteen zei dat er met Gina niets aan de hand was, dat het die arme Marc was die uit ... Nou ja, ik kalmeerde pas toen ik Gina in levenden lijve voor me zag.'

Na die woorden drukte Regina haar dochter nog meer tegen zich aan.

'Vanzelfsprekend,' beaamde Héctor. 'U had een feestje gehad in de villa van de familie Castells?'

Er verscheen onmiddellijk een spottende glimlach rond Regina's mond.

'Het is erg overdreven om zoiets een feestje te noemen, inspecteur. Laten we het maar op een eenvoudig diner met vrienden houden. Glòria is een schat en een van de flinkste vrouwen die ik ken, maar feestjes op touw zetten is niet bepaald haar sterkste kant.'

'Wie waren er bij dat diner?'

'We waren maar met ons zevenen: de Rovira's, de Castells, mijn man en ik, en de broer van Enric Castells, Fèlix, die priester is. Goed, en Natàlia natuurlijk, de aangenomen dochter van de Castells.'

'Ging u vroeg naar huis?'

Als Regina verbaasd was over deze vraag, dan hield ze dat goed verborgen.

'Vroeg? Dat weet ik niet meer. Die avond duurde voor mij een eeuwigheid. Ik heb me niet meer zo verveeld sinds de laatste stompzinnige film waar Salvador me mee naartoe had genomen. Want gaat u maar na: de Rovira's besteedden meer tijd aan bidden dan aan eten. Volgens mij denken ze zelfs dat het een zonde is van eten te genieten en dat dat van vraatzucht of inhaligheid getuigt. En dan Glòria, die om de haverklap van tafel opstond om te kijken of haar dochtertje niet bang was geworden van het vuurwerk. Ik zei tegen haar dat ze zich heus niet druk hoefde te maken, omdat de Chinezen al eeuwenlang met kruit spelen, maar ze keek me aan of ik niet goed snik was.'

Gina zuchtte diep.

'Mama, wat ben je toch vals. Zo hysterisch is Glòria nou ook weer niet. En Natàlia is een schat; altijd wanneer ik op haar pas, gaat ze zonder enig probleem slapen.' En terwijl ze zich tot Héctor richtte voegde ze er op een enigszins spottende toon aan toe: 'Mijn moeder kan Glòria niet luchten of zien omdat ze zo'n goed figuur heeft en hard aan de weg timmert.'

'Nou, geen onzin uitkramen, Gina. Ik waardeer Glòria erg. Enric had het echt niet beter kunnen treffen; ze is een echtgenote zoals die alleen vroeger bestonden.' In deze lof klonk echter overduidelijk een zekere minachting door. 'En ik bewonder het dat ze zo flink is, maar dat neemt niet weg dat het feestje een erg duffe bedoening was: mijn man, Enric en zijn broer, de priester, hadden het uitgebreid over de rampzalige situatie waar Catalonië op dit moment in verkeert, over de crisis en de teloorgang van normen en waarden ...

En of dat al niet erg genoeg was, was een lekker glaasje er ook al niet bij vanwege alle alcoholcontroles die er altijd in de Sint-Jansnacht zijn.' Dat laatste klonk zo ongeveer als een directe beschuldiging aan Héctors adres.

'Hoe laat kwam u thuis?'

'Dat zal rond tweeën zijn geweest. Salvador komt morgen terug van een promotietour. Ik zal het hem vragen; hij let namelijk veel meer op de tijd dan ik.'

Terwijl haar moeder aan het praten was, stond Gina op om een zakdoek te pakken. Leire volgde haar met haar blik. Ze huilde niet meer en even was er op haar gezicht een soort tevredenheid te zien. Leire kwam plotseling overeind en begon met Gina te praten: 'Sorry,' zei ze, 'maar ik moet een pilletje innemen. Zou je me een glas water kunnen geven? Je hoeft het niet te brengen, hoor. Ik loop wel met je mee.'

Aleix krijgt een klap op zijn mond van de kale kerel die vlak voor hem staat. Omdat hij met de rug van zijn hand slaat is het meer vernederend dan pijnlijk. Hij proeft het bloed op zijn onderlip.

'Zie je nu wat er gebeurt als je brutaal bent?' slingert de kale hem in het gezicht, terwijl hij een stap achteruit doet. 'Kom op, wees een brave knul en gedraag je netjes.'

Aleix voelt zijn adem in zijn gezicht. Die is warm en vochtig. Een andere kerel slaat van achteren zijn armen om hem heen en neemt hem meedogenloos in de tang. Rubén, die in een hoek van het vertrek zit, kijkt de andere kant op.

Het is niet de eerste keer dat Aleix hier komt; in deze oude garage aan de rand van een industrieterrein is hij al een paar keer eerder geweest om coke te scoren. Daarom ook is hij met Rubén meegegaan, zonder dat hij er enig idee van had dat die twee kerels hem hier zaten op te wachten. Hij weet niet eens wie het zijn, maar woest zijn ze wel. En terecht. Aleix is kletsnat van het zweet en dat komt niet alleen doordat het erg warm is. De eerste stoot in zijn maag doet hem naar adem happen. Hij spert zijn ogen wagenwijd open, alsof hij stomverbaasd is. Als hij iets wil zeggen krijgt hij nog een stoot, en nog een en nog een. Hij probeert niet eens aan de greep van de kerel achter hem te ontkomen; het enige wat hij probeert is om aan iets anders te denken. Ze weten niet dat hij als kind al zoveel klappen heeft gekregen dat hij er niet meer bang voor is. Hij herhaalt voortdurend in zichzelf:

dit is alleen maar een waarschuwing. Ze zijn uit op het geld, maar willen hem beslist niet vermoorden. Maar wanneer die kale even ophoudt hem te meppen, kan hij zijn gezicht zien. Die klootzak geniet ervan. Door die blik van genot en die hand die hij op zijn kruis houdt alsof hij gaat masturberen, raakt hij in paniek. Hij kan zijn gedachten lezen alsof zijn hoofd van glas is en zijn bedoelingen aan de binnenkant geschreven staan. Hij kijkt goed naar het gezwollen kruis van de kale, en ook al voelt hij doodsangst, hij probeert steeds te blijven glimlachen. Wanneer de kale hem opnieuw twee enorme opdonders geeft, weet hij dat dat hem is gelukt en is hij bijna dankbaar voor de pijn. Die te voelen is het beste van alles.

'Zo is het genoeg!' roept Rubén, terwijl hij van zijn stoel opstaat en naar hen toe komt.

De vuist van de kale blijft halverwege in de lucht hangen en de klemmende greep van de armen rond zijn borst verslapt enigszins. In elk geval zoveel dat Aleix kan wegglippen, als vloeistof die langs een muur naar beneden loopt, en op zijn knieën valt. Alles is wazig om hem heen en hij voelt een vreselijke pijn. Rubén komt naar hem toe gelopen, hurkt naast hem neer en praat zo zachtjes tegen hem dat hij het amper kan verstaan.

'Je hebt geluk dat hij erbij is,' zegt de kale terwijl hij op zijn horloge kijkt. 'We geven je nog vier dagen: deze dinsdag komen we het geld halen.'

Aleix kan alleen maar knikken. Hij voelt dat Rubén zijn hand op zijn schouder legt en hem overeind helpt. Aleix steunt op hem; zijn gezicht staat bedroefd.

'Het spijt me, kerel,' fluistert hij in zijn oor. En Aleix voelt dat hij het echt meent, dat hij zich zorgen om hem maakt, ook al is hij degene geweest die hem in deze val heeft gelokt.

'Breng hem maar naar huis,' zegt de kale tegen Rubén. 'Hij weet wat hem te doen staat.'

Rubén trekt hem aan zijn schouder mee naar de deur. Terwijl ze naar buiten lopen moet Aleix blijven staan om over te geven: zijn maag keert zich om en zijn ogen springen vol tranen. En wat nog het ergste van alles is, is dat hij doodsbenauwd is, want hij weet niet hoe hij zich hier ooit uit moet redden.

In de keuken dronk Leire langzaam een glas water leeg, terwijl ze erover nadacht hoe ze dit zou aanpakken. Ondertussen staarde

Gina haar met een uitdrukkingsloos gezicht aan. Ze hield iets verborgen, iets wat eerst door haar tranen heen had geschemerd en nu in haar apathische blik was te zien.

'Heb je misschien een foto van Marc?' vroeg Leire vriendelijk. 'Ik zou graag willen zien hoe hij eruitzag.' Het was slechts een losse flodder, maar desondanks trof die doel want Gina ontspande zich en knikte.

'Ja, in mijn kamer heb ik er een paar.'

Ze liepen de trap op naar haar kamer en Gina sloot de deur achter hen. Ze ging achter haar computer zitten en begon snel te tikken.

'Ik heb ook veel foto's van hem op Facebook staan,' zei ze tegen Leire. 'Maar deze zijn van die nacht. Ik was helemaal vergeten dat ik ze had gemaakt.'

Het waren haastig gemaakte kiekjes. De pizza's, de drank, de traditionele cake met pijnboompitten. Er waren een paar foto's van Aleix, maar de meeste waren van Marc. Een rattenkop, een donkerblauw shirt met witte cijfers en een versleten spijkerbroek. Een normale jongen, behoorlijk knap, maar veel te ernstig voor een feestje. Leire keek tegelijkertijd naar de foto's en naar Gina's gezicht, en als ze zich tot nu toe had afgevraagd of ze wel echt verliefd op hem was geweest, verdween die twijfel nu als sneeuw voor de zon.

'Wat zag je er leuk uit,' zei Leire, en dat was echt zo. Het was duidelijk dat Gina zich had opgetut die avond en Leire dacht dat ze dat speciaal voor Marc had gedaan. Wat spijtig dat ze uiteindelijk alleen en dronken was achtergebleven, misselijk van de drank. Leire flapte de vraag eruit zonder dat ze er iets tegen kon doen: 'Hij had een ander meisje leren kennen, hè? In Dublin waarschijnlijk.'

Gina werd onmiddellijk nerveus en sloot het scherm. Haar gezicht sprak boekdelen.

'Wacht eens,' zei Leire. Ze zag plots het dode lichaam van Marc weer voor zich, op de tegels van de binnenplaats: het opgedroogde bloed op zijn achterhoofd, een spijkerbroek, sportschoenen ... Ja, ze wist het zeker: hij droeg een heldergroene polo die in de verste verte niet op dat donkerblauwe shirt van de foto leek. 'Had hij die avond andere kleren aangetrokken?'

Aleix had het duidelijk tegen Gina gezegd: 'Als je soms plotseling niet meer weet wat je moet antwoorden, zeg je gewoon dat je het bent vergeten.' Gina wendde verbazing voor: 'Waarom vraagt u dat?'

'De kleren waarin hij de volgende dag werd gevonden zijn niet dezelfde als op deze foto's.'

'Nee? Tja, ik kan het me niet meer herinneren.' Opnieuw begon Gina's knie onwillekeurig te trillen. Ze stond snel op en liep naar de deur. Het gebaar liet aan duidelijkheid niets te wensen over: het gesprek was afgelopen.

De oude Citroën stopte op dezelfde hoek als waar Aleix een paar uur eerder was ingestapt. Rubén en hij hadden onderweg geen woord gewisseld – Aleix omdat hij nauwelijks kon praten en Rubén omdat hij niets te zeggen had.

'Wacht even,' kon Aleix ternauwernood uitbrengen.

Rubén zette de motor af. Hij bleef zwijgen en stak een sigaret op.

'Die kerels menen het serieus,' zei hij zonder Aleix aan te kijken. 'Het gaat om veel geld deze keer, man. Je moet het echt te pakken zien te krijgen.'

'Denk je soms dat ik achterlijk ben? Lazer toch gauw op, Rubén!'

'Zorg er nou maar voor dat je het geld te pakken krijgt, man. Vraag het aan je ouders, je vrienden, je vriendinnetje ... Die heeft poen zat, toch? Als een van mijn vrienden vierduizend euro nodig had, dan haalde ik ze echt ergens vandaan. Dat zweer ik je.'

Aleix zuchtte diep. Hoe moest hij Rubén nu uitleggen dat mensen die veel geld hebben juist het minst bereid zijn om het af te staan?

De rook van Rubéns sigaret trok door het open raampje naar buiten, maar bleef desondanks deels in de auto hangen. Aleix dacht dat hij moest overgeven.

'Voel je je niet goed?'

'Ik weet het niet,' antwoordde hij en hij stak zijn hoofd naar buiten voor wat frisse lucht, iets wat zinloos was bij die vreselijke hitte. Toch haalde hij diep adem.

'Luister eens goed, Aleix,' zei Rubén, terwijl hij zijn peuk naar buiten gooide. 'Ik wil je even heel duidelijk maken dat mijn hachje ook op het spel staat. Als die kerels vermoeden dat je het spul gehouden hebt ... je weet wel wat ik bedoel ... dan kom ik ook aan de beurt, man. Dat heb ik je al eerder uitgelegd.'

En dat was waar. Rubén had namelijk bijna een jaar geleden een deal met Aleix gesloten die eigenlijk als een soort spelletje was begonnen: hij gaf Aleix de kans een paar lijntjes gratis te verdienen als het hem lukte om coke te slijten in kringen waartoe Rubén geen toegang had. Het was voor Aleix een grote kick geweest om dat te doen. En toen Rubén hem een paar weken geleden had voorgesteld om nog meer coke te verkopen omdat de handel uitstekend liep, coke die hij van die kerels kon afnemen die Aleix daarnet hadden afgetuigd, had Aleix meteen ja gezegd. In de Sint-Jansnacht had hij dan ook genoeg bij zich om de feestjes van half Barcelona van coke te voorzien.

'Verdomme, hoe vaak moet ik het je nog uitleggen? Marc werd kwaad op me en spoelde alles door de wc. Ik kon niets doen. Denk je nou heus dat ik dit voor mijn lol doe?'

'Heb je hem daarom uit het raam geduwd?'

In de stilte die daarop volgde kon je een speld horen vallen.

'Hoe bedoel je?'

Rubén ontweek zijn blik.

'Ik ben je gaan zoeken, man, die nacht. Ik wist waar je zat en toen ik er genoeg van had om je te bellen en je alsmaar niet opnam, heb ik mijn motor gepakt en ben naar het huis van je maat gereden.'

Aleix keek hem stomverbaasd aan.

'Het was laat, maar het licht op zolder brandde. Ik kon vanachter het hek zien dat je maat in het raam zat te roken. Ik probeerde je opnieuw te bellen en ik stond al op het punt weg te gaan toen ...'

'Wat?'

'Nou, ik zweer je dat ik heb gezien dat iemand hem het raam uit duwde. Hij zat doodstil en plotseling schoot hij naar buiten ... En ik dacht het silhouet van iemand achter hem te zien. Ik ben niet gaan kijken. Ik ben op mijn motor gesprongen en zo hard mogelijk weg-gescheurd. De volgende dag, toen je me vertelde wat er was ge-beurd, dacht ik dat jij het misschien wel kon zijn geweest.'

Aleix schudde zijn hoofd.

'Hij is gevallen. En als je iets meer hebt gezien, dan zal dat wel zijn gekomen omdat je stijf stond van de coke, of niet soms?'

'Nou, ja, het was feest, dus ...'

'Hoe dan ook, je kunt maar beter aan niemand vertellen dat je hier bent geweest.'

'Rustig maar.'

'Zeg, heb je ...?'

Rubén zuchtte.

'Als die idioten in de gaten krijgen dat ik je coke geef, maken ze me af.' Daarop maakte hij snel twee lijntjes klaar op een cd-doosje. Dat gaf hij aan Aleix, die gretig één lijntje opsnoof. Hij keek Rubén steels aan voor hij hem het doosje teruggaf.

'Neem dat andere ook maar,' zei Rubén tegen hem, terwijl hij een nieuwe sigaret opstak. 'Ik moet nog rijden. En jij hebt het nu hard nodig.'

11

Het laatste bezoek voor vandaag, dacht Héctor, terwijl hij de
auto recht voor het huis van de familie Castells parkeerde.
Straks zat het erop en kon hij dit alles vergeten. Deze idiote zaak zou worden gesloten en hij zou zich eindelijk kunnen be-
zighouden met wat hij werkelijk belangrijk vond. Bovendien zou
commissaris Savall voor één keer erg tevreden zijn: hij kon tegen
Joana Vidal vertellen dat het een ongeluk was geweest en daarmee
was de kous af.

Terwijl ze naar het huis van de Castells reden had Leire hem verteld dat Marc in de Sint-Jansnacht andere kleren had aangetrokken
en dat ze sterk de indruk had gekregen dat Gina hun niet de volledige waarheid had verteld. Hij was het met haar eens, maar hij
dacht, zonder het hardop te zeggen, dat liegen nu eenmaal niet
hetzelfde was als een jeugdvriend uit een zolderraam duwen. Een
raam dat ze nu trouwens goed konden zien over het met klimop
begroeide hek heen.

Héctor keek Leire aan en kneep zijn ogen daarbij half dicht;
vanaf het raam tot aan de grond was het zeker tien of elf meter.
Waarom moesten jongens toch altijd van die gevaarlijke capriolen
uithalen? Was het uit verveling, voor de kick of domweg uit onachtzaamheid? Misschien dat die drie dingen wel allemaal een rol
speelden. Hij schudde zijn hoofd, terwijl hij aan zijn eigen zoon
dacht, die aan het begin van de puberteit stond, die leeftijd vol
voorspelbaar gedrag en clichés, waarbij je als vader alleen maar
geduldig kon afwachten of alles wat je je kind in het verleden had
geprobeerd bij te brengen enig tegenwicht bood aan de kokende
hormonen en alle flauwekul waarmee die leeftijd gepaard ging.
Marc Castells was bijna twintig toen hij uit het raam was gevallen.

Héctor bleef Leire aanstaren terwijl hij voelde hoe hij plotseling
werd overmand door een angst die hij al eerder bij dit soort ab-
surde, dodelijke ongelukken had gevoeld: ongelukken die hadden

kunnen worden voorkomen, die nooit hadden mogen gebeuren.

Een vrouw van middelbare leeftijd en met Zuid-Amerikaanse trekken ging hun voor naar de woonkamer. De tegenstelling met het huis dat ze zojuist hadden bezocht was zo groot dat het zelfs Héctor opviel en dat terwijl hij even weinig van binnenhuisarchitectuur af wist als van kwantummechanica. Witte muren en lage meubels, hier en daar een schilderij met warme kleuren en op de achtergrond de zachte klanken van Bach. Hoewel Regina Ballester niet onder stoelen of banken had gestoken dat ze de huidige mevrouw Castells nogal saai vond, getuigde de sfeer die ze in haar huis had geschapen van harmonie en rust. Precies wat iemand als Enric Castells van een huis verwachtte: rustig en mooi, met grote ramen en lichte ruimtes, niet te modern maar ook niet te klassiek, dat de rijkdom en goede smaak van zijn bezitter tot in de kleinste details tot uitdrukking bracht. Toen Héctors oog onwillekeurig op de tafelloper viel, zag hij dat die een zwart-witte geometrische opdruk had die door Ruth was ontworpen. Misschien dat hij daardoor opeens in een treurige stemming raakte, een soort mengeling van onbehagen en wrok, die volkomen misplaatst was. Ook al was hier nog maar twee weken geleden iemand gestorven, er was eigenlijk niets meer van te merken: de tragedie was volkomen geneutraliseerd en alles ging weer zijn normale gangetje. De muziek van Bach zette de toon.

'Inspecteur Salgado? Mijn man had me al gewaarschuwd dat u zou komen. Ik denk dat hij elk moment hier kan zijn,' zei Glòria Vergés, en Héctor begreep onmiddellijk waarom zij en Regina Ballester elkaar niet zo goed lagen. 'Laten we even wachten tot hij er is,' voegde ze er op een enigszins onzekere toon aan toe.

'Mama! Moet je kijken!'

Haar aangenomen dochtertje, een Chinees meisje van een jaar of vier, vijf, eiste de aandacht op en Glòria liep onmiddellijk naar haar toe.

'Een kasteel!' riep het kind terwijl ze een tekening omhooghield.

'Nee, maar ... is dat het kasteel waarin de prinses woont?' vroeg haar moeder.

Achter haar gele tafeltje dacht het meisje na over het antwoord.

'Ja!' riep ze uiteindelijk.

'Waarom teken je de prinses ook niet? Terwijl ze door de tuin loopt,' zei Glòria nadat ze naast haar dochtertje was neergehurkt.

Vervolgens richtte ze zich tot Héctor en Leire: 'Willen jullie iets drinken, misschien?'

'Als u het niet erg vindt zouden we graag even een kijkje op zolder willen nemen,' antwoordde Héctor.

Glòria twijfelde opnieuw; het was duidelijk dat haar man haar nauwkeurige instructies had gegeven en als ze daar tegenin ging voelde ze zich ongemakkelijk. Gelukkig kwam er net op dat moment iemand de woonkamer binnen. Héctor en Leire keerden zich om.

'Fèlix,' zei Glòria verbaasd maar opgelucht. 'Dit is de broer van mijn man, de eerwaarde Fèlix Castells.'

'Inspecteur,' zei de man, die lang en erg dik was, terwijl hij hun de hand schudde, 'mijn broer heeft me zojuist gebeld: door onvoorziene omstandigheden komt hij iets later. Als ik u ondertussen ergens bij van dienst kan zijn, sta ik tot uw beschikking.'

Voordat Héctor echter iets kon antwoorden kwam Glòria tussenbeide: 'Het spijt me, maar zou u ergens anders verder willen praten?' zei ze op gedempte toon, terwijl ze tegelijk schuins naar haar dochtertje keek. 'Natàlia heeft de laatste dagen erg slecht geslapen doordat ze vreselijke nachtmerries had.' En ze voegde er zuchtend als een soort verontschuldiging aan toe: 'Ik weet niet of het goed is, maar ik wil dat alles weer zijn normale gang gaat en haar zo min mogelijk aan het gebeurde herinnert.'

'Vanzelfsprekend,' antwoordde Fèlix terwijl hij haar begripvol aankeek. 'Zullen we dan maar naar boven gaan?'

'Ik loop met u mee,' zei Héctor. 'Vindt u het goed dat agent Castro even een kijkje neemt in de kamer van Marc?' En ook al sprak hij die naam op gedempte toon uit, het meisje had het gehoord, want ze keek in hun richting. Ze mocht dan ijverig aan het tekenen zijn, het was overduidelijk dat ze goed luisterde naar wat er werd gezegd. In hoeverre begrepen kleine kinderen wat er om hen heen gebeurde? Het moest erg moeilijk zijn om een meisje van haar leeftijd een tragedie zoals deze uit te leggen. Misschien dat de oplossing van haar moeder dan ook wel de beste was: gewoon weer verdergaan alsof er niets was gebeurd. Als dat kon tenminste.

De onvoorziene omstandigheid die op de weg van Enric Castells was gekomen kijkt hem op dat moment aan vanaf de andere kant van een cafétafel met een blik waaruit zowel nieuwsgierigheid als minachting spreekt. Ze zitten in een café waar het 's zomers meestal erg rustig is, omdat de beklede stoelen en de tafels van donker hout, ondanks de airco, een indruk van warmte geven. De obers, in uniformen, zijn de klanten met een overdreven en ouderwets aandoende beleefdheid van dienst, terwijl aan de bar wat oude mannen hangen die daar ongetwijfeld elke middag over hun gezondheid zitten door te zagen. En zij natuurlijk, weggedoken aan een tafeltje achterin, alsof ze zich voor iemand verbergen die elk moment zou kunnen binnenkomen. Op de tafel staan twee kopjes koffie en een kannetje melk.

Vanaf de andere kant van het raam gezien lijken hun gebaren op die van een ruziënd echtpaar dat elk moment uit elkaar kan gaan. Hoewel hun woorden onhoorbaar zijn, is aan de gebaren van de vrouw te zien dat ze geïrriteerd is: ze spreidt haar armen en schudt haar hoofd alsof de man die tegenover haar zit haar voor de zoveelste keer heeft teleurgesteld. Wat ze ook tegen hem zegt, hij lijkt onverstoorbaar te blijven: hij beziet haar met een spottende blik en steekt zijn onverschilligheid niet bepaald onder stoelen of banken. Hoewel zijn ernstige houding daarbij uit de toon valt. Deze scène gaat zo nog enige minuten door. Zij dringt aan, vraagt, eist, haalt een bedrukt vel papier uit haar tas, dat ze op tafel smijt; hij wendt zijn blik af en antwoordt bits. Totdat de vrouw plotseling iets zegt wat voor hem de druppel is die de emmer doet overlopen. Dat is overduidelijk, want zijn gezicht betrekt en hij balt even een vuist. Hij heeft er schoon genoeg van en staat op, terwijl hij met zijn handen op de tafel steunt. Zij laat haar blik even peinzend door het raam vallen en wanneer ze weer omkijkt om nog iets tegen hem te zeggen, is hij al weggebeend. Het papier is op de tafel achtergebleven, tussen de twee kopjes in. Ze pakt het op en leest het, alvorens het netje op te vouwen en weer in haar tas te stoppen. Daarbij glimlacht ze heel even bitter. En alsof het haar een enorme inspanning kost, komt Joana Vidal langzaam overeind en loopt naar de deur.

Het woord 'zolderkamer' doet denken aan schuine wanden, houten balken, oude schommelstoelen, vergeten speelgoed en stoffige kisten: een rommelige ruimte waar je je kunt verstoppen of terugtrekken. De zolderkamer van de Castells was echter precies het tegenovergestelde, want hij was brandschoon, had witte muren en was netjes opgeruimd. Héctor wist natuurlijk niet hoe deze kamer eruit had gezien toen Marc nog leefde, maar nu, twee weken na zijn dood, leek hij een volmaakte voortzetting te zijn van de harmonische sfeer die op de begane grond heerste. Geen oude, bijzondere of persoonlijke spullen. Er stonden alleen een lege houten tafel, vlak voor het raam om van het invallende licht te profiteren, een moderne, gemakkelijke stoel, die veel van een bureaustoel had, schappen vol met boeken en cd's, enigszins blinkend in het namiddaglicht. Een onpersoonlijke ruimte zonder ook maar iets opvallends. Het enige wat aan een echte zolderkamer deed denken was een enorme doos die bij de muur tegenover de tafel stond.

Héctor liep naar het raam, deed het open en keek naar beneden. Hij sloot zijn ogen, terwijl hij zich de houding van het slachtoffer probeerde voor te stellen: op de vensterbank, met zijn benen uit het raam en een sigaret in zijn hand. Behoorlijk aangeschoten, in elk geval voldoende om zijn reactievermogen een stuk te verminderen, en met zijn gedachten bij het meisje dat beneden in zijn kamer op hem ligt te wachten, hoewel kennelijk zonder al te veel zin om bij haar in bed te kruipen. Misschien probeert hij zichzelf moed in te spreken om haar de bons te geven, of hapt hij juist naar adem om haar alles te geven wat ze wil. Het is een ogenblik waarop hij rust vindt, een paar minuten waarin hij de dingen op een rijtje zet. En wanneer hij zijn sigaret heeft opgerookt, draait hij zich een stukje om met de bedoeling weer in de kamer te springen. Maar op dat moment slaat de alcohol onverbiddelijk toe en door een duizeling kiepert hij achterover, terwijl hij wanhopig in de lucht graait zonder houvast te vinden.

Fèlix Castells bleef in de deuropening staan terwijl hij Héctor zonder een woord te zeggen gadesloeg. Pas toen Héctor weer bij het raam wegliep sloot hij de deur en begon tegen hem te praten.

'U moet Glòria proberen te begrijpen, inspecteur. Dit alles is vreselijk geweest, zowel voor Enric als voor het meisje.'

Héctor knikte. Wat had Leire daarstraks ook alweer gezegd? 'Uiteindelijk is ze niet de moeder van Marc.' Dat was waar: mevrouw Castells kon treuren over de dood van haar stiefzoon, en ongetwijfeld deed ze dat ook, maar het belangrijkste voor haar waren haar dochtertje en haar man. Niemand kon haar dat verwijten.

'Konden ze goed met elkaar opschieten?'

'Gezien de omstandigheden redelijk goed. Marc had een moeilijke leeftijd en had erg de neiging zich in zichzelf op te sluiten. Hij was nooit zo'n prater: hij zat urenlang in zijn eentje hier of op zijn kamer, of ging skaten. Glòria begreep hem en accepteerde over het algemeen dat Enric bezorgd over hem was.' Hij viel even stil, alsof hij naar de juiste woorden zocht. 'Het gezinsleven is niet eenvoudig vandaag de dag, inspecteur. Ik ben nu ook weer niet zo conservatief dat ik naar vroeger verlang, maar het is duidelijk dat de vele scheidingen vandaag de dag een zekere ... instabiliteit met zich meebrengen. En dat voor alle betrokkenen.'

Héctor antwoordde niet en liep naar de doos toe. Hij vermoedde wel wat erin zou zitten, maar was desondanks verbaasd: het mobieltje van Marc, zijn laptop, een paar batterijopladers, een camera, snoeren en een opengesneden knuffelbeertje, dat totaal niet paste tussen al die elektronische spullen. Hij pakte het op en liet het aan de eerwaarde Castells zien.

'Was dat van Marc?'

'Om u de waarheid te zeggen: ik weet het niet. Ik vermoed van wel.'

Alle spullen weggeborgen in een doos, net als hun eigenaar.

'Kan ik u nog ergens bij helpen?'

Eigenlijk niet, dacht Héctor. Maar desondanks was het eruit voor hij het zelf in de gaten had: 'Waarom werd Marc van school gestuurd?'

'Dat was al een hele tijd geleden. Ik begrijp eigenlijk niet zo goed waarom u dat wilt weten.'

Héctor zei niets; hij speculeerde erop dat zijn zwijgen de ander tot praten zou aanzetten. Zelfs de eerwaarde Castells – een expert in zonden en hun vergeving - zou er zich op zijn leeftijd ongemakkelijk bij moeten voelen.

'Het was vanwege een stommiteit. Een smakeloze grap. Een erg smakeloze grap,' antwoordde hij ten slotte, terwijl hij op de tafel steunde en Héctor recht aankeek. 'Eerlijk gezegd heb ik nooit gesnapt hoe hij zoiets had kunnen doen. Het leek me helemaal niets voor Marc. Hij was altijd een vrij gevoelige jongen, die niets wreeds had.'

Als de eerwaarde Castells soms zijn nieuwsgierigheid had willen wekken, was hij daar goed in geslaagd, dacht Héctor.

'Het ging om een klasgenoot van Marc, Óscar Vaquero. Een nogal dikke jongen, niet zo slim en een beetje' – hij zweeg even alvorens het woord uit te spreken waarvoor hij zich blijkbaar schaamde – 'verwijfd.'

Na een diepe zucht ging hij verder met zijn verhaal. 'Blijkbaar had Marc een video van hem gemaakt terwijl hij aan het douchen was en die had hij vervolgens op internet gezet. De jongen was ... nou ja, u begrijpt me wel, nogal opgewonden.'

'U bedoelt dat hij aan het masturberen was?'

De eerwaarde Castells knikte.

'Nou, leuke grap, hoor.'

'Het enige wat ik ter verdediging van mijn neef kan aanvoeren, is dat hij onmiddellijk bekende dat hij die video had gemaakt. Hij bood de jongen zijn verontschuldigingen aan en haalde hem meteen weer van internet. Daarom besloot de school hem slechts tijdelijk te schorsen.'

Héctor wilde net weer iets vragen toen er op de deur werd geklopt en Leire zonder op antwoord te wachten binnenstapte. Ze had een blauw shirt in haar hand.

'Het is al gewassen,' zei ze, 'maar dit is ongetwijfeld het shirt dat Marc op de foto droeg.'

De eerwaarde Castells keek hen alle twee geschrokken aan. Hij stond van tafel op – een boom van een vent, een flink stuk langer zelfs dan Héctor, die met zijn een meter tachtig nu niet bepaald klein was – en zei op een duidelijk andere toon: 'Moet u eens luisteren, inspecteur, Lluís ... commissaris Savall had ons verzekerd dat dit geen officieel bezoek zou zijn ... Het was vooral bedoeld om Joana te kalmeren.'

'Klopt als een bus,' antwoordde Héctor, een beetje verbaasd omdat de naam van de commissaris viel. 'Maar we willen elke twijfel uitsluiten.'

'Inspecteur, moet u hier eens kijken, boven aan het shirt, net onder de kraag.'

Een paar roodachtige vlekken. Die konden in principe door een heleboel dingen zijn veroorzaakt, maar Héctor had sinds hij inspecteur was al zoveel bloedvlekken gezien dat hij op slag al zijn twijfel verloor. Ook zijn toon veranderde.

'Dat shirt nemen we mee en die doos ook,' zei hij terwijl hij op de doos met Marcs spullen wees.

'Wat wilt u meenemen?' zei een stem vanuit de deuropening, die hen allemaal verraste.

'Enric,' zei de eerwaarde Castells terwijl hij zich tot zijn broer richtte, 'dit zijn inspecteur Salgado en agent Castro ...'

Enric Castells had er op dat moment bepaald geen trek in om aan politieagenten te worden voorgesteld.

'Ik dacht toch dat ik duidelijk had gezegd dat we niet langer lastiggevallen wilden worden. De politie is hier al eerder geweest om de hele boel overhoop te halen. Nu komt u opnieuw en wilt u de spullen van Marc meenemen. Mag ik u vragen waarom?'

'Dit is het shirt dat Marc droeg in de Sint-Jansnacht,' legde Héctor uit. 'Maar dit is niet het shirt dat hij droeg toen hij dood werd gevonden. Om de een of andere reden had hij een ander shirt aangetrokken. Waarschijnlijk omdat op dit shirt vlekken zaten. En als ik me niet vergis, zijn dit bloedvlekken.'

Zowel Enric als zijn broer hoorde zwijgend toe.

'Maar wat betekent dat dan?' vroeg Fèlix uiteindelijk.

'Dat weet ik niet. Waarschijnlijk niets. Misschien had hij zich per ongeluk bij het scheren gesneden en vervolgens een ander shirt aangetrokken. Of misschien is er die nacht iets gebeurd wat zijn vrienden ons niet hebben verteld. Hoe dan ook, eerst moeten die vlekken worden geanalyseerd. En er moet opnieuw met Aleix Rovira en Gina Martí worden gepraat.'

Enric Castells' houding veranderde plotseling radicaal.

'Wilt u me soms vertellen dat er die nacht iets is gebeurd wat we niet weten? Iets wat met de dood van mijn zoon te maken heeft?' vroeg hij, en hoewel hij die vraag zonder enige onderbreking stelde, was het duidelijk dat het hem moeite kostte.

'Het is nog te vroeg om daar iets over te zeggen. Maar ik geloof dat iedereen er baat bij heeft dat de onderste steen bovenkomt,' zei Héctor zo tactvol als hij maar kon.

Enric Castells sloeg zijn ogen neer. Aan zijn gezicht was duidelijk te zien dat hij erover nadacht wat hem te doen stond. Toen hij een paar tellen later kennelijk een beslissing had genomen zei hij duidelijk en zonder iemand aan te kijken: 'Fèlix, agent Castro, ik zou graag even onder vier ogen met de inspecteur willen spreken, alstublieft.'

12

Hoewel Aleix lusteloos naar het eten op zijn bord staarde, dwong hij zichzelf uiteindelijk toch te gaan eten. Traag. Hij had het gevoel dat zijn maag elk soort voedsel zou afstoten alsof het een vreemd lichaam betrof. Of het nu winter of zomer was, bij de Rovira's werd er elke avond om halfnegen gegeten en zijn vader eiste van iedereen – dat wil zeggen vooral van hem – dat ze op dat tijdstip aan tafel zaten. Omdat zijn oudere broer Eduard pas uit Nicaragua was teruggekeerd, hadden zijn ouders nu in elk geval iemand tijdens het eten om mee te praten.

Aleix keek zwijgend naar hen, zonder echt te luisteren naar wat er werd gezegd, terwijl hij erover nadacht hoe verbaasd ze zouden zijn als ze wisten waar hij zojuist vandaan gekomen was en wat ze met hem hadden gedaan. Hij maakte zich daar zelfs zo vrolijk over dat hij maar met moeite zijn lachen kon inhouden. Was dat niet wat zijn vader altijd zei: 'Het gezin is ervoor om je problemen mee te bespreken'? Het was een devies dat al in hun huis had weerklonken toen hij nog een kind was. En op dat moment besefte hij dat die uitspraak, ondanks zijn rebelse houding, dieper in hem wortel had geschoten dan hij dacht. Wat er binnenshuis ook mocht gebeuren, naar buiten toe moesten de Rovira's één blok vormen, een gesloten front tegen de wereld. Misschien moest hij inderdaad zijn vader onderbreken en hem daar aan tafel hardop zeggen wat er was gebeurd: 'Weet je, papa? Ik heb geen trek want ze hebben me nog geen uur geleden afgetuigd. Nou ja, ik had een paar gram coke bij me om te verkopen, begrijp je, en die ben ik kwijtgeraakt. Nou ja, om je de waarheid te zeggen, die idioot van een Marc had ze van me afgepakt en door de wc gespoeld, en nu heb ik wat geld nodig om te voorkomen dat ze me opnieuw in elkaar slaan. Niet zoveel, vierduizend euro ... of een beetje meer eigenlijk, zodat ik er zeker van kan zijn dat ze met hun poten van me afblijven. Maar maak je geen zorgen, ik heb mijn lesje geleerd: het zal niet weer gebeuren. Bovendien kan degene die de coke van me had afgepakt dat nu nooit meer doen. Helpen jullie me? Tenslotte is het gezin daarvoor, zoals je zelf altijd zegt.'

Terwijl hij zich het van afschuw vertrokken gezicht van zijn vader voorstelde, kon hij zijn lachen nu echt bijna niet meer houden en hij pakte snel een glas water, dat hij in één teug leegdronk. Zijn moeder schonk het werktuigelijk en vriendelijk glimlachend meteen nog een keer vol. Zijn vader praatte maar door en in een flits – waarschijnlijk veroorzaakt door de coke – drong het tot Aleix door dat zijn moeder ook met haar gedachten ergens anders zat: hij kon het aan haar blik zien. En zijn broer ... Nou ja, wie wist wat Edu dacht? Aleix keek steels naar zijn broer, die aan de lippen van zijn vader hing: hij knikte bij de woorden van dokter Miquel Rovira, bekend gynaecoloog, overtuigd katholiek en fanatiek verdediger van normen en waarden, zoals het leven, de familie, het christendom en de eer.

Plotseling kreeg Aleix het gevoel dat hij in een trein zat die op topsnelheid voortraasde. Het koude zweet stond op zijn voorhoofd. Zijn hand begon te trillen en hij moest zijn vuist ballen om dat tegen te gaan. Hij had zo in tranen kunnen uitbarsten, iets wat hem sinds hij kind was en in het ziekenhuis had gelegen niet meer was overkomen; die verschrikkelijke angst dat de deur zou openzwaaien en de dokter en de verpleegsters binnen zouden stappen, met een vrolijkheid die zelfs hij, op zijn jonge leeftijd, als vals doorzag, om hem zijn even pijnlijke als onvermijdelijke behandeling te geven. Gelukkig dat hij altijd op Edu had kunnen rekenen. Die eiste van hem in elk geval geen bovenmenselijke moed, noch ontkende hij dat wat Aleix doormaakte verschrikkelijk was. Elke avond, en ook veel nachten, kwam hij bij hem op bezoek en ging naast zijn bed zitten om verhalen voor te lezen, dingen te vertellen of simpelweg zijn hand vast te houden en te laten zien dat hij er voor hem was, dat hij altijd, altijd op hem kon rekenen. Hij twijfelde er niet aan dat zijn ouders hetzelfde hadden gedaan in al die maanden dat hij in het ziekenhuis lag, maar van Edu was het hem het meeste bijgebleven. Met hem had hij een band ontwikkeld die het devies van zijn vader bevestigde: het gezin gaat voor alles. Hij stak zijn hand in zijn broekzak en voelde dat de USB-stick die Gina hem gegeven had er nog in zat. Van opluchting zuchtte hij zachtjes.

Zijn zucht van verlichting moest echter harder zijn geweest dan hijzelf dacht, want iedereen die aan tafel zat keek in zijn richting. Aleix probeerde net te doen alsof hij een hoestbui had gekregen, maar dat maakte het alleen nog maar erger. Het gezicht van zijn vader, dat eerst verbazing had uitgedrukt, leek nu op onweer te staan. En pas toen ontdekte hij door de vreemde zurige lucht die hij plots rook dat hij het weinige dat hij had gegeten had overgegeven.

hoi, gi, ben je daar?

ja.

hoe is het met die smerissen afgelopen?

wel goed ... tenminste, dat dacht ik zo. ze zijn al een tijdje weg.

wat heb je tegen ze gezegd?

niets. vertrouw je me niet soms?

natuurlijk wel

...

...

gi ... ik hou erg veel van je, serieus

...

echt waar ... je bent de enige vriendin die ik heb. ik voel me belabberd ... echt, ik ben er slecht aan toe

gebruik je nog steeds? je gebruikt nog steeds, of niet soms?

ik ga naar bed. xxx

aleix, verdomme! wat is er met je aan de hand? het is nog maar negen uur!

niets, het eten is me slecht gevallen. verdomme, daar heb je mijn broer. ik moet ophouden, morgen praten we verder

Eduard komt met een ernstig gezicht zijn kamer in, doet de deur dicht en gaat op de rand van zijn bed zitten.

'Voel je je beter? Mama is nogal bezorgd.'

'Ja, ik weet het. Ik denk dat ik misselijk ben geworden door de hitte.'

Het zwijgen van zijn broer is een duidelijk teken dat hij hem niet gelooft. Aleix weet dat en komt even in de verleiding om alles op te biechten.

'Je weet dat je mij kunt vertrouwen, of niet soms?'

Nee, schreeuwt Aleix vanbinnen. Dat kan ik niet!

Edu staat op en legt zijn hand op de schouder van zijn broer. En plots wordt Aleix weer dat bange jongetje dat in een ziekenhuisbed op de dokters ligt te wachten. De tranen rollen over zijn wangen zonder dat hij er iets tegen kan doen. Hij schaamt zich ervoor dat hij snottert als een klein kind, maar het is al te laat. Eduard fluistert opnieuw: 'Je kunt me vertrouwen. Ik ben je broer.' En zijn omarming is zo hartverwarmend en troostend dat Aleix zijn tranen zonder enige schaamte de vrije loop laat.

Gina bleef nog even naar het scherm kijken, terwijl ze zich afvroeg waarom Aleix alleen maar zo praatte wanneer hij aan het chatten was. Was dat iets van hem of waren alle jongens zo? Natuurlijk zeiden mensen niet de hele tijd tegen elkaar hoeveel ze van elkaar hielden; dat zou erg gênant zijn. Dat deed alleen haar moeder, zonder dat ze doorhad dat het juist daardoor nietszeggend werd. Om zoveel van een dochter te houden die niets bijzonders had, was niet erg overtuigend. Je kon alleen om een bepaalde reden van iemand houden. Marc, bijvoorbeeld, was teder en zorgzaam, een en al glimlach omdat hij oprecht vrolijk was, en hij legde haar altijd met een eindeloos geduld de wiskundeopgaven uit, waar ze bijna nooit uit kwam. Of Aleix, die knap, slim en briljant was. Zelfs wanneer hij onder de drugs zat. Maar zij? Zij had niets speciaals, niet in goede en niet in slechte zin. Ze was mooi noch lelijk, groot noch klein; slank wel, maar ze had niet de sensuele slankheid van fotomodellen: ze was simpelweg mager zonder knap te zijn.

Voor de tweede keer die dag bekeek ze de foto's die ze in de Sint-Jansnacht op Facebook had gezet. Die hadden ze aan het begin van de avond gemaakt. Toen ze nog vrienden waren. Vóór de ruzie. Maar de sfeer was al een beetje verpest. 's Middags hadden Aleix en zij namelijk al definitief besloten om niet aan Marcs plannen mee te werken. Ze kon zich nu niet eens meer de argumenten herinneren die Aleix had aangevoerd, maar wel dat ze haar overtuigend hadden geleken. Redelijk. En naïef als ze was had ze gedacht dat diezelfde argumenten ook Marc zouden overtuigen. Maar dat was net even anders uitgepakt. Marc was woedend geworden. Echt woedend. Alsof zij hem hadden verraden.

Gina sloot haar ogen. Wat had die kletserige politieagente ook alweer gevraagd? 'Hij had een ander meisje leren kennen, of niet soms? In Dublin waarschijnlijk.' Gina had geen moment jaloezie gevoeld tot Marc uit Dublin was teruggekomen. Het was een onbekend gevoel voor haar en ze was er dan ook niet op voorbereid. De jaloezie kleurde alles zwart. Maakte je vals en gemeen. Liet je dingen zeggen en dingen doen waar je anders nooit op zou zijn gekomen. Gina had zichzelf nooit als een hartstochtelijk meisje beschouwd: dat was iets voor films, romans en songs ... vrouwen die in staat zijn om hun geliefde aan het mes te rijgen omdat hij hen bedrogen heeft. Absurd. Bijna belachelijk. En zij had zelfs niet de troost de bedrogen geliefde te zijn, want ze was niet eens Marcs officiële vriendinnetje. Het was tenslotte niet zijn schuld dat zij al maandenlang deed alsof dat wel zo was en steeds voor zichzelf herhaalde dat hij binnenkort heus wel in de gaten zou krijgen dat hun vriendschap iets meer was dan dat. Hoe had ze zo stom kunnen zijn? Het enige wat ze had kunnen doen was haar jaloezie onderdrukken, net doen alsof die niet bestond, een glimlach voorwenden, waardoor de haat met bewondering werd gemaskeerd. 'Ze is vast heel knap, hè?' Natuurlijk was ze dat. Knap, blond en smachtend. Een hoerige madonna uit de renaissance. Maar het ergste van die foto die Marc haar de dag na zijn aankomst had laten zien, vlak nadat zij hem had verteld hoeveel ze hem had gemist – en waarop hij slechts had geantwoord met een 'Ja, Gi, ik jou ook', zonder haar aan te kijken, simpelweg tussen neus en lippen door –, was niet dat dat meisje zo knap was; het ergste was hoe Marc naar haar gezicht keek. Alsof hij dat in zijn geheugen wilde griffen, alsof hij, terwijl hij over het papier streek, de zachtheid van haar haar voelde, alsof hij elke keer wanneer hij naar dat gezicht keek er iets nieuws, iets wonderbaarlijks in ontdekte.

Gelukkig had zij die foto ingepikt. Verrassend genoeg was dat het eerste geweest wat ze had gedaan toen ze Marc dood op de vloer van de binnenplaats vond. Zo zou geen enkele bemoeial die kunnen vinden, zoals die agente die steeds zo aardig tegen haar probeerde te doen, en zou wat zij vreesde niet openlijk bekend worden. Namelijk dat zij niet goed genoeg was voor Marc. Dat er een ander meisje in het spel was. Daarom had ze in de Sint-Jansnacht voor het eerst sinds jaren aan haar moeder gevraagd haar te helpen een jurk uit te kiezen en haar op te maken. Waarom niet? Die Iris mocht dan knap zijn, maar ze was niet meer dan een foto, een simpel stuk papier. Ze was niet echt en was afwezig. In zekere zin leefde ze niet eens. Zij wel.

Ze haalde de foto uit een la en legde hem op het toetsenbord. Het liefst zou ze hem hebben verbrand, maar in haar kamer was dat onmogelijk, daarom nam ze er genoegen mee hem te verknippen: eerst doormidden, ter hoogte van de neus, en vervolgens in steeds kleinere snippers tot er uiteindelijk een vreselijk ingewikkelde puzzel met een heleboel stukjes overbleef, die niets herkenbaars meer hadden.

13

Als iemands kantoor een weerspiegeling is van zijn persoonlijkheid, dan moest Enric Castells een wel zeer ordelijke en zakelijke man zijn. Zijn kantoor had gemakkelijk het decor voor een film over advocaten kunnen zijn, met Michael Douglas in de hoofdrol, dacht Héctor, terwijl hij op een harde, maar gemakkelijke stoel van zwart leer ging zitten, in afwachting van het moment dat zijn gastheer hem zou vertellen waarover hij het met hem wilde hebben.

Castells nam de tijd. Voorzichtig liet hij het rolgordijn zakken en trok de stoel met aluminium poten die aan de andere kant van de glazen tafel stond tevoorschijn. Nadat hij was gaan zitten schoof hij het telefoontoestel dat op een hoek stond – een oud, glanzend zwart model – een klein stukje opzij. Héctor vroeg zich af of dit een ingestudeerde tactiek betrof om zijn gesprekgenoot ongeduldig of zenuwachtig te maken, maar Castells' gezicht stond zo ernstig en zorgelijk dat het haast geen opzet kon zijn. Hij moest een aantrekkelijke man zijn geweest voordat de jaren en de verantwoordelijkheid hem die bittere grimas hadden bezorgd, waarbij zijn fijne lippen bij de mondhoeken lichtelijk naar beneden bogen alsof hij altijd ontevreden of kwaad was. Zijn ogen waren klein en vaalblauw, bijna grijs zelfs.

Plotseling zuchtte hij diep en leunde achterover. Doordat zijn gezicht daarbij ontspande, verscheen er even een jonger, onzekerder gezicht, dat duidelijk op dat van Marc leek.

'Ik heb vanmiddag met mijn ex gepraat,' zei hij terwijl de uitdrukking van ontevredenheid alweer op zijn gezicht was teruggekeerd. 'Het spijt me om het te moeten zeggen, maar ik geloof dat ze volkomen is doorgedraaid. Dat was trouwens te verwachten.'

'Gaat u rustig verder,' zei Héctor, die zich hield aan zijn tactiek om zo min mogelijk te praten. Bovendien wist hij niet goed hoe hij moest reageren op wat Enric Castells had verteld.

'Inspecteur Salgado,' ging Castells op zakelijke toon verder, 'ik weet dat de samenleving erg is veranderd de laatste jaren, maar er zijn daden die regelrecht tegen de menselijke natuur in gaan. Bijvoorbeeld een kind in de steek laten wanneer het nog niet eens kan lopen. En ik ben ervan overtuigd dat dat soort daden vroeg of laat hun tol eisen. Iets wat duidelijk blijkt uit de ramp die ons pas is overkomen.'

Héctor verbaasde zich over de overduidelijke woede die uit Castells' woorden sprak. Hij vroeg zich af of hij die steeds al had gehad of dat die nu pas, na de dood van zijn zoon, tot uitbarsting was gekomen. Hoe dan ook leek het hem te troosten dat hij zijn opgekropte woede de vrije loop kon laten.

'Wat ik bedoel is dat ik niet zal toestaan dat de verdachtmakingen van een hysterica schade toebrengen aan mijn gezin. Nog meer schade dan dat het intussen al heeft opgelopen.'

'Ik begrijp u, meneer Castells. En ik beloof u dat we uw verdriet zo veel mogelijk zullen respecteren. Maar tegelijkertijd ...' Héctor keek zijn gespreksgenoot recht en ernstig aan – 'moeten wij ons werk doen. Daar valt niet aan te ontkomen.'

Castells bleef hem strak aankijken. Héctor kon zien dat hij een oordeel over hem velde, en dat stoorde hem; zijn geduld begon op te raken. Maar voordat hij nog iets aan zijn woorden kon toevoegen, vroeg Castells: 'Hebt u kinderen, inspecteur?'

'Een zoon.'

'Dan is het voor u vast makkelijker om me te begrijpen.' Nee, hoor, dacht Héctor. 'Ik heb mijn zoon zo goed mogelijk proberen op te voeden. Maar in het leven moet je nu eenmaal ook de mislukkingen accepteren.'

'Was Marc dan een mislukking?'

'Hij niet. Ik, als vader. Ik liet me te veel leiden door moderne inzichten en accepteerde dat de afwezigheid van zijn moeder een haast onoverkomelijk probleem voor hem was, iets wat zijn apathie, zijn ... middelmatigheid rechtvaardigde.'

Héctor voelde zich bij deze woorden haast persoonlijk beledigd, iets wat hij totaal niet begreep.

'U kijkt me aan alsof ik een monster ben, inspecteur. Maar neemt u maar van mij aan dat ik evenveel van mijn zoon hield als u van de uwe. Ik heb hem niets te verwijten, maar alleen mezelf. Ik had zijn dood moeten weten te voorkomen. Ik weet ook wel dat u daar tegen in zult brengen dat ongelukken aan toeval te wijten zijn, en ik bestrijd dat niet. Maar ik wil niet in dezelfde val trappen waarmee iedereen zijn verantwoordelijkheid afschuift: jongeren drinken, jongeren halen gekheid uit, de puberteit impliceert dat je alle grillen van je kind moet aanvaarden tot die vanzelf verdwijnen, alsof het een soort griep is. Nee, inspecteur, onze generatie heeft zich in veel dingen vergist en nu moeten we daarvoor de tol betalen. Zowel aan onszelf als aan onze kinderen.'

Héctor kon zich Castells' verdriet goed indenken. Een verdriet zo echt en verschrikkelijk als van een moeder die in tranen uitbarst over haar kind. En ook al huilde Castells niet, zijn verdriet was er daarom niet minder om.

'Wat denkt u dat er gebeurd is in die nacht, meneer Castells?' vroeg Héctor op gedempte toon.

Het duurde even voor hij antwoord gaf, alsof het hem veel moeite kostte om de juiste woorden te vinden.

'Het kan zijn dat hij gevallen is. Ik ontken het niet. Maar bij ongelukken speelt soms een zekere onachtzaamheid of onverschilligheid een rol.'

Héctor knikte.

'Ik geloof dat Marc noch de moed, noch redenen had om zelfmoord te plegen, als u daar soms aan denkt. En waar Joana bang voor is, hoewel ze het niet hardop zegt. Ik geloof dat hij te onschuldig, te naïef was om zoiets doms te doen. Alleen maar om te laten zien dat hij het durfde. Om indruk te maken op dat meisje of om stoer te doen. Of omdat het hem simpelweg allemaal niets meer uitmaakte. Ook al zijn ze bijna twintig, ze blijven spelen alsof ze kinderen zijn, alsof er geen grenzen zijn. Niets is erg, alles is oké, denk aan jezelf: dat is de boodschap die wij ze hebben meegegeven. Of die wij aan hen laten meegeven.'

'Ik begrijp wat u bedoelt, maar Marc was toch volwassener uit Dublin teruggekeerd?'

Castells knikte.

'Dat dacht ik ook. Hij leek evenwichtiger. Met een duidelijk doel in zijn leven. Of dat zei hij in elk geval. Ik had intussen al geleerd dat dat in zijn geval inhield: eerst zien en dan geloven.'

'Loog hij?'

'Ja, hoewel anders dan de meeste jongens van zijn leeftijd. Bijvoorbeeld over zijn schorsing van school, die geschiedenis met de video die hij op internet had gezet.'

'Ja?'

'Eerst dacht ik dat het hier opnieuw om een bewijs ging van het gebrek aan respect, aan medeleven en schaamte, dat overal in de samenleving heerst. Van beide kanten: de een die in het openbaar masturbeert, de ander die het filmt en het de hele wereld laat zien. Door en door walgelijk.'

Hoewel Héctor een duidelijk verschil in het gedrag van beide jongens zag, zei hij niets en wachtte af.

Castells ging verder: 'Maar op een dag, toen dit allemaal al lang voorbij was en vergeten leek, kwam Marc plotseling hier in mijn kantoor met me praten. Hij ging in dezelfde stoel zitten als waar u nu in zit en vroeg me hoe ik ooit had kunnen denken dat hij zoiets zou doen.'

'Hij had het toch zelf bekend?'

'Dat zei ik hem ook,' antwoordde hij met een bittere glimlach. 'Maar hij bleef aandringen en de tranen stonden bijna in zijn ogen. "Geloof je nu werkelijk dat ik dat gedaan heb?" vroeg hij me. En ik stond met mijn mond vol tanden. Toen hij eenmaal vertrokken was, dacht ik erover na. En het ergste was dat ik bleef twijfelen. Moet u eens luisteren, inspecteur: ik heb Marc voor u niet mooier voorgesteld dan hij in werkelijkheid was. Dat wil zeggen, lui, apathisch en verwend. Maar tegelijk denk ik soms dat hij precies daarom niet in staat was om zoiets gruwelijks te doen. Hij kon best de spot met die jongen hebben gedreven, of liever gezegd: hebben toegestaan dat er de spot met hem werd gedreven, maar ik geloof niet dat hij iemand ooit op zo'n kille manier vernederd zou hebben. Dat is helemaal niets voor hem.'

'Wilt u soms beweren dat hij de schuld op zich genomen heeft voor iemand anders?'

'Zoiets, ja. Maar vraagt u me niet waarom. Ik heb geprobeerd er met hem over te praten, maar hij klapte meteen dicht. En weet u? Tijdens zijn begrafenis heb ik mezelf voortdurend vervloekt dat ik geen duidelijk "nee" tegen hem had gezegd toen hij dat aan mij vroeg, dat ik niet heb gezegd dat ik hem er niet toe in staat achtte om zoiets laags te doen.'

Castells viel stil en Héctor respecteerde zijn zwijgen; hij mocht het dan eens of oneens zijn met deze man, voor een deel kon hij hem erg goed begrijpen. Voor Enric Castells was er voor elke daad in het leven een verantwoordelijke, en hij had zichzelf verantwoordelijk gemaakt voor de dood van zijn zoon. Daarom ook wilde hij geen verder politieonderzoek; dat had voor hem geen enkele zin.

'Weet u, inspecteur?' ging Castells verder terwijl hij zijn stem dempte. 'Toen we in de vroege uurtjes van de Sint-Jansnacht dat telefoontje kregen, wist ik al dat er iets vreselijks was gebeurd. Ik denk dat alle ouders daar bang voor zijn: een telefoontje midden in de nacht waardoor de helft van je leven afbreekt. Op de een of andere manier had ik steeds al verwacht dat dit zou gebeuren, en ik bad God om het niet te laten gebeuren. Nu moet ik besluiten wat ik met de helft van mijn leven ga doen die is overgebleven. Ik heb een fantastische vrouw en een dochtertje dat om mijn zorg en bescherming vraagt. Het is het moment om een heleboel dingen opnieuw te bezien.'

'Bent u van plan om de politiek in te gaan?' vroeg Héctor, nadat hem te binnen was geschoten wat Savall had gezegd.

'Misschien wel. De wereld waarin we leven bevalt me niet, inspecteur. De mensen mogen dan denken dat bepaalde waarden teloor zijn gegaan, maar tegelijk hebben we die niet weten te vervangen door andere. Misschien dat ze uiteindelijk dus toch wel niet zo slecht zijn. Bent u gelovig?'

'Ik vrees van niet. Maar u kent het gezegde: "In de loopgraven gelooft iedereen in God."'

'Dat is een mooie spreuk. Erg onthullend. Atheïsten denken altijd dat gelovigen geen twijfel kennen, dat het geloof als een helm is waardoor ze niet verder kijken dan hun neus lang is. Nou, mooi niet. Toch is het juist op moeilijke momenten dat het geloof zijn ware betekenis krijgt, wanneer je merkt dat het de laatste strohalm is waaraan je je kunt vastgrijpen. Maar als het alleen maar daarom was, zou het te gemakkelijk zijn. Ik verwacht echter niet van u dat u dat begrijpt.'

Uit Castells laatste zin sprak een minachting waaraan Héctor simpelweg voorbijging. Hij had totaal geen behoefte om over godsdienst te twisten met een overtuigde gelovige die pas zijn zoon had verloren. Castells wachtte even om te zien of Héctor antwoord zou geven, maar omdat hij daartoe geen enkele aanstalten maakte, stapte hij op een ander onderwerp over.

'Kunt u me uitleggen waarom u Marcs spullen wilt meenemen? Zit er iets bij wat u van nut kan zijn?'

'Eerlijk gezegd weet ik dat niet, meneer Castells.'

Vervolgens ging Héctor wat dieper in op Marcs met bloed bevlekte shirt en zijn vermoeden dat de twee jongens die nacht met elkaar gevochten hadden. Eigenlijk wilde hij er niet al te veel over uitweiden, maar de vader van het slachtoffer had nu eenmaal het recht om op de hoogte gehouden te worden van de voortgang van het onderzoek.

'Wat betreft de laptop, het mobieltje en de andere spullen ... ik denk niet dat die ons veel zullen opleveren, maar het kan ons helpen bepaalde dingen duidelijk te krijgen. Ze zijn als de dagboeken van vroeger: e-mails, sms'jes, gesprekken. Nogmaals: ik betwijfel of we er echt iets aan zullen hebben, maar we kunnen er ook niet zomaar aan voorbijgaan.'

'Ik vrees dat u erg weinig aan zijn laptop zult hebben ... die is beschadigd.'

'Beschadigd?'

'Inderdaad. Misschien is hij op de grond gevallen. De waarheid is dat ik het pas vier of vijf dagen later heb ontdekt.'

Op de een of andere manier voelde Enric Castells zich plotseling erg ongemakkelijk: hij stond op en gaf daarmee duidelijk te kennen dat het gesprek was afgelopen. Maar toen hij naar de deur liep, keerde hij zich om naar de inspecteur en zei: 'Neemt u de spullen van mijn zoon dan maar mee, als u wilt. Hoewel ik betwijfel of ze u iets zullen opleveren.'

'U krijgt ze zo snel mogelijk weer terug. Dat beloof ik u.'

Uit Castells blik sprak een lichte verontwaardiging.

'Het zijn maar spullen, inspecteur,' zei hij kil. 'Hoe dan ook verzoek ik u voortaan eerst contact met mij op te nemen als u nog meer wilt weten. Glòria is erg bezorgd over ons dochtertje. Natàlia mag dan klein zijn, ze heeft alles in de gaten; ze vraagt de hele tijd naar haar broer en het is erg moeilijk om een klein kind goed uit te leggen wat er is gebeurd.'

Héctor knikte en volgde Castells, die met een rechte rug, zijn schouders naar achteren, voor hem uit door de gang liep. Nu hij buiten zijn kantoor was, was elke zweem van zwakheid plotseling vervlogen. Opnieuw had hij de rol van de heer des huizes op zich genomen: doortastend, evenwichtig en zelfverzekerd. Een rol – dat wist Héctor zeker – die doodvermoeiend moest zijn.

Ondertussen zat Leire in de woonkamer terwijl ze keek hoe Natàlia onder de bewonderende blikken van haar moeder de ene tekening na de andere maakte. De eerwaarde Castells was vertrokken vlak nadat Enric en Héctor naar het kantoor waren gegaan en in afwachting van het moment dat ze weer zouden verschijnen – het met bloed bevlekte shirt van Marc veilig opgeborgen – had ze zich in een leunstoel laten zakken. Eventjes stelde ze zichzelf zo voor, opgesloten in een huis op een zomeravond terwijl je kind met verf kliedert, en dat idee alleen al joeg haar schrik aan. Voor de zoveelste keer sinds ze de vorige nacht een zwangerschapstest had gedaan, probeerde ze zichzelf voor te stellen met een baby in haar armen, maar ze kon zich dat beeld met geen mogelijkheid helder voor de geest halen. Nee, mensen zoals zij waren niet geschikt voor kinderen. Dat, die kinderloosheid, en haar economische onafhankelijkheid vormden de basis van het leven zoals zij dat leiden wilde. Zoals dat haar beviel. En nu, alleen door een onvoorzichtigheid, stond haar hele toekomst op het spel. In elk geval was die vent de moeite waard geweest, zei ze met enige tevredenheid bij zichzelf. Helaas was hij geen blijver en had hij, net als zij, de vrijheid hoog in het vaandel staan. Die vrijheid gold overigens slechts tot op zekere hoogte, dacht ze, want door zijn werk was hij als een slaaf gedwongen heel Europa af te reizen.

'Kijk,' zei Natàlia, die naar haar toe gelopen was om haar laatste tekening te laten zien, een vlekkerig geval waar Leire niets van kon maken. 'Dat ben jij,' verduidelijkte ze.

'Aha. En heb je die tekening voor mij gemaakt?'

Het meisje twijfelde en haar moeder zei in haar plaats: 'Natuurlijk. Je geeft hem haar cadeau, of niet soms?'

Leire stak haar hand al uit om hem aan te pakken, maar Natàlia wilde de tekening niet echt loslaten.

'Nee,' zei ze uiteindelijk. 'Voor jou heb ik een andere.' En ze rende naar de tafel terug om een andere tekening te zoeken. 'Deze.'

'Nou, bedankt hoor. En wat is het?' vroeg Leire, hoewel die tekening veel duidelijker was.

'Een raam. Mijn broer is een slechterik.'

Glòria liep naar haar dochtertje. Uit haar blik sprak een diepe bezorgdheid.

'Daar begint ze steeds weer over,' fluisterde ze tegen Leire. 'Ik vermoed dat ze hem een slechterik noemt omdat hij er niet is.'

'Hij is een slechterik,' herhaalde ze. 'Een slechterik!'

'Zo is het wel mooi geweest, schatje,' zei haar moeder, terwijl ze zich bukte om over haar steile, glanzende haar te strijken. 'Waarom ga je je pop niet halen? Ik weet zeker dat, dat ...'

'Leire,' zei Leire.

'... dat Leire het heel leuk vindt om die te zien,' vervolgde ze, waarbij ze haar een verontschuldigende blik toewierp. Natàlia ging haastig op zoek naar de pop.

'Het spijt me,' zei Leire. 'Ik neem aan dat ze het er erg moeilijk mee heeft. Net zoals u allemaal.'

'Het is verschrikkelijk. Maar het ergste is nog wel dat ik ook niet goed weet hoe ik het haar moet uitleggen. Enric is er voorstander van om haar gewoon de waarheid te vertellen, maar ik kan dat niet ...'

'Was ze erg aan haar broer gehecht?'

Glòria twijfelde.

'Ik zou graag zeggen van wel, maar ik vrees dat het leeftijdsverschil te groot was. Marc negeerde haar over het algemeen, iets wat me vrij normaal lijkt. Hoewel hij na zijn terugkeer uit Dublin meer aandacht voor haar had gekregen. En nu mist ze hem ...'

Natàlia kwam binnengerend en onderbrak haar moeder. Het lawaai dat het meisje maakte, dat in elk ander huis met kinderen heel gewoon zou zijn geweest, maakte hier een nogal vreemde indruk, alsof het volmaakte interieur dat niet verdroeg.

'Natàlia, schatje ...'

Maar het meisje trok zich niets van haar moeder aan en rende door naar de tafel om haar tekeningen bij elkaar te rapen.

'Wat netjes!' riep Leire uit.

'Geloof dat maar niet ... Nu laat ze ze vast in mijn studeerkamer achter,' antwoordde ze glimlachend. 'Sinds ik ook naar schooltje ga, zoals zij zo mooi zegt, vindt ze het fantastisch om alles op mijn bureau te leggen. Ik ga eens even kijken voordat ze er een puinhoop van maakt.'

Leire, wie al die moederlijkheid te veel begon te worden, stond op en besloot in de auto op Héctor te wachten.

Toen Héctor naar buiten kwam met de doos met spullen van Marc, zag hij Leire al in de auto zitten. Ze merkte hem niet eens op, omdat ze volkomen in beslag werd genomen door haar mobieltje, waar ze naar staarde alsof het een soort amulet was die haar zojuist in handen was gevallen en die haar volkomen onbegrijpelijk voorkwam.

Pas nadat hij haar had geroepen deed ze de achterklep van de auto open. Leire mompelde een overbodige verontschuldiging en stopte het mobieltje in haar zak.

'Alles oké?' vroeg Héctor.

'Ja hoor. Ik zie dat je Castells hebt weten te overtuigen.'

Het was duidelijk dat dat een afleidingsmanoeuvre van Leire was en Héctor drong dan ook niet verder aan. Alvorens in te stappen keek hij op zijn eigen mobieltje: drie gemiste oproepen, twee van Andreu en een van zijn zoon. Eindelijk. Omdat hij die echter niet wilde beantwoorden waar Leire bij was, besloot hij slechts een stukje met haar mee te rijden tot aan de Plaza Bonanova en daar uit te stappen.

'Breng dit allemaal maar naar het bureau. Ik moet nog een paar dingen regelen,' zei hij terwijl hij instapte. 'Trouwens, Marcs laptop is beschadigd. Is die niet onderzocht op de dag van het ongeluk?' Leire twijfelde. Zij was het grootste deel van de tijd beneden geweest toen het lichaam van Marc onderzocht en geborgen werd.

'Inderdaad,' zei ze ten slotte, 'we hebben geen laptop gezien. In de zolderkamer stond een computer en die is onderzocht om te kijken of Marc daar misschien een bericht op had achtergelaten, een afscheidsbrief of zoiets. Maar dat was niet het geval. En niemand van de familie had ons verteld dat er ook nog een laptop was.'

Héctor knikte.

'Dus wel. In zijn eigen kamer, neem ik aan,' antwoordde hij kortaf, waardoor Leire het gevoel kreeg dat hij niet erg te spreken was over deze gang van zaken. Héctor zelf merkte dat Leire zich enigszins opgelaten voelde en voordat hij uitstapte zei hij nog: 'Ik geloof trouwens niet dat we er veel aan zullen hebben. Het meest waarschijnlijke blijft dat hij per ongeluk is gevallen. We laten nu eerst dat shirt onderzoeken en daarna zien we wel verder. O ja, zo gauw we wat meer weten, moeten we met die andere jongen praten, Aleix Rovira. Maar deze keer op het bureau. Ik heb er schoon genoeg van om al die etters thuis te moeten opzoeken.'

'Prima. Weet je zeker dat je hier uitstapt?'

'Ja, ik moet nog wat boodschappen doen,' zei hij. Maar omdat het bijna sluitingstijd was, was het overduidelijk dat hij loog. Hij stond even op het punt om nog een keer aan haar te vragen of alles oké was, maar hij hield zijn mond; tenslotte waren dat haar eigen zaken. 'Ik zie je morgen. Fijne avond.'

Toen Leire was weggereden, haalde Héctor zijn mobieltje weer tevoorschijn en belde naar Martina Andreu. Ze nam onmiddellijk op, maar het gesprek duurde – zoals gebruikelijk bij de onderinspecteur – maar heel even. Ze kon niets nieuws vertellen over de verdwijning van Omar, maar wel over de varkenskop. Blijkbaar was die afkomstig van een slager in de buurt, die de dokter altijd afvalvlees bezorgde voor zijn toverpraktijken. De kwakzalver zelf leek echter in rook te zijn opgegaan en alleen een spoor van bloed te hebben achtergelaten. Inderdaad waren de resultaten van het onderzoek nog niet bekend, maar het meest waarschijnlijke was dat het van hem was. Een overhaaste vlucht of een afrekening van iemand die al zijn papieren had meegenomen en slechts een deel van het dossier had achtergelaten dat Omar over Salgado bijhield. Wat overigens nogal vreemd was.

Nadat Andreu abrupt het gesprek had beëindigd, belde Héctor meteen naar zijn zoon, die, zoals gewoonlijk, niet opnam. Ik moet met hem praten, dacht hij. Na een hele dag met de ouders van een stel verwende pubers te hebben doorgebracht, wilde hij nu de stem van Guillermo horen, zich ervan verzekeren dat alles goed met hem ging. Uiteindelijk stuurde hij een sms'je, en aangezien hij toch niets meer te doen had, besloot hij wat in de buurt rond te slenteren.

Het was al lang geleden dat hij in dit deel van de stad was geweest en nu hij het weer zag, verbaasde hij zich erover hoe weinig het was veranderd. Bijna alle buurten van Barcelona hadden in de laatste jaren grote veranderingen ondergaan, maar het was duidelijk dat dat hier niet het geval was. Geen massatoerisme, geen immigranten, behalve degenen die als schoonmakers in de huizen werkten. Hij vroeg zich af of dit soort buurten ook in andere steden bestond: buurten die zich – weliswaar niet vijandig, maar wel adequaat – als bastions afschermden van de nieuwe sociale werkelijkheid. Een metroverbinding was hier niet en de bewoners moesten dan ook met de trein, iets wat voor hen trouwens een soort voorrecht was. Dat snobistische trekje had Ruth, die hiervandaan kwam, slechts met veel moeite overwonnen. Hij glimlachte toen hij aan de verschrikte gezichten van haar ouders dacht toen die te horen hadden gekregen dat hun enige dochter deze rustige buurt verliet om met een heuse Argentijn te gaan samenwonen, eerst in de Gràcia-buurt en later – nog erger – in een oude buurt vlak bij de zee. Hoezeer die ook vanwege de Olympische Spelen mocht zijn opgeknapt, voor hen bleef het simpelweg een achterbuurt. 'Die vochtige lucht zal jullie nog de das omdoen,' was het commentaar van haar ouders geweest. En Héctor wist zeker dat zijn schoonmoeder elke keer wanneer ze haar dochter en kleinzoon bezocht een taxi nam om maar zo min mogelijk van de buurt te hoeven zien.

De drang van Ruth om haar ouders te choqueren was er overigens niet minder op geworden ... Na hun scheiding was ze een nieuw leven begonnen met een vrouw en ze had niet zo ver bij Héctor vandaan een loft gehuurd, waar Ruth ook haar studio had ingericht. Dat ze zó dicht bij hem was blijven wonen, was haar idee geweest – 'Zo blijft Guillermo bij je in de buurt' – en daarmee ging ze regelrecht in tegen het stereotiepe patroon van de wraakzuchtige vrouw die het haar ex zo veel mogelijk betaald probeert te zetten. Ruth had van hem een redelijke alimentatie gevraagd en hij was daar zonder een moment te aarzelen mee akkoord gegaan. Ze hadden zich dus, zoals in alles eigenlijk, erg beschaafd gedragen.

Ik had dat eigenlijk aan die zielknijper moeten vertellen, dacht Héctor met een glimlach. 'Moet u eens luisteren, dokter, mijn vrouw heeft me in de steek gelaten voor een andere meid ... Ja, u hoort het goed. Hoe ik me daarbij voel? Tja, dat is een trap in je kruis. Alsof je helemaal krom ligt van de pijn. En je voelt je als een stomme lul, want zeventien jaar lang ben je er trots op geweest hoe geweldig je het samen met haar had in bed, trots dat je praktisch haar eerste en – in theorie – enige man was; hoewel ze natuurlijk eerst een vriendje had gehad – "maar met hem heb ik eigenlijk nooit iets gedaan, echt waar, man". En hoezeer zij ook benadrukt dat de dingen pas sinds kort zijn veranderd en zweert dat ze het orgasme samen met jou heeft ontdekt en er echt van genoten heeft, maar met een ontwapenende eerlijkheid zegt dat ze nu "iets heel anders aan het ontdekken is", toch staar je haar als een idioot aan, meer verbijsterd dan verbaasd, want als zij het zegt dan zal het echt zo zijn, en als het echt zo is, dan betekent dat dat een deel van jouw leven – van dat van allebei maar vooral van het jouwe – een leugen is geweest. Net zoals in *The Truman Show*, herinnert u zich die film, dokter? Met die figuur, Jim Carrey, die denkt zijn eigen leven te leiden, maar die in werkelijkheid omringd wordt door acteurs die een rol spelen, waardoor zijn werkelijkheid niet meer dan een fictie blijkt te zijn die de anderen uitvinden en opvoeren. Nou, dokter, zo voel je je dan precies.' Hij lachte zonder enige bitterheid om zichzelf terwijl hij bij een zebra wachtte tot hij kon oversteken. Hoewel hij het de laatste tijd niet meer zo vaak deed, was het verzinnen van min of meer spottende monologen over zichzelf, of soms over anderen, altijd een erg goede remedie geweest.

Hij slenterde op zijn gemak naar het centrum van de stad, waar hij al zoveel jaren woonde. Het was een flinke wandeling, maar hij had zin om de benen te strekken en zijn aankomst in het lege huis wat uit te stellen. Bovendien hadden de straten hier, met hun geometrische, elkaar kruisende patroon en hun oude, statige huizen, iets speciaals: ze maakten hem rustig en gaven hem een ietwat nostalgisch gevoel. Hier was hij vaak met Ruth geweest, zowel om monumenten als om bars te bezoeken. Barcelona, dat was voor hem Ruth: mooi zonder overdreven knap te zijn, aan de oppervlakte rustig, maar met duistere hoeken, en een tikkeltje bekakt, iets wat tegelijk charmant en irritant was. Zowel Barcelona als Ruth was zich bewust van haar natuurlijke charme, zich bewust van het feit dat ze iets ongrijpbaars had, iets wat anderen wilden hebben, maar wat ze alleen maar in haar konden bewonderen of waar ze haar om konden benijden.

Na twee uur achter elkaar te hebben gelopen, was Héctor eindelijk thuis en viel uitgeput op de bank neer. Zijn koffer stond nog steeds in een hoek, maar hij deed net of hij hem niet zag. Hij had eigenlijk iets moeten eten onderweg, maar het idee alleen al om in zijn eentje aan een tafeltje te zitten stond hem tegen. Dus stak hij maar een sigaret op tegen de honger en dat gaf hem enigszins een schuldgevoel. Op het tafeltje voor hem lagen de films die Carmen hem had teruggegeven, een hele serie klassieken met zijn lievelingsactrice in de hoofdrol. Hoe lang was het al niet geleden dat hij *Rear Window* had gezien? Dat was eigenlijk niet zijn favoriete film – hij hield veel meer van de dreigende sfeer van *The Birds* of de hartstochtelijke passie van *Vertigo* –, maar omdat die nu eenmaal binnen handbereik lag stopte hij hem in de dvd-speler. Tijdens de intro liep hij naar de keuken om een flesje bier te halen dat hij vanochtend in de ijskast meende te hebben zien liggen. Met het flesje in zijn hand liep hij terug naar de woonkamer en keek naar het donkere televisiescherm. Hij zag dat de dvd in het apparaat goed werd afgespeeld, maar beelden waren er nog steeds niet te zien. Uiteindelijk verscheen er een smalle lichtvlek, die oplichtte tegen de mistige achtergrond. Langzaamaan werd de vlek steeds lichter, terwijl de mist optrok. Plotseling echter, zonder zijn blik af te wenden, zag hij op het scherm wat hij niet van zichzelf had willen zien: hij zag zichzelf razend van woede inbeuken op een oude man die op een stoel zat. Er trok een koude rilling over zijn rug.

Precies op dat moment ging de telefoon en daar schrok hij zo erg van dat hij het flesje bier op de grond liet vallen. Hij nam snel op, maar bleef ondertussen naar het scherm staren, naar zijn alter ego, dat eigenlijk in niets op hem leek, terwijl een woedende vrouwenstem in zijn oor brulde: 'Godverdommese klerelijer van een Argentijn! Een grote klootzak, dat ben je!'

14

DIT WEEKEND BEN IK IN BARCELONA EN IK HEB ZIN OM JE TE ZIEN. T. Dit was het sms'je dat Leire op haar telefoon had gelezen toen ze het huis van de Castells uit kwam. En ze had meteen antwoord gegeven, bijna zonder na te denken, omdat ook zij veel zin had om hem te zien. Iets waar ze intussen, na met haar beste vriendin te hebben gepraat, erge spijt van had gekregen en wat er bovendien ook nog eens voor zorgde, samen met de hitte en het vreselijke mauwen van een krolse kat, dat ze de slaap niet kon vatten.

María was een donkere schoonheid, met een Spaanse vader en een Italiaanse moeder, die alle mannen het hoofd op hol bracht. Behalve dat ze een meter tachtig lang was, had ze een prachtig lichaam, een vrolijk gezicht, veel gevoel voor humor en praatjes voor tien.

'Laat hem toch lekker de klere krijgen!' riep ze keihard door het restaurant toen Leire haar vertelde dat ze niet goed wist of ze Tomás (de 'T' van het sms'je) nu wel of niet moest vertellen dat hun laatste ontmoeting een leuke verrassing had opgeleverd in de vorm van een embryo. 'Heeft je zwangerschap soms je hersens aangetast, of zo? Je bent vast doorgedraaid door de hormonen.'

'Nou, niet zo grof, alsjeblieft,' zei Leire terwijl ze op de tiramisu aanviel, nadat ze net al een heel bord spaghetti carbonara had verslonden. 'Neem jij je toetje niet?'

'Nee! En jij zou het eigenlijk ook niet meer moeten nemen ... Je lijkt wel een piranha,' antwoordde María terwijl ze de coupe met citroenmousse in de richting van Leire schoof. 'Moet je eens luisteren, ik meen het serieus. Wat heb je er nu aan om het hem te vertellen?'

Met het lepeltje in de lucht wachtte Leire heel even alvorens ze de mousse naar binnen begon te werken.

'Het gaat er niet om of ik er wel of niet iets aan heb. Hij is nu eenmaal de vader en ik vind dat hij recht heeft om te weten dat er over een tijdje een kind met zijn genen op de wereld rondhuppelt.'

'Tja, maar waar is dat kind nu dan? Wie draagt het negen maanden in zich? Wie zal er schreeuwen van de pijn bij de bevalling? Hij heeft alleen maar een paar kikkervisjes losgelaten en is daarna op reis gegaan, verdomme! En als hij dit weekend iets anders te doen had gehad, had je vast niets van hem gehoord.'

Leire glimlachte.

'Je kunt zeggen wat je wilt, maar hij heeft me wel mooi een sms'je gestuurd.'

'Wacht eens even. Wat wil je daar nu eigenlijk mee zeggen? Nee, niet rood worden, geef antwoord.'

'Niets,' zei Leire en ze stak een lepeltje mousse in haar mond. Die was heerlijk. 'Laten we er nu maar over ophouden. Misschien heb je gelijk. Als ik hem zie, kijk ik wel wat ik doe.'

'Als ik hem zie, kijk ik wel wat ik doe,' herhaalde María. 'Hallo, hallo, hier *ground control*, bent u daar Leire Castro? Het lijkt erop dat we een probleem hebben, Houston. Leire Castro antwoordt niet meer. Jij bent toch degene die verdomme altijd tegen mij zegt dat de liefde een doortrapt verzinsel van Hollywood is om de vrouwen van de wereld in het gareel te houden?'

'Oké. Maar laat me even op adem komen, alsjeblieft,' zei Leire met een diepe zucht. 'Het is de eerste keer in mijn leven dat ik zwanger ben. Het spijt me dat ik niet goed weet wat ik moet doen.'

María keek haar vriendelijk aan.

'Nou, nog één ding en dan gaan we het ergens anders over hebben, want ik moet je namelijk ook iets vertellen. Weet je zeker dat je het kind wilt houden?'

'Ja,' antwoordde Leire enigszins weifelend, terwijl ze korte metten maakte met de mousse. 'Nee. Nou ja ... Ik weet zeker dat ik zwanger ben en dat ik nog zeven maanden te gaan heb. Goed, en hoe is het met jou? Hoe gaat het met Santi?'

'We gaan met vakantie!' riep María stralend van geluk uit.

'Maar ging hij dan niet voor een ontwikkelingsorganisatie naar Afrika om een gezondheidscentrum te bouwen?'

'Ja, precies, en hij heeft me gevraagd of ik mee wil gaan.'

Leire kon maar met moeite haar lachen inhouden. Het beeld van María op een steiger, en dat nog wel in een Afrikaans dorpje, kwam haar nog gekker voor dan dat van zichzelf met een baby in haar armen.

'Ik ga maar een paar dagen.'

'Hoeveel?'

'Twaalf,' loog ze. 'Nou ja, misschien meer, dat weet ik nog niet. Maar het lijkt me fantastisch; zo kunnen we allebei iets nuttigs doen. Weet je, ik ben doodziek van die knullen die alleen maar praten over voetbal, hun baas of hun laatste vriendinnetje dat hun zoveel pijn heeft gedaan; van die mietjes die je gezichtscrème jatten en van gescheiden mannen die van je verwachten dat je hun kinderen vermaakt wanneer die een weekend bij hun vader zijn. Santi is anders.'

'Ja.'

Wat betreft welke mannen bij hen in de smaak vielen en welke niet waren María en Leire het altijd met elkaar oneens, ook al vormden hun gesprekken daarover een belangrijke basis van hun vriendschap. Ze vielen allebei op verschillende types. Leire vond Santi bijvoorbeeld een vervelende aansteller, die eens een keer flink de les moest worden gelezen. Terwijl ze zeker wist dat María Tomás voor een showbink aanzag die dacht dat hij George Clooney was omdat hij altijd een pak met een wit overhemd droeg en een stel volmaakte tanden had. Leire tilde haar glas water op en zei hard: 'Laten we een toost uitbrengen op het solidaire sekstoerisme!'

María hield haar glas wijn in de lucht en zei: 'Kreng!'

Doordat Leire zo had liggen woelen lagen de lakens al helemaal door elkaar. Met gesloten ogen probeerde ze in de kleffe, windstille nacht de slaap te vatten. Het open raam zorgde er alleen maar voor dat ze het mauwen van die verdomde kat nog duidelijker hoorde. Ze woonde nu een paar maanden in dit appartement en de eerste weken was ze 's nachts steeds wakker geschrokken door dat gejank, dat op het huilen van een baby leek. Ze was op haar balkon gaan kijken waar het droevige gejammer toch vandaan leek te komen, maar had de kat eerst niet kunnen ontdekken. Uiteindelijk had ze op een nacht de ogen van het dier zien oplichten, terwijl het haar al mauwend en onbeweeglijk als een standbeeld aanstaarde. Intussen was ze min of meer aan het gemauw gewend geraakt, hoewel dat instinctieve gejank waarmee het dier zonder enige schaamte om seks bedelde haar bleef tegenstaan. Het raam dichtdoen, dacht ze, zou niet veel helpen, maar bovendien zou ze het dan nog warmer krijgen.

Ze stak een sigaret op, hoewel ze haar rantsoen van die dag al had verbruikt, en ging op het kleine balkon staan – slechts een paar vierkante meter, met een rond houten tafeltje en twee bloembakken aan de balustrade. Ze keek of ze de kat ergens kon ontdekken; het dier zat doodstil en zonder enig geluid te maken op het dak aan de overkant. Vandaar staarde het haar aan als een kleine, besnorde boeddha. Nadat Leire een paar trekjes van haar sigaret had genomen, kalmeerde ze enigszins; hoewel ze donders goed wist dat het slechts een bedrieglijke kalmte was, hielp het haar toch een beetje. Alsof de kat haar eraan wilde herinneren dat ze er nog steeds was, begon ze opnieuw te janken en deze keer keek Leire vriendelijker naar haar dan eerst. Met tegenzin trapte ze de sigarettenpeuk uit op de grond; maar ze had weinig zin om de asbak te gaan zoeken. Doordat de kat precies op dat moment haar kop boog, leek het net of ze haar afkeuring liet blijken. 'Heb je honger?' vroeg Leire op gedempte toon, en voor het eerst in al die maanden dat ze daar woonde kwam ze op het idee om een schoteltje melk voor haar neer te zetten. Nadat ze dat had gedaan ging ze naar binnen, want de kat zou natuurlijk nooit van de melk komen drinken zolang zij nog op het balkon stond. Met het licht in de kamer aan bleef ze een tijdje staan kijken of de kat haar angst zou overwinnen en op het balkon zou springen, maar er gebeurde niets. Plotseling voelde ze zich erg moe en ze besloot weer naar bed te gaan; het was tien voor halfvier en met een beetje geluk zou ze nog minstens tweeënhalf uur kunnen slapen. Terwijl ze al in bed lag pakte ze haar mobieltje van het nachtkastje. Ze had twee nieuwe sms'jes van Tomás: ik kom morgen om vijf uur aan op het centraal station, met de hoge-snelheidslijn. ik heb vreselijke zin om je te zien. t. En: o ja, ik heb een voorstel. xxx.

Ze ging goed liggen en sloot haar ogen, vastbesloten om te gaan slapen. In dat aangename ogenblik tussen waken en slapen dacht ze aan de glimlach van Tomás, de zwangerschapstest, het solidaire sekstoerisme en het schoteltje melk op het balkon. Maar plotseling schrok ze weer wakker doordat haar iets belangrijks was ingevallen in verband met de dood van Marc Castells. Ze kwam rechtovereind terwijl ze zich probeerde te herinneren wat het was geweest. Ze zag het zolderraam voor zich van waaruit Marc naar beneden was gevallen, zijn lichaam op de tegels van de binnenplaats. Ze wist heel zeker dat de gebeurtenissen zich niet zo konden hebben afgespeeld zoals zij die hadden gereconstrueerd: er klopte iets niet. En dat iets was net zo eenvoudig als een asbak die niet op de goede plaats stond.

vrijdag

15

Het ontbijt was voor Ruth het mooiste moment van de dag. Daar nam ze dan ook altijd de tijd voor, terwijl ze in de keuken op een hoge kruk zat. Ze hield van het ritueel sinaasappels uit te persen en brood te roosteren, maar vooral van de geur van koffie die zich met die van het geroosterde brood vermengde. Ontbijten was een genot dat ze tot haar grote spijt nooit met een partner had kunnen delen, want Héctor kon 's morgens eigenlijk niets door zijn keel krijgen en met Carol was blijkbaar hetzelfde het geval. Bovendien genoot ze er zelf veel meer van wanneer ze alleen ontbeet, omdat het nogal irritant was wanneer een ander met verbazing en zelfs ongeloof keek naar de toewijding en precisie waarmee zij de eerste maaltijd van de dag bereidde. Soms vroeg ze zich af of dit solitaire ochtendlijke genot geen voorteken was van wat haar in de toekomst te wachten stond, want steeds meer beschouwde ze zichzelf als een persoon die naar onafhankelijkheid verlangde, iets wat nogal vreemd was voor iemand die in werkelijkheid altijd met anderen had samengewoond. Haar ouders, haar man, haar zoon, en nu Carol ... Ze fronste haar wenkbrauwen bij de gedachte dat ze niet in staat was haar op een andere manier aan te duiden dan met haar roepnaam: 'geliefde' klonk banaal, 'verloofde' kon ze niet uit haar mond krijgen en 'levenspartner' leek haar vals, een zoetsappig eufemisme om de werkelijkheid te verbloemen. Terwijl ze nauwkeurig boter op het geroosterde brood smeerde, om er daarna een dun laagje zelfgemaakte perzikmarmelade op aan te brengen, vroeg ze zich af wat Carol nu eigenlijk voor haar betekende. Het was dezelfde vraag die Carol, nadat ze aan de telefoon eerst Héctor had uitgefoeterd, de vorige avond aan haar had gesteld. Kennelijk had Ruths antwoord haar niet kunnen bevredigen, want het eten bleef onaangeroerd en Carol was zonder een woord te zeggen naar haar eigen huis vertrokken, terwijl Ruth geen vinger had uitgestoken om haar tegen te houden. Ze wist dat ze maar één woord had hoeven zeggen of even haar hand had hoeven aanraken om haar te laten blijven en haar aanval van woede of jaloezie tot bedaren te brengen, maar daar had ze geen zin in gehad. En hoewel ze daarna bijna een uur lang met elkaar hadden gebeld – drieënvijftig lange minuten om precies te zijn – waarbij Carol zich had verontschuldigd voor haar overhaaste vertrek en haar zowel van haar begrip als van haar onvoorwaardelijke liefde had verzekerd, was de ontgoocheling die Ruth had gevoeld niet in het minst weggeëbd. Integendeel, die vreselijke scène had in haar alleen maar het hevige verlangen gewekt te verdwijnen, er een weekend – liefst dit weekend al – tussenuit te knijpen en naar een plek te gaan waar ze tot rust kon komen, zonder druk en beschuldigingen, zonder liefdesbetuigingen. Een schitterende avond, zei Ruth bij zichzelf. Ze was erg opgewekt thuisgekomen, in de veronderstelling dat ze een leuk avondje met Carol zou gaan doorbrengen, maar in plaats daarvan had ze haar volkomen hysterisch aangetroffen, terwijl ze als een furie aan de telefoon zat te schelden tegen haar ex. Ruth had haar vragend aangekeken en uiteindelijk had Carol opgehangen om haar te vertellen wat de oorzaak van deze idiote scène was. Het enige wat Carol zei was: 'Kijk dan zelf maar. Dit zat in de doos met Argentijnse zoetigheid die je ex je gisteren heeft gegeven.' En daarna had ze op de afstandsbediening van de dvd-speler gedrukt. Op het scherm verschenen beelden van Carol en haar, die zo'n kleine week geleden opgenomen moesten zijn, toen ze op het naaktstrand van Sant Pol lagen. Ruth herinnerde zich dat natuurlijk nog precies, maar nu ze hen daar zo ongegeneerd zag zoenen deed het haar denken aan een of ander obscuur en goedkoop filmpje en riep het bij haar een diep gevoel van weerzin op. Ze schaamde zich plotseling voor hun gevrij op dat verlaten strand.

Vanaf dat moment was de situatie helemaal uit de hand gelopen. Ruth had geprobeerd om rustig met Carol te praten en had gezegd dat Héctor nog in Argentinië was toen dat filmpje moest zijn gemaakt. Bovendien, ook al was hij hier wel geweest, dan nog zou hij nooit zoiets ... smerigs hebben gedaan. Uiteindelijk had Carol zich laten overtuigen, hoewel ze toch bleef tegensputteren dat er ook nog zoiets als privédetectives bestonden die dit soort klusjes opknapten en dat het toch wel erg vreemd was dat die smerige dvd in een doos zat die hij haar cadeau had gedaan. Ten slotte, nadat ze haar onder de neus had gewreven waarom ze haar ex eigenlijk meer verdedigde dan haar, kwam het hoge woord eruit: 'Beteken ik dan soms helemaal niets voor je?' Een vraag waarop Ruth geen antwoord had, en ze stond dan ook plots met haar mond vol tanden. Het enige wat ze nog wilde was dat filmpje in de vuilnisbak gooien en verder alles vergeten. Maar eerst was ze van plan Héctor even te bellen om hem gerust te stellen, iets wat Carol natuurlijk helemaal niet begreep. Toen Ruth ophing, was Carol dan ook vertrokken, en Ruth had plots een enorme opluchting gevoeld dat ze eindelijk alleen was.

Ruth speelde nog steeds met dat idee, hoewel ze erg goed wist dat Carol dat niet leuk zou vinden, en daar had ze op zich gelijk in: ze hadden zich namelijk voorgenomen in het weekend iets te gaan doen omdat Guillermo pas zondagavond zou terugkomen. Volgens Carol moesten ze meer tijd samen doorbrengen. Samen wakker worden, eten en slapen, als een heus paar. Ruth had haar met een mond vol tanden aangekeken; ze kon haar niet uitleggen dat die hele waslijst van dingen die ze samen zouden moeten doen haar meer een straf leek dan iets anders. Maar ze moest geduld hebben met Carol, zei ze bij zichzelf, terwijl ze een hap uit de volgende geroosterde boterham nam. Ze was jong en hartstochtelijk, en erg veeleisend wat betreft liefdesbetuigingen. Die grote openhartigheid, waarvoor Ruth meteen was gevallen toen ze elkaar een jaar geleden hadden leren kennen, begon nu in het dagelijks leven erg vermoeiend te worden. Carol had gitzwarte ogen – zo zwart had Ruth ze nog nooit gezien – en een volmaakt lichaam, stevig maar toch vrouwelijk, en ze hield zich in vorm door training en een strikt dieet. Ze was zonder meer een knappe vrouw, echt knap en niet zomaar mooi, die door haar uitgesproken karakter iets onweerstaanbaars kreeg. Aan de andere kant gaf haar onzekerheid – ze was voortdurend bang dat Ruth de pas door haar ontdekte lesbische liefde weer de rug zou toekeren – haar ook iets hulpeloos. Carol was erg wispelturig, dacht Ruth. De ene keer kon ze in woede uitbarsten, de andere keer had ze er alweer vreselijke spijt van; de ene keer gaf ze blijk van kille jaloezie, de andere keer liep ze over van vurige hartstocht; de ene keer was ze uitgelaten, de andere keer vreselijk treurig. Kortom, Carol was ontwapenend en overweldigend tegelijk.

Toen ze aan haar tweede kop koffie begon had ze een besluit genomen. Ze zou haar ouders bellen om te vragen of ze dit weekend in het appartement in Sitges waren. Zo niet, dan zou zij gaan. Gewoonlijk ging ze daar 's zomers nooit naartoe, want al die toeristen werkten haar alleen maar op de zenuwen, maar nu had ze snel iets nodig, en dichtbij, en dit was in elk geval beter dan niets. Het vooruitzicht dat ze drie dagen lang alleen zou zijn en zou kunnen doen waar ze zin in had, leek haar fantastisch. Ze belde dan ook meteen haar moeder, al was het nog vroeg, om te vragen of het appartement dit weekend vrij was. Godzijdank was dat het geval, en vervolgens stuurde ze onmiddellijk een kort en zakelijk sms'je naar Carol om haar te vertellen wat ze ging doen. Ze twijfelde echter even of ze Héctor niet ook op de hoogte moest stellen. Anders deed ze dat nooit, maar de vorige avond aan de telefoon had ze gemerkt dat hij erg bezorgd was. Hij klonk nogal zenuwachtig en dat terwijl hij er helemaal de man niet naar was om zich van zijn stuk te laten brengen. Nadat ze een tijdje besluiteloos met haar mobieltje had zitten spelen, hakte ze de knoop door en belde hem op.

'Hallo?' zei Héctor, bijna nog voor de telefoon overging. 'Alles goed?'

'Ja, ja, alles in orde,' zei Ruth haastig. 'Zeg, je klonk nogal bezorgd gisteravond. Vertel me eens wat er aan de hand is.'

Héctor zuchtte diep.

'De waarheid is dat ik dat zelf ook niet weet,' antwoordde hij, waarop hij ongeveer hetzelfde verhaal begon te vertellen dat hij gisteravond ook al had verteld: over de mogelijkheid dat hij – en zij en Guillermo ook – bedreigd zou worden. 'Ik denk niet dat het echt zal gebeuren, maar ze proberen me zenuwachtig te maken en in de problemen te brengen, maar voor de zekerheid ... Wees op je hoede, oké? Als je iets vreemds of verdachts opmerkt, moet je me onmiddellijk waarschuwen.'

'Natuurlijk. Eigenlijk belde ik je om te zeggen dat ik dit weekend naar Sitges ga. Naar het appartement van mijn ouders. Als ik zondagavond terugkom, zal ik ook meteen Guillermo oppikken in Calafell.'

'Ga je alleen?' vroeg Héctor, meer uit veiligheidsoverwegingen dan om iets anders, maar hij had er onmiddellijk spijt van en de bitse toon waarop Ruth antwoord gaf bevestigde dat hij een miskleun had gemaakt.

'Dat gaat je niets aan.'

'Het spijt me. Ik wilde me niet met jouw leven bemoeien ...'

'Ja, ja,' antwoordde Ruth, die zich moest inhouden om niet van leer te trekken. 'Het klonk anders wel zo. Tot ziens, Héctor. Maandag praten we verder.'

'Oké, een fijn weekend. En, Ruth ...' zei hij, terwijl hij op een stuntelige manier probeerde haar niet opnieuw voor het hoofd te stoten, 'denk eraan, als je iets vreemds ziet, moet je me meteen bellen, oké?'

'Tot ziens, Héctor,' zei Ruth kortaf en ze hing meteen op. Vervolgens zag ze dat ze twee gemiste oproepen van Carol had. Maar het laatste waar ze nu zin in had was bekvechten, dus ze belde niet terug en ging haar spullen voor dit weekend in orde brengen.

Héctor liet er al evenmin gras over groeien. Hij had zoals gewoonlijk weinig en slecht geslapen, maar die ochtend maakte het gebrek aan slaap hem erg actief. Ook al had hij Ruth gewaarschuwd, hij bleef bezorgd. Vooral omdat het hem volkomen onduidelijk was waar en hoe ze hen zouden kunnen bedreigen. Hij voorvoelde namelijk dat niet alleen hij het doelwit zou zijn, maar ook, als er echt iets zou gebeuren tenminste, Ruth en Guillermo. Toen hij de vorige avond eindelijk zijn zoon aan de telefoon had gekregen, had hij dan ook een zucht van verlichting geslaakt. Guillermo voelde zich erg op zijn gemak in het huis van zijn vriend en even had Héctor met de gedachte gespeeld tegen hem te zeggen dat hij, als het kon, nog een paar dagen langer moest blijven. Maar uiteindelijk had hij dat toch maar niet gedaan, want hij verlangde er erg naar om hem weer te zien. Al met al was dat alweer een maand geleden – dat wil zeggen voordat hij naar Argentinië was vertrokken – en hij miste hem dan ook erg, meer dan hij ooit had gedacht. De band met zijn zoon was steeds hechter geworden naarmate Guillermo ouder werd. En dat terwijl Héctor nou niet bepaald een modelvader was: aan de ene kant moest hij altijd overuren maken voor zijn werk, aan de andere kant konden kinderspelletjes hem maar matig bekoren. Dus hoeveel liefde hij ook voor zijn zoon mocht voelen, de rol van vader had hij slecht vervuld. De laatste tijd had hij zich echter erg verbaasd over de volwassenheid waarmee zijn zoon de veranderingen in zijn leven accepteerde. Guillermo was een behoorlijk introverte jongen, hoewel niet asociaal, die het tekentalent van zijn moeder had geërfd en de humoristische inslag van zijn vader. Héctor was erachter gekomen dat hij niet alleen van de jongen hield, iets wat hij natuurlijk al lang wist, maar dat het ook echt klikte tussen hen. Er mocht dan geen sprake zijn van vriendschap – iets wat hem trouwens onmogelijk leek –, een soort kameraadschappelijke verhouding hadden ze wel gekregen. De scheiding tussen hem en Ruth, waardoor hij de weekends steeds alleen doorbracht, had ervoor gezorgd dat de relatie tussen hem en zijn zoon was verbeterd in plaats van verslechterd.

Maar behalve met Ruth en Guillermo had Héctor de vorige avond ook nog met Álvaro Santacruz gebeld, een theoloog die was gespecialiseerd in Afrikaanse religies, en wiens telefoonnummer hij nog altijd had vanwege de zaak van de Nigeriaanse meisjes die hij een tijdje geleden had behandeld. De naam van Santacruz was toen opgedoken omdat hij een expert op dit gebied was, maar hij had nooit met hem gepraat. Nu echter wilde Héctor dat beslist doen en hij had dan ook een afspraak met hem gemaakt om te zien of Santacruz enig licht kon brengen in deze zaak en de – vage – vermoedens die hij zelf had kunnen bevestigen.

Doctor Santacruz zat stipt om halfelf in zijn kantoortje bij de geschiedenisfaculteit op hem en Martina Andreu te wachten. Héctor had iets eerder met Andreu afgesproken, zodat ze hem kon bijpraten over de nieuwste ontwikkelingen in de zaak-Omar, als die er tenminste waren.

Er waren echter vooral onduidelijkheden. Andreu, die blijkbaar ook niet zo best had geslapen die nacht, want ze had wallen onder haar ogen, bracht Héctor op de hoogte terwijl ze ontbeten in een cafetaria vlak bij de geschiedenisfaculteit.

'Er is beslist iets vreemds aan die dokter Omar,' zei ze. 'Of liever gezegd: het weinige dat we van hem weten is nogal verontrustend. Goed, onze geachte dokter is acht jaar geleden naar Spanje gekomen en heeft zich vijf jaar geleden in Barcelona gevestigd. Daarvoor zat hij in het zuiden, hoewel het onduidelijk is wat hij daar deed. Wat we wel weten is dat hij hiernaartoe is gekomen met genoeg geld om die woning te kopen en met zijn kwakzalverij te beginnen. En het is een van de twee: óf hij bewaarde zijn geld in een oude sok, óf zijn praktijk leverde hem verdomd weinig op. Bankoverschrijvingen hebben we bijna niet kunnen vinden en hij leidde bepaald geen luxeleven, zoals je zelf hebt kunnen zien. Een andere mogelijkheid is dat hij zijn geld naar het buitenland overmaakte, maar tot nu toe hebben we daar geen enkel bewijs voor gevonden. Het heeft er dus alle schijn van dat dokter Omar, die trouwens eigenlijk Ibraim Okoronkwo heet, slechts met hangen en wurgen van zijn praktijk kon leven. Als Kira ons niets had verteld – en het kan best zijn dat het niet klopte wat ze heeft gezegd – zouden we geen enkele aanwijzing hebben die hem in verband brengt met die bende vrouwensmokkelaars, want andere misdaden dan wijwater verkopen als middel tegen buikpijn en kwade geesten uitdrijven heeft hij niet begaan.

Héctor knikte.

'En wat weet je over zijn verdwijning?'

'Niets. De laatste die hem gezien heeft was zijn advocaat, Damián Fernández. Het bloed op de muren en de vloer doet aan kidnapping denken, of iets ergers. En die vervloekte varkenskop lijkt een boodschap te zijn, maar voor wie? Voor ons? Voor Omar zelf?'

Héctor stond op om te gaan betalen en Andreu kwam naast hem staan bij de bar. Ze staken de straat over naar de faculteit en daar gingen ze op zoek naar het kantoortje van doctor Santacruz.

De geschiedenisfaculteit was een lelijk gebouw en de enorme gangen, die praktisch leeg waren vanwege de vakantie, maakten het er niet beter op. Doctors in de theologie hadden iets bedreigends voor een overtuigd atheïst als Héctor, maar Santacruz, die tegen de zestig liep, had niets van een mysticus. Hij beschikte over een goed onderbouwde kennis en zijn boeken over Afrikaanse cultuur en religie waren verplichte lectuur voor studenten in de menswetenschappen op alle Europese universiteiten. Ondanks zijn leeftijd maakte Santacruz de indruk in uitstekende vorm te zijn, wat vooral kwam doordat hij een boom van een kerel was: bijna een meter negentig, met een borstkas die vanwege zijn omvang aan die van een sportman deed denken. Omdat hij er totaal niet uitzag als een theoloog, voelde Héctor zich meteen op zijn gemak.

Santacruz luisterde ernstig en met volle aandacht naar wat Héctor hem vertelde: eerst over hun operatie tegen de vrouwenhandel en de dood van Kira, vervolgens over de nieuwste ontwikkelingen in deze zaak, hoewel hij met geen woord repte over het pak slaag dat hij Omar had gegeven, noch over de vreemde video die Ruth en Carol de avond tevoren hadden gevonden, iets waar ook Andreu niets van wist. Verder ging Héctor in op de verdwijning van Omar, de varkenskop en het dossier dat hij over hem had aangelegd. Toen hij klaar was met zijn verhaal, zweeg Santacruz een tijdje nadenkend, alsof hij iets in het betoog van Héctor had gehoord wat hem niet overtuigde. Hij schudde licht zijn hoofd voor hij van wal stak.

'Het spijt me,' zei hij, terwijl hij onrustig in zijn stoel draaide. 'Alles wat u me zojuist hebt verteld verbaast me erg. En, om eerlijk te zijn, het baart me ook zorgen.'

'Komt dat door iets speciaals?' vroeg Andreu.

'Ja. Door verschillende dingen. De voodoo, in zijn slechtste vorm, wordt als machtsinstrument gebruikt. De rites waar u allemaal wel over hebt horen vertellen zijn absoluut werkelijk en, voor degenen die erin geloven, van een grote effectiviteit. Die meisjes zijn ervan overtuigd dat hun leven en dat van hun familie gevaar loopt, en in zekere zin hebben ze daar gelijk in. Ik kan u over verschillende voodoopraktijken vertellen die ikzelf in Afrika en het Caribische gebied heb onderzocht. Het slachtoffer verkeert dagenlang in de greep van een verschrikkelijke angst en die angst wordt zijn dood.'

'Ja, en wat wilt u daar nu eigenlijk mee zeggen?' vroeg Héctor een beetje geërgerd.

'De doodsangst die het slachtoffer voelt valt met geen pen te beschrijven, inspecteur. Daar zit totaal geen logica in en hij kan op geen enkele manier worden weggepraat. Sterker nog: het slachtoffer, zoals ook ongetwijfeld in deze zaak het geval is geweest, kiest meestal een snelle dood om zichzelf van de angst te bevrijden en de familie van de bedreiging. U kunt er zeker van zijn dat dit arme meisje zichzelf, om het zo maar eens te zeggen, heeft opgeofferd omdat ze ervan overtuigd was dat dat de enige uitweg was. En voor u zal dat idioot klinken, maar voor haar was dat ook werkelijk zo.'

'Dat begrijp ik,' antwoordde Héctor. 'Althans ik geloof dat ik het begrijp, maar wat is het nu dat u zo verbaast aan mijn verhaal?'

'Alles wat er daarna is gebeurd. De verdwijning van die kerel, de varkenskop, het dossier over u met foto's erin ... Dat heeft niets van doen met de voodoo in zijn zuivere vorm. Dat lijkt meer op theater. Op iets wat voor iemand in scène is gezet.' Santacruz zweeg even om hen allebei doordringend aan te kijken voor hij weer verderging: 'Ik heb het gevoel dat er iets is wat u me niet wilt vertellen, maar als u wilt dat ik u help zult u eerst antwoord moeten geven op mijn vraag: heeft die Omar soms een appeltje met een van u beiden te schillen?'

Héctor aarzelde even voor hij antwoord gaf: 'Dat zou best kunnen. Nee,' corrigeerde hij zichzelf vervolgens, 'dat is inderdaad het geval.'

In plaats van triomfantelijk te glimlachen, trok Santacruz een duidelijk geschrokken gezicht.

'Daar was ik al bang voor. Luistert u eens, er is iets wat u goed moet begrijpen. Hoe effectief de magische praktijk van de voodoo ook mag zijn, die heeft totaal geen vat op iemand die er niet in gelooft. Volgens mij, inspecteur, bent u iemand die hier zeer sceptisch tegenover staat. En niet alleen tegenover de voodoo maar tegenover alle zwarte magie. Maar ik neem aan dat u wel voor de veiligheid van uw familie vreest ...'

'Loopt die dan gevaar?'

'Dat zou ik niet durven beweren en ik wil u ook niet nodeloos alarmeren. Maar ... hoe zal ik het zeggen? Ze zijn eropuit om u bang en zenuwachtig te maken. Het redelijke denken in de war te sturen met behulp van primitieve, niet-westerse, bovennatuurlijke zaken. En daarvoor gebruiken ze middelen die iedereen kan doorzien.' Daarop zei hij speciaal tegen Andreu: 'Uw collega heeft daarstraks verteld dat u de praktijk van Omar hebt doorzocht. Hebt u daarbij aanwijzingen gevonden voor wat ik zojuist heb gezegd?'

Martina sloeg duidelijk haar blik zenuwachtig neer.

'Dat hebt u al gehoord. We hebben wat foto's van Héctor en zijn gezin gevonden.'

'Verder niets?'

'Ja, eigenlijk wel ... Sorry, Héctor, ik wilde je dit niet vertellen omdat het me belachelijk leek, maar er was iets verbrand in een hoek van Omars kantoortje en de as ervan was in een envelop gedaan, samen met zo'n idioot strooien poppetje. Dat zat weer samen met de foto's van jou, Ruth en Guillermo in die ordner. Ik heb het verstopt voordat je kwam.'

Santacruz kwam tussenbeide voordat Héctor kon reageren.

'Het leek me al vreemd dat er niet zoiets gevonden zou zijn, want dat is het meest bekende ritueel van de voodoo, een ritueel dat we allemaal kennen.' Santacruz keek Héctor recht aan en zei: 'Ze willen u bang maken, inspecteur. Maar als u zich niet bang laat maken, hebben ze geen enkele macht over u. Maar ik wil u wel duidelijk waarschuwen: voor zover ik uit uw verhaal kan opmaken proberen ze uw zwakke plekken te vinden, dingen waarvoor u wel bang bent, zoals de veiligheid van uw familie – of misschien ook van uw naaste vrienden – en de verstoring van uw privéleven. Als u daar ontvankelijk voor bent en gaat denken dat zulke bedreigin-

gen een werkelijk gevaar kunnen betekenen, dan bent u verloren.
Net zoals dat meisje.'

16

Net toen Héctor weer op het bureau was teruggekeerd vroeg Leire of ze even met hem kon praten, maar voordat hij daartoe de kans kreeg werd hij al door Savall in zijn kantoortje geroepen. Aan het gezicht van de commissaris te zien voorspelde dat onderonsje niet veel goeds en Héctor nam zich dan ook voor zijn kalmte te bewaren bij de preek die hem te wachten stond en die waarschijnlijk iets met dokter Omar van doen had. Maar toen hij binnenkwam begreep hij onmiddellijk dat het om iets anders ging, want er zat nog iemand in het kantoortje: een vrouw met blond haar, van een jaar of vijftig, die zich met een doordringende blik naar hem omkeerde. Héctor was niet verbaasd toen Savall haar aan hem voorstelde: het was Joana Vidal. Ze bleef zitten en begroette hem slechts met een lichte hoofdknik. De spanning was om te snijden.

'Héctor, ik was mevrouw Vidal aan het inlichten over de ontwikkelingen in jouw onderzoek,' zei Savall op een vriendelijke, verzoenende, maar desondanks lichtelijk geërgerde toon. 'Maar het lijkt me beter dat jij dat zelf doet.'

Het duurde even voordat Héctor van wal stak. Hij begreep wat de commissaris van hem verwachtte: een neutraal en vriendelijk verslag, dat tegelijk waterdicht was, en dat de vrouw ervan overtuigde dat haar zoon per ongeluk uit het raam was gevallen. Eenzelfde soort betoog dat een leraar tegen een leerling zou houden die met een vier komma negen voor zijn examen is gezakt: je hoeft je er heus niet voor te schamen want het is maar een lichte onvoldoende ... Als je in september herexamen doet, slaag je gegarandeerd. In het geval van Joana Vidal betekende dat echter: u kunt nu maar beter gaan en niet meer terugkomen. Maar iets zei hem dat deze vrouw, met haar benen over elkaar geslagen en haar handen krampachtig om de stoelleuningen geklemd, een troef achter de hand hield. Een aas die ze uit zou spelen zodra ze dacht dat het juiste moment daar was en die hen allemaal stomverbaasd zou doen staan.

'Vanzelfsprekend,' antwoordde Héctor ten slotte, maar hij zweeg even en zei toen opeens: 'Maar voordat ik aan mijn verhaal begin, wil mevrouw Vidal zelf misschien nog iets zeggen.'

Aan de zenuwachtige manier waarop Joana Vidal keek kon Héctor meteen zien dat hij de spijker op de kop had geslagen. Savall trok zijn wenkbrauwen op.

'Is dat zo, Joana?' vroeg hij.

'Ik weet het nog niet. Misschien. Maar eerst wil ik horen wat de inspecteur te vertellen heeft.'

'Prima,' zei Héctor. Zo is het beter, dacht hij, want hij merkte dat ze zich eindelijk wat ontspande. Vervolgens verschoof hij zijn stoel een beetje, zodat hij haar recht kon aankijken en zijn verhaal kon houden alsof de commissaris er niet bij was.

'Wat we weten is dat in de Sint-Jansnacht uw zoon samen met zijn vrienden, Aleix Rovira en Gina Martí, een feestje heeft gehouden op de zolderkamer van zijn huis. De verhalen van zijn vrienden stemmen grotendeels overeen: het feestje liep goed, totdat Marc om de een of andere reden kwaad werd, de muziek uitzette en met Aleix begon te ruziën toen die hem had verweten dat hij sterk was veranderd sinds hij in Dublin was geweest. Aleix ging naar huis, maar Gina, die behoorlijk dronken was, werd door Marc naar zijn bed gestuurd, iets wat haar behoorlijk tegen de haren in streek. Uiteindelijk ging ze toch in zijn bed liggen en viel onmiddellijk in slaap. Marc bleef alleen op de zolderkamer achter en ging op de vensterbank zitten om nog een laatste sigaretje te roken, iets wat hij wel vaker deed.'

Héctor onderbrak zijn verhaal, hoewel Joana Vidal aandachtig naar hem luisterde. Er stond geen enkel verdriet op haar gezicht te lezen. In plaats daarvan had het iets van een masker, alsof ze plots in een kille noorderling was veranderd. Dat masker, dacht Héctor, moest ze al lang hebben gedragen en het begon zich steeds meer met haar eigen gezicht te vermengen. Alleen haar kastanjebruine ogen leken er niet in te passen: aan hun glans kon je zien dat ze in bepaalde omstandigheden vuur zouden kunnen schieten. Onwillekeurig vergeleek hij Joana Vidal met de tweede vrouw van Enric Castells en hij meende een oppervlakkige gelijkenis te kunnen vaststellen, omdat beide vrouwen iets bleeks hadden, maar daarmee hield elke overeenkomst ook op: in de ogen van Glòria waren twijfel, onzekerheid, en zelfs onderschikking te lezen; in die van Joana opstandigheid en verzet. Het was overduidelijk dat Castells de ervaring die hij met Joana had gehad niet nog een keer had willen herhalen en voor een vriendelijkere, meer gewillige vrouw had gekozen. Een vrouw die minder eigenwijs was. Héctor zei in zichzelf dat deze vrouw het verdiende de waarheid te weten en hij ging op dezelfde toon verder met zijn verhaal, zonder zich iets aan te trekken van het ongeduld dat op het gezicht van de commissaris te lezen stond.

'Maar zijn vrienden liegen, althans deels. Daarmee wil ik niet beweren dat zij de hand hebben gehad in de dood van Marc,' legde hij uit. 'Het enige is dat ze een deel van het verhaal hebben ... weggelaten, om het zo maar te zeggen.'

Daarop vertelde Héctor wat Leire had ontdekt toen ze de foto's van Gina Martí van de Sint-Jansnacht op Facebook had gezien, namelijk dat hij daar een ander shirt droeg dan toen hij dood was aangetroffen, en dat op dat shirt bovendien vlekken zaten die goed van bloed afkomstig konden zijn.

'Dus de volgende stap is dat we Aleix Rovira eens aan de tand gaan voelen,' zei Héctor zonder Savall aan te kijken, 'want dat gebekvecht waarover Gina en Aleix het hadden zou weleens een tikkeltje verder hebben kunnen gaan dan dat. Verder willen we van de broer van Aleix nog een keer heel duidelijk horen of Aleix later niet toch weer naar het huis van Marc is gegaan. Eerlijk gezegd acht ik het het meest waarschijnlijk dat de jongens met elkaar hebben gevochten – niets ernstigs maar toch met stevige klappen, waardoor het bloed op het shirt van Marc is gekomen. Een gevecht waarbij misschien ook wel de laptop van Marc op de grond is gevallen en beschadigd is ...'

Héctor bedacht opeens dat het toch wel erg vreemd was dat Gina niets over de gevallen laptop had gezegd. Zelfs als de jongens alleen maar met elkaar aan het bekvechten waren geweest, zoals zij beweerde, dan had ze dat toch beter kunnen vertellen; tenslotte was het iets waar ze toch wel achter gekomen zouden zijn. Maar omdat zijn gedachten een wel heel hoge vlucht namen, draaide Héctor resoluut de knop om en maakte zijn verhaal af.

'Dat verandert echter niets aan wat er daarna is gebeurd,' zei hij zonder veel overtuiging. 'Er ontbreken alleen nog wat stukjes van de puzzel. We hebben nu de laptop en het mobieltje van Marc in ons bezit en we gaan kijken of die ons meer aanwijzingen kunnen opleveren. Verder gaan we Aleix Rovira opnieuw verhoren.' Héctor keek even in de richting van Savall en het deed hem deugd dat hij knikte, zij het met tegenzin. 'En nu, mevrouw Vidal, wat hebt u op uw lever?'

Joana zette haar voeten naast elkaar en haalde een paar opgevouwen papieren uit haar tas. Die bleef ze angstvallig in haar hand houden terwijl ze begon te praten, alsof ze ze onder geen beding wilde afstaan.

'Een paar maanden geleden nam Marc contact met me op via internet,' bracht ze met enige moeite uit. Terwijl ze haar keel schraapte boog ze haar hoofd een beetje naar achteren, waardoor haar lange, blanke hals duidelijk zichtbaar werd. 'Zoals u weet hadden we geen contact meer met elkaar gehad sinds ik achttien jaar geleden ben vertrokken. Vandaar dat ik erg verrast was toen ik zijn e-mail kreeg.'

'Hoe was hij achter uw adres gekomen?' vroeg de commissaris.

'Dat had Fèlix hem gegeven, de broer van Enric. Het zal u vreemd in de oren klinken, maar al deze tijd hebben we contact met elkaar gehouden. Ik bedoel mijn voormalige zwager en ik. Kent u hem?' vroeg ze, terwijl ze zich direct tot Héctor richtte.

'Ja, ik heb hem gisteren ontmoet. In het huis van uw ex. Ik kreeg de indruk dat hij veel om zijn neef gaf.'

Joana knikte.

'Tja, Enric heeft het altijd vreselijk druk,' zei ze, waarbij ze tegelijk met haar hoofd schudde. 'Maar ik heb eigenlijk helemaal geen recht om hem verwijten te maken. Ik weet zeker dat hij heeft gedaan wat hij kon ... maar Fèlix heeft behalve zijn broer niemand anders, vandaar dat hij zich altijd erg verantwoordelijk heeft gevoeld voor Marc. Goed, dat doet allemaal niet zoveel ter zake. Ik kreeg dus een e-mailtje van ... van mijn zoon aan het begin van het jaar.' Het was de eerste keer dat Joana Marc 'haar zoon' noemde, en dat viel haar niet gemakkelijk. 'Ik was erg verbaasd. Het is duidelijk dat zoiets elk moment kon gebeuren, maar de waarheid is dat ik het niet verwachtte. Ik hield het simpelweg voor onmogelijk.'

Er viel een stilte, die Savall noch Héctor durfde te verbreken. Maar Joana nam opnieuw het woord.

'In het begin wist ik niet wat ik hem moest antwoorden, maar hij bleef aandringen. Hij stuurde me nog twee of drie e-mailtjes en toen kon ik er gewoon niet meer omheen: we begonnen elkaar te schrijven. Ik weet dat dat raar klinkt, ik ontken het niet: een moeder en een zoon die elkaar eigenlijk nooit hebben gezien en die e-mailtjes uitwisselen.' Op Joana's gezicht was een bittere glimlach te zien, alsof ze Héctor en Savall uitdaagde iets te zeggen. Maar geen van beiden zei ook maar een woord. Daarop vervolgde ze haar verhaal: 'Ik was bang voor vragen, en ook voor verwijten, maar die kwamen niet; Marc vertelde alleen maar dingen over zijn leven in Dublin, over de plannen die hij had. Het was alsof we elkaar net hadden leren kennen, alsof ik niet zijn moeder was. Ons contact ging zo'n drie maanden door, tot ... tot hij voorstelde om me in Parijs te komen opzoeken.'

Joana zweeg even en keek op de papieren die ze in haar handen had.

'Bij dat idee kreeg ik het doodsbenauwd,' zei ze zonder enige omhaal. 'Ik weet niet waarom. Ik schreef hem dat ik erover na moest denken.'

'En werd Marc kwaad?' vroeg Héctor.

Joana haalde haar schouders op.

'Ik neem aan dat het een koude douche voor hem was. Sindsdien schreef hij me steeds minder, en uiteindelijk zelfs eigenlijk helemaal niet meer. Maar toen hij op het punt stond uit Ierland te vertrekken stuurde hij me deze e-mail.'

Ze vouwde de papieren open, haalde er eentje tussenuit en overhandigde dat aan Savall. Nadat deze de e-mail gelezen had, gaf hij hem aan Héctor. De tekst luidde als volgt:

Hoi, ik weet dat ik al lang niets meer van me heb laten horen, en ik wil niet opnieuw beginnen over een afspraak, in elk geval niet nu. Ik ga trouwens terug naar Barcelona omdat ik daar iets moet regelen. Ik weet nog niet hoe, maar er zit niets anders voor me op. Als dat is gebeurd zou ik het erg leuk vinden om elkaar te zien. In Parijs of Barcelona, waar je maar wilt. Kus,

Marc

Toen Héctor van het papier opkeek gaf Joana al antwoord op zijn vraag voordat hij hem kon stellen.

'Nee, ik heb geen idee wat hij moest regelen. Op dat moment dacht ik dat het iets met zijn studie te maken had – welke richting hij wilde kiezen of zoiets. De waarheid is dat ik er pas gisteravond over ben gaan nadenken. Ik heb alle e-mails opnieuw gelezen, achter elkaar, alsof het om een echt gesprek tussen ons ging. Dit is de laatste mail die ik van hem heb ontvangen.'

Savall en Héctor keken elkaar aan. Er viel weinig over te zeggen. Die e-mail kon over van alles en nog wat gaan.

'Ja, ik besef dat dit een beetje overdreven klinkt, maar ik weet het niet ... Misschien is het wel degelijk belangrijk en heeft het iets met zijn dood te maken,' zei Joana, terwijl ze meer uit ergernis dan uit wanhoop met haar handen gebaarde en opstond. 'Nou ja, ik denk dat u hier niet veel mee opgeschoten bent. Ik had beter mijn mond kunnen houden.'

'Joana,' zei Savall, terwijl ook hij opstond en om het bureau heen naar haar toe liep. 'In een onderzoek kunnen we alles gebruiken. Ik heb je gezegd dat we deze zaak tot op de bodem zullen uitzoeken en dat gaan we ook beslist doen. Maar je zult ook moeten begrijpen en accepteren dat het meest voor de hand liggende kan zijn gebeurd. Ongelukken zijn moeilijk te aanvaarden, maar toch vinden ze plaats.'

Joana knikte, maar Héctor kreeg de indruk dat het niet dat was waarover ze zich zorgen maakte, of in elk geval niet alleen dat. Omdat ze nu met de commissaris praatte, kreeg Héctor de kans Joana eens beter te bekijken. Ze moest ooit een erg knappe vrouw zijn geweest, dacht hij, en in zekere zin was ze dat nog steeds. Elegant en stijlvol, ook al was aan haar gezicht duidelijk te zien dat ze op leeftijd was. Joana Vidal was echter iemand die dat niet verborg, die haar ouderdom op natuurlijke wijze aanvaardde: ze gebruikte geen make-up en had ook geen facelift ondergaan. Daardoor had ze een waardigheid over zich die andere vrouwen van haar leeftijd ten enenmale misten.

'We houden je op de hoogte. Ikzelf of inspecteur Salgado, dat beloof ik je. Probeer een beetje uit te rusten.'

Savall bood aan om met haar mee te lopen naar de deur, maar ze wees dat met eenzelfde geërgerd gebaar van de hand als ze eerder had gemaakt. Een gemakkelijke vrouw kon ze niet zijn, dat wist

Héctor zeker, en terwijl hij haar weg zag lopen zag hij het beeld van Meryl Streep voor zich. Maar Leire, die meteen naar het kantoortje was gelopen toen ze Joana Vidal naar buiten had zien komen, verstoorde zijn dromerijen hardhandig.

'Hebt u een momentje, inspecteur?' vroeg ze.

'Ja, maar om je de waarheid te zeggen heb ik trek in een sigaret. Rook jij?' vroeg hij haar voor de eerste keer.

'Meer dan goed voor me is en minder dan ik zou willen.'

Héctor glimlachte.

'Nou, nu geeft je superieur je het bevel te gaan roken.'

Zonder goed te weten waarom speelde Leire het spelletje mee.

'Nou, er zijn me wel ergere dingen overkomen.'

Hij hief zijn armen in de lucht met een gebaar van gespeelde onschuld.

'Daar geloof ik niets van ... Laten we de buitenlucht een beetje gaan vervuilen en ondertussen vertel je me dan wat je op je lever hebt.'

Ze vonden een hoekje in de schaduw, hoewel dat bij deze vreselijke hitte niet veel hielp. De zon stond loodrecht boven de huizen en door de vochtigheid was de warmte zo drukkend dat het wel leek of ze in Afrika waren.

'Dat was de moeder van Marc, toch?' vroeg zij.

'Inderdaad,' antwoordde Héctor, terwijl hij diep inhaleerde en de rook langzaam weer liet ontsnappen. 'Zeg, hebben die laptop en dat mobieltje nog aanwijzingen opgeleverd?'

Leire knikte.

'We zijn bezig uit te zoeken van wie de telefoonnummers op zijn mobieltje zijn, hoewel de meeste gesprekken en sms'jes in de dagen voor zijn dood met Gina Martí en Aleix Rovira waren. En met een zekere Iris.'

Héctor was erg verbaasd en Leire ging door met haar uitleg: 'Uit het landnummer hebben we kunnen opmaken dat dat meisje in Ierland zat en dat de gesprekken gratis waren, via een internetverbinding. Uit de sms'jes blijkt dat ze maar weinig in het Engels praatten, het meisje Spaans was en Marc smoorverliefd was op haar. Ik heb alle sms'jes op een rijtje gezet en uitgeschreven om te zien of er iets bijzonders bij zit, maar op het eerste gezicht lijken ze heel normaal: "Ik mis je, was je maar hier ..." Ik geloof dat ze de bedoeling hadden elkaar binnenkort te zien, want ergens hadden ze het erover dat het "allemaal snel over zal zijn". Dit alles met een heleboel afkortingen geschreven – nou niet bepaald romantisch. Wat betreft de laptop: er wordt geprobeerd om die te repareren, maar er is me verteld dat hij er erg slecht aan toe is. Alsof hij opzettelijk op de grond zou zijn gegooid.'

'Aha,' antwoordde Héctor. Het was iets wat hem erg verontrustte, maar juist toen hij commentaar wilde geven, begon Leire opnieuw.

'Er is nog iets anders, inspecteur. Daar ben ik gisteravond thuis op gekomen,' zei ze, terwijl haar ogen schitterden. Het drong nu trouwens pas tot Héctor door dat die donkergroen waren. 'Door de hitte kon ik namelijk niet in slaap komen en daarom ben ik op het balkon een sigaretje gaan roken. Omdat ik de asbak was vergeten trapte ik de peuk uit op de grond, met het idee hem de volgende dag op te vegen. Niet erg netjes, dat geef ik onmiddellijk toe. Toen ik even later weer in bed lag, viel me plotseling iets in. Wat zou u doen als u in de vensterbank ging zitten om een sigaret te roken?'

Héctor dacht even na.

'Nou ja, ik zou óf de as en de peuk op de grond gooien, óf een asbak in de buurt hebben, misschien zelfs wel in mijn hand.'

'Precies. En van de schoonmaakster van de Castells heb ik gehoord dat de huidige vrouw van Enric, Glòria Vergés, vreselijk netjes is: ze heeft een ontzettende hekel aan rook en peuken. Ik neem aan dat Marc daarom altijd op zolder in de vensterbank ging zitten roken.' Leire stopte heel even, maar ze ging meteen weer verder met haar verhaal: 'De peuk van Marc was echter nergens te vinden toen wij 's morgens vroeg bij het huis van de Castells kwamen. Natuurlijk zou hij die ver weg hebben kunnen schieten, maar ik kan me gewoon niet voorstellen dat Marc op zo'n manier een tuin zou bevuilen. Het meest logische is dat hij met de asbak in de vensterbank is gaan zitten om te voorkomen dat hij van Glòria op zijn kop zou krijgen. Die asbak stond alleen niet in de vensterbank, maar op een kastje naast het raam. Dat herinner ik me nog precies. Ik geloof zelfs dat hij te zien is op een paar foto's die we van de zolderkamer hebben genomen.'

Ondanks de hitte draaide Héctors brein op volle toeren.

'Dat betekent dus dat Marc naar binnen is gegaan om zijn sigaret uit te maken.'

'Zoiets, ja. Ik heb er lang over nagedacht zonder een sluitende conclusie te kunnen trekken. Het zou ook best kunnen zijn dat hij daarna weer op de vensterbank is gaan zitten. Maar ons is verteld dat dat niet zijn gewoonte was. Ik bedoel, ons is heel duidelijk verteld dat Marc alleen maar in het raam ging zitten om te roken. Punt. Niet om een tijdje na te denken of weg te dromen.'

'Maar er is nog een andere mogelijkheid,' ging Héctor tegen haar in, 'namelijk dat iemand de asbak later heeft verplaatst.'

'Ja, daar heb ik ook aan zitten denken. Maar de schoonmaakster is de hele tijd bij Gina Martí gebleven, die helemaal was doorgedraaid; zij is niet op de zolderkamer geweest voordat wij er kwamen. Meneer Castells kwam samen met zijn broer, de priester, op hetzelfde moment aan als wij; zijn vrouw en zijn dochter kwamen pas later, omdat mevrouw Castells – logisch – niet wilde dat het kind het lijk van Marc zou zien. Zij is dan ook tot 's middags in Collbató gebleven.'

'Weet je zeker dat Gina 's morgens niet weer naar de zolderkamer is gegaan?'

'Volgens haar verklaring niet. Ze werd wakker door het gegil van de schoonmaakster en is meteen naar beneden gerend. Toen zij Marc dood zag liggen kreeg ze een zenuwaanval. De schoonmaakster maakte lindebloesemthee voor haar, maar die dronk ze niet op. Wij waren erg snel ter plaatse. Maar buiten dat kan ik me ook niet goed voorstellen dat zij de asbak zou hebben verplaatst.'

'Eens even nadenken,' zei Héctor terwijl hij zijn ogen een beetje dichtkneep. 'Laten we ons de gebeurtenissen eens voor de geest halen: Marc heeft een feestje met zijn vrienden gehouden dat slecht is afgelopen. Ze hebben gevochten. Door de klappen die daarbij vielen kwam zijn shirt onder het bloed te zitten. Aleix is vertrokken en hij heeft Gina naar bed gestuurd. Het is bijna drie uur 's morgens en erg warm. Hij trekt een ander shirt aan en alvorens naar bed te gaan doet hij wat hij altijd deed: een sigaret roken op de vensterbank in de zolderkamer. Laten we inderdaad aannemen dat hij de asbak had meegenomen; dat was zijn gewoonte, daar ben ik praktisch zeker van. Vervolgens rookt hij kalmpjes zijn sigaret, drukt de peuk uit in de asbak en gaat de kamer weer in; de asbak laat hij op de vensterbank staan ...'

'Ziet u wel?' zei Leire nadrukkelijk. 'Dat rijmt volstrekt niet met de veronderstelling dat hij aangeschoten was en per ongeluk is gevallen. Sterker nog: als dat het geval was geweest dan had hij het gemerkt, en waarom zou hij dan toch weer in de vensterbank zijn gaan zitten?'

Héctor zag de angst weer voor zich die hij daarnet in de ogen van Joana Vidal had gezien, die in de woorden van Enric Castells had doorgeklonken toen hij bijna woedend had ontkend dat zijn zoon zelf naar beneden was gesprongen. Zou het om een zelfmoord kunnen gaan? Een wanhoopsdaad soms vanwege iets wat er op het feestje was voorgevallen? Of was er iemand het huis binnengedrongen en hadden ze hem, na een woordenwisseling, het raam uit geduwd? Dat zou dan iemand geweest moeten zijn die behoorlijk sterk was, waardoor Gina afviel. Aleix dan? Hadden de jongens met elkaar gevochten en was Marcs laptop daarbij op de grond gevallen? Leire leek zijn gedachten te raden, want haar ogen schitterden.

'Ik heb nog iets meer gedaan,' zei ze. 'Vanochtend heb ik naar de informaticafaculteit gebeld, waar Aleix Rovira studeert. Het was niet zo eenvoudig, maar uiteindelijk heb ik toch wat weten los te krijgen: hij heeft voor geen enkel vak een voldoende gehaald, en sinds Pasen is hij helemaal niet meer op de faculteit verschenen.'

'Maar was hij dan niet een soort wonderkind?'

'Tja, blijkbaar is er van zijn begaafdheid niet veel meer overgebleven sinds hij op de universiteit zit.'

'Onderzoek alle telefoongesprekken van Rovira. Ik wil alles van hem weten: met wie hij belt en omgaat, waaraan hij zijn vrije tijd besteedt, zoals dat zo fraai heet. Als hij niet naar de universiteit gaat moet hij trouwens heel wat vrije tijd hebben. Ik heb de indruk dat die twee jongelui ons behoorlijk voor het lapje houden. Ik zal Aleix maandag naar het bureau laten komen, dus maak een beetje haast. Is dat een probleem?'

Leire schudde haar hoofd, hoewel op haar gezicht twijfel stond te lezen. Aan het einde van de middag zou ze namelijk Tomás gaan ophalen op het station en dit weekend zou ze eigenlijk vrij zijn. Ze stond op het punt dat tegen Héctor te zeggen, maar bedacht dat het misschien helemaal niet zo slecht was als ze wat te doen had.

'Geen enkel probleem, inspecteur.'

'Prima. Nog iets anders. Toen Marc in Ierland zat schreef hij in een e-mail aan zijn moeder dat hij iets in Spanje moest regelen. Ik geloof niet dat het erg belangrijk is, maar ...'

'Maar we moeten echt alle mogelijkheden onderzoeken, of niet?'

'Ja, precies,' antwoordde Héctor, waarbij hem plots te binnen schoot wat Savall tegen hem had gezegd, en op een lichtelijk spottende toon voegde hij eraan toe: 'En vergeet niet dat dit alles "officieus" is. Ik zal het er nog wel met de commissaris over hebben. Ik wil vóór maandag zo veel mogelijk gegevens van je over Aleix Rovira. Als jij je daarmee bezighoudt, dan zal ik die Óscar Vaquero eens ondervragen.'

Leire keek hem vragend aan.

'Dat is die dikzak die ze in de douche hadden gefilmd. Ik weet dat het al even geleden is, maar soms worden wraakgevoelens na verloop van tijd alleen maar heviger. Dat kan ik je verzekeren.' En bij die woorden speelde er een sarcastisch glimlachje om Héctors mond.

17

De airco van de goedkope hotelkamer maakte een kabaal dat veel weg had van het grommen van een monster uit de onderwereld. De dikke, mosgroene gordijnen waren dichtgetrokken om het felle licht van de middagzon die de stad geselde buiten te houden. Het leek wel een kamer in een wegmotel, zo'n etablissement dat ondanks zijn smerigheid een romantisch of liever gezegd ranzig karakter heeft, met kamers die naar bezwete lakens ruiken, naar verstrengelde lichamen, naar heimelijke maar dringende seks, naar nooit geheel bevredigde begeerten, naar goedkope parfum en haastige douches.

Het was echter geen kamer in een motel maar in een pension vlak bij de universiteit, dat op discrete wijze kamers verhuurde. En met een beetje welwillendheid – of liever gezegd: blindheid – was het zelfs schoon te noemen. Doordat het in het uitgaansgebied van homoseksuelen lag, waren de meeste klanten gays, iets wat Regina enigszins geruststelde.

Het afgelopen jaar was ze regelmatig in dit pension geweest zonder dat ze ooit een bekende tegen het lijf was gelopen. Het gevaarlijkst was het wanneer ze het pension in of uit liep, maar tot nu toe had ze steeds geluk gehad en had niemand haar gezien. Waarschijnlijk kon het haar diep in haar hart ook helemaal niets schelen. Niet dat zij en haar man Salvador nou een vrije relatie hadden, maar hij begreep natuurlijk ook dat als hij niet langer de liefde met haar bedreef, iemand anders zijn plaats in bed zou innemen, in elk geval af en toe. Als ze eerlijk tegen zichzelf was, moest Regina toegeven dat ze nooit met de zestien jaar oudere Salvador was getrouwd omdat hij nou zo'n dekhengst was, hoewel ze de eerste jaren van haar huwelijk niets te klagen had gehad. Nee, Regina was niet zozeer een gepassioneerde als wel een trotse vrouw. Ze was nu eenentwintig jaar getrouwd en de eerste helft daarvan was ze heel gelukkig geweest. Salvador verafgoodde haar, met een hartstocht die onblusbaar leek, eeuwig. En zij was werkelijk opgebloeid door zijn vleiende gedrag, door zijn verliefde blik, die wel op een net leek waarin hij steeds weer haar lichaamsvormen ving.

Het enige wat Regina niet had bedacht toen ze besloot met die – zij het niet in de gewone zin van het woord – aantrekkelijke, lange en al enigszins grijzende man te trouwen, was dat zijn smaak wat betreft vrouwen altijd hetzelfde zou blijven. Want Salvador, die als veertiger al een voorkeur had voor meisjes van twintig, had die als zestiger nog steeds. En deze intellectueel, die met de jaren tot een bekende en veelgelezen auteur was uitgegroeid, had dan ook eigenlijk alleen maar belangstelling voor jonge meisjes met een gezicht dat zo volmaakt was dat het pijn deed aan je ogen. Zo'n gezicht dat alleen maar water en zeep nodig heeft om te stralen. En die meisjes, nog dommer dan Regina meer dan twintig jaar geleden, vonden hem gedistingeerd, charmant en intelligent. Romantisch zelfs. Ze lazen geëmotioneerd zijn liefdesromans en moderne sprookjesverhalen met titels als *De zoete smaak van de eerste liefde* en *Melancholische perspectieven* en gingen naar de conferenties die hij hield, waar om de haverklap woorden als 'verlangen', 'huid', 'smaak' en 'melancholie' vielen. Deze romans en verhalen was hij gaan schrijven toen zijn moeilijke boeken met experimentele inslag zelfs de meest welwillende critici begonnen te vervelen.

Het was een harde klap voor Regina geweest om te ontdekken dat de voortdurende bewondering die Salvador voor haar had gekoesterd stukje bij beetje aan het afbrokkelen was. Of liever gezegd: dat die op andere vrouwen werd gericht. Op haar achtendertigste was Regina niet langer de prinses van het bal, het middelpunt van de aandacht van haar man, en met vijfenveertig was ze definitief in een soort Assepoester veranderd en was elke bewonderende blik verdwenen. Nu ze bijna vijftig was en verschillende facelifts had ondergaan, die overigens slechts een lauwe reactie bij Salvador hadden opgeroepen, had ze besloten het over een andere boeg te gooien. Kortom, de logica had het van haar ijdelheid gewonnen en het was eindelijk tot haar doorgedrongen dat ze met een even brute als meedogenloze vijand streed, die ze misschien wel kon temmen maar niet kon overwinnen.

Het besluit om een buitenechtelijke relatie te beginnen had ze eind vorig jaar genomen als een soort goed voornemen voor het nieuwe jaar. Op deze manier wilde ze haar zelfrespect terugwinnen. En terwijl ze om zich heen keek had ze ontdekt dat de blikken van bewondering die haar man niet meer voor haar had uit erg onverwachte hoeken konden komen. In zekere zin, dacht ze, herstelde haar ontrouw de orde en het evenwicht in haar huwelijk. En hoewel ze in het begin niet echt op zoek was naar seks, maar haar in de knel geraakte ego wilde opkrikken, iets wat door de antirimpelbehandelingen en facelifts niet was gelukt, was het voor haar een echte verrassing geweest wat een diepe en tegenstrijdige gevoelens de sterke en gespierde armen van haar jonge minnaar bij haar hadden losgemaakt, zijn harde maar tegelijk babyachtige billen, zijn onhandige zoenen en zijn beweeglijke tong waarmee hij tot diep in haar geslacht drong. Daarbij kon hij haar zonder ophouden en zonder uitgeput te raken berijden, maar haar evengoed speels in haar nek bijten als een jonge hond of slaan, terwijl zij met gesloten ogen intens genoot. Net als zij, net als iedereen verlangde hij ernaar gezien en bewonderd te worden, maar in tegenstelling tot anderen liet hij wanneer hij de liefde bedreef zijn grote eigenliefde voor wat die was en werd hij genereus en onvermoeibaar, veeleisend en teder. Het ene moment een lefgozer, het andere een verlegen jongen die naar strelingen verlangt. Ze kon niet zeggen wat ze nu liever had, maar ze wist wel dat ze na al die tijd verslaafd was geraakt aan hun in het geheim bedreven spelletjes en het vooruitzicht haar minnaar een maand lang niet te kunnen zien omdat ze op vakantie moest naar de Costa Brava met die weerzinwekkende oude man – het beeld van Salvador in zwembroek was voor haar in een nachtmerrie veranderd die haar voortdurend achtervolgde – en een dochter die zwaar depressief was, lokte haar nou niet bepaald aan. Godzijdank was ze niet verliefd op iemand die haar zoon zou kunnen zijn. Integendeel, ze twijfelde al heel lang of zo'n grote liefde wel bestond. Een liefde met hoofdletters geschreven, waarover haar man boeken vol schreef om vrouwen te amuseren die niet verder keken dan hun neus lang was. Het was voor haar een genot en een haast onmisbare levensinvulling de liefde met die jongen te bedrijven. Hoewel ze soms, wanneer ze alleen in haar kamer zat, zo genoot van alleen maar de herinnering aan hun ontmoetingen dat ze dacht die niet meer echt nodig te hebben ... Op een gegeven moment moest er gewoon een eind aan komen, maar ondertussen werd ze door een heleboel wellustige herinneringen overspoeld, die haar enorm opwonden.

'Waar denk je aan?' fluisterde Aleix in haar oor.

'Ik dacht dat je sliep,' antwoordde Regina, waarna ze hem een kus op zijn voorhoofd gaf. Ze kwam een stukje overeind zodat hij zijn armen om haar heen kon slaan. Hun handen schoven in elkaar. De kracht die er van die sterke vingers uitging gaf haar een oppepper.

'Ik was een beetje ingedommeld. Maar dat komt door jou,' antwoordde hij terwijl hij uitdagend zuchtte. 'Door jouw schuld heb ik geen enkele kracht meer over.'

Regina lachte tevreden en Aleix schoof zijn andere hand onder de lakens om haar dijen te strelen.

'Zo is het welletjes geweest,' protesteerde ze terwijl ze een eindje van hem af ging liggen. 'We moeten gaan.'

'Niets ervan,' antwoordde hij, en hij ging boven op haar liggen. 'Ik wil hier blijven.'

'Zeg ... Luilak ... Sta op, we moeten gaan. Het is veel te warm om jou boven op me te hebben,' zei ze op een voorgewend strenge toon. Maar hij, als een dwarse jonge knul, hield haar alleen nog maar vaster tussen zijn armen gekneld. Uiteindelijk wist Regina te ontglippen, ging op de rand van het bed zitten en deed de lamp op het nachtkastje aan.

Aleix spreidde zowel zijn armen als zijn benen, waardoor hij bijna het hele bed in beslag nam. Regina kon niet voorkomen dat ze opnieuw door de schoonheid van zijn jonge lichaam werd overweldigd. Het was een tegenstrijdig gevoel, een mengsel van bewondering en schaamte. Zonder op te staan stak ze haar arm uit om haar bh en bloes te pakken, die op een stoel vlak naast het bed lagen.

'Jij kunt in bed blijven liggen als je wilt,' zei ze terwijl ze zich met haar rug naar hem toe aankleedde.

'Wacht nog even voor je weggaat. Ik moet met je praten,' antwoordde hij.

Iets in zijn stem deed haar schrikken en ze keerde zich abrupt naar hem om, met haar bloes nog halfopen.

'Moet dat nu?' vroeg ze terwijl ze haar bloes verder dichtknoopte en haar horloge van het nachtkastje pakte. 'Het is al laat.'

Aleix kwam op zijn knieën overeind en kuste haar in haar nek.

'Hou op ... Als je gisteren was komen opdagen, dan hadden we nu meer tijd gehad. Salvador komt over een uur aan op het vliegveld en ik moet hem ophalen.'

'Dat was vanwege Gina, dat heb ik je al gezegd ... En voor een deel is het jouw schuld. Buiten deze afspraken om wil je geen enkel contact met me hebben; je hebt me zelfs verboden om sms'jes te sturen. Ik kon je niet waarschuwen.'

Ze knikte met een haastig, geërgerd gebaar.

'Ja, dat klopt. Nou, zeg het nu dan maar, terwijl ik me aankleed. Wat heb je me te vertellen?' zei ze terwijl ze van het bed overeind kwam en haar slipje en vervolgens haar rok aantrok. Ze had niet eens tijd meer om thuis een douche te gaan nemen. Ze zou direct naar het vliegveld gaan om Salvador op te halen.

'Ik zit in de nesten. Diep in de nesten.'

Regina zweeg.

'Ik heb geld nodig.'

'Geld?' antwoordde Regina verbouwereerd zonder nog iets te zeggen. Ze werd alleen rood en kleedde zich haastig verder aan.

Hij merkte dat ze zich beledigd voelde; hij sprong, nog altijd naakt, uit bed en liep naar haar toe. Regina sloeg haar ogen neer.

'Hé, hé ... kijk me eens aan,' zei hij. Dat deed ze en toen ze hem recht aankeek zag ze dat hij het serieus meende. 'Als ik het niet echt nodig had, zou ik het je nooit vragen. Maar ik zit diep in de problemen en heb geld nodig. Echt waar.'

'Je hebt toch ouders, Aleix? Die willen je ongetwijfeld helpen.'

'Doe niet zo belachelijk. Hier kan ik bij hen niet mee aankomen.'

Regina zuchtte diep.

'Wat is er dan aan de hand? Heb je soms een studente zwanger gemaakt of zoiets?'

De uitdrukking op Aleix' gezicht veranderde en vervolgens pakte hij haar hand.

'Laat me los!' riep ze, maar hij deed precies het tegenovergestelde en trok haar naar zich toe.

'Het is geen grapje, Regina. Als ik voor dinsdag geen drieduizend euro heb ...'

Regina viel hem onmiddellijk met een harde, spottende schaterlach in de rede.

'Drieduizend euro? Je bent geschift!'

Aleix pakte haar hand nog steviger beet, maar liet hem even later toch los. Terwijl ze tegenover elkaar bleven staan staarden ze elkaar aan.

'Ik betaal het je echt terug.'

'Vergeet het maar! Het gaat er niet om dat je me dat geld wel of niet terugbetaalt. Denk je nou echt dat ik drieduizend euro van onze rekening af kan halen zonder dat Salvador iets merkt? En wat zeg ik dan tegen hem? Dat mijn laatste wip een beetje duur was uitgevallen?'

Regina was duidelijk beledigd; daar was Aleix al bang voor. Het gaf haar het gevoel dat ze moest betalen in ruil voor seks. Hij probeerde het haar uit te leggen: 'Hoor eens, ik vraag je dat geld niet als mijn minnares, maar als mijn vriendin. Ik vraag het je, omdat als ik die kerels niet betaal, ze me van kant maken.'

'Waar heb je het in vredesnaam over?' vroeg Regina ongeduldig, die het later en later zag worden. Ze wilde hier een punt achter zetten en vertrekken. 'Welke kerels?'

Hij liet zijn hoofd zakken. Hij kon haar niet alles vertellen.

'Ik zou hier niet mee aankomen als het niet heel belangrijk was.'

Regina had geen zin meer om verder te praten: ze ging zitten om haar witte sandalen aan te trekken, maar de stilte, die slechts werd verstoord door het gegrom van de airco, was zo drukkend dat ze onmogelijk kon blijven zwijgen.

'Aleix, ik meen het serieus. Als je echt in de nesten zit moet je je ouders om hulp vragen. Ik kan jouw problemen niet oplossen. Begrijp je?'

'Je hoeft heus niet mijn moeder uit te gaan hangen. Vooral niet omdat ik je net twee keer achter elkaar heb gepakt.'

Regina glimlachte flauwtjes.

'Laten we ophouden, Aleix. Ik heb geen zin om ruzie met je te maken.'

Maar Aleix had nog een laatste troef in handen; die speelde hij nu wanhopig en met een zekere tegenzin uit. Terwijl hij zich op het bed liet vallen, staarde hij haar aan.

'Ik wil ook geen ruzie maken,' zei hij, waarbij hij zijn stem zo zakelijk en onverschillig mogelijk probeerde te laten klinken. 'Maar ik denk toch dat je me uiteindelijk wel wilt helpen. Al was het alleen maar vanwege je dochter.'

'Waag het niet om Gina hierin te betrekken.'

'Rustig maar, ik ben heus niet van plan om te vertellen dat ik eens per week een wip met haar moeder maak. Dat laat ik wel aan jou over,' zei hij terwijl hij zijn stem dempte. Hij wist dat er nu geen weg terug meer was. 'Ik ga aan die Argentijnse inspecteur vertellen dat ik heb gezien dat de onschuldige en angstige Gina Marc door het raam naar buiten duwde.'

'Wat is dat nu weer voor onzin?'

'De waarheid, de zuivere waarheid. Waarom denk je dat Gina er zo slecht aan toe is? Waarom denk je dat ik gisteren naar je huis ben gekomen? Om haar niet alleen met de smeris te laten, want ze doet het in haar broek van angst dat uitkomt wat ze heeft gedaan.'

'Dat verzin je maar,' zei Regina met trillende stem. Ze zag een heleboel beelden voor zich, beelden van de laatste dagen. Die probeerde ze te verdrijven voor ze weer iets zou gaan zeggen. Het was flauwekul, dacht ze kwaad, die klootzak had het allemaal verzonnen om haar te chanteren.

Aleix praatte ondertussen verder: 'Gina zag groen van jaloezie nadat Marc ons had verteld dat hij in Dublin een meisje had leren kennen. En in de Sint-Jansnacht hield ze het gewoon niet meer uit: ze had zich helemaal opgedoft en opgetut om hem te verleiden, maar hij keurde haar geen blik waardig.'

Regina kwam overeind en liep naar Aleix toe. Ze moest zich inhouden om niet te gaan schreeuwen en hem niet op zijn gezicht te timmeren. Ze moest kalm blijven om duidelijk te maken dat ze het serieus meende.

'Jij bent weggegaan die nacht ... dat heb je tegenover de politie verklaard, en Gina ook.'

Aleix glimlachte en Regina begon te twijfelen. Dat was precies wat hij wilde.

'Natuurlijk. Zoiets doe je voor een vriend, toch? Ook al was Marc dat net zo goed. De bal ligt bij jou, Regina. Het is heel simpel: voor wat, hoort wat. Jij helpt mij en ik help jou en Gina.'

Precies op dat moment ging het mobieltje van Aleix over, dat hij op het nachtkastje had laten liggen. Hij pakte het op om te zien wie hem belde. Onder de verdwaasde blik van Regina begon hij te praten. 'Hallo, Edu, is er iets aan de hand?' vroeg hij bezorgd, want zijn broer belde hem eigenlijk nooit.

Terwijl Aleix luisterde naar wat zijn broer te vertellen had, pakte Regina traag haar handtas op. Het gesprek duurde nog geen minuut. Aleix zei: 'Dank je wel,' en hing op.

Nog altijd naakt, en zich bewust van zijn aantrekkelijke lichaam, keek hij haar met een triomfantelijke glimlach aan. Aan die tevreden en zelfvoldane uitdrukking op zijn gezicht kon Regina zien dat hij nog iets ging zeggen.

'Wat toevallig. Blijkbaar wil die smeris me maandag spreken.

Maandagmiddag. Dan hebben we nog net genoeg tijd om dit probleem uit de wereld te helpen ... en onder elkaar te regelen.'

Eventjes duizelde het Regina, maar vervolgens veranderde haar gezicht in een kil masker. Een deel van haar, de ontgoochelde vrouw, wilde die klootzak op zijn smoel slaan, maar het andere deel, waarin het moederinstinct de dienst uitmaakte, won het. Het eerste wat ze moest doen was met Gina praten, dacht ze. Die klap kon wel even wachten.

'Ik bel je nog wel,' zei ze en ze keerde zich bruusk om.

'Wat?' vroeg Aleix.

'Je hebt het goed gehoord. Ik bel je nog wel,' herhaalde ze terwijl ze zich weer met een verachtelijk gezicht naar hem toe draaide. 'O ja, en als je dat geld zo hard nodig hebt, kun je maar beter flink door blijven zoeken. Als ik jou was zou ik er in elk geval maar niet op rekenen dat je het van mij krijgt.'

Hij bleef haar aanstaren en op zijn lippen stond duidelijk 'vuile slet' te lezen zonder dat dat werd uitgesproken.

Aleix zocht naarstig naar een woord waarmee hij dit duel in zijn voordeel kon beslissen, maar omdat hij daar niet op kwam glimlachte hij alleen maar.

'Jij zult wel weten wat je doet,' zei hij uiteindelijk. 'Je hebt tot maandagochtend de tijd om je dochter veel ellende te besparen. Dus denk er maar eens goed over na.'

Regina aarzelde even, maar vluchtte vervolgens snel de deur uit.

18

Martina Andreu keek op haar horloge. Haar dienst zat er over een halfuurtje op en dan had ze nog net genoeg tijd om naar de sportschool te gaan, voordat ze haar kinderen zou ophalen. Ze had de afgelopen dagen vreselijke last van haar rug gekregen en ze wist dat dat kwam doordat ze te weinig oefeningen had gedaan. Ze probeerde haar dag altijd zo goed mogelijk in te delen, maar soms liep het gewoon een beetje uit de hand: werk, echtgenoot, huis, twee kleine kinderen die allerlei buitenschoolse activiteiten hadden ...

Ze stopte de papieren van de zaak-Omar met een diepe zucht in de map. Als er iets was wat haar frustreerde, dan was het wel dit soort zaken waar volstrekt geen schot in zat. Ze had zo'n donkerbruin vermoeden dat die kerel, inclusief zijn duistere praktijken, met de noorderzon was vertrokken. Dat was helemaal niet zo'n vreemd idee; als die bende vrouwenhandelaars zijn belangrijkste bron van inkomsten was geweest, dan moest hij nu andere mogelijkheden zien aan te boren. Het bloed op de muren en de varkenskop konden heel goed een rookgordijn zijn, een schitterende manier om zijn aftocht te dekken. Hoewel hij aan de andere kant bepaald geen groentje was en in Barcelona zo zijn contacten had door die weerzinwekkende praktijk. Ook als hij daar niet zoveel geld mee binnenhaalde, was het in elk geval meer dan hij zou kunnen verdienen wanneer hij ergens anders weer helemaal opnieuw zou moeten beginnen.

Die kerel was een compleet raadsel voor haar gebleven. De buurtbewoners hadden maar weinig informatie over hem kunnen verstrekken. Ze was de hele ochtend hoogstpersoonlijk van deur naar deur gegaan om iets over hem aan de weet te komen en het enige wat haar duidelijk was geworden was dat zijn naam bijna iedereen wantrouwig en een enkeling zelfs bang maakte. Een van de vrouwen met wie ze had gepraat, een jonge Colombiaanse die in hetzelfde huis woonde als Omar, had zonder omhaal gezegd: 'Het is een rare snuiter ... Ik sloeg altijd een kruisje wanneer ik hem tegenkwam. Hij spookte dingen uit die het daglicht niet konden verdragen.' Daarop had Martina een beetje doorgevraagd, maar het enige wat ze los had weten te krijgen was: 'Er wordt gezegd dat hij aan duiveluitdrijving doet, maar als je het mij vraagt is hij de duivel in eigen persoon.' En daarna was haar mond op slot gegaan.

Dat van die duiveluitdrijvingen was niet zo vreemd, dacht Martina; hoe wonderlijk het ook mocht klinken, in steden als Barcelona waren die aan de orde van de dag, en vooral sinds de Kerk zich er niet meer mee bezighield, waren de gelovigen gedwongen om alternatieve exorcisten in de arm te nemen. Ze dacht dat dokter Omar best zo'n exorcist zou kunnen zijn. De huiszoeking had weinig, maar wel frappante aanwijzingen opgeleverd: een heleboel kruisen in allerlei soorten en maten, boeken in het Frans en Spaans over satanisme, *santería* en wat dies meer zij. Geld overmaken via de bank deed hij praktisch niet en zijn huis had hij jaren geleden contant betaald; blijkbaar had hij geen vrienden en zijn klanten zouden natuurlijk nooit op het bureau komen getuigen.

Martina kreeg de koude rillingen wanneer ze eraan dacht dat deze dingen in een stad als Barcelona konden gebeuren. Modernistische gevels, moderne winkels, hordes toeristen die de stad plunderden met de camera in de aanslag ... en achter dat alles, veilig beschermd door hun anonimiteit, gingen figuren als dokter Omar schuil: zonder banden, zonder familie. Mensen die zich met vreemde rituelen bezighielden zonder dat iemand het merkte. Zo is het welletjes geweest, zei ze bij zichzelf. Ze zou maandag verdergaan. Ze had de map al gesloten en op het bureau gelegd, maar net toen ze overeind kwam ging de telefoon. Verdomme, dacht ze, telefoontjes op het laatste moment zorgen altijd voor problemen.

'Ja?'

Ze hoorde de stotterende stem van een vrouw, die trillend van de zenuwen en met een duidelijk Zuid-Amerikaans accent vroeg: 'Bent u degene die de zaak van dokter Omar onderzoekt?'

'Klopt. Mag ik uw naam, alstublieft.'

'Nee, nee ... noemt u me maar Rosa. Ik heb u iets belangrijks te vertellen. Als u wilt kunnen we ergens afspreken.'

'Hoe hebt u mijn nummer gekregen?'

'Van een buurvrouw die u hebt ondervraagd.'

Martina keek op haar horloge. De sportschool kon ze wel vergeten.

'En u wilt nu meteen afspreken?'

'Ja, zo snel mogelijk. Voordat mijn man terugkomt ...'

Ik hoop maar dat het de moeite waard is, dacht Martina gelaten.

'Waar had u gedacht?'

'Komt u naar het Parc de la Ciutadella. Ik zal achter de waterval op u wachten. Kent u dat park?'

'Ja,' antwoordde Martina, want ze nam haar kinderen er soms mee naartoe.

'Daar wacht ik op u. Ik ben er binnen een halfuur. Komt u op tijd, want ik moet snel weer terug ...'

De onderinspecteur wilde nog iets zeggen, maar het gesprek werd afgebroken voor ze haar mond had kunnen opendoen. Ze pakte haar tas en liep naar buiten. Als ze geluk had, zou ze in elk geval op tijd komen om haar kinderen op te halen.

Ook Leire Castro maakte die middag vorderingen in haar onderzoek. Ze had een lijst voor zich liggen van alle telefoongesprekken die Aleix Rovira de laatste twee maanden had gevoerd. Die was erg interessant, vooral omdat hij ellenlang was. Op de lijst kruiste ze de nummers aan die zich het meest herhaalden, iets wat gezien het grote aantal niet zo eenvoudig was. De meest merkwaardige gesprekken waren in het weekend, want toen had Aleix de hele dag en een groot deel van de nacht telefoontjes ontvangen die maar een paar seconden duurden. Daarnaast waren er andere nummers die zich minder vaak herhaalden. Leire noteerde ze allemaal om te onderzoeken van wie ze afkomstig waren. Een ervan had, in de nacht van 23 juni, maar liefst tien keer gebeld. Aleix had dat telefoontje niet beantwoord, maar belde de volgende dag zelf terug. Een gesprek van vier minuten. Het was een van de weinige die hij had beantwoord. In totaal waren er zes nummers die erg vaak hadden gebeld en daarvan had Aleix alleen de eerste twee teruggebeld. Verder geen enkel.

Leire probeerde alles op een rijtje te zetten, terwijl ze aan het verhaal dacht dat Gina en Aleix hun hadden verteld. Een verhaal dat niet helemaal klopte. Waarom had hij met Marc gevochten? Een gevecht dat er zo hard aan toe was gegaan dat Marcs shirt onder het bloed was komen te zitten. Van wie zou het nummer zijn waardoor hij uitgerekend die nacht zo vaak was gebeld, en een van de weinige telefoontjes dat Aleix de volgende dag had beantwoord? Dat kon ze gemakkelijk achterhalen. Nadat ze het nummer had ingetikt op de computer, zag ze meteen op wiens naam het stond: Rubén Ramos García. Ze zuchtte. Die naam zei haar niets. Vervolgens tikte ze nog een nummer in dat erg vaak op de lijst voorkwam. De naam die ze daarop te zien kreeg zei haar wel iets, en zelfs erg veel. Regina Ballester. De moeder van Gina Martí ... Het was duidelijk dat Aleix maandag het een en ander had uit te leggen.

Leire keek op haar horloge. Ja, ze had nog net tijd om de naam van Rubén Ramos García in te tikken. Dankzij de magie van de informatica verscheen een paar seconden later de foto van een donkere jongeman op het scherm. Geschrokken las ze de informatie die erbij stond. Wat spookte Aleix, een jongen van goeden huize, zoals de commissaris zou zeggen, in vredesnaam uit met een knaap die overduidelijk niet tot zijn eigen milieu behoorde? Rubén Ramos García, vierentwintig, vorig jaar twee keer aangehouden, in januari en november, wegens cocaïnebezit. Tevens verdacht van cocaïnehandel, maar dat had men niet kunnen aantonen. Verder was hij ondervraagd in verband met agressie van skinheads tegen een paar immigranten, die uiteindelijk hun aangifte hadden ingetrokken.

Leire noteerde alle informatie zo bondig mogelijk en liet die, zoals afgesproken, op het bureau van de inspecteur achter. Zonder verder nog ergens over na te denken pakte ze haar helm en liep naar de stalling om haar scooter te halen.

Martina Andreu liep exact om tien voor halfzes de ingang van het Parc de la Ciutadella door. Vanaf de kant van de zee begonnen zich donkere wolken samen te pakken en een harde, maar warme wind liet de takken van de bomen wild schudden. In het park, dat nogal droog was omdat het al lang niet meer had geregend, speelden groepjes jongeren gitaar of genoten simpelweg van een biertje. De zomer in de stad. Ze liep snel over een pad naar de waterval en het geluid ervan schonk haar even een gevoel van verkoeling. Vervolgens liep ze om de waterval heen, naar het erachter gelegen deel van het park, waar her en der banken stonden. Daar liet ze haar blik ronddwalen tot ze een kleine, donkere vrouw zag die met haar rug naar haar toe met een klein meisje aan het spelen was. Net toen Martina op haar af liep draaide de vrouw zich om en knikte lichtjes.

'Rosa?' vroeg Martina.

'Ja, dat ben ik,' antwoordde de vrouw zenuwachtig. Ze had dikke wallen onder haar ogen die de vermoeidheid van een heel leven leken uit te drukken. 'Schatje, mama gaat even met deze mevrouw praten over werk. Speel jij even alleen, oké?'

Het meisje keek Martina ernstig aan. Ze had dezelfde wallen onder haar ogen als haar moeder, maar bezat als tegenwicht een paar prachtige gitzwarte ogen.

'We gaan daar zitten,' zei Rosa terwijl ze op de dichtstbijzijnde bank wees. 'Niet te ver weggaan, hoor, schatje.'

Martina liep samen met Rosa naar de bank. De stormachtige wind leek op een regenachtige nacht te duiden. Dat werd wel tijd, dacht de onderinspecteur.

'Het gaat vast regenen,' zei Rosa toen ze eenmaal zaten. Terwijl ze voortdurend zenuwachtig haar handen bewoog, met korte, stevige vingers die onder het eelt zaten van al het schoonmaken, hield ze haar blik geen moment van haar dochtertje af.

'Hoe oud is ze?'

'Zes.'

Martina glimlachte.

'Een jaar jonger dan die van mij. Ik heb een tweeling,' zei ze.

Iets minder zenuwachtig nu, hoewel ze met haar handen bleef friemelen, glimlachte Rosa tegen haar. Moeders onder elkaar, dacht de onderinspecteur.

'Wat heb je me te vertellen, Rosa?' vroeg Martina, die niet ongeduldig wilde overkomen, hoewel ze maar erg weinig tijd had. Toen ze zag dat de vrouw geen aanstalten maakte om te antwoorden, drong ze aan: 'Iets over dokter Omar?'

'Ik weet niet of ik er wel goed aan gedaan heb om hiernaartoe te komen, mevrouw. Ik wil me niet in de nesten werken,' zei Rosa terwijl ze haar hoofd een beetje liet zakken en met haar hand een medaillon beetpakte dat ze om haar hals had hangen.

'Rustig maar, Rosa. Je hebt me zelf gebeld, dus het zal toch wel om iets belangrijks gaan, neem ik aan. Je kunt me heus vertrouwen.'

De vrouw keek angstvallig om zich heen en zei zuchtend: 'Het punt is ...'

'Ja?'

'Ik ...' hakkelde ze. Maar uiteindelijk vatte ze toch moed en begon te praten: 'Belooft u me dat u me niet komt opzoeken en dat ik niet op het politiebureau hoef te komen getuigen?'

Martina deed liever geen beloftes waarvan ze niet wist of ze zich er wel aan kon houden, maar dit soort leugentjes vormden nu eenmaal een onderdeel van haar werk.

'Ik beloof het je.'

'Goed dan ... Ik kende de dokter. Hij heeft mijn dochtertje beter gemaakt,' zei ze, waarop haar stem begon te trillen. 'Ik ... Ik weet dat jullie niet in dit soort dingen geloven. Maar ik moest elke dag met lede ogen aanzien hoe haar toestand verslechterde.'

'Wat had ze dan?'

Rosa keek haar schuins aan en hield haar medaillon stevig in haar hand geklemd.

'Ik zweer het bij de Maagd, mevrouw, mijn dochtertje was bezeten. Mijn man wilde er helemaal niets over horen. Hij sloeg me zelfs bijna wanneer ik dat zei ... maar ik wist het zeker.'

Martina kreeg plotseling de koude rillingen, alsof de vrouw haar had aangestoken.

'En je hebt haar meegenomen naar het consult van dokter Omar?'

'Ja. Een vriendin van me had hem aanbevolen, en we woonden er vlak in de buurt. Dus ben ik met haar naar hem toe gegaan en hij heeft haar beter gemaakt, mevrouw. Hij heeft zijn magische handen op haar borst gelegd en de duivel uitgedreven,' antwoordde ze terwijl ze een kruisje sloeg.

Martina kon niet voorkomen dat haar stem scherp en verwijtend klonk: 'En heb je me daarvoor helemaal hiernaartoe laten komen?'

'Nee! Het gaat me er niet om u te laten zien dat de dokter een goede man is. Een heilige, mevrouw. Ik wil namelijk nog iets vertellen. Omdat ik geen geld had om het consult in één keer te betalen, moest ik terugkomen ... Ik geloof dat het op de dag was dat de dokter verdween.'

De onderinspecteur veerde op.

'Hoe laat?'

'In de avond, mevrouw, om acht uur ongeveer. Ik ging de rest betalen en toen ik naar buiten kwam zag ik hem.'

'Wie zag je?'

'Een man die al rokend bij de deur stond te treuzelen, alsof hij erover twijfelde of hij naar binnen zou gaan of niet.'

'Hoe zag hij eruit?'

'Ik hoef hem niet te beschrijven,' zei de vrouw terwijl ze bijna in tranen uitbarstte. 'U ... U kent hem. De volgende dag heb ik hem weer gezien samen met u, terwijl jullie in een restaurant in de buurt zaten te eten.'

'Heb je het over inspecteur Salgado?'

'Ik weet niet hoe hij heet. Hij was met u aan het eten, alsof jullie vrienden waren.'

'Weet je zeker dat hij degene was die bij de deur stond?'

'Ik zou u niet hebben gebeld als ik dat niet zeker wist, mevrouw. Maar belooft u me dat u me niet thuis komt opzoeken. Als mijn man erachter komt dat ik ons dochtertje heb meegenomen naar dokter Omar ...'

'Rustig maar,' zei Martina met gedempte stem. 'Vertel hier niets over aan wie dan ook. Maar ik moet je kunnen bereiken. Geef me het nummer van je mobieltje, alsjeblieft, of ...'

'Nee! Ik kom elke middag met mijn dochtertje naar dit park. Dus als u iets wilt weten, weet u waar u me kunt vinden.'

'Prima,' antwoordde Martina, terwijl ze haar met een ernstig gezicht aankeek. 'Ik herhaal het nog een keer, Rosa: praat hier echt met niemand over.'

'Ik zweer het bij de Maagd, mevrouw,' antwoordde ze terwijl ze het medaillon kuste en opstond. 'Nu moet ik echt gaan.'

Het meisje, dat al die tijd iets verderop aan het spelen was geweest, keerde zich om toen haar moeder naar haar toe liep. Haar gezicht stond nog altijd ernstig.

Martina Andreu keek hen na terwijl ze wegliepen. Zij moest ook gaan, maar ze voelde zich plotseling zo slap in haar benen dat ze niet overeind kon komen. De goudkleurige paarden van het vierspan dat de fontein opsierde leken te steigeren in de harde wind, die meedogenloos de bomen geselde. In de verte was het gerommel van onweer hoorbaar. Een typische zomerse onweersbui, zei Martina bij zichzelf. Dat stelt net als dit alles niets voor: een storm in een glas water.

19

De hogesnelheidstrein vanuit Madrid arriveerde precies op tijd en vormde dan ook een opmerkelijke uitzondering op de eeuwige vertragingen die het treinverkeer in Spanje typeerden. Op dat tijdstip, een vrijdagavond in de zomer, puilde de stationshal uit van reizigers die de vreselijke hitte van de stad wilden verruilen voor drukke stranden, ook al betekende dat dat ze in een overvolle trein moesten reizen. Leire zat op een bank in de stationshal en keek naar het voortdurende komen en gaan van de reizigers: wandelaars met rugzakken die elkaar toeriepen; moeders met enorme tassen aan hun schouder die kleine kinderen voortsleepten, terwijl ze het kaartje in de gleuf van de toegangspoort probeerden te wurmen; immigranten die er na een lange werkdag doodvermoeid uitzagen; toeristen die, zonder ook maar op hun portefeuilles te letten, naar de beeldschermen met de vertrektijden staarden alsof het de tafelen van de tien geboden waren.

Met haar oplettende blik had Leire al snel een paar jonge meisjes opgemerkt die duidelijk in de stationshal rondhingen zonder dat ze van plan waren een trein te nemen. Zakkenrollers, zei ze bij zichzelf, terwijl ze zag hoe ze elkaar een blik van verstandhouding toewierpen omdat ze een prachtig doelwit hadden ontdekt. Zakkenrollers waren een grotere plaag dan muggen, en bovendien veel moeilijker te bestrijden. Kruimeldiefstallen die nooit tot veroordelingen leidden: verbitterde toeristen en tevreden dieven, dat was in het beste geval de enige consequentie. Leire volgde net met haar blik een van de zakkenrollers, die achter een vrouw van middelbare leeftijd aan – overduidelijk een buitenlandse toerist – in de wc verdween, toen ze merkte dat er iemand naast haar kwam zitten.

'Lekker aan het spioneren?' vroeg Tomás op spottende toon. 'Je weet toch dat je nu geen dienst hebt, of niet soms?'

Leire keerde zich naar hem om. Dezelfde zonnebril met spiegelende glazen, dezelfde stoppelbaard, dezelfde spierwitte tanden, dezelfde sterke knuisten. Dezelfde uitdagende knul die ze een tijd geleden had ontmoet bij een fysiotherapeut en die, nadat hij haar met een begerige blik over zijn krant heen had begluurd, er tegen haar had uitgeflapt: 'Massages stimuleren altijd het beste wat ik in me heb. Zullen we elkaar over een uurtje beneden ontmoeten?' En zij was vrolijk akkoord gegaan, omdat ze dacht dat het een grapje was.

'Misdadigers rusten nooit,' antwoordde Leire.

'Misdadigers misschien niet, maar jij zou dat wel moeten doen,' zei hij glimlachend, terwijl hij weer opstond. 'Ik snak naar een sigaret en een biertje. Ben je op je scooter?'

'Ja.'

Hij gaf haar een snelle kus. Tomás was, net als Leire, niet zo aanhalig in het openbaar, maar die kus beviel haar en smaakte naar meer.

'Waarom gaan we niet naar het strand?' vroeg hij. 'Ik heb een week lang in Madrid zitten te stikken van de hitte. Nu wil ik samen met jou de zee zien.'

In het strandtentje klonk discomuziek en de bezoekers, hun lichamen glimmend van zonnebrandolie, deinden mee op het aangename ritme. Achter de bar was een beeldschoon Zuid-Amerikaans meisje bezig om mojito's te bereiden. Met zijn voeten steunend op de stoel voor hem stak Tomás zijn derde sigaret op, terwijl hij zijn tweede biertje bestelde. Het eerste had hij bijna in één teug opgedronken, en hij keek naar het al halflege strand en de kalme vaalblauwe zee, die bijna spiegelglad was.

'Je weet niet hoeveel zin ik hierin had ...' zei hij terwijl hij zich ontspande en traag de rook uitblies, alsof hij daarmee iets uit zijn lichaam verdreef wat hem vermoeide. Hij had zijn colbertje uitgetrokken en het bovenste knoopje van zijn overhemd losgemaakt.

Leire glimlachte naar hem.

'Je kunt een duik nemen als je wilt,' zei ze. 'Het is dan wel geen honderd procent schoon water, slecht is het ook niet.'

'Ik heb geen zwembroek bij me,' antwoordde hij gapend. 'Bovendien wil ik nu roken en drinken. Wil jij alleen maar cola?'

'Ja,' zei ze, terwijl ze de rook van Tomás' sigaret probeerde te ontwijken. Hoe was het mogelijk dat ze van andermans sigaretten misselijk werd en van die die ze zelf rookte niet?

'Goed. En heb je nog iets nieuws te vertellen? Een of andere inte-ressante zaak?'

'Ja, ik ben met iets bezig. Maar laten we nu niet over werk praten, alsjeblieft. Ik heb een vreselijke week achter de rug.'

'Je hebt gelijk. Hoewel jouw werk in elk geval nog een beetje inte-ressant is. Accountantsbureaus zijn in crisistijd behoorlijk depri-merend,' antwoordde hij terwijl hij een arm om haar schouders legde en haar naar zich toe trok. 'Het is alweer een tijd geleden dat we elkaar hebben gezien.'

Leire zweeg en hij praatte verder.

'Ik heb een paar keer gedacht om je te bellen, maar ik wilde je niet lastigvallen. Die week dat we elkaar leerden kennen was erg heftig.'

Heftig. Inderdaad, dat was het woord. Of een van de woorden die hun relatie konden samenvatten. Nu ze weer bij hem was en zijn sterke armen om zich heen voelde, raakte Leire vreselijk opgewon-den. Het was vreemd: een zuiver lichamelijke aantrekkingskracht, alsof ze gemaakt waren om elkaar genot te geven.

'Maar gisteren hield ik het niet meer uit. Ik wilde je per se zien, in elk geval dit weekend,' zei hij.

Leire vroeg niet waarom hij plotseling zo naar haar had verlangd; ze volgde met haar blik een paar wolken die in de verte razendsnel over de zee trokken. Dat voorspelde niet veel goeds.

'Het gaat vast regenen,' zei ze.

'Vind je het niet leuk om op het strand door de regen te lopen?'

'Ik lig liever in bed. Samen met jou.'

Toen ze eenmaal in Leires huis waren, doken ze meteen het bed in. Zowel door de zwoele lucht van het dreigende onweer als doordat ze dicht tegen elkaar aan gedrukt zaten op de scooter, waren ze allebei erg opgewonden geraakt, en Tomás liep al op de trap schaamteloos aan haar kleren te frunniken. Leire liet hem rustig begaan. Ze zoen-den elkaar hartstochtelijk in de deuropening totdat zij zich losmaakte en hem aan zijn hand mee naar binnen trok. Die hand liet ze niet meer los, zelfs niet toen hij probeerde haar broek open te maken en hij met zijn tong langs haar lippen streek zonder haar echt te zoenen. Hun nog altijd verstrengelde handen gleden langs Leires lichaam naar beneden, waarbij ze steeds opgewondener raakte. Eenmaal bij haar heupen, trok hij zijn hand plagerig terug en zoende haar vol op de mond. Daarna tilde hij haar in zijn armen en droeg haar naar het bed.

Tomás was niet iemand die in slaap viel nadat hij de liefde had bedreven, iets wat Leire trouwens niets uitmaakte. Eigenlijk had ze het die keer liever wel gehad. Gelukkig was hij ook niet iemand die je de oren van het hoofd praatte: terwijl hij haar streelde genoot hij van de stilte. Ondertussen geselde een harde plensbui de stad. Terwijl ze zich liet meevoeren door het geluid van de vallende druppels en door de strelingen over haar huid, dacht Leire dat dit het juiste moment was. Het mocht dan misschien zo zijn dat hij niet het recht had om het te weten, zoals María de vorige avond een paar keer tegen haar had gezegd, haar geweten zei haar dat ze het hem moest vertellen. Ze wilde hem echter beslist niet om hulp vragen of hem op zijn verantwoordelijkheid wijzen. Ze wilde hem alleen maar de waarheid vertellen.

'Leire,' fluisterde hij. 'Ik wil je iets vertellen.'

'Ik ook aan jou,' antwoordde zij met een glimlach, die hij echter in het donker niet kon zien. 'Begin jij maar.'

Hij draaide zijn gezicht naar haar toe.

'Ik heb iets idioots gedaan.'

'Jij?'

'Niet kwaad worden, oké? Beloof het me.'

'Beloofd. En ik zeg hetzelfde tegen jou.'

'Ik heb een zeilboot gehuurd. Voor de komende maand. Ik wil een paar dagen gaan varen, naar Ibiza of Menorca. Ik zou graag willen dat je met me meeging.'

Leire was stomverbaasd. Het vooruitzicht om met Tomás te gaan varen, zij alleen met hun tweeën, terwijl ze nachtenlang de liefde bedreven in een kajuit, bij stranden met diepblauw water voor anker lagen en romantische etentjes hielden op het dek, maakte dat ze even geen woord meer kon uitbrengen. Ze zag onmiddellijk María voor zich, terwijl die met zware emmers water sjouwde om in een Afrikaans dorp een gezondheidscentrum te bouwen, en barstte in lachen uit.

'Waarom lach je?'

Leire kon gewoon niet meer ophouden met lachen.

'Nergens om ...' stamelde ze, en ze barstte meteen opnieuw uit.

'Denk je soms dat ik niet kan zeilen?'

'Nee, dat is het niet ... echt waar ...'

Hij begon haar te kietelen.

'Je lacht me uit! Ben je me aan het uitlachen? Zeg op ...!'

'Hou op, hou op ... Tomás, alsjeblieft, hou op! Ophouden!'

Haar laatste schreeuw had effect, want hij hield ermee op haar te kietelen, hoewel hij op dreigende toon zei: 'Beloof me dat je meegaat ... of ik geef je alsnog de kitteldood.'

Leire slaakte een zucht van verlichting. Dit was het moment. Ze moest niet langer wachten. De regen was opgehouden en het onweer overgetrokken. Ze haalde diep adem en zei: 'Tomás, er is iets wat ik ...'

Een mobieltje dat overging onderbrak haar.

'Het is het jouwe,' zei hij.

Leire sprong uit bed, opgelucht dat ze vooralsnog ontkwam aan wat ze Tomás te vertellen had. Het duurde even voordat ze haar mobieltje vond, want ze herinnerde zich totaal niet waar ze haar jasje had neergegooid. Ze vond het uiteindelijk op de vloer van de woonkamer, vlak bij de deur, en ze was nog net op tijd om te kunnen opnemen. Het telefoontje duurde maar heel kort, maar in die paar seconden kreeg ze erg slecht nieuws te horen.

'Is er iets aan de hand?' vroeg Tomás. Hij zat op zijn knieën, naakt, op het bed.

'Ik moet gaan,' antwoordde ze. 'Het spijt me, het is voor mijn werk.'

Ze zocht snel haar kleren bij elkaar en rende de badkamer in, nog steeds verbouwereerd over wat haar zojuist door de telefoon was verteld.

'Ik kom zo snel mogelijk terug,' zei ze, voor ze de deur uit stoof. 'Dan praten we verder, goed?'

20

Het was al begonnen te regenen toen Héctor op het bureau aankwam. Hij had gehoopt dat hij Martina Andreu nog in haar kantoortje zou aantreffen, maar ze was al weg. Terwijl hij schuins naar de deur van zijn eigen kamer keek, groette hij een paar bekende collega's. Hij voelde zich helemaal niet op zijn gemak, alsof hij hier niet thuishoorde. Hoewel hij officieel met vakantie was geweest, wist iedereen wat er was gebeurd. Héctor had al op heel wat verschillende politiebureaus gewerkt, en het ging er daar precies zo aan toe als op welke andere werkplek dan ook: een broeinest van roddels en geruchten. Vooral als het iemand betrof die tot dan toe van onberispelijk gedrag blijk had gegeven. Resoluut liep hij naar het bureau van Leire, waar hij onmiddellijk een map zag liggen met daarin het rapport dat ze voor hem over de telefoontjes van Aleix Rovira had gemaakt. Tegen het bureau geleund las hij het door. Met die jongen rolden ze echt van de ene verrassing in de andere, dacht hij toen hij de namen van Rubén Ramos en Regina Ballester las. Hoewel die eerste naam eigenlijk geen echte verrassing meer voor hem was, na het gesprek dat hij zojuist met Óscar Vaquero had gehad.

Héctor had met Óscar Vaquero afgesproken bij de ingang van een sportschool in het centrum van de stad, en terwijl hij op hem wachtte dacht hij dat die knul zijn pogingen om af te vallen wel heel serieus nam. Toch had hij niet verwacht dat hij zo zou overdrijven, want de jongeman die hem begroette was een enorme spierbundel die bijna uit zijn shirtje barstte, precies het tegendeel van de dikke papzak die ze hem beschreven hadden. Natuurlijk waren er intussen wel twee jaren verstreken sinds de video die met de schorsing van Marc Castells en de overstap van Óscar Vaquero naar een andere school was geëindigd. En zo te zien had hij zijn tijd goed benut. Toen ze eenmaal op een terrasje waren gaan zitten, ondanks de donkere wolken die zich begonnen samen te pakken, constateerde Héctor dat de veranderingen bij Óscar niet alleen zijn uiterlijk betroffen. Héctor bestelde een espresso en Óscar, na even getwijfeld te hebben, een Coca-Cola zero.

'Heb je gehoord dat Marc Castells dood is?'

'Ja,' antwoordde Óscar redelijk onverschillig. 'Jammer.'

'Tja, ik geloof niet dat jij veel met hem ophad.'

De jongen glimlachte.

'Nee, dat klopt. Niet met hem en al evenmin met de meeste leerlingen op die school ... Maar dat wil nog niet zeggen dat ik iemand zoiets toewens,' antwoordde hij, maar toch kwam het niet helemaal overtuigend over. 'We zijn hier niet in Amerika. Hier komen de leerlingen die worden buitengesloten nog niet met een geweer de klas in gestormd om iedereen af te maken.'

'Omdat ze geen geweren kunnen krijgen of omdat ze er geen trek in hebben?' vroeg de inspecteur ironisch.

'Ik geloof dat ik maar beter niet met een politieagent over dit soort dingen kan praten ...'

'Nou, wij hebben anders ook ooit op school gezeten. Maar alle gekheid op een stokje,' zei Héctor, terwijl hij een andere toon aansloeg en een pakje sigaretten tevoorschijn haalde, 'al dat gedoe met die video zal je toch niet in je kouwe kleren zijn gaan zitten.'

'Nee, inderdaad,' antwoordde Óscar, waarbij hij met een gebaar om een sigaret vroeg. 'Eerlijk gezegd heb ik ook niet veel zin om daarover te praten ... Het was een andere tijd. Een andere Óscar. Maar natuurlijk was het niet bepaald prettig.' Hij keek de andere kant op, alsof hij plotseling erg geïnteresseerd was in de manoeuvres van een busje dat aan de overkant van de straat probeerde in te parkeren op een plaats die overduidelijk veel te klein was. 'Toen was ik de dikke flikker. Nu ben ik de gespierde gay. Ik probeer die tijd te vergeten, maar dat lukt niet altijd.'

Héctor knikte.

'Het komt juist terug wanneer je het niet verwacht, of niet soms?'

'Hoe weet u dat?'

'Ik zei net al dat iedereen ooit jong is geweest.'

'Ik bewaar nog foto's van mezelf uit die tijd, om niet te vergeten hoe ik er toen uitzag. Maar vertelt u me eens: wat wilt u eigenlijk van me weten?'

'Ik probeer me alleen maar een beeld te vormen van hoe Marc

Castells was. Wanneer iemand sterft hoor je van niemand een kwaad woord over hem,' antwoordde hij, hoewel hij plotseling besefte dat dat in dit geval toch niet helemaal waar was.

'Aha ... en nu bent u dus maar iemand gaan opzoeken die een hekel aan hem had. Maar waarom, als ik vragen mag. Was het dan geen ongeluk?'

'Voordat we deze zaak afronden willen we eerst echt alle andere mogelijkheden uitsluiten.'

Óscar knikte.

'Ja, dat begrijp ik, maar ik ben bang dat u aan het verkeerde adres bent. Ik heb geen hekel aan Marc. Toen niet en nu niet. Hij was een van de weinige leerlingen met wie ik contact had.'

'En was je niet verbaasd dan dat hij die video op internet had gezet?'

'Inspecteur, dat is flauwekul. Marc zou nooit zoiets gedaan hebben. En hij hád het ook niet gedaan. Dat wist iedereen. Daarom werd hij alleen maar een week geschorst.'

'Dus hij heeft voor een ander de schuld op zich genomen?'

'Precies. In ruil voor hulp bij zijn huiswerk. Marc was namelijk niet zo'n geweldige leerling, weet u. En Aleix deed met hem wat hij wilde. Hij hielp hem met al zijn proefwerken.'

'Bedoel je soms dat Aleix Rovira degene was die die video op internet had gezet en dat Marc de schuld op zich had genomen?'

'Inderdaad. Dat was de reden waarom ik van die school af ben gegaan. Een kutschool. Aleix was de nummer één, de onbetwiste leider, onaantastbaar. Marc deed dan wel met hem mee, maar bleef toch altijd in zijn schaduw staan.'

'Ik begrijp het,' zei Héctor.

'Maar eigenlijk heeft die idioot van een Aleix me juist geholpen. En naar wat ik heb gehoord, geloof ik dat ik er nu veel beter aan toe ben dan hij.'

'En wat heb je gehoord dan?'

'Nou, dat hij zich in louche kringen ophoudt. En dat hij zelfs zo stom is om te denken dat hij een harde jongen is. U begrijpt vast wel wat ik bedoel, inspecteur.'

'Nee, leg eens uit.'

'Moet u luisteren, iedereen weet dat wanneer je iets nodig hebt voor het weekend, iets om je een beetje lekker te voelen, je alleen maar Aleix hoeft te bellen.'

'Je wilt toch niet beweren dat hij dealer is?'

'Eerst was hij een soort amateurdealertje, maar volgens mij neemt hij het de laatste tijd steeds serieuzer. Zowel de handel als het gebruik. Dat zeggen ze, in elk geval. En dat hij zich met onderwereldfiguren inlaat.'

Vandaar dat Héctor begreep, toen hij de naam van Rubén Ramos zag staan, aangehouden wegens cocaïnebezit, dat Óscar niet tegen hem had gelogen. Of dat ook iets met de dood van Marc te maken had wist hij niet, maar wat wel duidelijk was, was dat Aleix Rovira erg veel uit te leggen had over die vechtpartij, over drugs en over de video die hij op internet had gezet ... Hij had zin om die etter eens even stevig aan de tand te voelen. En nu had hij aanwijzingen genoeg om dat te kunnen doen.

'Inspecteur?'

Héctor schrok zich een ongeluk. Hij was zo in gepeins verzonken dat hij niet eens had gehoord dat er iemand was binnengekomen.

'Mevrouw Vidal. Moest u mij hebben?'

'Ja, maar noem me alsjeblieft Joana. "Mevrouw Vidal" doet me aan mijn moeder denken.'

Ze droeg dezelfde kleren als waarin hij haar vanochtend had gezien en ze leek erg moe.

'Wil je gaan zitten?'

Ze twijfelde.

'Ik zou liever ... Zullen we ergens iets gaan drinken?'

'Ja, natuurlijk. Ik kan je een kopje koffie aanbieden, als je wilt.'

'Ik dacht eigenlijk meer aan een gin-tonic, inspecteur.'

Hij keek op zijn horloge en glimlachte.

'Ik heet Héctor, trouwens. En je hebt gelijk. Als je na zeven uur koffie neemt, kun je niet goed slapen.'

Het regende pijpenstelen toen ze het bureau uit liepen; vandaar dat ze het eerste het beste café in gingen dat ze tegenkwamen, zo'n bar die het hoofd alleen boven water kan houden door klanten die er de hele middag blijven plakken om, terwijl ze het ene biertje na het andere nemen, over voetbal te discussiëren. Omdat iedereen aan de toog hing leidde Héctor Joana, onder de vernietigende blik van de ober, naar een tafeltje helemaal achterin, waar ze rustig zouden kunnen praten. Terwijl hij nog half in de discussie zat over de pas aangekochte voetballers van Barcelona, kwam de ober met tegenzin het tafeltje schoonmaken en de bestelling opnemen. Desondanks bracht hij hun gin-tonics met erg veel gin, waarschijnlijk meer in de hoop rustig verder te kunnen bekvechten over voetbal dan uit generositeit.

'Rook je?' vroeg Héctor.

Ze schudde haar hoofd.

'Daar ben ik een paar jaar geleden mee gestopt. In Parijs mocht je namelijk nergens roken.'

'Tja, hier zal het ook niet lang meer duren. Maar voorlopig mogen we nog. Heb je er last van?'

'Nee hoor, helemaal niet. Eigenlijk vind ik het zelfs wel prettig.'

Plotseling voelden ze zich allebei erg ongemakkelijk, alsof ze twee onbekenden waren die het in een ranzige bar met elkaar hadden aangelegd en zich nu afvroegen waar ze in vredesnaam mee bezig waren. Héctor schraapte zijn keel en nam een slok van de gin-tonic. Hij trok een vies gezicht.

'Dit smaakt vreselijk.'

'Nou, we zullen er niet dood aan gaan,' antwoordde Joana, waarop ze onverschrokken een flinke teug nam.

'Waarom ben je eigenlijk naar het politiebureau gekomen? Er is vast nog iets wat je ons vanochtend niet hebt verteld, of niet soms?'

'Ik merkte al dat je het doorhad.'

'Moet je luisteren ...' zei Héctor, een beetje ongemakkelijk vanwege het tutoyeren. 'Ik zal volstrekt eerlijk tegen je zijn, ook al komt dat misschien een beetje cru over: dit kan heel goed zo'n zaak zijn die nooit wordt opgelost. Sinds ik als politieman werk heb ik er niet zoveel onder handen gehad, maar wat ze allemaal gemeen hadden was twijfel. Hetzelfde geldt in het geval van Marc. Is hij gevallen, zelf gesprongen of door iemand naar buiten geduwd? Zonder getuigen en met weinig aanwijzingen dat er een misdrijf is gepleegd, wordt zo'n zaak, wegens gebrek aan bewijs, uiteindelijk ongetwijfeld afgedaan als "een ongeluk met dodelijke afloop". Maar de twijfel blijft.'

'Dat weet ik. En dat is precies wat ik wil voorkomen. Ik moet de waarheid weten. Ik weet ook dat dat een beetje vreemd klinkt. Mijn ex herinnert me er steeds weer aan wanneer hij me ziet: mijn belangstelling komt te laat. Maar ik ben niet van plan om het op te geven voordat ik weet wat de waarheid is.'

'Misschien was het een ongeluk. Daar moet je rekening mee houden.'

'Als jullie mij kunnen bewijzen dat het een ongeluk was, heb ik daar vrede mee. Echt.'

Ze namen allebei een slok van hun gin-tonic. Het ijs was gebroken en zowel het gesprek als de drank leek makkelijker te vloeien. Joana zuchtte opgelucht. Ze dacht dat ze deze inspecteur met zijn melancholische voorkomen en vriendelijke ogen wel kon vertrouwen.

'Deze week heb ik dit e-mailtje ontvangen,' zei ze terwijl ze in haar tas rommelde en er een bedrukt vel papier uit haalde. 'Lees maar eens.'

Van: eeuwigiris@gmail.com
Aan: joanavidal@gmail.com
Onderwerp:

Hallo ... Het spijt me dat ik u lastigval, maar ik heb alleen uw adres. Ik heb gehoord wat er met Marc is gebeurd en ik geloof dat we elkaar moeten zien. Het is belangrijk dat u dit niet aan iemand anders vertelt voordat we met elkaar hebben gesproken. Alstublieft, doet u het voor Marc. Hij had me verteld dat hij via internet contact met u had en ik hoop dat ik u kan vertrouwen.
Aanstaande zondag vlieg ik vanuit Dublin naar Barcelona. Ik zou u graag zo snel mogelijk ontmoeten om een paar dingen over Marc ... en mij te vertellen.
Hartelijk dank,
EeuwigIris

Héctor keek op van het papier.

'Ik begrijp hier niets meer van,' zei hij. Deze zaak leek een heleboel richtingen tegelijk op te wijzen, zonder dat duidelijk werd welke de goede was. Nog maar een halfuur geleden was hij er praktisch van overtuigd dat het gevecht tussen Aleix en Marc met drugs te maken had en nu dook de naam van dat meisje weer op, Iris. Haar nummer stond ook op het mobieltje van Marc. 'EeuwigIris. Een merkwaardige manier om een e-mail te ondertekenen, vind je niet? Alsof het een alias is. Een soort eerbetoon.'

Joana pakte haar glas om een slok te nemen en haar hand trilde daarbij lichtjes. Ze zette het glas aan haar lippen, maar dronk niet. De discussie aan de bar over de voetballers ging er steeds harder aan toe.

'Ik stond gisteren op het punt om het aan mijn ex te vertellen. Ik wilde hem vragen of hij iets van die Iris af wist, of haar naam hem bekend in de oren klonk. Maar hij deed zo nors dat het me beter leek mijn mond te houden. Bovendien had dat meisje me gevraagd het aan niemand te vertellen, alsof ze op een of andere manier gevaar liep of iets geheimhield ...'

'Je hebt er goed aan gedaan het me te vertellen,' verzekerde Héctor haar.

'Dat hoop ik,' zei Joana met een glimlach. 'Ik ken Enric nauwelijks nog terug. Zal ik je eens wat vertellen? Toen we elkaar leerden kennen dacht ik dat ik mijn hele leven bij hem zou blijven.'

'Is dat niet wat iedereen denkt?'

'Dat zal best. Maar alles veranderde op slag toen we eenmaal getrouwd waren ...'

'Ben je daarom vertrokken?'

'Ja, en omdat ik er doodsbang van werd om moeder te moeten zijn.'

Joana dronk haar glas in één keer leeg en zette het terug op de tafel.

'Klinkt vreselijk, hè?'

'Angst is menselijk. Alleen stommelingen zijn nooit bang.'

Joana moest lachen.

'Goed geprobeerd, inspecteur,' zei ze en ze keek in de richting van de deur. 'Zullen we nog een ommetje maken? Ik geloof dat de regen is opgehouden. Ik heb frisse lucht nodig.'

Door de regen die er was gevallen glansden de straten van Barcelona, waar nu het weekend aanbrak. Er stond een licht briesje, niets uitzonderlijks, maar in combinatie met de natte straten zorgde het voor een heerlijk frisse lucht, een verademing na de drukkende hitte van de afgelopen dagen. Héctor en Joana liepen zonder een bepaald doel in de richting van de Plaza de Espanya. Toen ze daar aankwamen hoorden ze livemuziek, waarschijnlijk afkomstig van een van de popfestivals die 's zomers altijd daar in de buurt werden gehouden. Misschien voelden ze zich op hun gemak bij elkaar, misschien dat geen van beiden trek had om naar een leeg huis terug te gaan – hoe dan ook, ze liepen samen in de richting waar de muziek vandaan kwam. Het begon al donker te worden en het verlichte podium in de verte trok hen aan. Langs de route, die vol plassen lag, stonden met kleurige vaantjes versierde kramen waar eten en drank werden verkocht. Ook al probeerden de venters een vrolijk gezicht te trekken, het was duidelijk dat de regen het feest deels had verpest.

'Mag ik vragen of je getrouwd bent?' vroeg Joana terwijl op het podium een salsaband volop zijn sensuele ritmes liet weerklinken.

'Ik was getrouwd, ja,' antwoordde Héctor.

'Ook het slachtoffer van een uitgedoofde liefde?'

'Tja, maar wie eigenlijk niet?'

Joana lachte. Het was al een tijd geleden dat ze zich zo bij iemand op haar gemak had gevoeld. Héctor bleef staan en bestelde twee mojito's bij een kraam.

'Dat zou je eigenlijk niet moeten doen, inspecteur: een alleenstaande vrouw voor meer dan één glas uitnodigen.'

'Sst, zeg dat niet te hard,' antwoordde Héctor en terwijl hij betaalde haalde hij zijn mobieltje tevoorschijn. Hij zag dat hij drie keer was gebeld, zonder dat hij het vanwege de muziek in de gaten had gehad. 'Sorry, een momentje,' zei hij tegen Joana en hij ging een stukje verderop staan om te bellen.

'Wat zei je? Ja, ik ben op straat en er is veel lawaai. Daarom heb ik mijn mobieltje niet gehoord. Hè? Wanneer? In haar huis? Ik kom nu meteen.'

Joana zat met de twee mojito's in haar handen naar de salsaband op het podium te kijken. Op de achtergrond spoten de kleurige fonteinen van Montjuïc hoog op en de straten vulden zich geleidelijk met mensen die, net als zij, hadden besloten na de regen naar het feest te gaan. De mojito smaakte bijna niet naar rum. Joana nam een lange teug en gaf het andere glas met een bijna verleidelijke blik aan Héctor, maar haar glimlach verdween onmiddellijk toen ze zijn gezicht zag.

21

Het huis van de familie Martí leek wel door een heel leger te zijn bezet, zoveel agenten liepen er rond, en allemaal praatten ze op gedempte toon en trokken een ernstig gezicht terwijl ze de hun opgedragen taken verrichtten. In de woonkamer deelde commissaris Savall kort maar krachtig nog een paar bevelen uit, terwijl hij schuins naar het echtpaar Martí keek, dat, al zaten ze samen op de bank, de indruk wekte zich op kilometers afstand van elkaar te bevinden: Salvador Martí staarde voortdurend naar de deur en Regina Ballester was volkomen verstijfd, in een soort shocktoestand; haar door al het huilen rood aangelopen ogen drukten tegelijk ongeloof en verdriet uit. De verschrikking van de beelden die ze in de badkamer te zien hadden gekregen had hen nog altijd in haar greep. Een gruwelijke, macabere scène die met geen pen te beschrijven viel: de met bloed besmeerde wanden van de badkuip, een scheermesje op de rand, het water rood, en het levenloze lichaam van Gina, met het kalme gezicht van iemand die slaapt, half onder water.

Terwijl een agent ijverig bezig was met sporenonderzoek, luisterde Héctor bij de deur van de badkamer aandachtig naar wat een ernstige Leire Castro hem te vertellen had. Haar verhaal duurde niet lang. Regina Ballester was haar man rond zeven uur gaan ophalen op het vliegveld, maar het vliegtuig had meer dan een uur vertraging. Terwijl ze wachtte, had ze een paar keer naar haar dochter gebeld, maar die nam niet op. Nadat Salvador Martí was geland kwamen ze door de regen en het drukke weekendverkeer in de file te staan. Om ongeveer kwart over negen waren ze pas thuis. Regina ging meteen naar de kamer van haar dochter en toen ze zag dat die er niet was, dacht ze dat ze misschien was uitgegaan. Maar plotseling zag ze dat de deur van de badkamer op een kier stond en het licht brandde. Door de vreselijke gil die ze slaakte bij de aanblik van haar dochter, badend in het bloed, kwam haar man meteen naar boven gerend. Hij belde onmiddellijk het alarmnummer, ook al wist hij dat ze niets meer voor zijn dochter konden doen. Omdat er niets was wat op moord wees, was de voor de hand liggende conclusie dat Gina Martí haar polsen had doorgesneden.

'Heeft ze een bericht achtergelaten?'

Leire knikte.

'Er staan een paar regeltjes op haar computer. Zoiets als: "Ik kan niet meer, ik moet het doen ... De wroeging achtervolgt me."'

'Wroeging?' vroeg Héctor, terwijl hij zich Gina voorstelde, die, halfdronken en verbitterd, naar Marc keek, op de vensterbank. Hij stelde zich voor hoe ze vol wrok naar hem toe liep en hem, voor hij zich zou omkeren en zij zou terugkrabbelen, naar buiten duwde. Dat had best gekund. Wat hij echter niet kon geloven was dat ze vervolgens naar beneden zou zijn gegaan, in Marcs bed was gaan liggen en daar, slapend of niet, tot de ochtend was gebleven, alsof er niets was gebeurd. Hij geloofde gewoon niet dat Gina Martí zo kil en berekenend was.

'Inspecteur Salgado, er was me verteld dat u op vakantie was,' zei de patholoog-anatoom, die op hen af kwam. Ze was een kleine, energieke vrouw, gewaardeerd om haar doortastendheid en gevreesd om haar scherpe tong.

'Ik miste u, Celia,' zei Héctor.

'Nou, u komt anders wel erg laat als u me zo hebt gemist. We hebben op u staan wachten, voor als u haar nog wilde zien,' zei ze, en ze keek de badkamer in met de onverschilligheid van iemand die al jarenlang lijken in alle soorten en maten onder ogen krijgt. 'Heeft ze inderdaad een bericht achtergelaten waarin ze haar zelfmoord aankondigt?'

'Klopt.'

'Nou, dan heb ik eigenlijk niets meer toe te voegen,' zei ze, hoewel haar toon en gefronste wenkbrauwen van het tegendeel leken te getuigen.

Héctor liep de badkamer in en keek naar het levenloze lichaam van Gina. Plotseling moest hij denken aan de vreselijke uitbarsting die ze had gekregen toen ze op de bank zat en tegen haar moeder had geroepen – die haar daarbij met een neerbuigende blik aankeek – dat Marc en zij van elkaar hielden. Het was hem opgevallen dat er iets triomfantelijks in haar stem had doorgeklonken; aangezien Marc al niet meer in staat was om haar tegen te spreken, kon zij zich zonder problemen aan die liefde vastklampen, of die nu echt was of niet. Na verloop van tijd had ze zelfs tegenover mensen die nergens van wisten het verhaal over de Sint-Jansnacht aangepast: dat Marc niets met haar wilde had ze geschrapt en daarvoor in de plaats had ze een verliefde jongen gezet die haar zoende en teder zei: 'Wacht op me, val niet in slaap, ik kom zo,' maar die door een onbegrijpelijk ongeluk uit het raam was gevallen.

'Agent Castro heeft me verteld dat u haar gisteren hebt ondervraagd. Leek ze u een wilskrachtig meisje? Zelfverzekerd?'

Wilskrachtig? Héctor twijfelde even. Leire niet.

'Nee, integendeel.'

'Nou dan had ze vreemd genoeg wel een vaste hand. Moet u maar eens kijken,' zei Celia Ruiz, terwijl ze naar de badkuip liep en zonder pardon Gina's rechterhand uit het water trok. 'Slechts één snee, diep en zonder ook maar even te trillen aangebracht. De andere is precies hetzelfde. Gewoonlijk maken jongeren eerst een paar oppervlakkige sneden voordat ze werkelijk hun ader durven door te snijden. Zij niet; ze wist precies wat ze wilde en heeft dat met vaste hand gedaan. Bij allebei de sneden.'

'Kunnen we het lijk al bergen?' vroeg een agent.

'Wat mij betreft wel,' antwoordde Celia. 'Inspecteur Salgado?'

Héctor knikte en ging een stukje van de badkuip af staan om de agenten te laten passeren.

'Bedankt, Celia.'

'Niets te danken,' antwoordde ze. Terwijl Héctor en Leire al naar buiten liepen voegde ze er nog aan toe: 'Het volledige rapport krijgt u maandag, akkoord?'

'Prima,' antwoordde Héctor glimlachend. 'Laten we naar haar kamer gaan. Ik wil dat bericht op haar computer weleens zien.'

Leire liep met Héctor mee naar boven. De doos met de knuffels stond nog steeds in dezelfde hoek waar zij hem de vorige keer had gezien. Naast de computer stond een glas met resten van vruchtensap.

'Ik zal straks tegen de jongens zeggen dat ze dat moeten meenemen om in het laboratorium te laten onderzoeken. Je weet maar nooit,' zei ze, terwijl ze de muis van de computer bewoog en het bericht op het scherm verscheen. Het bestond slechts uit een paar regels met grote letters: IK KAN NIET MEER, IK MOET HET DOEN ... DE WROEGING WORDT ME TE VEEL. 'Er is nog meer.'

Leire minimaliseerde het scherm en riep een andere pagina op. Het eerste wat Héctor zag was een vage foto van een meisje en vlak daaronder nog een, in zwart-wit, waarop een ander meisje stond, met blonde haren die wapperden in de wind. Leire scrolde naar beneden. Zoals gewoonlijk bij blogs stond er een eenvoudige kop boven: Dingen over mij persoonlijk (en waarvan ik denk dat ze niemand ook maar iets interesseren!) Een kleine foto in de marge liet zien dat dit de blog van Marc Castells was. Maar wat het meest Héctors aandacht trok was de laatste tekst die Marc op 20 juni voor zijn blog had geschreven, en die Gina gelezen had vlak voor ze stierf. Een korte tekst, niet meer dan een paar regels: Alles is klaar. Het uur U is nabij. Als het doel de middelen rechtvaardigt, hebben we het recht aan onze kant. Voor Iris.

'Iris komt ook voor bij de telefoonnummers op het mobieltje van Marc, en deze tekst is wel heel erg raadselachtig.'

Héctor dacht aan het e-mailtje dat Joana had ontvangen: Eeuwig-Iris ...

'Deze computer nemen we mee,' zei Héctor. Voordat Leire het scherm sloot zag hij dat Marc niet veel mensen had die zijn blog volgden. Eigenlijk maar twee: gina m. en EeuwigIris. 'We moeten nu eerst met de Martí's gaan praten. Daarna zullen we dit verder onderzoeken.'

Terwijl ze de trap af liepen vertelde Héctor Leire over zijn gesprek met Joana Vidal.

'Die Iris heeft haar gevraagd om niemand iets te vertellen voordat ze elkaar ontmoeten. Het lijkt me maar het beste om ons daar voorlopig aan te houden. Ik hoop dat ze zondag iets belangrijks te vertellen heeft.'

Leire knikte.

'Inspecteur, wat denkt u van dit alles?'

Héctor bleef even in gedachten verzonken zwijgen.

'Ik geloof dat er te veel jonge mensen zijn gestorven,' zei hij vervolgens, terwijl hij even achteromkeek, in de richting van de kamer die ze zojuist hadden verlaten. 'En ik geloof dat er erg veel onduidelijkheden zijn.'

'Om u de waarheid te zeggen: mij leek Gina Martí geen type om zelfmoord te plegen. Ze was depressief, dat wel, maar tegelijk had ik de indruk dat ze behoorlijk van haar rol ... genoot. Alsof Marcs dood haar in de hoofdrolspeelster had veranderd.'

'Ook hoofdrolspelers gaan weleens dood,' antwoordde Héctor. 'En misschien was het probleem van Gina niet zozeer een depressie maar schuldgevoel.'

Leire schudde haar hoofd.

'Ik geloof niet dat zij hem uit het raam heeft geduwd omdat hij haar liefde niet beantwoordde. Ze waren al van jongs af aan vrienden ... En iedereen kan dat bericht op haar computer hebben getikt.'

'Vriendschappen kunnen soms plotseling in het tegendeel omslaan.'

'Denkt u dan dat ze hem uit liefde heeft vermoord?' vroeg ze op een licht spottende toon.

Op dat moment hoorden ze een vreselijk gehuil en het gestommel van iemand die wegrende. Regina, die de hele avond geen woord had gezegd, was jammerend in tranen uitgebarsten toen de agenten het in een wit laken gehulde lichaam van haar dochter op een brancard naar buiten droegen.

Savall stond onder aan de trap, bij de deur naar de woonkamer, op Héctor en Leire te wachten. Het was overduidelijk dat hij zo snel mogelijk weg wilde.

'Salgado, handel jij dit af? Ik denk niet dat je deze avond al met het echtpaar Martí kunt praten.'

Ze hoorden Regina met een rauwe, trillende stem schreeuwen: 'Ik wil geen valium! Ik wil geen valium! Ik wil met Gina mee! Waar brengen ze haar heen?'

Regina wist zich aan de greep van haar man te ontworstelen en rende naar de deur om achter de agenten aan te gaan die net met de brancard naar buiten waren gelopen. Maar bij de deur stopte ze plotseling, alsof een onzichtbare barrière haar tegenhield. Ze zakte in elkaar en zou ongetwijfeld gevallen zijn als Héctor haar niet snel had opgevangen.

Salvador Martí kwam als een oude man naar hen toe geschuifeld en keek hen met een diepe haat in zijn ogen aan. Het enige wat hij kon uitbrengen was: 'Kunt u nu eindelijk eens vertrekken? Mijn vrouw heeft rust nodig.'

Het leek ongelooflijk dat het zo rustig was op straat; er was helemaal niets te merken van de tragedie die zich vlakbij in een van de huizen had afgespeeld. Deze buurt was 's zomers in de weekenden meestal al behoorlijk verlaten, maar nu, door die vreselijke hitte, viel er geen mens te bekennen. Zelfs na de verkoeling die de regen had gebracht was er niemand teruggekeerd. Een man van middelbare leeftijd liet zijn hond uit in een plantsoen. Gesloten winkels, donkere cafetaria's, overal waar je keek vrije parkeerplaatsen te over. De diepe rust die er heerste werd alleen verstoord door de blauwe zwaailichten van de politieauto's die zonder sirenes aan wegreden. Daarmee werden de laatste sporen van de tragedie uitgewist.

Héctor en Leire reden bijna zonder er erg in te hebben naar het centrum van de stad. Onbewust wilden ze licht, verkeer, leven zien. Leire besefte dat Tomás op haar wachtte, maar ze had nu weinig zin om met hem te praten. Héctor stelde zijn telefoontje naar Joana uit, want hij wist niet goed hoe hij haar moest vertellen wat er was gebeurd en bovendien wilde hij eerst alles eens op een rijtje zetten. Naar huis gaan stond hem ook tegen; hij had het gevoel dat hij zich daar, anders dan vroeger, helemaal niet op zijn gemak zou voelen. De beelden van zichzelf, terwijl hij die klootzak van een dokter Omar in elkaar sloeg, kwelden en achtervolgden hem nog steeds en zouden dan ongetwijfeld met verdubbelde kracht terugkomen.

'Ik heb je rapport over de telefoontjes van Aleix Rovira gelezen,' zei Héctor, en vervolgens begon hij haar te vertellen over zijn gesprek met Óscar Vaquero: het vermoeden dat Aleix coke dealde werd bevestigd door zijn telefoontjes met Rubén Ramos. Maar ongetwijfeld nog vreemder waren de telefoontjes met Regina Ballester. Half in zichzelf pratend en half tegen Leire ging hij verder: 'Ik geloof dat het me nu eindelijk duidelijk begint te worden wat er in de Sint-Jansnacht is gebeurd. Die nacht was natuurlijk uitstekend voor Aleix' handel. Gina had ons verteld dat hij later was gekomen, dus hij moest al coke hebben verkocht en ongetwijfeld had hij nog meer bij zich. Hij kreeg veel telefoontjes en we kunnen er wel bijna zeker van zijn dat die van klanten afkomstig waren. Maar hij beantwoordde er geen een. En als zijn broer de waarheid spreekt, is hij direct van Marcs huis naar zijn eigen huis gegaan. Als de jongens met elkaar hebben gevochten, en het bloed op het shirt van Marc vormt daarvan een duidelijk bewijs, dan ging het waarschijnlijk over coke. Of in elk geval had het er iets mee te maken.'

Leire probeerde zijn redenering te volgen.

'Dus u wilt zeggen dat Marc en Aleix hebben gevochten en dat

Marc de coke heeft weggegooid? Dat zou dan verklaren waarom Aleix de telefoontjes van zijn klanten niet beantwoordde. Maar waaróm zouden ze dan gevochten hebben?

Gina had het over een discussie; ze zei dat Marc heel anders was sinds hij uit Ierland was teruggekomen, een ander mens ... Maar er moet een diepere reden zijn, iets wat Marc ertoe bracht de confrontatie met Aleix aan te gaan en zich op hem te wreken door de coke weg te gooien.'

'Aleix had zowel Gina als Marc onder de duim. En Marc kwam in opstand.'

'Wilt u soms suggereren dat Aleix later naar Marcs huis is teruggekeerd om met hem af te rekenen, en vervolgens ook nog Gina heeft vermoord, door een zelfmoord te ensceneren, om te voorkomen dat ze hem zou verraden?'

'Wat ik suggereer is dat we geen enkele conclusie moeten trekken voordat we die knul hebben verhoord. En verder dat we een val moeten opzetten voor zijn kompaan Rubén Ramos. We gaan ze allebei eens flink de duimschroeven aandraaien.

En dan hebben we Iris nog,' ging Héctor na een korte stilte verder. 'In die e-mail van Joana, op het mobieltje van Marc en nu ook nog in zijn blog. Het lijkt wel een geestverschijning.'

'Een geest die pas overmorgen zal verschijnen,' zei Leire met een diepe zucht. Ze was uitgeput. Na alle spanning die ze in het huis van de familie Martí te verduren had gekregen, voelde ze zich nu erg slap.

'Je bent doodmoe,' zei Héctor terwijl hij haar vriendelijk aankeek. 'Het is al laat en morgen staat ons een zware dag te wachten. Je kunt beter gaan slapen.'

Hij had gelijk, dacht ze, hoewel ze wist dat het haar vannacht moeite zou kosten om in slaap te komen. Zonder dat ze wist waarom, voelde ze zich steeds meer op haar gemak bij deze kalme, ietwat zwijgzame, maar tegelijk zelfverzekerde man. Zijn kastanjebruine ogen mochten dan iets droevigs hebben, verbittering stond er beslist niet in te lezen. Ze straalden een gezonde melancholie uit, als je dat tenminste zo kon noemen.

'Ik moet mijn scooter nog ophalen.'

'Natuurlijk. We zien elkaar morgen,' antwoordde hij. Terwijl hij al de andere kant op liep, draaide hij zich plots om en riep haar, alsof hem iets belangrijks te binnen was geschoten. 'Leire, je vroeg me net of ik me afvroeg of Gina Marc uit liefde had vermoord. Maar uit liefde vermoord je nooit iemand. Dergelijke onzin wordt alleen in tango's uitgekraamd. Moorden doe je uit hebzucht, wraak of jaloezie, neem dat maar van mij aan. Liefde heeft met dit alles niets uit te staan.'

22

Héctor sloop zijn kantoortje in alsof hij een indringer was. Omdat hij geen zin had naar huis te gaan, had hij maar besloten op het bureau de blog van Marc Castells te lezen. Hij probeerde het gevoel van zich af te zetten dat hij met iets bezig was wat hij eigenlijk niet zou moeten doen, maar dat lukte hem niet helemaal. Nadat hij zijn computer had aangezet en de toegangscode had ingetikt – kubrick7 – surfte hij naar de blog van Marc toe, terwijl hij dacht aan de schaamteloosheid waarvan dit soort moderne dagboeken uit de eenentwintigste eeuw blijk gaf. De ouderwetse dagboeken, die van papier, waren een privéaangelegenheid, iets wat alleen door de schrijver werd gelezen en waarin die dus al zijn geheimen kon spuien. Vandaag de dag liep iedereen met zijn privéleven te koop op internet, en daardoor – daar was hij van overtuigd – bestond er ook een zekere censuur tijdens het schrijven. En als iemand niet volstrekt eerlijk kon zijn, waarom zou hij dan toch de moeite nemen om het op te schrijven? Was het soms alleen maar om aandacht te trekken? Hé, luisteren jullie eens, mijn leven is verschrikkelijk interessant! Dit moet je echt lezen hoor ...

Misschien werd hij wel oud, dacht Héctor. Vandaag de dag versierden de jongens en meisje elkaar op internet; sommigen, zoals Martina Andreu, trouwden zelfs met iemand die ze via internet hadden leren kennen, iemand die op een heel andere plek woonde dan zijzelf en die ze misschien nooit zouden hebben ontmoet als ze niet achter de computer waren gaan zitten. Je bent echt uit de mode, Salgado, dacht hij, terwijl hij de blog van Marc opende. Dingen over mij persoonlijk (en waarvan ik denk dat ze niemand ook maar iets interesseren!) Dat was een goede kop, hoewel het nogal ironisch was dat Marcs zaken zelfs na zijn dood nog voor iemand interessant waren.

Voor zover Héctor kon overzien was Marc met zijn blog begonnen toen hij naar Dublin was vertrokken, waarschijnlijk om contact te houden met zijn beste vriendin, Gina, die bijna al zijn teksten uitgebreid van commentaar had voorzien. Hij had er ook foto's in opgenomen: van het studentenverblijf, van de campus, van natgeregende straten, van de gevels van statige georgiaanse gebouwen, van uitgestrekte parken, van grote pullen bier die in de lucht werden geheven door medestudenten. Marc besteedde blijkbaar niet veel tijd aan teksten schrijven voor zijn blog: voor het grootste deel waren ze erg kort en gingen over zulke belangwekkende zaken als het weer – altijd regenachtig –, de colleges – altijd saai – en de feesten – altijd met erg veel drank. Naarmate het schrijven hem meer en meer ging vervelen, werden de tussenpozen langer en langer.

Héctor keek de blog door tot hij op een foto stuitte die hem opviel; er stond een blond meisje op, bij een klif, met haar dat wapperde in de wind. Onwillekeurig moest hij aan *The French Lieutenant's Woman* denken, waarin de hoofdrolspeelster altijd met een treurig gezicht langs kliffen zwierf waar grote golven tegenaan beukten. Het onderschrift luidde: *Excursie naar Moher, 12 februari*. Gina had er geen enkel commentaar bij geschreven. De volgende tekst was van een week later. Het was de langste van de hele blog en de titel ervan luidde: Ter nagedachtenis aan Iris.

Ik heb al lang niet meer aan Iris gedacht en al evenmin aan de zomer waarin ze stierf. Ik neem aan dat ik haar heb willen vergeten, zoals ik eerder alle nachtmerries en ellende uit mijn jeugd uit mijn herinnering had gewist. En nu, nu ik me haar dan wel herinner, zie ik alleen maar de laatste keer voor me dat ik haar heb gezien, alsof de beelden van die keer alle voorafgaande hebben bedolven. Ik hoef mijn ogen maar te sluiten of ik ben weer in die grote kampeerboerderij, in de slaapzaal met lege bedden, die op de volgende groep kinderen staan te wachten. Ik ben zes, op kamp, en kan niet slapen omdat ik bang ben. Nee, ik lieg. Die nacht gedroeg ik me juist moedig: ik trok me niets aan van de regels en ging in het donker op zoek naar Iris. Maar toen ik haar vond dreef ze dood in het zwembad, met een heleboel poppen om zich heen.

Héctor voelde een koude rilling over zijn rug lopen en opnieuw keek hij naar die zwart-witfoto van het blonde meisje. Terwijl hij in dat vreemde, lege kantoortje zat in een halfverlicht politiebureau, verdiepte hij zich volledig in het verhaal van Marc, in de geschiedenis van Iris.

Ik herinner me dat de vloer koud was. Dat voelde ik toen ik op blote voeten mijn bed uit kwam en snel naar de deur liep. Ik had gewacht tot het licht begon te worden, want ik durfde niet in het donker die enorme, doodstille zaal af te gaan. Maar omdat ik al een hele tijd wakker had gelegen, sprong ik meteen toen de zon opkwam uit bed. Ik deed de deur heel voorzichtig achter me dicht om te voorkomen dat ik lawaai zou maken. Ik moest er gebruik van maken dat iedereen nog sliep om mijn plan te kunnen uitvoeren.

Omdat ik wist dat ik geen tijd te verliezen had, liep ik met snelle passen. Maar voor ik de galerij op ging stopte ik even en haalde diep adem. Door de rolgordijnen van de benedenverdieping was al wat licht zichtbaar, maar op de galerij was het nog stikdonker. Wat haatte ik dit deel van de boerderij! En eigenlijk haatte ik alles aan die boerderij. Vooral wanneer die, zoals op dat moment, half leegstond, in afwachting van de volgende groep kinderen die zou komen en waarmee ik tien dagen de slaapzaal zou moeten delen. Gelukkig zou het daarna voorbij zijn en zou ik weer teruggaan naar de stad, naar mijn eigen kamer, voor mij alleen, met nieuwe meubels die 's nachts niet kraakten en witte muren, muren die kalmeerden in plaats van bang te maken.

Omdat ik onwillekeurig in één keer al mijn adem had uitgeblazen, moest ik opnieuw diep inademen. Dat was iets wat Iris me had geleerd: 'Je haalt eerst heel diep adem en vervolgens adem je stukje bij beetje weer uit, terwijl je snel doorloopt. Zo blijf je je angst de baas.' Maar mij hielp het niet veel. Misschien omdat ik niet zo'n grote longinhoud had, maar dat had ik Iris uit schaamte niet verteld.

Ik liep op de tast langs de balustrade die aan de kant van

de binnenplaats was aangebracht om te voorkomen dat er iemand naar beneden zou vallen. Daarbij hield ik mijn blik strak voor me uit gericht om maar niet die afschuwelijke vogel te hoeven zien die, in een kooi aan de muur, mijn passen leek te volgen. Overdag zag hij er een stuk minder eng uit, en vaak vergat ik hem zelfs helemaal, maar in het donker was die uil met zijn fel oplichtende kraalogen werkelijk doodeng. Blijkbaar had ik me met te veel kracht aan de balustrade vastgeklampt, want die kraakte hard en ik liet hem meteen los: ik wilde beslist geen lawaai maken. Ik liep rechtdoor terwijl ik het merkwaardige patroon op de koude plavuizen volgde. En het vreemde gevoel dat ik kreeg wanneer ik met mijn blote voet op een plavuis stapte die kapot was, herinner ik me nog precies. Ik moest er nu bijna zijn: de kamer van Iris was de laatste aan het einde van de galerij.

Ik moest haar zien voor de andere kinderen opstonden, want anders kreeg ik de kans niet meer. Iris had straf gekregen en hoewel ik eigenlijk geloofde dat die verdiend was, wilde ik niet nog een dag voorbij laten gaan zonder dat ik met haar had gepraat. Ik had nauwelijks de kans gekregen om dat de vorige avond te doen, toen een van de begeleiders haar had gevonden nadat ze was ontsnapt en de nacht in het bos had doorgebracht. Ik hoefde alleen maar aan dat stikdonkere bos te denken, vol met doodstille uilen, of de koude rillingen liepen me al over het lijf. Maar tegelijk wilde ik dolgraag weten wat Iris daar nu eigenlijk had meegemaakt. Ook al had ze dan misschien wel iets gedaan wat niet mocht, ze was moedig, en dat riep bewondering bij me op. Vanzelfsprekend hadden ze haar juist daarom gestraft; dat hadden haar zus en haar moeder me zelf verteld. Om te voorkomen dat ze opnieuw zou ontsnappen. En hun de stuipen op het lijf zou jagen.

Eindelijk was ik bij haar deur en hoewel me was geleerd altijd te kloppen voor je ergens binnengaat, zei ik tegen mezelf dat dat nu niet hoefde: Iris lag ongetwijfeld te slapen en het was beter om geen lawaai te maken. Iris sliep niet op een slaapzaal, maar deelde een kamer alleen met haar zus: ze waren namelijk de dochters van de kokkin en dus niet op kamp. En deze nacht sliep haar zus bij haar moeder. Ik had mijn oom Fèlix dat duidelijk horen zeggen. Iris moest twee dagen alleen in haar kamer blijven, zodat ze er goed van doordrongen zou raken dat ze er niet zomaar vandoor kon gaan. Toen ik de deur opendeed zag ik dat de kamer pikdonker was, heel anders dan bij mij thuis in Barcelona. Blijkbaar zaten er luiken voor de ramen en die lieten geen enkel lichtstraaltje door.

'Iris,' fluisterde ik, terwijl ik op de tast verder liep. 'Iris, word wakker.' Omdat ik de lichtschakelaar niet kon vinden, liep ik naar het bed en begon dat vanaf het voeteneind te betasten. Plotseling voelde ik echter iets wat heel zacht was en meegaf. Van schrik sprong ik een eindje opzij en stootte daarbij tegen het nachtkastje, dat begon te wankelen. Toen viel het me plotseling in dat er boven op dat nachtkastje een kleine schemerlamp stond, die Iris altijd tot diep in de nacht aan had om te lezen. Ze las te veel, zei haar moeder. Haar moeder dreigde haar ook haar boeken af te pakken als ze niet goed at. De lamp stond er inderdaad; ik volgde de kabel tot ik op de schakelaar stootte en het licht kon aanknippen. De lamp gaf niet veel licht, maar toch voldoende om te zien dat de kamer bijna helemaal leeg was: haar poppen stonden niet op de schappen en natuurlijk lag Iris al evenmin in bed. Er lag alleen een beertje: dat had Iris me de eerste nachten geleend omdat ik bang was, maar ik had het teruggegeven toen een van de jongens op mijn zaal me daarom had uitgelachen. Het lag met opengesneden buik op een kussen, alsof het was geopereerd, en uit de snee puilde groene vulling.

Ik haalde opnieuw diep adem en keek onder het bed om te zien of ze zich daar soms had verstopt, maar het enige wat ik zag was een dikke laag stof. En plotseling werd ik, net als iedereen, heel erg kwaad op Iris. Waarom deed ze dat toch? Weglopen, ongehoorzaam zijn. Die zomer moest haar moeder haar om de haverklap standjes geven: omdat ze niet at, omdat ze geen antwoord gaf, omdat ze geen huiswerk maakte, omdat ze voortdurend haar zus Inés treiterde. Als ze opnieuw was weggelopen terwijl ze straf had, zou mijn oom Fèlix vast woedend worden. Ik herinner me dat ik even overwoog het hem te gaan vertellen, maar ik zei tegen mezelf dat dat niet goed was: Iris en ik waren immers vrienden, en ook al was zij een stuk ouder dan ik, ze vond het leuk om met mij te spelen.

Ik keek naar het raam en dacht dat ze misschien net als ik bij zonsopgang, terwijl iedereen nog sliep, was opgestaan om naar de binnenplaats te gaan. Het kostte me een beetje moeite, maar uiteindelijk wist ik de grendel van het luik open te schuiven. Het was al licht. Voor me lag het bos: lange rijen hoge bomen die tegen de helling van de berg groeiden. Overdag was ik daar helemaal niet bang voor; ik vond het zelfs mooi met die verschillende schakeringen groen. De binnenplaats was volledig verlaten en ik stond al op het punt het luik weer dicht te doen, toen ik me bedacht dat Iris weleens bij het zwembad zou kunnen zijn. Omdat ik maar een stukje van het zwembad kon zien, ging ik uit het raam hangen.

Ik herinner me als de dag van gisteren hoe blij ik was toen ik haar zag: net zo blij als kinderen kunnen zijn om zoiets simpels als een ijsje of naar een kermis gaan. Iris was daar, in het zwembad. Ze was niet weggelopen, maar naar beneden gegaan om te zwemmen! Ik kon me er nog net van weerhouden om te roepen, en om haar aandacht te trekken zwaaide ik naar haar, hoewel het tot me doordrong dat dat geen zin had, want ze zou me nooit kunnen zien. Ik zou moeten wachten tot ze aan de overkant van het zwembad was, het deel waar het water ondieper was en waar de kleine kinderen en degenen die niet in het diepe durfden altijd zwommen.

En nu, zoveel jaren later, als ik weer aan dat alles denk en opnieuw tot in de kleinste details de gebeurtenissen van die ochtend voor me zie, voel ik weer dezelfde schok als toen. Want even later drong het plots tot me door dat Iris helemaal niet aan het zwemmen was, dat ze stil op het water dreef, alsof ze zich dood hield. Ik weet dat het me plots helemaal niets meer kon schelen of iemand me zou horen en dat ik zo snel ik kon naar beneden rende, naar het zwembad. Alleen durfde ik niet het water in te gaan. Ik was nog maar zes, maar begreep donders goed dat Iris verdronken was. En pas toen zag ik de poppen om haar heen: ze dreven net als zij op hun buik in het water.

Het beeld dat Héctor voor zich zag was zo overweldigend en onrustbarend dat hij werktuigelijk het scherm minimaliseerde. Hij zocht in zijn zakken naar zijn pakje sigaretten en stak er een op, hoewel dat streng verboden was. Hij inhaleerde diep en blies de rook heel langzaam uit. Toen hij enigszins was gekalmeerd door de werking van de nicotine, dacht hij erover na hoe hij dit stukje in deze steeds macaberder wordende puzzel kon passen. En met de zekerheid van de ervaren agent begreep hij dat hij eerst zou moeten achterhalen hoe Iris was gestorven voordat hij het raadsel van Marcs en Gina's dood zou kunnen oplossen. Te veel doden, zei hij opnieuw in zichzelf. Te veel ongelukken. Te veel jonge mensen die het slachtoffer waren geworden.

Zijn mobieltje onderbrak echter zijn gepeins, en met een gezicht waarvan de uitdrukking het midden hield tussen ergernis en opluchting zag hij dat het Joana was.

'Joana?' zei hij.

'Het is al erg laat, hè? Sorry ...'

'Nee, het geeft niet. Ik was toch aan het werk.'

'Fèlix heeft me gebeld,' zei ze, en ze zweeg even. 'Hij heeft me over dat meisje verteld.'

'Ja?'

'Is dat echt zo? Heeft ze een brief achtergelaten waarin staat dat zij Marc heeft vermoord?' vroeg ze met een stem waar tegelijk ongeloof en hoop in doorklonken.

Héctor dacht even na voordat hij een erg voorzichtig antwoord gaf: 'Dat zou kunnen. Maar ik ben er niet zo zeker van. Er zijn ... Er zijn nog erg veel onduidelijkheden.'

Joana zweeg; ongetwijfeld dacht ze erover na hoe ze op dit vage antwoord moest reageren.

'Ik wil niet alleen zijn vannacht,' zei ze uiteindelijk.

Héctor keek naar het computerscherm; hij dacht aan zijn kille huis, aan Ruth, die was vertrokken, aan het doorleefde maar knappe gezicht van Joana. Waarom eigenlijk niet? Twee eenzame mensen die met elkaar een zomernacht doorbrengen – daar was toch eigenlijk niets op tegen?

'Ik ook niet,' antwoordde hij. 'Ik kom naar je toe.'

zaterdag

23

Diep in zijn hart weet Héctor dat hij droomt, maar dat bewustzijn is te zwak en hij wordt overweldigd door een felgekleurd landschap, een soort kindertekening van een bos, met min of meer ronde groene vlekken, dikke blauwe krassen rond watachtige wolken, een gele zon die flauwtjes glimlacht. Een naïeve voorstelling van Tim Burton, geschilderd met dikke klodders verf. Maar wanneer hij over de bruine kiezelstenen loopt die het pad vormen, verandert het hele landschap, alsof door zijn aanwezigheid de omgeving plotseling is veranderd. De groene vlekken worden hoge bomen met volle kruinen; de wolken lossen op tot ragfijne flarden en de zon is heerlijk warm. Terwijl hij resoluut doorloopt, alsof hij precies weet waar hij heen wil, hoort hij de kiezelstenen knerpen onder zijn schoenen. Wanneer hij opkijkt, verbaast hij zich erover dat de vogels in de lucht eruitzien alsof ze getekend zijn: twee met elkaar verbonden kromme lijntjes die door de lucht zweven. Dit is precies het bewijs dat hij nodig heeft voor zijn idee dat hij droomt dat hij in een tekenfilm meespeelt. Vervolgens begint het hard te waaien. In het begin is het slechts een heel zwak geluid, maar langzaam groeit het aan tot het kabaal van een heuse storm, die donker en dreigend met een enkele haal de getekende vogels uitwist en meedogenloos aan de takken van de bomen rukt. Hij kan nauwelijks nog vooruitkomen; met elke stap moet hij opboksen tegen de straffe wind die door het schilderij blaast. De bladeren worden van de bomen gerukt en vormen een groen gordijn dat het licht van de zon verduistert. Hij moet doorlopen, mag niet stil blijven staan, en plotseling weet hij waarom: hij moet Guillermo zien te vinden voordat deze orkaan hem voor altijd meesleurt. Verdomme ... Ik heb nog zo tegen hem gezegd dat hij niet weg moest lopen, dat hij niet alleen het bos in moest gaan. Maar zoals altijd is zijn zoon eigenwijs geweest. Door de combinatie van bezorgdheid en woede neemt zijn kracht weer toe en kan hij vooruitkomen, ondanks de stormwind en de nu steil omhooglopende weg. Hij verbaast zich erover dat hij erover nadenkt hoe hij zijn zoon het best zou kunnen straffen. Hij heeft hem nog nooit geslagen, maar deze keer is hij echt te ver gegaan. Hij roept zijn naam, hoewel hij weet dat met al die wind en bladeren niemand hem horen kan. Moeizaam klautert hij omhoog, hij kruipt zelfs wanneer hij door de harde wind niet meer kan blijven staan. Op de een of andere manier weet hij dat hij op de top van de berg moet zien te komen om alles anders te maken. Uiteindelijk slaagt hij erin overeind te krabbelen, waarna hij wankelend verder omhoogklautert. De wind is niet langer zijn vijand meer, maar zijn medestander, en duwt hem omhoog, waarbij zijn voeten nauwelijks nog de grond raken. Hij ziet de top van de berg al en probeert zich voor te stellen wat hij daar te zien zal krijgen. Hij hoopt zijn zoon in levenden lijve aan te treffen, maar tegelijk wil hij niet dat zijn woede helemaal onder zijn vreugde wordt bedolven, zoals meestal gebeurt. Nee, deze keer niet. Hij doet nog een laatste, enorme krachtsinspanning om de top te bereiken. En wanneer hij daar eenmaal is aangekomen, wordt het windstil en verandert het beeld compleet. De zon schijnt. En ja hoor, hij had gelijk! Daar is hij. De gestalte van Guillermo, met zijn rug naar hem toe, tekent zich af in een veld. Hij weet niets van wat zijn vader allemaal heeft moeten doorstaan om hem te vinden. Héctor slaakt onwillekeurig een zucht van verlichting nu hij ziet dat zijn zoon niets is overkomen. Hij rust even uit. Het verbaast hem niets dat de vreselijke woede die hij voelde toen hij de berg beklom begint weg te ebben, met elke ademstoot verder in de lucht oplost. Vervolgens zet hij zijn kiezen op elkaar, recht zijn rug en balt zijn vuisten. Zo probeert hij zijn woede opnieuw op te wekken. Hij loopt met snelle, besliste passen door het gras naar zijn zoon, die nog steeds roerloos en afwezig op dezelfde plek ligt. Ook al kost het hem moeite, deze keer zal hij hem eens goed de les lezen. Dat is hij verplicht, en zijn vader zou precies hetzelfde bij hém hebben gedaan. Héctor trekt Guillermo hard aan zijn schouder en die keert zich om. Tot zijn verbazing ziet hij dat er tranen over zijn wangen biggelen. Hij wijst zonder een woord te zeggen voor zich uit. En daarop ziet Héctor hetzelfde als zijn zoon: een zwembad met glashelder water waarop een meisje met blond haar drijft omringd door poppen. 'Dat is Iris, papa,' fluistert zijn zoon. En terwijl ze langzaam naar de rand van het zwembad lopen, dat midden in een wijde vlakte ligt, keren de poppen zich traag om. Ze kijken hen aan met wijd opengesperde ogen terwijl ze mompelen: 'EeuwigIris, EeuwigIris.'

Héctor schrikt wakker.

Het beeld was zo levensecht dat het hem moeite kost om het te verdrijven. Langzaam keert hij terug tot de werkelijkheid, waarin zijn zoon geen kind meer is – en bovendien Iris nooit heeft gekend – en waarin poppen niet kunnen praten. Hij kan slechts met moeite ademhalen. Het is nog nacht, denkt hij geërgerd, want hij weet dat hij de slaap niet meer zal kunnen vatten. Maar met dit soort dromen is dat misschien maar beter ook. Terwijl hij op zijn rug ligt, probeert hij tot rust te komen en de betekenis van die vreemde, onrustbarende droom te ontdekken. In tegenstelling tot zijn gebruikelijke nachtmerries, die verdwijnen zodra hij zijn ogen opendoet, blijft deze hem hardnekkig achtervolgen. Opnieuw voelt hij woede, een hevig verlangen om zijn ongehoorzame zoon een draai om zijn oren te geven, maar toch is hij blij dat hij dat niet heeft gedaan, zelfs niet in zijn dromen, ook al beseft hij dat alleen het beeld van het meisje op het water dat heeft voorkomen. Genoeg. Het slaat nergens op om jezelf te kwellen met iets wat je alleen maar hebt gedroomd. Hij is ervan overtuigd dat zijn psycholoog het daarmee eens zou zijn. Net wanneer het gezicht van die jonge knul voor zijn ogen danst, hoort hij vaaglijk muziek. Het is vier uur in de ochtend – wie draait er nu muziek om die tijd? Hij spitst zijn oren. Het is geen muziek, maar een monotone litanie van verschillende stemmen. Opnieuw, zonder dat hij er iets tegen kan doen, duiken de poppen voor hem op, maar hij weet dat hij het droomt en dat de onverstaanbare stemmen die steeds harder zingen echt zijn. Je zou zeggen dat het een soort gebed is, een aanroeping in een hem onbekende taal. De stemmen lijken van de andere kant van de muur te komen. Geschrokken komt hij overeind. Er heeft zich nog een geluid bij de litanie gevoegd: een soort gesis, dat eigenlijk volledig uit de toon valt. Terwijl hij op zijn blote voeten naast het bed gaat staan, kijkt hij naar de halfopen koffer die nog steeds tegen een muur staat. Ja, er is geen twijfel mogelijk: het gesis komt daarvandaan. Even komt de verloren koffer met het kapotte slot hem weer voor de geest, en wanneer hij er een vage schaduw uit ziet glippen staan zijn ogen verbijsterd. Het is een afschuwelijke, glibberige slang, die over de vloer naar hem toe komt gekronkeld. Het gesis klinkt steeds scherper, de stemmen zingen steeds harder. En hij ziet doodsbenauwd hoe het reptiel, met opgeheven kop en snelle bewegingen van zijn fijne tong, op hem af komt. En eindelijk kan hij de stemmen van de litanie verstaan. Ze herhalen keer op keer zijn naam: 'Héctor, Héctor, Héctor, Héctor ...'

'Héctor!' hoort hij de stem van Joana plotseling roepen. 'Alles oké? Je hebt me laten schrikken.'

Even wist hij niet waar hij was. Hij herkende niets; de kamer, het bed, het licht – alles kwam vreemd op hem over. Hij baadde in koud zweet.

'Godverdomme,' mompelde hij ten slotte.

'Je hebt een nachtmerrie gehad.'

Twee, dacht hij. Dat is niet mis ...

'Sorry,' stamelde hij.

'Er is niets aan de hand,' antwoordde Joana, terwijl ze haar hand op zijn voorhoofd legde. 'Je bent ijskoud!'

'Sorry,' zei hij opnieuw, en hij wreef over zijn gezicht. 'Hoe laat is het?'

'Acht uur. Erg vroeg voor een zaterdag.'

'Heb ik je wakker gemaakt?'

'Nee,' zei ze met een glimlach. 'Ik geloof dat ik het niet gewend ben om samen met iemand te slapen. Ik lag al een tijdje te draaien. Waar droomde je in vredesnaam over?'

Hij had geen zin om daarover te praten. Eigenlijk wilde hij zelfs helemaal niet praten.

'Is het goed als ik een douche neem?'

Joana knikte.

'Ik zal me braaf gedragen en koffie maken.'

Héctor glimlachte flauwtjes.

Ze hadden de liefde bedreven met een tederheid die voor onbekenden een beetje vreemd was. Traag, meer geleid door een behoefte aan contact, aan strelingen, dan door een overweldigende hartstocht. En nu, nu ze samen zaten te ontbijten, drong het tot Héctor door dat de seks alleen maar een soort kameraadschappelijkheid tussen hen teweeg had gebracht. Tenslotte waren ze niet meer de jongsten en hadden ze al zoveel avontuurtjes en ontgoochelingen meegemaakt dat ze bij deze aangename momenten moeilijk nog iets als hoop of verlangen konden voelen. Alle spanning leek op slag verdwenen nu het daglicht hun weer duidelijk hun plaats had gewezen. Héctor had daar aan de ene kant vrede mee, maar anderzijds stemde het hem toch ook een beetje droevig. Misschien was dit wel het hoogste wat hij nu nog bereiken kon: aangename, vriendelijke ontmoetingen, die een prettig gevoel bij je achterlieten. Even verkwikkend als de koffie die hij nu zat te drinken.

'Zit dat overhemd je goed?' vroeg Joana. 'Philippe had het hier laten liggen.'

De vraag van Joana had vast een bedoeling, dacht Héctor. Hij glimlachte.

'Je krijgt het echt terug,' antwoordde hij met een veelbetekenende knipoog. 'Nu moet ik echt gaan. Ik heb een gesprek met de ouders van Gina Martí.'

Joana knikte.

'Dit is nog niet afgelopen, hè?'

Héctor keek haar vriendelijk aan. Kon hij haar maar zeggen dat het wel zo was. Dat deze zaak eindelijk was afgesloten. Maar het beeld van Iris in het zwembad dat hij in zijn droom had gezien, deed hem vermoeden dat dat nog lang niet het geval was.

'Er staat iets op internet wat je beslist moet lezen,' zei Héctor.

24

D ie ochtend hoopte Aleix meer dan ooit dat hij de tijd kon
terugdraaien. Gina's dood was een onverwachte klap voor
hem geweest, harder dan alle andere die hij de afgelopen
dagen had moeten incasseren. Hij had geen zin om op te staan en
bleef in zijn bed liggen nadenken over de dingen die nog maar pas
waren gebeurd, maar die nu al eeuwen geleden leken. Gina: slim,
onzeker, meegaand en tegelijk teder en breekbaar. Dit was allemaal
de schuld van Marc, dacht hij wrokkig, hoewel hij diep in zijn hart
wist dat dat niet waar was. Marc, zijn trouwste volgeling, die zelfs
– en dat alleen maar omdat hij het hem had gevraagd – de schuld
op zich had genomen voor iets wat hij niet had gedaan, was een
ander mens geweest toen hij uit Dublin was teruggekomen. Het
kind dat hij naar hartenlust naar zijn pijpen kon laten dansen, was
voorgoed verdwenen. Hij had eigen ideeën, ideeën die in een obses-
sie waren veranderd, ideeën waardoor zij allemaal diep in de problemen zouden kunnen komen. Het doel heiligt de middelen, was
zijn devies. En omdat hij een goede meester had gehad, had hij een
plan uitgedacht dat absurd was, maar dat juist daarom vreselijke
gevolgen had kunnen hebben.

Gelukkig had hij er een stokje voor kunnen steken voordat de
dingen uit de hand waren gelopen, voordat het een tot het ander
had geleid en de waarheid aan het licht was gekomen. Gina had
hem daarbij geholpen zonder dat ze zijn ware motieven kende; hoewel ze hem eerst niet had willen helpen, had ze uiteindelijk schoorvoetend toegegeven. Gina ... Er werd gezegd dat ze een bericht had
achtergelaten op haar computer. Hij stelde zich haar voor terwijl ze
op haar pc zat te tikken als een klein meisje, verdwaasd omdat ze
Marc had verraden, benauwd door datgene waartoe hij haar had
aangezet.

De hele avond hoorde je de harde knallen van rotjes. Tijdens het
Sint-Jansfeest veranderde Barcelona in een explosieve stad. Op elke

straathoek kon je onverwacht een rotje naar je toe geslingerd krijgen en iedereen leefde naar de nacht toe waarmee de zomer zou beginnen: vuurwerk, kampvuren en cava gaven de kortste nacht van het jaar een aangenaam tintje. Het eerste wat Aleix was opgevallen toen hij bij het huis van Marc aankwam, was hoe knap Gina eruitzag. Daardoor was hij vreselijk jaloers geworden, want hij wist dat ze zich niet zo had opgedoft voor hem. Hoe dan ook voelde ze zich niet op haar gemak met die hoge hakken, zwarte minirok en dat strakke topje. Vergeleken met wat Marc en hij aanhadden – een simpel shirt met een versleten spijkerbroek en gympies – viel ze trouwens erg uit de toon. Gina dacht zeker dat ze de prinses kon uithangen met een paar rijkeluiszoontjes die uit hun dak gingen, dacht Aleix. Marc was nerveus, maar dat was niet zo vreemd; hij probeerde al weken een daadkracht uit te stralen die hij niet in zich had. Vanwege Iris. Die vervloekte Iris.

Toen hij was gearriveerd had hij meteen en met veel kabaal om een biertje gevraagd, met de bedoeling hun ontmoeting een feestelijke draai te geven. Voor hij was vertrokken had hij een paar lijntjes coke gesnoven, want hij vermoedde dat hij die hard nodig zou hebben, en daardoor voelde hij zich euforisch en liep hij over van energie. Het avondeten – een paar pizza's die Marc en Gina hadden gemaakt – was al klaar en even – de glazen waren sneller leeg dan de borden – leek het zelfs op een van hun feestjes van vroeger. Toen Marc naar beneden was gegaan om meer bier te halen, zette Aleix de muziek harder en danste met Gina. Verdomme, wat zag ze er toch fantastisch uit die avond. En van coke mochten ze zeggen wat ze wilden, die was nu eenmaal in alle opzichten stimulerend. Als ze dat niet geloofden, dan moesten ze het maar aan Gina's moeder vragen, dacht hij, terwijl hij maar met moeite zijn handen kon thuishouden. Toen hij met haar aan het dansen was, was hij Marc bijna vergeten. Dat was nou zo goed van coke: die liet al je problemen als sneeuw voor de zon verdwijnen. Het zorgde ervoor dat je alleen maar aandacht had voor wat belangrijk was: de dijen en de nek van Gina, waar hij voor de grap in beet, als zo'n verleidelijke vampier die zij zo geweldig vond. Maar desondanks duwde ze hem een beetje van zich af. Natuurlijk, dat bewaarde ze nu voor Marc. De arme stakker. Had ze dan niet in de gaten dat die Marc op wie zij zo gek was smoorverliefd was op een ander? Hij stond bijna op het punt om dat tegen Gina te zeggen, maar hij hield zich in; die avond had hij haar nodig als zijn medestander en hij peinsde er niet over om haar tegen de haren in te strijken.

'Heb je gedaan wat ik tegen je had gezegd?' fluisterde hij in haar oor.

'Ja. Maar ik weet niet ...'

Aleix legde zijn vinger op haar mond.

'We hebben het duidelijk afgesproken, Gi.'

Gina zuchtte.

'Oké.'

'Moet je horen, dat plan van Marc is echt grote waanzin,' zei hij. Iets wat hij haar al talloze malen had uitgelegd en dat hij dat nu weer moest doen maakte hem razend. Maar hij probeerde toch zijn geduld te bewaren, zoals een moderne vader tegenover een koppige dochter zou doen: 'Waanzin die verschrikkelijke gevolgen kan hebben, vooral voor jou en Marc. Kun je je voorstellen wat de mensen zullen denken als de waarheid uitkomt? Hoe kun je ooit uitleggen wat er op die USB-stick staat?'

Gina knikte. Eigenlijk was ze er behoorlijk van overtuigd dat Aleix gelijk had. Nu moesten ze alleen nog Marc zien te overtuigen.

'En trouwens, waarom zouden we dat doen? Gaan we ons soms in de nesten werken om dat grietje uit Dublin te helpen? Verdomme, zo gauw die verliefdheid van Marc een beetje over is, zul je zelfs zien dat hij ons er dankbaar voor is.' Na die woorden zweeg hij even. 'Of liever gezegd: dat hij jou er dankbaar voor is. Dat weet ik zeker.'

'En waar zal ik jullie dan zo dankbaar voor zijn?' klonk plotseling de stem van Marc.

Aleix begreep dat hij te hard had gepraat. Maar goed, wat maakte het ook uit? Ze moesten het toch tegen hem vertellen, en hoe eerder, hoe beter.

Op zaterdagmorgen gingen de normale geluiden van de doordeweekse ochtenden gewoon door. Zijn vader ontbeet zoals altijd om halfnegen en ook zijn broer, die tijdens de zomermaanden hier was, zette zijn gewoontes voort. Er klopte iemand op zijn deur.

'Ja?'

'Aleix,' zei de stem van Eduard. Hij deed de deur een stukje open en stak zijn hoofd naar binnen. 'Je moet opstaan. We moeten naar het huis van de familie Martí.'

Even kwam hij in de verleiding om het laken over zijn hoofd te trekken en zich voor alles te verstoppen.

'Nou, ik ga niet. Ik heb geen tijd.'

'Maar papa ...'

'Verdomme, Edu! Hou op met je gezeik, ik ga niet! Is dat duidelijk?'

Zijn broer keek hem strak aan en knikte.

'Oké. Ik zeg wel tegen papa dat jij later gaat.'

Aleix keerde zijn rug naar hem toe en staarde naar de muur. Papa, papa. Verdomme, zijn broer was al veertig en nog altijd beschouwde hij het woord van zijn vader als wet. Eduard bleef nog even in de deuropening staan, maar toen hij zag dat Aleix roerloos in bed bleef liggen, trok hij de deur zachtjes dicht en liep naar beneden. Beter zo. Hij wilde Edu en zijn ouders niet zien, en Regina al helemaal niet. Hij keek liever naar de muur, die even wit was als een filmscherm en waarop hij zijn eigen beelden kon projecteren.

'Nou, waar zal ik jullie dan zo dankbaar voor zijn?' herhaalde Marc, en deze keer klonk er achterdocht in zijn stem door.

Gina keek naar de vloer. Ze schrokken alle drie van een verschrikkelijke knal buiten. Gina gilde zelfs.

'Ik heb schoon genoeg van die rotjes!' riep ze en ze liep naar de tafel om nog een wodka met jus in te schenken. Het was de derde van die avond. Met het plastic bekertje in haar hand keek ze naar haar vrienden, die wel twee revolverhelden leken die dreigend tegenover elkaar stonden, klaar om elk moment te schieten.

'Marc,' zei Aleix ten slotte, 'Gina en ik hebben wat met elkaar gepraat.'

'Waarover?'

'Dat weet je best,' antwoordde Aleix, die vervolgens zweeg en naar de tafel liep om naast Gina te gaan staan. 'We gaan hier niet mee door.'

'Hoezo?'

'Denk eens goed na, Marc,' ging Aleix verder. 'Het is te gevaarlijk. Je kunt hiermee niet alleen jezelf vreselijk in de nesten werken, maar ons allemaal. En je weet niet eens zeker of het wel gaat.'

'Nou, dat denk ik anders wel,' zei Marc, en dat had hij de afgelopen dagen al tig keer herhaald.

'Verdomme, man, dit is de school niet! We hebben het hier niet over een grap die we met een of andere domme lerares gaan uithalen of zoiets. Snap je dat dan niet?'

Marc bleef als aan de grond genageld staan. In het raam van de zolderkamer was een stuk van de lucht te zien, dat af en toe oplichtte in de felle kleuren van uit elkaar spattende vuurpijlen.

'Nee, dat snap ik niet.'

Aleix zuchtte diep.

'Dat zeg je nu. Maar over een paar dagen ben je ons er dankbaar voor.'

'O ja? Ik dacht anders dat jij mij dankbaar zou moeten zijn. Je bent me nog iets verschuldigd. Dat weet je donders goed.'

'Ik doe het voor je eigen bestwil, man. Dat wil je niet erkennen, maar zo is het wel.'

Marc leek even te twijfelen. Hij keek naar de vloer alsof hij geen argumenten meer had, alsof hij genoeg had van al dat bekvechten. Gina, die de hele tijd geen woord had gezegd, kwam op dat moment in actie en liep naar Marc toe.

'Aleix heeft gelijk. Het is de moeite niet waard ...'

'Ach, donder toch op!' slingerde Marc haar in het gezicht, en ze schrok daar net zo erg van als van het rotje van daarnet. 'Ik begrijp niet waar jullie je zo druk over maken. Jullie hoeven verder helemaal niets meer te doen. Geef me die usb-stick maar, dan doe ik alles zelf wel.'

Gina keerde zich met een vragende blik naar Aleix om. Ze wist niet wat ze moest zeggen en dronk haar glas zo haastig leeg dat ze zich bijna verslikte.

'Die krijg je niet, Marc. Het is afgelopen,' antwoordde Aleix.

Marc keek Gina vol ongeloof aan. Maar toen hij zag dat ze haar hoofd boog ten teken dat ze achter Aleix stond, barstte hij uit: 'Je bent een klootzak! Een grote klootzak! Ik had alles al klaar!' schreeuwde hij, waarop hij iets rustiger verderging: 'Begrijpen jullie dan niet hoe belangrijk dit voor me is? We zijn toch vrienden, of niet soms?'

'Inderdaad, Marc, en precies daarom doen we dit,' herhaalde Aleix.

'Nou, een mooie vriendendienst dan! Zo weet ik er ook nog wel een,' zei Marc verbitterd, met een stem die diep uit zijn binnenste leek te komen. 'Je van die rommel af helpen waardoor je je steeds idioter gedraagt. Of denk je soms dat we dat niet in de gaten hebben?'

Het duurde even voordat Aleix doorhad waar Marc het over had. Net lang genoeg voor Marc om boven op zijn rugzak te duiken.

'Blijf af, godverdomme!'

'Ik doe het voor jou, Aleix. Dit is mijn vriendendienst,' zei Marc, terwijl hij met een heleboel plastic zakjes in zijn handen, waarin exact afgepaste doses coke zaten, en een triomfantelijke glimlach op zijn gezicht de kamer uit stormde.

Aleix rende achter hem aan de trap af. Gina zag stomverbaasd hoe Aleix hem halverwege de trap bij de kraag van zijn shirt greep, waardoor Marc werd gedwongen zich om te draaien. Ze gilde toen de eerste klap viel: een enorme dreun die Marc recht op zijn mond trof. De twee vrienden bleven even roerloos staan. Marc voelde dat zijn lip bloedde en streek met zijn hand langs de wond, die hij vervolgens aan zijn shirt afveegde.

'Sorry, man. Ik wilde je niet slaan ... Eh ... kom op, laten we hiermee ophouden.'

Het knietje dat Marc hem plots in zijn kruis gaf deed Aleix naar adem happen. Aleix sloeg dubbel van de pijn en zag sterretjes. Toen hij weer een beetje bij zijn positieven kwam, was Marc verdwenen. Het enige wat hij hoorde was het geluid van de wc die net was doorgetrokken. Een plens water die abrupt een einde aan alles had gemaakt.

Klootzak, dacht Aleix, maar toen hij dat tegen Marc wilde schreeuwen, moest hij vanwege de vreselijke pijn in zijn kruis steun bij de muur zoeken om niet te vallen.

Aleix hoorde dat de voordeur werd dichtgetrokken en hij nam dan ook aan dat zijn ouders en zijn broer naar het huis van de Martí's waren gegaan. Het luchtte hem op dat hij het rijk nu eindelijk alleen had. Maar die opluchting verdween even snel weer toen hij zich realiseerde dat van de drie vrienden op het feestje in de Sint-Jansnacht er twee dood waren. Dood. Daar had hij tot nu toe niet over nagedacht. Waarom zou hij ook? Wanneer hij aan de tijd dacht dat hij in het ziekenhuis had gelegen, onderworpen aan de eindeloze martelingen van die witjassen, vroeg hij zich af of hij toen bang was geweest voor de dood, en het antwoord was: nee. Jaren later had hij ontdekt dat andere kinderen die aan dezelfde ziekte leden als hij het niet hadden overleefd. En daardoor was hij zich erg sterk gaan voelen, alsof het leven hem op de proef had gesteld en hij geheel op eigen kracht die proef had doorstaan. De zwakkelingen stierven, hij niet. Hij had moed getoond. Edu had dat steeds weer tegen hem herhaald: 'Je bent erg moedig, hou vol, want je hebt je er al bijna doorheen geslagen.'

Hij stond op, maar had geen zin om te gaan douchen. Zijn kamer was een puinhoop: overal slingerden kleren en gympies rond. Onwillekeurig moest hij aan de kamer van Gina denken: de rijen knuffels op de schappen, die zij niet had willen weghalen en die haar kamer een soort aantrekkelijke onschuldigheid hadden verleend. Verdomme, Gina ...

Plotseling schrok hij. Welke bermuda had hij ook alweer aan de laatste dag dat hij haar had gezien? Hij doorzocht de zakken van de drie broeken die hij achteloos op een stoel had gegooid. Hij slaakte een zucht van verlichting. Ja, gelukkig die verdomde USB-stick was er nog. Puur uit gewoonte, en niet om te zien wat erop stond, stopte hij hem in zijn computer. En ongetwijfeld stonden de beelden, die hij Gina niet had gevraagd te wissen, omdat hij haar volkomen wantrouwde in alles wat verband hield met Marc, er nog steeds op. Hij zou ze nu hoogstpersoonlijk zelf wissen, zodat er geen spoor meer van over zou blijven.

Maar toen even later de inhoud van de stick op het scherm verscheen, stond hij perplex. Vervolgens stak zijn gebruikelijke ergernis weer de kop op, de enorme teleurstelling die hij altijd voelde omdat hij een stel sukkels om zich heen had. Hij verweet zichzelf dat hij kwaad was geworden op Gina – de arme ziel was er tenslotte niet meer –, maar toch ... Verdomme, je moest wel achterlijk zijn om hem een stick te geven met daarop de aantekeningen van de lessen kunstgeschiedenis. Zijn ergernis maakte plotseling plaats voor schrik. Een enorme schrik. Vervloekt, dacht hij, de stick met die beelden moest nog steeds op Gina's kamer liggen, binnen handbereik van haar ouders en de politie; van dat klerewijf en dat lekkere stuk, die jonge politieagente. In een paar tellen had hij zich aangekleed en stoof op zijn fiets de straat uit. Nou, dacht hij cynisch, zijn vader zou in elk geval erg tevreden zijn om hem zo snel bij de Martí's te zien verschijnen.

25

Terwijl Héctor voor het deftige hek van zwart smeedijzer stond dat toegang gaf tot het huis van de Martí's, keek hij op zijn horloge. Hij had nog een kwartiertje voordat Leire zou komen, die hij had gebeld toen hij bij Joana wegging. Hij vond dat hij nog best een kop koffie kon gebruiken, vooral met het oog op wat hem daarbinnen te wachten stond. Blijkbaar was hij niet de enige die dat had bedacht, want toen hij een naburig café binnenging zag hij vanuit een ooghoek Fèlix Castells aan het einde van de bar zitten. Hij was volkomen verdiept in een krant en zag hem niet. Omdat Héctor hem graag eens alleen wilde spreken, twijfelde hij geen moment en stevende meteen op hem af. Bijna zonder nadenken sprak hij hem aan zoals dat volgens de etiquette bij geestelijken hoort.

'Zeg maar gewoon Fèlix, hoor,' antwoordde hij vriendelijk. 'Vandaag de dag noemt niemand ons nog "eerwaarde".'

'Hebt u er bezwaar tegen als we aan die tafel daarginds gaan zitten?' vroeg Héctor, terwijl hij op een tafeltje achterin wees dat enigszins apart stond.

'Nee, hoor, natuurlijk niet. Eigenlijk zat ik op mijn broer en Glòria te wachten. Gezien de situatie leek het ons beter alle drie tegelijk naar het huis van de Martí's te gaan en niet langer te blijven dan strikt noodzakelijk is.'

Erg tactvol, dacht Héctor: de Castells die als één man de Martí's komen condoleren met de dood van hun dochter, die misschien wel hun eigen kind en neef heeft vermoord. Als er iets was waar hij de betrokkenen in deze zaak dankbaar voor was, was het wel dat ze zich tot nu toe erg kies hadden gedragen. Zelfs de woedeaanval van Salvador Martí gisteravond had eerder mat dan beledigend geklonken.

Toen ze eenmaal met een kop koffie aan tafel zaten – Fèlix had er ook nog een genomen toen Héctor had besteld –, viel Héctor meteen met de deur in huis, want Enric en Glòria konden elk moment binnenstappen.

'Zegt de naam Iris u iets?'

'Iris?'

Hij wil tijdrekken, dacht Héctor. Een neergeslagen blik, lang in de koffie roeren: nog meer tijdrekken. Een diepe zucht.

'Ik neem aan dat u Iris Alonso bedoelt.'

'Ik bedoel de Iris die jaren geleden in een zwembad is verdronken tijdens een zomerkamp.'

Fèlix knikte. Hij dronk zijn koffie in één keer op en schoof het kopje een eind opzij. Vervolgens legde hij allebei zijn handen voor zich op tafel, terwijl Héctor hem doordringend aankeek.

'Het is al heel lang geleden dat die naam is gevallen, inspecteur.'

Ik heb al lang niet meer aan Iris gedacht, herinnerde Héctor zich dat het eerste zinnetje in de blog van Marc over Iris luidde.

'Wat wilt u weten? En ... waarom?' vroeg Fèlix weifelend.

'Dat zal ik u zo dadelijk vertellen. Vertelt u mij eerst maar eens wat er toen is gebeurd.'

'"Wat er toen is gebeurd"? Wist ik dat zelf maar, inspecteur,' antwoordde Fèlix, die zijn zelfverzekerdheid had herwonnen en nu met overtuiging sprak. 'Zoals u zelf al hebt gezegd, is Iris Alonso verdronken in het zwembad van de kampeerboerderij die we elke zomer huurden.'

'Was zij een van de kinderen die onder uw verantwoordelijkheid stonden?' vroeg Héctor, die het antwoord al wist, maar hij probeerde op deze manier meer informatie los te krijgen; hij wilde namelijk bij Marc uitkomen, het kind van zes dat haar dood in het zwembad had gevonden.

'Nee. Ze was de dochter van de kokkin, een weduwe. Ze woonden elk jaar iets meer dan een maand bij ons in.'

'"Ons"?'

'De begeleiders, de kinderen, ikzelf. De kinderen arriveerden in groepen en bleven tien dagen.'

'Maar Marc – bleef die de hele zomer?'

'Ja. Mijn broer had het altijd erg druk. De zomers waren een probleem voor hem; vandaar dat ik Marc dan meenam naar het kamp,' antwoordde Fèlix, terwijl hij zijn handen even vertwijfeld optilde. 'Maar ik snap nog steeds niet ...'

'Ik zal het u straks allemaal uitleggen, dat beloof ik u. Gaat u door, alstublieft.'

Héctor zei bij zichzelf dat hij tegenover een man zat die meer gewend was om te luisteren dan om te praten. En terwijl de priester hem strak aankeek, sloeg hij zijn blik geen moment neer.

'Hoe is Iris Alonso nu precies om het leven gekomen?' drong hij aan.

'Ze is verdronken in het zwembad.'

'Ja, dat zei u al. Was ze alleen? Moest ze plotseling overgeven? Was ze met haar hoofd tegen de rand van het zwembad gevallen?'

Fèlix zweeg. Misschien had hij geen zin om antwoord te geven, of misschien probeerde hij zich wel te herinneren hoe de gebeurtenissen waren verlopen.

'Het is allemaal al erg lang geleden, inspecteur. Ik ...'

'Zijn er dan zoveel kinderen verdronken terwijl u de leiding over dat zomerkamp had?'

'Nee! Natuurlijk niet!'

'Maar dan begrijp ik echt niet goed hoe u dit allemaal hebt kunnen vergeten.'

Het antwoord kwam recht uit zijn hart: 'Ik ben haar heus niet vergeten, inspecteur. Dat kan ik u verzekeren. Nadat ze was verdronken heb ik maandenlang aan niets anders gedacht. Ik had haar zelf uit het water gehaald en vervolgens had ik nog geprobeerd om haar kunstmatige ademhaling te geven, hartmassage, van alles ... Maar het was gewoon te laat.'

'Hoe had dat dan kunnen gebeuren?' vroeg Héctor op een duidelijk andere toon, wellicht omdat hij medelijden had gekregen met Fèlix, die een droevig gezicht trok.

'Iris was een vreemd meisje,' antwoordde hij met zijn blik op oneindig. 'Of misschien maakte ze wel een erg moeilijke periode door. Dat weet ik niet. Mijn vermogen om jongeren te begrijpen ben ik intussen allang kwijt.'

De priester glimlachte bitter en ging door met zijn verhaal zonder dat Héctor hem hoefde aan te sporen.

'Als ik het me goed herinner, was ze twaalf. Nog niet eens in de puberteit. Die zomer wist haar moeder niet wat ze met haar moest beginnen. De jaren daarvoor was Iris juist erg gelukkig geweest; ze deed volop met de andere kinderen mee. Ze zorgde zelfs voor Marc. Maar die zomer was het een en al geruzie met haar moeder en liep ze steeds met een kwaad gezicht rond omdat die haar om het minste of geringste strafte. En dan kwam er nog bij dat ze niet wilde eten. Uiteindelijk moest ik zelfs met haar moeder gaan praten om haar ertoe te bewegen wat minder streng te zijn.'

'Wilde Iris niet eten?'

'Dat zei haar moeder, en ze was inderdaad broodmager,' zei Fèlix, en terwijl hij het beeld weer voor zich zag van het dode meisje in het zwembad, liep er een koude rilling over zijn rug. 'Twee dagen voor ze verdronk was ze plotseling verdwenen. Lieve god! Dat was verschrikkelijk. We zochten haar overal, kamden midden in de nacht het hele bos uit. Ook de dorpsbewoners hielpen ons zoeken. Neemt u maar van me aan dat ik hemel en aarde bewogen heb om haar gezond en wel terug te kunnen brengen. Uiteindelijk vonden we haar in een grot waar we vaak naartoe wandelden.'

'Was ze ongedeerd?'

'Ja, ze had helemaal niets. Ze keek ons met een kille blik aan en zei dat ze niet terug wilde naar de boerderij. Ik moet toegeven dat ik op dat moment heel kwaad ben geworden. Ik was echt woedend. We moesten haar dwingen met ons mee terug te gaan. Onderweg toonde ze geen enkel berouw over wat ze had gedaan, en ze begreep ook niet waarom wij zo waren geschrokken. Kortom, ze gedroeg zich onverschillig en arrogant. En ik had schoon genoeg van haar, inspecteur. Ik heb haar naar haar kamer gestuurd met de boodschap dat ze straf had en dat ze er onder geen beding uit mocht komen. Ik zou haar zelfs hebben opgesloten als de deur een sleutel had gehad. Misschien vindt u dat overdreven, maar ik kan u verzekeren dat ik in al die uren dat we naar haar hadden gezocht voortdurend heb gebeden dat ze veilig zou terugkeren.' De geestelijke zweeg even. 'Maar zelfs tegenover haar moeder toonde ze geen berouw ... en dat terwijl die arme vrouw helemaal in zak en as zat.'

'En was er niemand die probeerde met haar te praten?'

'Haar moeder had inderdaad een poging gedaan. Maar dat was opnieuw op ruzie uitgelopen. Dat was op de avond voor ze verdronk.'

Fèlix' verhaal stemde op de belangrijkste punten overeen met wat Marc in zijn blog vertelde. Alleen het slot ontbrak en Héctor wilde dan ook graag het laatste deel nog horen.

'En wat is er daarna gebeurd?' vroeg hij.

De geestelijke sloeg zijn ogen neer. Iets wat op twijfel of op schuldgevoel leek, of op allebei, stond op zijn gezicht te lezen. Het duurde maar even, maar Héctor was er heel zeker van.

'Niemand weet precies wat er is gebeurd, inspecteur,' zei hij, terwijl hij Héctor recht aankeek in een poging oprechtheid uit te stralen. 'De volgende ochtend werd ik heel vroeg gewekt door het geschreeuw van een kind. Het duurde even voor ik doorhad dat het Marc was en daarop rende ik mijn kamer uit. Marc stond bij het zwembad en bleef maar schreeuwen.' Fèlix moest even slikken. 'Ik zag Iris in het zwembad drijven en sprong onmiddellijk het water in. Maar hoe ik ook probeerde haar te reanimeren, het was al te laat.'

'Was er nog iemand anders in het zwembad?'

'Nee. Alleen mijn neef en ik. Ik zei dat hij weg moest gaan maar hij gehoorzaamde niet. Ik wilde hem de aanblik van het dode lichaam van Iris besparen, dus bleef ik met haar in mijn armen in het water staan. Nog altijd zie ik zijn doodsbenauwde gezicht voor me.'

'En die poppen?'

'Hoe weet u dat?' vroeg de geestelijke terwijl hij duidelijk geschrokken over zijn kin streek. 'Het was ... sinister. Er dreven een stuk of tien poppen in het water.'

Kleine dode Irissen, herinnerde Héctor zich uit de blog van Marc. Hij wachtte even alvorens door te vragen.

'En wie had die in het zwembad gegooid?'

'Iris zelf, neem ik aan ...' antwoordde Fèlix, en ook al had hij steeds zijn uiterste best gedaan om niet in huilen uit te barsten, de tranen waren nu toch echt in zijn matte ogen te zien. 'Er zat iets niet goed met Iris, inspecteur. Ik wist niet wat, ondanks alles wat haar moeder me over haar vertelde. Het was te laat tot me doorgedrongen dat ze in de war was ... vreselijk in de war.'

'Wilt u soms beweren dat een kind van twaalf zelfmoord had gepleegd?'

'Nee, beslist niet!' zei hij vol overtuiging, en vooral als priester. 'Het moet een ongeluk zijn geweest. Ik had u al verteld dat Iris erg zwak was omdat ze heel weinig at. We vermoedden dat ze in de nacht met haar poppen naar het zwembad was gegaan en in het water was gevallen omdat ze onwel werd.'

'"We"? Wie waren er op dat moment dan nog meer in de boerderij?'

'Pas over drie dagen zou de volgende groep kinderen komen, dus de enigen in de boerderij waren Marc, de kokkin, haar dochters Iris en Inés, en ik. De begeleiders zouden diezelfde avond komen; sommigen van hen waren vaste krachten die de hele zomer werkten, anderen maar voor korte tijd. Die paar dagen dat er geen kinderen waren had ik de vaste krachten echter toestemming gegeven naar de stad te gaan. Jonge mensen kun je nou eenmaal niet de hele tijd in een kampeerboerderij opsluiten, inspecteur; dan vervelen ze zich dood.'

Héctor vermoedde dat Fèlix nog niet klaar was met zijn verhaal. Dat hij, nu hij eenmaal op dreef was gekomen, nog iets kwijt wilde. En inderdaad was dat het geval.

'Inspecteur, de moeder van Iris was een goede vrouw, die haar man al had verloren. Wanneer zij te horen had gekregen dat haar dochter zelfmoord had gepleegd, was dat ongetwijfeld de genadeklap voor haar geweest.'

'Zegt u me eindelijk eens de waarheid, eerwaarde,' zei Héctor behoorlijk fel. 'Vergeet u even dat u priester bent en laat de moeder van Iris hierbuiten.'

Fèlix Castells haalde diep adem en kneep zijn ogen samen. Toen hij Héctor weer aankeek, begon hij op gedempte toon maar zelfverzekerd te praten.

'Toen ik Iris de avond voordat we haar in het zwembad vonden een veeg uit de pan had gegegeven omdat ze was weggelopen, keek ze me heel ernstig aan en zei: "Ik had jullie anders helemaal niet gevraagd om me te komen zoeken." En toen ik haar opnieuw vertelde dat we allemaal erg geschrokken waren en dat het slecht van haar was om zomaar weg te lopen, glimlachte ze naar me en antwoordde op neerbuigende toon: "Jullie hebben er geen idee van hoe slecht ik kan zijn."'

Héctor zag vanwaar hij zat dat Leire Castro in de deuropening van het café verscheen.

'Wilt u nog meer kwijt, eerwaarde?'

'Nee. Het enige wat ik wil weten is wat dit er eigenlijk allemaal toe doet. Oude koeien uit de sloot halen heeft weinig zin.'

'Wist u dat uw neef Marc een blog had?'

'Nee. Ik weet niet eens precies wat dat is, inspecteur.'

'Een soort dagboek op internet. Daarin vertelt hij over Iris, over de dag dat hij haar in het zwembad vond.'

'Aha. Ik dacht dat hij dat allemaal al lang was vergeten. In elk geval heeft hij het er na die zomer nooit meer tegen mij over gehad.'

'Nou, toen hij in Dublin was, is het hem blijkbaar weer parten gaan spelen, want daar is hij erover gaan schrijven.'

Leire stond nog altijd bij de ingang van het café te wachten en

Héctor kwam al overeind om weg te gaan, toen de geestelijke onverwacht toch nog iets aan zijn verhaal toevoegde: 'Inspecteur ... Als u nog meer vragen hebt, kunt u daarmee bij commissaris Savall terecht.'

'Bij Savall?' vroeg Héctor stomverbaasd.

'In de tijd dat dit gebeurde was hij inspecteur in Lleida; dat lag vlak in de buurt van het dorp waar wij zaten. Hij heeft deze zaak afgehandeld.'

Héctor probeerde zijn verbazing zo goed mogelijk verborgen te houden en zei op nuchtere toon: 'Dat zal ik zeker doen. Nu moet ik gaan. Dank u wel voor uw medewerking.'

Fèlix Castells knikte.

'Mijn broer kan elk moment komen.'

'Goed, dan zien we elkaar dadelijk nog bij de Martí's. Tot zo.'

Toen Héctor naar Leire toe liep, zag hij dat ze schaamteloos naar de geestelijke staarde. In haar harde blik waren duidelijk achterdocht en boosheid te lezen. Hij begreep meteen dat ook zij intussen de blog van Marc gelezen moest hebben en dat ze, net als hij, de meest bange vermoedens had.

26

Nadat de misselijkheid die ze gewoonlijk 's morgens voelde was weggeëbd, en voor ze straks een bespreking met de commissaris zou hebben, had Leire die ochtend inderdaad de blog van Marc gelezen. En ze wist niet waarom, maar zijn verhaal had haar diep geraakt. Het was duidelijk dat ze veel gevoeliger was dan anders, zei ze bij zichzelf terwijl ze thuis achter haar computer zat. Ze verlangde ernaar dat er nu iemand bij haar was met wie ze haar gevoel van onrust kon delen, dat erop neerkwam dat ze zich heel vreemd voelde. Door het beeld van het blonde meisje, hetzelfde als op de zwart-witfoto, dat dood in het water dreef, was ze opnieuw misselijk geworden, en ze had zoveel woede en verdriet gevoeld dat ze zich afvroeg hoe ze daar overheen zou kunnen komen. De enige manier was om aan het werk te gaan, ook al was het eigenlijk haar vrije zaterdag. Thuis op een telefoontje van Tomás blijven zitten wachten, daar had ze al helemaal geen trek in.

Toen ze de vorige nacht was thuisgekomen had ze een briefje van hem gevonden: *Je blijft wel erg lang weg ... een paar collega's hebben me gebeld en ik ga met hen een borrel drinken. Ik zie je morgen. T.* T? Alsof ze die avond een nummertje had gemaakt met de eerste de beste – Tirso, Tadeo of Tomás ... Die vreselijke manie van hem om overal en altijd met die T te komen aanzetten begon haar flink te irriteren. En het idee dat ze zich nu in dat lege huis zou gaan zitten aftobben over hoe ze hem moest vertellen dat ze zwanger was, irriteerde haar dat zelfs nog meer. Ook al wist ze dat ze niet helemaal gelijk had, haar irritatie werd er niets minder om.

Vandaar dat ze toen ze bij de ingang van het café stond en Héctor op haar af kwam, nadat hij afscheid had genomen van een duidelijk geschrokken Fèlix Castells, precies wist wat hij dacht. Namelijk dat hij een vreselijke hekel had aan verhalen over pastoors en kleine meisjes.

'Kom, laten we naar de Martí's gaan,' zei Héctor. 'Heb je slecht geslapen? Je ziet er in elk geval niet best uit.'

'De hitte,' loog ze. 'Gaan we al?'

'Ja.'

'Mooi overhemd hebt u aan,' zei Leire terwijl ze de straat overstaken, en ze verbaasde zich erover dat hij een rode kleur kreeg.

Salvador Martí deed open en even dacht Leire dat hij hun opnieuw de deur zou wijzen. Hij deed echter beleefd een stap opzij om hen zwijgend te laten passeren. In de woonkamer waren stemmen te horen, maar Salvador Martí nam hen vreemd genoeg mee de trap op naar de bovenverdieping, waar de slaapkamers waren. Ze volgden hem en toen hij op de deur van Regina's kamer klopte en naar binnen ging, wachtten ze op de overloop. Even later kwam hij weer naar buiten.

'Mijn vrouw is bereid met u te praten, inspecteur. Onder vier ogen.'

Héctor knikte.

'Agent Castro zal ondertussen Gina's kamer nog een keer onderzoeken. Misschien hebben we gisteren iets over het hoofd gezien.'

Salvador Martí haalde zijn schouders op.

'U weet waar die is. Als iemand van u me nodig heeft, dan ben ik beneden,' zei hij, en hij liep de trap af. Na een paar treden bleef hij echter staan en draaide zich om: 'De telefoon staat roodgloeiend. Ook zijn er al mensen langs geweest om condoleances aan te bieden. Maar Regina wil niemand zien en ik weet niet wat ik moet zeggen.'

Met zijn afhangende schouders en matte gezicht zag Salvador Martí er volkomen verslagen uit. Hij schudde zijn hoofd zonder iemand aan te kijken en daalde langzaam verder de trap af.

Regina, in het zwart gekleed, zat voor het raam, naast een tafeltje waarop een ontbijt stond, dat ze evenwel niet had aangeraakt. Het verschil met de stralende, drukke en zomers geklede Regina van een paar dagen geleden kon niet groter zijn. Desalniettemin leek er een vreemde kalmte bezit van haar te hebben genomen. Ongetwijfeld door de valium, dacht Héctor.

'Mevrouw Ballester, ik vind het erg vervelend om u in deze omstandigheden lastig te moeten vallen.'

Ze keek hem aan alsof ze hem niet begreep en wees naar de lege stoel aan de andere kant van het tafeltje.

'Uw man had me gezegd dat u met me wilde praten.'

'Inderdaad. Ik moet u iets vertellen,' antwoordde ze traag, alsof het haar moeite kostte de juiste woorden te vinden. En vervolgens zei ze enigszins weifelend: 'U gelooft vast dat Gina Marc heeft vermoord.'

'Het is nog veel te vroeg om zoiets te kunnen beweren.'

Regina maakte een beweging met haar hoofd die van alles en nog wat kon betekenen. Vermoeidheid, ongeloof, berusting.

'Mijn Gina zou zoiets nooit doen,' zei ze nadrukkelijk maar zonder enige emotie. 'Wat er ook beweerd mag worden, daar ben ik zeker van.'

'En wie beweert dat dan?'

'Iedereen ... Dat kan niet anders.'

'De mensen praten om maar wat te praten te hebben,' zei Héctor terwijl hij zich naar haar toe boog. 'Wat mij interesseert is wat u zelf denkt.'

'Mijn Gina heeft niemand vermoord,' zei ze weer.

'Ook zichzelf niet?' vroeg Héctor en die vraag zou grof zijn geweest als hij hem niet op zo'n vriendelijke manier had gesteld.

Regina Ballester leek diep over het antwoord na te denken.

'Ik weet het niet,' antwoordde ze uiteindelijk. Ze sloot haar ogen, en omdat Héctor dacht dat hij haar maar beter niet verder onder druk kon zetten, maakte hij aanstalten om op te staan. 'Gaat u nog niet weg. Ik moet u iets vertellen. Hier en onder vier ogen. Ik wil hem niet nog meer pijn doen.'

'Wie bedoelt u?'

'Salvador,' antwoordde ze.

En vervolgens begon Regina met een trillende stem – die Héctor aan die van Gina deed denken – te bekennen wat er tussen haar en Aleix Rovira was voorgevallen, alsof hij een pastoor was die de biecht afnam.

Aleix was een paar minuten na Leire en Héctor aangekomen en zat nu in de woonkamer, waar zijn vader hem streng aankeek. Salvador Martí zat op de bank en de stilte, die slechts zo nu en dan werd onderbroken door op fluistertoon gestelde vragen van mevrouw Rovira, was bijna ondraaglijk. Godzijdank was Regina nergens te bekennen en Aleix, die niet wist dat er politie in huis was, dacht dat ze lag te slapen. Toen er opnieuw werd aangebeld, trok Salvador Martí zo'n geërgerd gezicht dat mevrouw Rovira hoogstpersoonlijk opstond om open te doen. Haar man maakte van de gelegenheid gebruik om zijn zoons te gebaren dat het de hoogste tijd was om te vertrekken en stond op. Precies op dat moment kwamen Enric Castells en zijn broer binnen. Glòria was in de hal blijven staan smoezen met mevrouw Rovira. Het was duidelijk dat ze naar Regina vroeg, want voor haar was ze tenslotte gekomen. Aleix bedacht dat dit zijn enige kans was om ongezien naar de kamer van Gina te glippen, en terwijl Enric Salvador Martí begroette en zijn broer Fèlix Edu, sloop hij tussen zijn moeder en Glòria door, mompelend dat hij naar de wc moest.

Hij klauterde snel de trap op en liep regelrecht naar de kamer van Gina. De deur zat dicht en zonder nadenken duwde hij hem open. Hij stond perplex toen hij daar Leire aantrof.

'Sorry,' stamelde Aleix. 'Ik zocht de wc ...'

Leire doorboorde hem met haar blik.

'Kom op, Aleix,' zei ze, op een manier waaruit duidelijk bleek dat ze er geen snars van geloofde. 'Je bent hier ik weet niet hoe vaak geweest ... Wat kwam je hier zoeken?'

'Niets,' zei hij met een droevige glimlach, zo'n glimlach waarin hij een meester was en die hij vaak had gebruikt tegenover zijn moeder of de verpleegsters, en in het algemeen tegenover alle vrouwen die een zeker gezag hadden. En tenslotte was Leire een agente, of niet soms? 'Nou ja, ik wilde de kamer van Gina nog een keer zien. Me haar voorstellen terwijl ik hierbinnen ben.'

Je gelooft het zelf, dacht Leire. En nu hij eenmaal voor haar stond zou hij daar niet zo gemakkelijk mee wegkomen.

'Wanneer heb je haar voor het laatst gezien?'

'De avond dat u en de inspecteur met haar hebben gepraat.'

'Heb je haar daarna niet meer gesproken?'

'Wel gechat. Diezelfde avond nog, als ik me niet vergis.'

'Was ze somber? Verdrietig?'

'Natuurlijk was ze verdrietig. Maar ik had echt nooit gedacht dat ze ... zoiets zou doen.'

'Nee?'

'Nee.'

'Ze was erg verliefd op Marc, hè?'

Aleix keek om en sloot de deur. Vervolgens ging hij op het bed zitten en onwillekeurig keek hij naar de doos waarin de knuffels zaten.

'Arme Gina, uiteindelijk had ze al haar knuffels weggehaald ...'

Zijn droevige glimlach van daarnet had Leire niet overtuigd, maar de tederheid die zijn gezicht nu uitstraalde kon niet gespeeld zijn. En als dat wel zo was, verdiende Aleix dik een Oscar.

'Ja,' antwoordde hij ten slotte. 'Ze was smoorverliefd op Marc. Al vanaf dat ze hem kende.' Hij glimlachte oprecht.

'Maar hij beantwoordde haar liefde niet?'

Aleix schudde zijn hoofd. En Leire vroeg door: 'Hij had in Dublin een meisje leren kennen, hè?'

'Ja. Een Spaans meisje dat daar studeerde. Dat was iets vreselijks voor Gina.'

'Vreselijk genoeg om hem uit het raam te duwen?'

Aleix wierp haar een geërgerde blik toe.

'Gina was dronken die avond, agent. Zijzelf zou nog eerder uit het raam zijn gevallen ... Het is echt belachelijk om zoiets te denken.'

De zelfverzekerdheid waarmee Aleix dat zei klonk voor Leire volkomen overtuigend. Ze dacht zelf trouwens hetzelfde.

'Waar denk jij dan dat ze het over heeft in het bericht dat ze op haar computer had achtergelaten?' vroeg Leire terwijl ze een velletje papier tevoorschijn haalde en hardop het bericht van Gina begon voor te lezen. Ondertussen keek ze vanuit een ooghoek naar Aleix en ze meende iets van een schuldgevoel op zijn gezicht te bespeuren.

'Ik weet het echt niet,' antwoordde hij. Hij stond op en liep naar Leire toe. 'Mag ik het lezen?'

Leire gaf hem het papier. De uitdrukking op Aleix' gezicht veranderde eerst van verbazing in ongeloof en vervolgens in een soort angst.

'Heeft ze dat letterlijk zo opgeschreven? Zoals het hier staat?' mompelde hij.

'Inderdaad. Ik heb het letterlijk gekopieerd.'

Aleix stond op het punt iets te zeggen, maar zweeg uiteindelijk. Daarop klonk de stem van zijn vader, die hem onder aan de trap riep.

'Ik moet gaan,' zei hij, waarop hij er enigszins uitdagend aan toevoegde: 'Wilt u me maandag ook nog spreken op het politiebureau?'

'Inderdaad.'

'Nou, tot maandag dan maar.'

Aleix ging haastig naar buiten en Leire las het bericht van Gina nog een keer aandachtig door. Er was iets wat hun ontging, dat wist ze zeker. En ze popelde om het daar met Héctor over te hebben.

27

Na de regen van de vorige dag nam de zon vreselijk wraak door de stad al vanaf 's morgens vroeg te geselen. Zelfs met de ramen en de balkondeur open was het niet om uit te houden, vond Carmen, terwijl ze met een stuk keukenpapier het zweet van haar voorhoofd veegde. En dat terwijl ze van jongs af aan altijd al dol was geweest op de zomer, maar deze verschrikkelijke zon die alles verzengde, je de hele dag in het zweet liet baden en je humeur verpestte, was iets heel anders. Ze schonk een glas koud water in uit een karaf en dronk dat langzaam, slokje voor slokje, op. Ze keerde zich om en zette de muziek af waarnaar ze aan het luisteren was; zelfs daar kreeg ze het warm van. Ze had de raad van de sympathieke jongeman moeten opvolgen die een paar weken geleden bij haar aan de deur was gekomen om een airco-installatie te verkopen. Carmen had aandachtig naar zijn verhaal geluisterd en had zelfs een nieuwe afspraak met hem gemaakt, maar uiteindelijk had ze zich toch niet laten overhalen. Die moderne apparaten maakten haar alleen maar zenuwachtig. Nu maakte ze zich echter verwijten en zei bij zichzelf dat ze niet zo stom had moeten zijn.

Het koude water verfriste haar, in elk geval voldoende om haar op te beuren en met de gazpacho verder te gaan die ze aan het bereiden was. Dat was eigenlijk het enige wat ze in de zomer lustte: een beker heerlijke koude gazpacho. Toen ze klaar was zette ze de gazpacho in het vriesvak en ruimde de keuken op. Nou, dat zit erop, dacht ze lusteloos. Nu hoefde ze niets meer te doen. Het enige wat haar restte was een ellenlange, bloedhete dag. Ze liep naar het balkon, maar stapte er uiteindelijk toch niet op, want op dat tijdstip stond het volop in de zon. Wat was deze buurt toch veranderd ... Het was nu veel beter dan eerst, dacht ze. Ze had nooit last gehad van valse weemoed. Vroeger was niet alles beter, hoewel meestal wel leuker. Dat was het vervelende van ouder worden, die eindeloze uren die je zelfs met televisie en tijdschriften niet gevuld kreeg. Vroeger had ze nog aanspraak gehad omdat Ruth en Guillermo hier in huis woonden. Dat kind had tenminste vrolijkheid gebracht. Altijd wanneer Carmen aan hem dacht, aan dat jongetje voor wie ze een oma was geweest, moest ze aan haar eigen zoon denken. Hoe lang was het al geleden dat ze iets van hem had gehoord. Vier jaar? Vijf? In elk geval had hij haar niet meer opnieuw om geld gevraagd; daar had Héctor voor gezorgd. Héctor ... Arme Héctor! Niet dat ze Ruth iets kwalijk nam – nee, helemaal niet. Aan elk huwelijk mankeerde wel wat en als ze na zoveel jaar was vertrokken, zou dat wel zijn redenen hebben. Maar mannen konden niet alleen leven. Dat stond als een paal boven water, hier of waar ook ter wereld. In de twintigste en in de eenentwintigste eeuw. Ze aten niet eens behoorlijk.

Plotseling kreeg ze een idee, en hoewel ze er niet helemaal gerust op was, besloot ze het toch te doen. Héctor zou het vast niet erg vinden als ze zijn huis in ging. Ze liep naar de keuken en goot de helft van de gazpacho in een kan, pakte de sleutel van Héctors woning en ging naar buiten. Toen ze de trap zag, stond ze even op het punt om om te keren, maar deels gedreven door de wens iets goeds te doen en deels uit verveling, klom ze toch met de kan in haar hand omhoog. De trap rook vreemd, vond ze, toen ze op de tweede verdieping was. Naar vocht of naar verrotting. Hoewel haar reukvermogen met de jaren was verslechterd, was het overduidelijk dat daar iets lag te rotten. Dat was al eens eerder gebeurd: een muis of zoiets die in de lege woning binnendrong en daar dan doodging. Langzaam – ze had tenslotte helemaal geen haast – klom ze verder de trap op tot aan de deur van de derde verdieping. Even later, terwijl ze zich een beetje een indringster voelde, stond ze binnen.

Omdat de woning praktisch dezelfde indeling had als de hare, deed ze het licht niet aan, hoewel de rolgordijnen naar beneden waren, en ze liep regelrecht naar de keuken. De ijskast, die volkomen leeg was, nam de kan met een tevreden gebrom in ontvangst. Carmen liep de keuken alweer uit toen ze in de slaapkamer een geluid hoorde. Alsof de deur plotseling was dichtgeslagen door de wind. Maar het tochtte helemaal niet, zei ze bij zichzelf. Alle ramen zaten immers potdicht. Nieuwsgierig geworden liep ze de woonkamer door naar de deur van de slaapkamer. Die zat inderdaad dicht. Langzaam draaide ze aan de knop en ze gaf de deur vervolgens een duwtje met haar voet, waardoor hij helemaal openzwaaide.

Met haar voet stootte ze tegen iets hards, maar ze kon niet zien wat het was. Er viel namelijk nauwelijks licht door de kieren van de rolgordijnen. Maar toen ze haar hand uitstak om de lamp aan te knippen voelde ze in plaats van het plastic van de lichtknop een hand. Onmiddellijk trok ze haar hand terug, in het besef dat er iemand in de kamer was, tegelijkertijd totaal verlamd door de schrik. Ze bleef doodstil staan, terwijl ze een donkere gestalte zag opduiken uit de duisternis. Als ze had gekund, zou ze hebben gegild, hoe zinloos dat ook was, maar ze kon gewoon geen enkel geluid uitbrengen en bleef als aan de grond genageld staan.

In een naïeve poging zich te beschermen tegen de donkere gestalte die met een lange staaf in zijn hand op haar af kwam, sloot ze haar ogen en stak een arm voor zich uit. De eerste klap trof haar op haar schouder, en kreunend van de pijn liet ze haar arm zakken. De tweede trof haar op haar hoofd, en alles werd zwart voor haar ogen.

28

Nadat Héctor en Leire bij de Martí's waren vertrokken, liepen ze tegen de muur van hitte aan die Barcelona in haar greep hield. Het was opnieuw een bloedhete, wolkeloze dag. Zo'n dag met een strakblauwe lucht, zo'n dag waarop de stad baadde in zonlicht, alsof het een film in technicolor was waarin alleen toeristen meespeelden die bermuda's en petten droegen en gewapend waren met camera's en plattegronden. Terwijl ze door het centrum slenterden, dacht Héctor aan de laatste momenten bij de Martí's: de Rovira's, inclusief Aleix, waren eerder dan zij weggegaan, evenals de Castells. Het was overduidelijk dat niemand zich op zijn gemak voelde. Salvador Martí leek de enige te zijn die niet doorhad dat met elke condoleance, met elk 'Het spijt me' ook een verdenking werd gesuggereerd. De schuinse blikken van Glòria en mevrouw Rovira, en de overdreven manier waarop Enric Castells zijn hand drukte spraken boekdelen. Regina, van haar kant, had niet uit haar kamer willen komen en al evenmin iemand willen ontvangen, zelfs niet toen mevrouw Rovira en Glòria op haar deur hadden geklopt.

De terrasjes lagen er aanlokkelijk bij, ook al wisten Héctor en Leire dat het om die tijd eigenlijk alleen binnen, waar de airco's op volle toeren draaiden, aangenaam was. Maar op een terrasje zou het hun ongetwijfeld iets gemakkelijker vallen om over de laatste ontwikkelingen in deze zaak te praten. Toen ze eenmaal aan een tafeltje zaten met een ijskoffie voor zich, bracht Héctor Leire op de hoogte van zijn gesprekken met Fèlix Castells en Regina Ballester, hoewel hij haar uit voorzichtigheid niet vertelde dat daarbij de naam van commissaris Savall gevallen was. Zij vertelde hem over haar gesprek met Aleix Rovira en de indruk die ze daarbij had gekregen, zoals eerder met Gina, dat hij iets belangrijks achterhield.

'Heb je in de gaten dat alle sporen in deze zaak naar twee namen leiden?' vroeg Héctor toen ze klaar was met haar verhaal. 'Alsof we ons binnen de assen van een coördinatenstelsel bewegen: op de ene as Aleix, de vriend van iedereen, de minnaar van Regina, en een gewiekste manipulator; op de andere die Iris ... ook al is ze dan dood.'

Leire knikte. Ondanks de hitte draaide haar brein op volle toeren.

'Er is iets vreemds. Marc herinnerde zich dit opeens allemaal toen hij in Dublin was. Waarom zou dat zijn? En wie stuurde dat e-mailtje aan Joana Vidal?'

Héctor had wel een vaag vermoeden hoe de vork in de steel zat.

'Iris Alonso had een jongere zus. Inés heet ze, geloof ik,' zei hij met een diepe zucht, die grote ergernis verraadde. 'Morgen zal dat wel duidelijk worden. Vandaag moeten we ons op de andere as concentreren.'

'Aleix,' zei Leire en ze dacht even na voordat ze verderging. 'Het is duidelijk dat als hij gistermiddag samen met Regina was, zoals zijzelf heeft bekend, hij nooit naar Gina's huis heeft kunnen gaan.'

De inspecteur knikte.

'Weet je, het meest vervelende van deze zaak is dat ik me gewoon niet kan voorstellen dat een van de verdachten een moordenaar is. Ze zijn stuk voor stuk te beschaafd, te welopgevoed, te bezorgd over hoe ze op anderen overkomen. Als een van hen eerst Marc heeft vermoord en vervolgens Gina, dan moet hij wel een heel sterke drijfveer hebben gehad. Een diepe haat of een verschrikkelijke, onbeheersbare angst.'

'Wat ons opnieuw bij Iris brengt ... Als zij eenvoudigweg in het zwembad is verdronken, als haar dood slechts een ongeluk was, zou dit allemaal volkomen absurd zijn,' zei Leire, terwijl ze het geschrokken gezicht van de eerwaarde Castells in het café weer voor zich zag. 'Maar het enige wat we daarover weten heeft de priester ons verteld.'

Héctor keek haar recht aan.

'Ik weet wat je denkt, maar ik geloof dat we geen overhaaste conclusies moeten trekken.'

'Hebt u de rest van Marcs blog ook gelezen, inspecteur? In zijn laatste teksten heeft hij het voortdurend over gerechtigheid, dat het doel de middelen heiligt, dat het niet lang meer zal duren voor de waarheid aan het licht komt.'

'En in zijn laatste e-mail aan zijn moeder vertelde hij dat hij iets belangrijks moest regelen in Barcelona. Een probleem dat moest worden opgelost. Iets wat vast en zeker met de dood van Iris te maken heeft.'

'Toen u het net had over de assen van een coördinatenstelsel, geloof ik dat u er een vergat: de as die precies door het midden loopt. De enige naam die in beide zaken opduikt,' zei Leire op hardvochtige, kille toon. 'Die van de eerwaarde Fèlix Castells.'

Ongetwijfeld had ze gelijk, dacht Héctor. En de indruk dat de priester iets achterhield, die hij eerder tijdens het gesprek had gekregen, kwam nu met nog meer kracht terug.

'Als hij hier echt bij betrokken is, kan deze zaak nog weleens heel ernstig worden.'

'Ziet u het dan niet?' zei Leire. 'Alle symptomen waarvan Iris blijk gaf – de anorexia, de plotselinge verandering van haar karakter – passen naadloos in het beeld van iemand die het slachtoffer is geworden van seksueel misbruik. Marc was die zomer nog een kind, maar misschien is hij er in Dublin, om welke reden dan ook, over gaan nadenken en heeft hij uiteindelijk dezelfde conclusie getrokken als wij nu.'

Héctor maakte Leires redenering af: 'En hij is naar Barcelona gekomen om de waarheid te onthullen. Maar hoe? Heeft hij zijn oom soms openlijk beschuldigd?'

'Misschien wel. Misschien heeft hij hem opgezocht. En misschien is de eerwaarde Castells daar zo van geschrokken dat hij besloot zijn neef uit de weg te ruimen.'

De logica van deze redenering was overweldigend. Maar die liet zoals gewoonlijk gevoelens buiten beschouwing.

'We mogen niet vergeten dat ze veel van elkaar hielden,' bracht Héctor tegen Leires theorie in. 'Marc zag zijn vader bijna nooit, en ik kan je uit eigen ervaring zeggen dat dat erg veel voor een kind betekent, en uiteindelijk probeerden ze hem op te nemen in een onecht gezin waarin hij een figurantenrol mocht spelen. Zijn oom was voor hem een soort surrogaatmoeder. Hij moest dus wel erg zeker van zijn zaak zijn om hem te durven beschuldigen. Bovendien hield Fèlix Castells van zijn neef alsof hij zijn eigen zoon was. Dat weet ik heel zeker. Hij had voor hem gezorgd en hem opgevoed ... En je eigen zoon, die vermoord je niet zomaar, wat hij ook doet.'

'Ook niet om je eigen hachje te redden?'

'Nee, zelfs daarom niet.'

Leire en Héctor verzonken allebei in hun eigen gedachten. Héctor begreep dat het niet veel zou oplossen om alleen maar met Leire over deze zaak te brainstormen. Hij moest zo snel mogelijk met commissaris Savall praten over hoe indertijd het onderzoek naar de dood van Iris was verlopen. Leire daarentegen werd in een draaikolk van gedachten meegesleurd. Een afwezige vader, seksuele relaties tussen familieleden ... Het werd haar allemaal een beetje te veel, en ze verlangde er dan ook plotseling heel erg naar om Tomás te zien.

'Ik moet even een paar persoonlijke dingen regelen,' zei Héctor plots tot Leires opluchting.

'Prima, ik ook,' mompelde ze bijna onverstaanbaar.

'Maar ik zou wel graag willen dat je vanmiddag iets voor me doet,' zei Héctor, en terwijl hij zijn stem dempte legde hij haar zijn plan uit.

Onderinspecteur Andreu genoot volstrekt niet van die zonnige zaterdag. Toen ze opstond had ze al een slecht humeur: ze had bijna niet kunnen slapen omdat ze steeds aan haar ontmoeting in het park met de angstige buurvrouw van dokter Omar had moeten denken. Ze had haar twijfel echter niet uit de weg kunnen ruimen en toen ze opstond had die haar zelfs met verdubbelde kracht opnieuw overvallen. Vervolgens had ze ook nog eens ruzie met haar man gekregen, iets waar ze een vreselijke hekel aan had en wat haar bijna nooit overkwam, en ook al waren ze allebei kwaad, ze besloot toch om de vragen die haar parten bleven spelen zo snel mogelijk op te helderen. En hoewel ze Héctor Salgado meer waardeerde dan wie ook van haar collega's – of misschien wel precies daarom –, moest ze dit tot op de bodem uitzoeken.

Ze beschikte slechts over één spoor dat ze kon volgen voordat ze de confrontatie met Héctor aanging en hem op de man af kon vragen of hij bij Omar op bezoek was geweest op de middag van zijn verdwijning, zoals die Rosa beweerde. Het was erg onzeker, maar ze wilde het toch proberen. Het ging om die vervloekte varkenskop. Die was geleverd door een slagerij in de buurt, die de sinistere dokter wel vaker van dat soort delicatessen had voorzien. Misschien dat hij de kop, zoals altijd, ook deze keer zelf had besteld. Of misschien ook niet ... En toen ze de deur van de slagerij openduwde, vlak bij het huis van de dokter, hoopte ze van harte dat het inderdaad Omar zelf was geweest die die weerzinwekkende bestelling had gedaan.

Er waren geen klanten in de winkel, wat Martina niet erg verbaasde. Tenslotte was het zaterdagmiddag en te warm om boodschappen te doen. Daar stond ze dan met haar vraag over een varkenskop, iets wat haar moeder ongetwijfeld als waardeloos afval beschouwde. Aan de andere kant van de toonbank keek een dikke kerel met een schort voor dat ooit wit moest zijn geweest haar glimlachend aan. Een welwillende welkomstgroet, die onmiddellijk als sneeuw voor de zon verdween toen bleek dat ze nu niet bepaald kwam om haar vrieskast met karbonades te vullen.

'Daar is de politie al eerder naar komen vragen,' antwoordde de slager nors. 'Wat wilt u dat ik u zeg? Als iemand een varkenskop komt bestellen, dan lever ik die natuurlijk. Wat hij daarna met die kop uitspookt gaat mij niets aan.'

'Natuurlijk. Maar er zullen toch ook niet erg veel varkenskoppen bij u zijn besteld, of wel? Ik bedoel dat u die niet zo in de winkel hebt staan om te verkopen ...'

'Een hele varkenskop natuurlijk niet. Hoewel u zult begrijpen dat alles van het varken wordt gebruikt,' preciseerde de man trots.

'Kwam dokter Omar ze zelf in de winkel bestellen, of deed hij dat telefonisch?'

'In het begin kwam hij zelf. Later bestelde hij per telefoon.'

Op dat moment kwam er een knul van een jaar of vijftien – het exacte evenbeeld van de slager, maar dan een stuk kleiner – uit een deur achter de toonbank tevoorschijn.

'Mijn zoon bracht de bestellingen naar de dokter toe, hè, Jordi? We zijn maar een kleine winkel, mevrouw, en we moeten onze klanten tevreden houden.'

En een beetje beter opletten, dacht Martina.

'Wie had de bestelling die keer afgehandeld, u of uw zoon?'

'Ik,' antwoordde de knul.

'Weet je nog wanneer er werd gebeld?'

'Zo'n twee of drie dagen van tevoren, geloof ik,' zei de jongen, die er niet al te slim uitzag en al evenmin veel belangstelling had voor het gesprek. Maar plotseling leek hij zich toch iets te herinneren: 'Die keer belde de dokter niet zelf.'

'O nee?' vroeg Martina, terwijl ze probeerde kalm over te komen. 'En wie was het dan wel?'

De knul haalde zijn schouders op, terwijl hij met halfopen mond bleef staan. Martina kwam even in de verleiding om die stompzinnige uitdrukking van zijn gezicht te meppen. Maar in plaats daarvan glimlachte ze hem toe en vroeg: 'Was het zijn assistent soms?' Hoewel ze helemaal niet wist of Omar een assistent had, maar het was het enige wat haar op dat moment inviel.

'Geen idee,' antwoordde de knul, die zijn best deed zich iets te herinneren, waarbij zijn mond nog een stukje verder openviel.

'Wat zei hij tegen je? Dat is belangrijk, weet je.'

'Nou, hetzelfde als altijd.'

Martina beet ongeduldig op haar onderlip, maar iets in haar gezicht maakte dat de slagersjongen doorging met zijn verhaal.

'Het was een man. Hij zei dat hij namens dokter Omar belde, en dat hij dinsdag aan het eind van de middag een varkenskop thuisbezorgd wilde krijgen.'

'En dat heb je gedaan?'

'Natuurlijk. Ik heb die kop zelf naar zijn huis gebracht.'

'Heb je Omar toen gezien?'

De knul schudde zijn hoofd.

'Nee, dezelfde man die had gebeld zei dat de dokter het erg druk had. Dat hij veel patiënten op bezoek had.'

'Hoe weet je dat het dezelfde man was?'

De knul leek erg verbaasd te zijn over deze vraag.

'Wie kon het anders zijn?' antwoordde hij, maar toen hij zag dat de strenge politieagente niet tevreden was met zijn antwoord, kwam hij met een belangrijk detail op de proppen: 'Ze hadden hetzelfde accent.'

'Wat voor accent?'

'Zuid-Amerikaans. Hoewel ... niet helemaal.'

Martina moest zich echt inhouden om de knul niet met een paar flinke klappen tot een duidelijk antwoord te dwingen.

'Denk eens goed na,' zei ze erg vriendelijk en ze probeerde hem op weg te helpen: 'Praatte hij als Ronaldinho of als Messi?'

Op slag wist de slagersjongen het weer en hij glimlachte als een gelukkig kind.

'Precies! Als Messi!' riep hij en ongetwijfeld zou hij er een 'Viva Barça!' aan hebben toegevoegd als Martina hem niet met zo'n vernietigende blik had aangekeken.

29

Een verbaasde Lluís Savall deed de deur van zijn woning open, een luxeappartement in de buurt van het stadion van Barcelona. Een inspecteur thuis op bezoek krijgen, op zaterdag en rond etenstijd, had nou niet bepaald de voorkeur van de commissaris, maar toen Héctor hem belde had hij iets in zijn stem bespeurd waardoor hij erg nieuwsgierig was geworden, zodat hij uiteindelijk met het bezoek had ingestemd. Trouwens, zijn dochters waren niet thuis en zijn vrouw was met een vriendin naar het strand en zou pas laat terugkomen. De commissaris had dus het rijk alleen en had een groot deel van de ochtend aan een puzzel van vijfduizend stukjes zitten werken, waarvan hij er nog meer dan duizend moest leggen. Puzzels leggen was zijn favoriete hobby, even onschuldig als rustgevend, en zowel zijn vrouw als zijn dochters stimuleerden hem daarin door hem de ene puzzel na de andere cadeau te geven, liefst zo ingewikkeld mogelijk. De puzzel die hij nu onder handen had was een foto van de Sagrada Familia, maar voorlopig was de puzzel dus even onaf als de echte kathedraal.

'Wil je iets drinken? Een biertje?' vroeg Savall.

'Nee, dank je. Lluís, het spijt me echt dat ik je vandaag lastig moet vallen.'

'Ach, ik heb toch niet zoveel te doen,' antwoordde de commissaris, terwijl hij met een lichte weemoed aan zijn puzzel dacht. 'Maar blijf niet staan, neem een stoel. Ik ga een biertje voor mezelf halen. Weet je zeker dat jij niet wilt?'

'Ja.'

Héctor ging in een leunstoel zitten en dacht erover na hoe hij deze netelige kwestie aan de orde zou stellen. Savall kwam meteen weer terug met twee blikjes bier en twee glazen. Terwijl hij voor hem zat, na uiteindelijk toch een biertje te hebben geaccepteerd, bedacht hij dat iemand in een leidinggevende positie eigenlijk nooit een korte broek zou moeten dragen.

'Wat brengt je hier?' vroeg de commissaris. 'Zijn er nieuwe ont-wikkelingen in verband met de dood van dat meisje?'

'Gina Martí, bedoel je?' vroeg Héctor, die vervolgens zijn hoofd schudde. 'We hebben het rapport van de lijkschouwing nog niet binnen, dus daar valt nog weinig over te zeggen.'

'Oké. Maar wat is er dan aan de hand?'

'Ik wilde je vandaag niet over werk spreken,' zei Héctor, terwijl hij kwaad werd op zichzelf omdat hij om de hete brij heen bleef draai-en. Ten slotte hakte hij de knoop door en vroeg de commissaris op de man af: 'Waarom had je me niet verteld dat je de Castells al kende?'

De vraag klonk als een beschuldiging en Savalls humeur sloeg dan ook onmiddellijk om.

'Ik had je toch verteld dat ik bevriend was met Joana, of niet?'

'Ja, dat weet ik, maar je had me niet verteld dat je eerder al een zaak in verband met de Castells had afgehandeld,' zei Héctor, en hij vroeg zich af of hij de naam van Fèlix moest laten vallen of dat de commissaris al zou weten waar hij het over had. Voor de zekerheid besloot hij wat concreter te zijn: 'Jaren geleden is er tijdens een zo-merkamp een meisje verdronken. De directeur, of hoe zo iemand ook wordt genoemd, was Fèlix Castells.'

Savall zou er makkelijk onderuit hebben kunnen komen door net te doen alsof hij het vergeten was, of dat hij die twee zaken, waar intussen alweer dertien jaar tussen lag, niet met elkaar in verband had gebracht. En waarschijnlijk zou Héctor hem geloofd hebben. Maar in zijn ogen stond duidelijk iets anders te lezen, iets wat zowel Héctor als hij wist: de zaak van Iris Alonso, het meisje dat was verdronken tussen haar poppen, was niet iets wat je zo-maar vergat.

'Hoe heette dat meisje ook alweer ...'

'Iris.'

'Ja, precies. Een ongewone naam in die tijd,' zei de commissaris terwijl hij zijn glas op de salontafel zette. 'Heb je een sigaret voor me?'

'Natuurlijk. Ik wist niet dat je rookte.'

'Alleen af en toe.'

Héctor gaf hem een sigaret en vuur, en stak er zelf ook een op. Hij wachtte tot de commissaris van wal zou steken. Intussen vormde de rook van hun sigaretten een dikke, witte wolk.

'Ik moet straks niet vergeten om te luchten,' zei Savall, 'anders wordt Helena weer woedend.'

'Wat herinner je je nog van die zaak?' drong Héctor aan.

'Erg weinig, Héctor. Erg weinig,' antwoordde hij en aan zijn blik was duidelijk te zien dat het weinige dat hij zich wel herinnerde niet bepaald aangenaam was. 'Maar waarom kom je hier nu mee aanzetten? Heeft dit dan iets te maken met de dood van de zoon van Joana?'

'Dat weet ik niet. Misschien kun jij me dat vertellen.'

'Ik herinner me hem nog goed. Marc, bedoel ik. Hij was nog heel klein en vreselijk onder de indruk. Diep geschokt.'

'Hij had haar gevonden, toch?'

Savall knikte, zonder te vragen hoe Héctor dat wist.

'Ja, dat is me verteld,' antwoordde hij, waarbij hij zijn hoofd afkeurend heen en weer bewoog. 'Kinderen zouden dat soort dingen eigenlijk niet moeten zien.'

'Nee. En ze zouden eigenlijk ook niet moeten verdrinken.'

De commissaris keek Héctor schuins aan en zijn gezicht, waaraan eerst duidelijk te zien was geweest dat hij zich opgelaten en ongemakkelijk voelde, stond plotseling heel streng.

'Dat soort opmerkingen laat je maar achterwege. Vraag me maar gewoon direct wat je wilt weten.'

Dat is nou precies het probleem, dacht Héctor: ik weet niet goed waar ik moet beginnen.

'Lluís, we kennen elkaar al heel lang. Je bent niet alleen mijn baas, je hebt je ook als een vriend opgesteld. Maar nu moet ik weten of er iets vreemds aan de hand was in de zaak van Iris. Iets wat nu, dertien jaar later, een ernstige bedreiging voor iemand zou kunnen zijn.'

'Ik geloof niet dat ik je begrijp.'

Héctor drukte zijn sigaret uit.

'Je begrijpt me best,' zei hij, en nadat hij diep adem had gehaald, ging hij verder: 'Je weet precies waar ik het over heb. Er waren dingen die indertijd bij het onderzoek beslist aan het licht moeten zijn gekomen: Iris weigerde te eten, ze liep twee dagen van tevoren plotseling weg, ze was voortdurend opstandig en in een jaar tijd erg veranderd. Haar moeder kon haar niet in toom houden. Kreeg je daardoor dan geen vermoedens?'

'Je hebt het over iets wat al erg lang geleden is, Héctor.'

'Seksueel misbruik bestond toen ook al, Lluís. Dat heeft altijd bestaan. En wordt ook al heel lang met de mantel der liefde bedekt.'

'Ik hoop niet dat je iets wilt insinueren.'

'Ik insinueer niets. Ik stel alleen maar vragen.'

'Voor dat waar jij op doelt was geen bewijs.'

'O nee? En leek het gedrag van Iris je dan niet voldoende? Of vertrouwden jullie soms volledig op het verhaal van de eerwaarde Castells? Een priester van goeden huize – waarom zou je ook aan zijn woord twijfelen, hè?'

'Zo is het welletjes! Ik sta niet toe dat je op deze toon tegen me praat.'

'Dan zal ik het anders formuleren: was de dood van Iris Alonso een ongeluk?'

'Of je het nou gelooft of niet, het was inderdaad een ongeluk,' antwoordde Savall, terwijl hij Héctor strak aankeek in een poging het volledige gewicht van zijn gezag in de schaal te leggen.

Voor Héctor zat er niets anders op dan zijn antwoord te accepteren, maar desondanks was hij niet bereid zich zonder slag of stoot gewonnen te geven.

'En die poppen dan? Waarom dreven die in het zwembad?'

'Ik heb je duidelijk gezegd dat het zo welletjes is geweest!' riep Savall, waarna er een stilte viel waarin je een speld kon horen vallen. 'Als je die zaak nog eens wilt nakijken, moet je maar in het archief duiken. Ik heb niets te verbergen.'

'Ik zou je graag willen geloven.'

Savall keek Héctor streng aan.

'Ik ben jou geen uitleg verschuldigd. Dat meisje is in het zwembad verdronken. Het was een ongeluk. Een vreselijk ongeluk, maar dat soort dingen gebeurt nu eenmaal elke zomer.'

'Heb je hier verder werkelijk niets aan toe te voegen?'

Savall schudde zijn hoofd en Héctor stond op. Hij wilde afscheid nemen, maar de commissaris begon opnieuw te praten.

'Héctor. Je zei daarnet dat we vrienden zijn. Mag ik je dan als zodanig vragen om mijn woord in deze zaak te accepteren? Als commissaris kan ik je zo van deze zaak af halen, maar ik vertrouw op je vriendschap. Ik heb altijd mijn waardering voor je laten blijken. Misschien wordt het eens tijd dat jij dat ook tegenover mij doet.'

'Vraag je me om een vriendendienst? Als dat zo is, moet je het duidelijk zeggen, dan weet ik tenminste waar ik aan toe ben.'

Savall staarde naar de vloer.

'Gerechtigheid is een spiegel met twee kanten,' zei hij, terwijl hij langzaam zijn hoofd ophief om Héctor opnieuw aan te kijken. 'De ene kant weerspiegelt de doden, de andere de levenden. Welke van die twee groepen lijkt jou het belangrijkst?'

Héctor schudde zijn hoofd. Terwijl hij voor zijn baas stond, die hem op zijn moeilijke momenten had geholpen, zocht hij in zijn binnenste naar de dank die hij hem verschuldigd was, naar het vertrouwen dat hij hem altijd had ingeboezemd.

'Gerechtigheid is een vaag begrip, Lluís, dat weten we allemaal. Daarom heb ik het liever over waarheid. Van de waarheid is er maar één, en die geldt zowel voor de levenden als voor de doden. En daar was ik naar op zoek, maar ik merk dat het niet lukt.'

Terwijl Héctor op de lift stond te wachten, drong het tot hem door dat hij aan het gesprek met zijn baas een bittere nasmaak had overgehouden en hij overwoog dan ook serieus om terug te gaan en van voren af aan te beginnen. Maar net toen hij op het punt stond weer bij Savall aan te bellen, ging zijn mobieltje. Het was Martina Andreu, die hem vertelde dat zijn huisbaas, Carmen, in haar huis in elkaar was geslagen. De lift was ondertussen alweer weg, maar Héctor twijfelde geen moment en rende de trap af om een taxi te nemen naar het ziekenhuis.

30

Als de liefde van de man door de maag ging, dan was het zo klaar als een klontje dat de vier kant-en-klare gerechten die Leire bij een afhaalrestaurant had meegenomen er niet voor zouden zorgen dat Tomás aan haar voeten zou komen liggen. Terwijl ze hem lusteloos op de opgewarmde kroketten zag kauwen, kreeg ze bijna medelijden. Eerder had hij haar telefoontje beantwoord met een hese stem, die erop wees dat hij tot in de kleine uurtjes had zitten drinken met zijn collega's, en hij stemde dan ook met tegenzin in om bij haar thuis iets te komen eten. Nu deed hij zijn uiterste best om zijn ogen open te houden en te doen alsof hij honger had, zonder dat hij er ook maar een flauw vermoeden van had dat het toetje dat hem te wachten stond nog zwaarder te verteren zou zijn.

'Hoe ging het vannacht?' vroeg Tomás, terwijl hij twijfelde tussen nog een kroket of een loempia die dreef van het vet. Uiteindelijk koos hij maar voor een glas water.

'Het was niet makkelijk. Een meisje dat dood in de badkuip van haar huis lag.'

'Zelfmoord?'

'Dat weten we nog niet,' antwoordde Leire op een toon waaruit duidelijk bleek dat ze er niet verder over wilde praten. 'Sorry dat ik je daarstraks wakker heb gebeld ... maar we moeten nodig eens met elkaar praten.'

'Nou, dat klinkt niet best,' zei Tomás met een glimlach, terwijl hij het bord met eten met een vies gezicht van zich af schoof. 'Ik heb geen trek.'

Leire had wel trek natuurlijk, maar dat deed nu even niet ter zake. Ze zou pas gaan eten als ze hem had verteld wat ze op haar lever had. Plots schoot haar te binnen hoe María erover dacht. Wat won ze er eigenlijk mee om het hem te vertellen? Ze kon hem nu eenvoudig de laan uit sturen, tegen hem zeggen dat ze een andere jongen had ontmoet, en Tomás zou rustig verdergaan met zijn leven zonder dat hij ooit zou weten dat ze een kind van hem verwachtte. Hij zou gewoon een ander meisje opscharrelen voor die zeiltocht en snel vergeten hoe hartstochtelijk ze de liefde hadden bedreven. Misschien zou hij haar op een goede dag wel weer bellen, maar zij zou zijn telefoontje niet beantwoorden. Leire zuchtte diep. Waarom was ze toch zo eerlijk? Ze had nooit kunnen liegen, niet tegen zichzelf en niet tegen anderen. Er schoten haar wel leugens te binnen, maar op het moment dat ze die echt moest vertellen, krabbelde ze terug en kwam ze toch met de waarheid op de proppen. Tenslotte, herhaalde ze in zichzelf, was ze ook helemaal niet van plan om hem om steun te vragen, niet om geld en niet om de verantwoordelijkheid met haar te delen. Ze hadden samen dit kind verwekt, dat wel, maar zij had helemaal in haar eentje besloten dat ze het wilde houden. Hij kon weggaan als hij wilde, en ze zou hem heus niet gaan zoeken. Dat idee, dat hij weg zou kunnen gaan, raakte haar meer dan ze wilde toegeven. Plots drong het echter tot haar door dat hij tegen haar zat te praten en was ze in één klap terug in de realiteit.

'... dan laten we het maar. Ik weet dat je er een hekel aan hebt om gebonden te zijn, dat heb je me duidelijk gezegd. Maar mij leek het fantastisch.'

'Wat?'

'Die zeiltocht, natuurlijk!' zei hij terwijl hij haar verbaasd aankeek. 'Was ik hier niet degene die een kater had?'

'Natuurlijk is dat fantastisch.'

Hij spreidde zijn armen ten teken dat hij zich gewonnen gaf.

'Ik snap echt niets van vrouwen. Ik dacht dat je je opgelaten voelde omdat je tien dagen met mij samen zou moeten doorbrengen ... Dat je je onder druk gezet voelde, of zoiets.'

'Ik ben zwanger.'

Het duurde even tot het echt tot Tomás doordrong wat Leire had gezegd. En nog iets langer voordat hij begreep dat als zij dat tegen hem zei dat hij er dan waarschijnlijk iets mee te maken had.

'Z-Zwanger ...?' hakkelde hij vervolgens.

'Ik heb maandag een afspraak met de dokter, maar ik weet het zeker, Tomás.'

'En ...?' Hij haalde even diep adem om verder te gaan, maar zij was hem voor.

'Het is van jou. Dat weet ik ook zeker,' zei ze, en ze gebaarde tegelijk dat hij niets hoefde te zeggen. 'Rustig. Neem de tijd om het te verwerken. Je hoeft nu echt nog niets te zeggen.'

Tomás stond inderdaad met zijn mond vol tanden. Hij schraapte zijn keel en draaide op zijn stoel. Leire kon niet precies zeggen wat er op zijn gezicht te lezen stond: verbazing, ongeloof, wantrouwen?

'Moet je horen,' ging ze verder. 'Ik vertel je dit omdat ik vind dat je recht hebt om het te weten. Maar als je nu opstaat en weggaat, heb ik daar alle begrip voor. We hebben tenslotte ook helemaal geen vaste verhouding. Ik zal me heus niet teleurgesteld, belazerd of ... wat dan ook voelen.'

'Verdomme,' zei Tomás terwijl hij achteroverleunde in zijn stoel. Hij keek Leire vol ongeloof aan en zei: 'Ik zou niet eens overeind kunnen komen, al zou ik dat willen.'

Leire glimlachte.

'Sorry,' mompelde ze. 'Ik weet wel dat je hier niet op zat te wachten.'

'Nee, dat staat als een paal boven water. Maar in elk geval bedankt dat je het me hebt verteld,' zei hij en het leek erop dat het nu langzaam tot hem door begon te dringen. 'Weet je het heel zeker?'

'Wat? Dat het kind van jou is?'

'Dat je zwanger bent! Als je nog niet bij de dokter bent geweest.'

'Tomás ...'

'Oké. En wat denk je te gaan doen?'

'Als je bedoelt of ik het wil houden, dan zeg ik ja.'

'Aha,' zei hij en hij knikte langzaam. 'Dus je zet me simpelweg voor het blok, niet?'

Leire stond op het punt hem tegen te spreken, maar het drong plots tot haar door dat hij in wezen gelijk had.

'Klopt.'

'En de alternatieven die je me laat zijn ...'

'Nou, als je wilt, kun je de benen nemen en nooit meer terugkomen,' antwoordde ze. 'Of blijven en de vader van het kind zijn.'

'De benen nemen lijkt me uit de tijd.'

'Nou, dat is anders van alle tijden, hoor.'

Tomás lachte als een boer met kiespijn.

'Je bent echt ongelooflijk!'

'Tomás,' zei Leire, en ze keek hem ernstig aan. Ze wilde dat wat ze ging zeggen precies weergaf wat ze dacht, dat het niet arrogant of als een bedreiging of chantage klonk. 'De waarheid is dat ik je aardig vind. Heel aardig zelfs. Maar we hebben nu eenmaal geen vaste relatie of zoiets. En ik weet ook niet of ik verliefd op je ben, of jij op mij. Ik dacht eigenlijk van niet. Om eerlijk te zijn weet ik ook niet zo goed wat dat inhoudt: verliefd zijn ... Maar al was ik niet zwanger, dan nog zou ik met jou die zeiltocht gaan maken om te zien of het tussen ons klikt. Maar gezien de omstandigheden,' zei ze, en ze wees op haar buik, 'wordt alles een beetje anders.'

Hij knikte en haalde diep adem. Het was duidelijk dat hij werd meegesleept in een maalstroom van gedachten, twijfels en mogelijkheden.

'Niet kwaad worden,' zei hij uiteindelijk. 'Maar ik geloof dat ik eerst aan het idee moet wennen.'

'Je bent heus niet de enige. Daar hebben we allebei zo'n zeven maanden voor.'

Hij stond op, en ze wist dat hij ervandoor zou gaan.

'Ik bel je nog wel.'

'Natuurlijk,' antwoordde ze zonder hem aan te kijken. Ze staarde slechts naar de tafel.

'Hoor eens ...' zei hij terwijl hij naar haar toe kwam en over haar wang streek. 'Ik neem heus niet de benen, hoor. Ik vraag je alleen wat bedenktijd.'

Ze keek hem aan en kon het niet laten een spottende opmerking te maken: 'Dan zijn ze zeker een beetje lam.'

Tomás maakte daarop snel pas op de plaats en zei: 'Nee, hoor. Zie je wel?'

Leire zweeg en sloot haar ogen. Ze hoorde Tomás weglopen, maar pas toen de buitendeur dichtsloeg deed ze ze weer open.

31

In de splinternieuwe wachtkamer van het ziekenhuis zaten op die zaterdag in de zomer maar weinig mensen en Héctor vond Martina Andreu dan ook meteen. Of eigenlijk vond zij hem: plotseling voelde hij een hand op zijn schouder, en hij keerde zich geschrokken om.

'Martina! Wat is er gebeurd?'

'Ik weet het niet. Het schijnt dat iemand het huis van Carmen is binnengedrongen en haar heeft aangevallen. Ze is er erg slecht aan toe, Héctor, en ligt op de intensive care. Ze is nog steeds buiten bewustzijn.'

'Godverdomme!' riep Héctor en zijn gezicht stond zo woedend dat Martina dacht dat hij elk moment kon ontploffen. 'Héctor ... laten we even naar buiten gaan. Hier kunnen we toch niets doen en ... Ik moet eens even met je praten.'

Martina dacht dat hij zou gaan tegensputteren, dat hij een gesprek met de dokter zou eisen, maar in plaats daarvan kwam hij met de onvermijdelijke vraag: 'Hoe kan het dat jij haar hebt gevonden?'

De onderinspecteur keek hem strak aan in de hoop dat ze op zijn woedende gezicht een aanwijzing zou kunnen vinden voor haar bange vermoedens. Maar omdat ze die niet vond, zei ze alleen op gedempte toon: 'Daar wilde ik het precies met je over hebben. Kom, we gaan naar buiten.'

Het zonlicht flikkerde in de buitenspiegels van de auto's. Het was drie uur 's middags en de thermometer gaf dertig graden aan. Bezweet, stak Héctor een sigaret op en begon haastig te roken, maar door zijn misselijkheid smaakte die hem smerig. Hij gooide de sigaret dan ook meteen op de grond en trapte hem uit.

'Kalmeer een beetje, Héctor, alsjeblieft.'

Hij boog zijn hoofd achterover en haalde diep adem.

'Hoe heb je haar gevonden?'

'Wacht even. Ik moet je eerst een paar dingen vertellen. Er zijn nieuwe ontwikkelingen in de zaak-Omar,' zei ze en opnieuw hoopte ze een of andere reactie op Hectors gezicht te zien, maar die was alleen maar geïnteresseerd om iets over Carmen te horen. 'Héctor, ik heb je dit woensdag ook al gevraagd toen we zaten te eten, maar nu wil ik een duidelijk antwoord: ben jij dinsdag bij Omar geweest?'

'En waar slaat dit op?'

'Geef antwoord, verdomme! Denk je soms dat ik dit voor de lol vraag of zo?'

Héctor keek haar aan met een blik die het midden hield tussen ergernis en woede.

'Dit is de laatste keer dat ik het zeg: ik heb Omar dinsdag niet gezien. Ik heb hem niet meer gezien nadat ik hem op zijn bek heb getimmerd. Is dat duidelijk?'

'En waar was je dinsdagmiddag dan?'

'Nergens. Ik ben naar huis gegaan.'

'Heb je toen niet met je ex of je zoon gepraat?'

Héctor wendde zijn blik af.

'Wat heb je die middag gedaan? Verdomme, zeg op!'

'Ik heb thuis zitten wachten tot iemand me zou bellen. Het was mijn verjaardag.'

Martina barstte uit in een harde schaterlach.

'Godverdomme, Héctor! Moet je hem horen: de harde vent die verdachten in elkaar mept en vervolgens thuis zit te janken omdat niemand hem belt voor zijn verjaardag ...'

Héctor glimlachte flauwtjes.

'Het is de leeftijd, denk ik. Met de jaren word je gevoeliger.'

'Het ergste is dat ik je nog geloof ook, maar een getuige heeft je rond halfnegen voor het huis van Omar gezien.'

'Wát zeg je?' schreeuwde hij bijna.

'Héctor, ik vertel alleen wat ik weet. Ik hoef dat niet eens te doen, dus schreeuw alsjeblieft niet zo tegen me,' antwoordde Martina, die vervolgens het verhaal van Rosa vertelde, zonder ook maar iets weg te laten, en wat ze die middag in de slagerij had gehoord. 'Daarom ben ik naar je huis gegaan. De buitendeur stond open en ik liep de trap op; toen ik bij de deur van de eerste verdieping kwam, zag ik dat ook die openstond en dat leek me erg vreemd. Ik duwde hem open en ... vond die arme vrouw op de grond, bewusteloos.'

Héctor hoorde het relaas van Martina aan zonder haar ook maar een enkele keer te onderbreken. Terwijl hij naar haar luisterde, probeerde hij de andere stukjes van de puzzel, die in zijn geheugen stonden gegrift – hijzelf die op Omar insloeg, de video van Ruth en haar vriendin op het naaktstrand –, aan elkaar te passen. Dat lukte hem niet, maar hij dacht dat Martina dat van die video toch zou moeten weten. Hij wilde niets meer voor haar verborgen houden en vertelde het haar dan ook zodra ze klaar was met haar verhaal. Daarna zwegen ze peinzend, ieder alleen met zijn eigen gedachten, twijfels en vrees. Héctor haalde echter op een gegeven moment zenuwachtig zijn mobieltje tevoorschijn om zijn zoon te bellen. Die kreeg hij gelukkig meteen aan de lijn. Hij praatte een tijdje met hem alsof er niets aan de hand was. Vervolgens belde hij Ruth. Een kille stem, die zei dat die telefoon uitstond of onbereikbaar was, was het enige wat hij te horen kreeg.

Ondertussen sloeg Martina hem nauwlettend gade. Héctor merkte dat natuurlijk, maar zei in zichzelf dat ze daar alle recht toe had. Ze had immers redenen te over voor haar achterdocht, en plots viel het hem in – wat een ironie – dat hij tegenover haar hetzelfde argument zou moeten gebruiken als Savall een uur eerder tegenover hem had gedaan. Dat wil zeggen, een beroep doen op hun vriendschap, op het vertrouwen dat er tussen hen bestond, op alle jaren dat ze met elkaar hadden samengewerkt.

'Neemt Ruth niet op?' vroeg zij toen hij zijn mobieltje weer in zijn zak stopte.

'Nee. Ze is niet in Barcelona. Ze zit in het appartement van haar ouders in Sitges. Straks zal ik het opnieuw proberen. Dat van die video, daar was ze behoorlijk van geschrokken, zoals je je kunt voorstellen,' zei hij terwijl hij Martina opnieuw aankeek. 'Ik ben bang, Martina. Ik merk dat ik van alle kanten word bedreigd: ikzelf, mijn huis, mijn ex ... En nu dit nog van Carmen. Dat kan beslist geen toeval zijn. Iemand probeert me om zeep te helpen.'

'Maar je neemt toch hopelijk niet die vervloeking serieus die dokter Omar over je heeft uitgesproken?'

Héctor glimlachte bitter.

'Op dit moment neem ik alles serieus,' antwoordde hij, terwijl het hem te binnen schoot wat de theoloog van de universiteit had gezegd. 'Maar ik zal proberen om me niet te laten intimideren. Ik ga nu eerst eens kijken of ze me wat meer over Carmens toestand kunnen vertellen. Jij hoeft niet te blijven, hoor.'

Martina keek op haar horloge. Het was tien over vier.

'Weet je het zeker?'

'Ja. Maak je maar geen zorgen. Martina, geloof je me? Ik weet dat het allemaal erg vreemd klinkt, maar het enige wat ik je nu kan vragen is om blind op me te vertrouwen. Dat is erg belangrijk voor me. Ik kan je verzekeren dat ik dinsdag niet bij Omar ben geweest en ook geen varkenskop heb besteld. Waar hij nu is weet ik al evenmin. Ik zweer het je.'

Het duurde even voordat Martina antwoord gaf – misschien langer dan hij had gehoopt en korter dan zijzelf eigenlijk nodig had gehad om een volkomen oprecht antwoord te kunnen geven.

'Ik geloof je. Maar je zit diep in de nesten, Héctor. Dat kan ik je verzekeren. En ik weet niet of er deze keer nog iemand is die je kan helpen.'

'Dank je wel,' antwoordde Héctor terwijl hij iets meer ontspannen naar de ingang van het ziekenhuis keek. 'Ik ga maar eens informeren.'

'Hou me op de hoogte.'

'Jij mij ook.'

Martina bleef even staan kijken hoe Héctor het ziekenhuis binnenliep. Daarna liep ze langzaam naar de taxistandplaats, stapte in de auto die vooraan stond en gaf de chauffeur het adres van Héctor.

Héctor zat op een plastic stoel in een gang vlak bij de intensive care en keek naar het komen en gaan van het personeel en de bezoekers. In het begin volgde hij hen aandachtig met zijn blik, maar naarmate de tijd verstreek hield hij zijn ogen half gesloten en luisterde alleen nog naar hun passen: snel, langzaam, beslist of weifelend. En uiteindelijk lette hij zelfs daar niet meer op, omdat zijn gedachten volkomen in beslag werden genomen door alles wat hij de afgelopen vijf dagen had meegemaakt. De herinneringen aan zijn vlucht vanuit Buenos Aires, aan de koffer die hij was kwijtgeraakt, aan het gesprek met Savall en het bezoek aan dokter Omar, vermengden zich met die aan de verklaringen van de betrokkenen bij de zaakMarc Castells, aan de arme Gina Martí die was doodgebloed in de badkuip en aan Iris Alonso die op afschuwelijke wijze was verdronken in het zwembad. Deze stroom van beelden die voor hem langstrok was even overweldigend als een surrealistische film.

Héctor probeerde volstrekt niet om alle sequenties van deze film netjes op volgorde te zetten; integendeel, hij liet ze gewoon de vrije loop en ze verdrongen elkaar dan ook onophoudelijk, om zich slechts een paar seconden op het scherm van zijn herinnering te projecteren.

Maar langzaamaan, net zoals de geluiden om hem heen, losten ook deze beelden op. Toen de stroom uiteindelijk tot stilstand kwam, zag hij slechts één enkel beeld voor zich, dat nog eens erg vaag was ook, en waarin hij de hoofdrol speelde: een gewelddadige en brute Héctor Salgado die woedend insloeg op een weerloze figuur. Bij dit beeld klonk een zachte stem, die van zijn psycholoog, die knul die hem zo aan zijn eigen zoon deed denken. 'Probeert u zich eens de momenten uit uw verleden te herinneren waarop u woedeaanvallen kreeg.' Iets wat hij nooit had willen doen, niet alleen nu niet, maar al zijn hele leven niet. Maar op dat ogenblik, terwijl hij wachtte tot de dokter zou komen om hem in te lichten over Carmens toestand, de vrouw die hem bijna als haar eigen zoon beschouwde, was hij plots in staat zijn weerstand te overwinnen. Hij herinnerde zich het belangrijke moment uit zijn verleden waarop hij net zo'n woedeaanval had gekregen en alles zwart was geworden voor zijn ogen. Hij proefde weer de bittere smaak die hij aan zijn abrupt geëindigde jeugd had overgehouden, waarin hij negentien jaar lang dagelijks was geslagen door zijn voorbeeldige vader, naar buiten toe een echte heer, maar in werkelijkheid een bruut die geen enkel medelijden had wanneer het op straffen aankwam. Want dat hij en niet zijn broer gewoonlijk het doelwit van de woede van zijn vader was, was iets waar de jonge Héctor zich in die negentien jaar vaak het hoofd over had gebroken. Wat overigens niet wilde zeggen dat zijn broer nooit een pak slaag kreeg, maar naarmate hij ouder werd merkte Héctor dat de aframmelingen die híj moest verduren wreder waren. Misschien omdat zijn vader toen al wist dat hij hem met hart en ziel haatte. Wat Héctor echter nooit had vermoed, zelfs niet op de ellendigste momenten van zijn jeugd, was dat er nog een slachtoffer was, iemand die aframmelingen achter gesloten deuren kreeg, in de beslotenheid van een slaapkamer die helemaal aan het andere einde van een lange gang lag. Dat zijn moeder er in al die jaren in was geslaagd om de blauwe plekken verborgen te houden, kon Héctor alleen maar verklaren doordat er een soort stilzwijgende overeenkomst van geheimhouding in hun gezin heerste, een gebod van horen, zien en zwijgen.

Héctor had de aframmelingen die zijn moeder kreeg dan ook volkomen toevallig ontdekt op een vrijdagmiddag, toen hij eerder dan anders naar huis was gekomen omdat hij bij de hockeytraining een blessure had opgelopen. Hij dacht dat er niemand thuis was, want ook zijn broer was die middag aan het sporten, en zijn moeder had tegen hem gezegd dat zij en zijn vader bij een tante van hem op bezoek zouden gaan die oud en ziek was. Daarom was hij opgetogen naar binnen gegaan, in de veronderstelling dat hij het rijk helemaal alleen had. Omdat hij geen lawaai maakte – dat was een van de regels van zijn vader – kon hij duidelijk het onophoudelijke gedreun van de klappen horen en het gesmoorde geschreeuw van zijn moeder. Op dat moment ging hij helemaal door het lint. Alles werd zwart voor zijn ogen; het enige wat hij nog zag was de deur van de slaapkamer, die hij met geweld openstootte, en het verbaasde gezicht van zijn vader, dat onmiddellijk een panische uitdrukking kreeg toen hij zonder ook maar even te twijfelen hard met zijn hockeystick tegen diens borst sloeg, en vervolgens op zijn rug bleef staan rammen totdat het gegil van zijn moeder hem weer tot zichzelf bracht. De volgende dag nam zijn vader, nog half kreupel vanwege de aframmeling, onmiddellijk maatregelen om zijn ondankbare zoon verder te laten studeren in Barcelona, waar hij familie had. Ook Héctor begreep dat dat de beste oplossing was: opnieuw beginnen, niet achteromkijken. Het enige wat hem droevig stemde was dat hij zijn moeder zo zou moeten achterlaten, maar zij overtuigde hem ervan dat ze geen enkel gevaar liep, dat wat er die dag was gebeurd niet meer dan een incident was. Héctor vertrok en probeerde alles te vergeten. Maar die middag, terwijl hij op een plastic stoel in het ziekenhuis zat te wachten en hij de beelden van zijn verleden weer duidelijk voor zich zag, verdween zijn angst en kwam er een vreemd gevoel van kalmte over hem, bitterzoet maar echt, iets wat hij tot nu toe nooit had gevoeld. En hij zei bij zichzelf dat als het louter het onrecht en de machteloosheid waren geweest die zijn woede hadden gewekt, zowel in zijn jeugd als een paar maanden geleden, hij zichzelf helemaal niets te verwijten had. Wat iedereen verder ook mocht zeggen.

Héctor wist niet hoeveel tijd er was verstreken toen hij plotseling iemand op zijn schouder voelde tikken. Hij deed zijn ogen open en zag een figuur in een witte jas voor zich staan, met een gezicht dat speciaal leek te zijn ontworpen om slecht nieuws te brengen. De dokter zei dat Carmen Reyes González buiten levensgevaar was, maar dat ze nog minstens vierentwintig uur op de intensive care moest blijven en dat het daarna, vanzelfsprekend, nog heel lang zou duren voor ze volledig zou zijn hersteld. Met een routineuze stem, die Héctor enigszins schamper in de oren klonk, voegde hij er vervolgens aan toe dat, ook al zag het ernaar uit dat ze niet meer dan zware kneuzingen had opgelopen, dat niet wilde zeggen dat er in de komende uren geen complicaties zouden kunnen optreden, vooral gezien de leeftijd van de patiënt. Héctor mocht inderdaad naar binnen om haar te zien, maar slechts heel even. En voor de dokter hem naar binnen liet gaan zei hij met een doodgraversgezicht en op een nogal onprofessionele maar bewonderende toon, hoezeer hij zich altijd over de taaie levenswil van oude mensen verbaasde. 'Die zitten heel anders in elkaar dan wij,' zei hij, terwijl hij zijn hoofd schudde alsof dat een van de meest onbegrijpelijke dingen op de wereld was.

32

Leire keek op haar horloge en kon daarbij een gevoel van ergernis niet vermijden. Waarom verdwenen kerels toch altijd precies op het moment dat je ze nodig had? Ik praat al net als María, dacht ze. En hoewel Tomás er inderdaad op weinig galante wijze tussenuit geknepen was, was niet hij het doelwit van haar kritiek, maar Héctor. Die had namelijk afgesproken dat hij haar halverwege de middag zou bellen om te bespreken hoe ze de zaak van Marc Castells verder zouden aanpakken. En ook al was 'halverwege de middag' een rekbaar begrip, hij had toch in elk geval iets van zich kunnen laten horen. Ze weigerde om hem zelf te bellen; tenslotte was Héctor haar baas, en een ondergeschikte kon zich beslist niet veroorloven om zich de woede van zijn chef op de hals te halen.

In elk geval had zij deze middag gedaan wat hij haar had opgedragen, zei ze tevreden bij zichzelf. Als ze het op een rijtje zette, had ze eerst de tafel afgeruimd, de kroketten weggegooid, een tijdje gehuild – iets wat ze louter aan haar eigen overdreven gevoeligheid toeschreef –, een douche genomen en zich, op Héctors uitdrukkelijke verzoek, in gewone burgerkleding gestoken. Vervolgens was ze naar het bureau gegaan om het eerste deel van haar opdracht uit te voeren. Dat had ze in een wip gedaan: een zekere Inés Alonso Valls vloog morgen van Dublin naar Barcelona en zou om vijf voor halftien 's morgens arriveren. Ze had haar gegevens op de computer ingetikt zonder dat ze iets belangrijks had gevonden. Het meisje was eenentwintig, studeerde al een paar jaar in Dublin en was de dochter van Matías Alonso en Isabel Valls. Haar vader was achttien jaar geleden gestorven, toen Inés nog heel klein was, maar haar moeder leefde nog steeds. Leire noteerde haar adres, zoals Héctor had gevraagd. Wat betreft het tweede deel van haar opdracht ... Leire keek opnieuw op haar horloge, alsof ze de wijzers met haar ogen vooruit wilde duwen. Ze had veel zin om al te gaan bellen, maar het was nog te vroeg. Omdat het erg stil was op het bureau

– het was immers zaterdag – was er weinig afleiding en dus ging ze maar wat zitten nadenken. Onvermijdelijk voerden haar gedachten haar naar Tomás en het gesprek dat ze die middag met hem had gehad. Het drong plots tot haar door dat hij niet de enige was aan wie ze het nieuws moest vertellen – ook aan haar ouders natuurlijk, en als alles goed ging, vroeg of laat ook aan haar bazen. Na de zomer, nam ze zich voor. Ze moest eerst zelf nog aan het idee wennen en ze had nu helemaal geen zin om verwijten of goede raad te moeten aanhoren. Bovendien had ze heel vaak horen zeggen dat je beter pas na drie maanden kon vertellen dat je zwanger was. En voor het eerst in de afgelopen weken begon ze aan dat nieuwe leven te denken, aan dat wezentje dat haar tot nu toe alleen maar ochtendmisselijkheid had bezorgd. Al binnen een jaar zou het naast haar liggen in een ziekenhuisbed. Ze zag zichzelf alleen met een huilende baby, en dat beeld, hoewel vluchtig, vond ze eerder benauwend dan aangenaam. Ze had geen zin om zichzelf daar nog langer mee te kwellen. Aangezien Héctor nog steeds niets van zich liet horen, pakte ze de telefoon en toetste het nummer van María in. Op dat ogenblik leken Santi en Afrikaanse dorpjes haar een geweldig gespreksonderwerp.

Door een toevallige samenloop van omstandigheden was Leire echter niet de enige die die middag aan Afrika dacht. En dat niet alleen omdat de hitte waardoor Barcelona werd geteisterd typisch voor Afrika leek en niet voor Europa, ook al mocht het dan Zuid-Europa zijn.

Toen de taxi Martina Andreu voor de deur van Héctors huis afzette, was het nog steeds bloedheet. Een paar agenten, die bij de deur van de eerste verdieping de wacht hielden, stonden te popelen om weg te gaan; er viel niets meer te doen en ze wilden liefst zo snel mogelijk weg. Een van hen vertelde de onderinspecteur dat er een vreselijke rottingslucht in het trappenhuis hing, waarop ze slechts met een knik antwoordde. Dat had zij ook opgemerkt toen ze eerder naar boven was gegaan, hoewel het haar toen niet zo was opgevallen. Maar ze had geen zin om nog langer met die agenten opgescheept te zitten: ze wilde in haar eentje onderzoek doen, zonder pottenkijkers in uniform. Iets zei haar dat de overval op Carmen niet toevallig was geweest. Héctor had gelijk: er gebeurden te veel vreemde dingen om hem heen. Aan de andere kant was ze de getuigenverklaringen van Rosa en de slager beslist niet vergeten. Héctor mocht dan blind vertrouwen van haar vragen, wat ze hem als vriend ook best wilde geven, maar voor een politieagent telden nu eenmaal alleen bewijzen. En omdat ze geen enkele reden had om aan de getuigenverklaringen te twijfelen, had ze duidelijke bewijzen nodig die die verklaringen weerspraken.

Toen ze eenmaal alleen was, sloot ze de deur van de woning en keek snel rond. Ze had Carmen in het gangetje gevonden dat de hal met de keuken verbond. De arme vrouw was in haar gezicht geslagen, dus moest ze zelf de deur voor de onbekende aanvaller hebben opengedaan, die vervolgens boven op haar gedoken moest zijn. Maar waarom? Het huis was niet doorzocht en er leek niets te ontbreken; er lagen geen lades op de grond en er stonden geen kasten open. Misschien was de overvaller ergens van geschrokken en was hij er onmiddellijk weer vandoor gegaan. Nee. Nee, die verklaring leek haar onzinnig. Carmen was twee keer met een metalen voorwerp geslagen. Het wapen was nergens gevonden. Verdomme, er was gewoon geen enkel spoor te vinden, vloekte Martina bij zichzelf. Haar blik viel op de meterkast. Toen ze die opendeed zag ze daar een bos sleutels hangen, en eentje ervan moest van Héctors huis zijn. Iemand anders zou ongetwijfeld een lichte wroeging hebben gevoeld, maar zij niet. Dit was nu eenmaal wat ze moest doen.

Met de sleutels in haar hand ging ze de trap op. Op de volgende verdieping werd de rottingslucht erger, maar daarna nam hij weer af. Martina wilde de woning van Héctor snel onderzoeken, voordat hij terug zou komen. Haar geweten begon pas aan haar te knagen toen bleek dat de eerste sleutel die ze had gekozen inderdaad in het slot paste, maar ze besloot om zich er niets van aan te trekken. Toen ze eenmaal binnen stond, vroeg ze zich af wat ze zou gaan doen en wat ze hoopte te vinden. Omdat de rolgordijnen dicht waren deed ze het licht aan. Op het eerste gezicht stond alles op zijn plaats. Ze liep naar de keuken en deed de ijskast open, waar alleen een paar blikjes bier in stonden en een kan met iets wat op gazpacho leek. Die kwam beslist niet uit een winkel en ze kon zich niet voorstellen dat Héctor zoiets zelf zou maken. Daarna liep ze naar de eetkamer en vervolgens naar de slaapkamer. Het bed was niet opgemaakt; er stond een koffer open in een hoek ... De typische vrijgezellenflat. Of liever gezegd: van een gescheiden man.

Terwijl Martina naar de woonkamer liep, voelde ze zich een

schijnheilige indringer en ze wilde nu dan ook zo snel mogelijk vertrekken. Maar plots zag ze dat de televisie aanstond. Of eigenlijk niet de televisie; wat er bewoog op het scherm was de screensaver van de dvd-speler. Als Héctor haar niet over de video van Ruth en haar vriendin op het naaktstrand had verteld, zou ze nooit op het idee zijn gekomen om het apparaat aan te zetten.

Toen ze de eerste beelden op het scherm zag, voelde ze onmiddellijk een diepe weerzin, maar ze besefte dat ze nu niet meer terug kon. Tegen haar zin moest ze de video zelfs tweemaal bekijken om alles goed tot zich te laten doordringen. Gelukkig duurde hij niet lang – slechts een paar minuten. Wat erop te zien was, was het bont en blauw geslagen gezicht van dokter Omar, die hevig bloedde en op sterven na dood was. Hij kreunde zwakjes en was nauwelijks in staat om degene die zijn doodsstrijd filmde aan te kijken. Het beeld werd plots behoorlijk vaag, maar je zag hoe zijn ogen dichtvielen en hoe na zijn laatste zucht zijn gezicht verstarde. Daar hielden de beelden op, die overgingen in een grijze nevel. Plotseling, met een nuchterheid die aan haar jarenlange ervaring als agent te danken was, begreep de onderinspecteur wat haar volgende stap zou zijn. De stukjes van de puzzel voegden zich samen tot een onaangenaam maar logisch beeld. De getuigenverklaringen, de verdwijning van Omar, deze verschrikkelijke video ... en de niet te harden rottingslucht die in het trappenhuis hing, toonden haar instinctief welke weg ze moest volgen.

Het was echter niet zo gemakkelijk om die volgende stap ook echt te zetten. Voor ze het hoofdbureau zou waarschuwen moest ze zeker zijn van haar zaak. Het leek een eeuwigheid te duren voor ze Héctors huis uit was. Even mechanisch als een robot liep ze naar de tweede verdieping. Aan Carmens sleutelbos zaten alle sleutels van het huis en deze keer moest ze er eerst een paar proberen voordat ze de juiste vond. Toen ze de deur openduwde sloeg de rottingslucht haar tegemoet. Ze liep op de tast, want het was donker in de woning. Ze ging haar neus achterna tot ze bij een kleine kamer kwam, waarin ze meende een raampje te onderscheiden. Toen ze het rolgordijn omhoogtrok zette de zon de hele kamer in een fel licht. Hoewel ze wist wat ze zou aantreffen, deinsde ze bij de aanblik van het lijk van Omar toch geschrokken achteruit. En vervolgens rende ze zo snel ze kon naar de deur. Nadat ze die had gesloten, leunde ze er met haar rug en met gesloten ogen tegenaan, alsof ze hem dicht moest houden voor iemand die haar achtervolgde. Alsof de ziel van de dode uit zijn lichaam was ontsnapt en haar nu in bezit wilde nemen. Het duurde een paar seconden, of misschien wel minuten, voor ze haar kalmte herwon en besefte dat het lijk dat daarbinnen lag haar niets meer zou kunnen doen. Toen ze uiteindelijk haar ogen opendeed slaakte ze een gesmoorde kreet van verbazing en angst, want vlak voor zich zag ze het ernstige gezicht van Héctor, de vriend die ze nu juist het meest vreesde.

Niets is zo moeilijk als op een telefoontje te moeten wachten terwijl je niets te doen hebt. Agent Castro mocht dan verschillende goede kanten hebben, geduld was haar beslist vreemd. Nadat ze drie kwartier met haar vriendin María aan de telefoon had gehangen, waarbij ze steeds steels naar haar mobieltje had gekeken, besloot ze dan ook tandenknarsend om zelf maar het initiatief te nemen en haar baas te bellen. Maar het enige wat ze hoorde was zijn voicemail, die zoals gebruikelijk de mogelijkheid bood om een bericht achter te laten na de pieptoon. Ze twijfelde even of ze dat wel moest doen, maar uiteindelijk leek het haar beter om zich in te dekken en hem van haar plannen op de hoogte te brengen.

'Inspecteur, u spreekt met Castro. Ik heb de hele middag op uw telefoontje zitten wachten en intussen is het al zeven uur. Als u het goedvindt ga ik het spoor van Rubén Ramos verder onderzoeken. Belt u me alstublieft, zoals afgesproken.'

Leire Castro wist niet goed hoe de inspecteur hierop zou reageren, maar ze was niet van plan om zich daar veel aan gelegen te laten liggen. Hoewel ze wist dat ze daarmee een zeker risico nam, zocht ze in haar papieren het nummer van Rubén Ramos op. De stem van een jongen beantwoordde haar telefoontje met een onzeker klinkend 'Met wie spreek ik?'. Leire begon op eenzelfde, lichtelijk nerveuze toon tegen hem te praten, terwijl ze uitlegde dat ze zijn nummer van Aleix had gekregen en dat ze die avond met haar vriend haar verjaardag wilde vieren onder het genot van een paar lijntjes coke. 'Ik heb maar een paar lijntjes nodig,' verzekerde ze, terwijl ze zich voor probeerde te doen als de onschuldige dochter uit een rijkeluisfamilie die goed een klant van Aleix kon zijn. Ze spraken een tijd en een plaats af, en zij hing op met een snel: 'Tot zo.'

Nadat ze had opgehangen begon Leire opnieuw te twijfelen of ze hierdoor geen moeilijkheden zou krijgen met de inspecteur; vandaar dat ze hem nog maar een keer belde. Maar omdat ze genoeg had van die eeuwige voicemail, hing ze op zonder een bericht in te spreken.

33

Martina bleef met haar rug tegen de deur gedrukt staan. Ze keek Héctor recht in de ogen, in een poging te achterhalen wat er in het hoofd van haar collega zou kunnen omgaan. Hoewel dat haar onduidelijk bleef, maakte zijn blik in elk geval wel dat de paniek die haar even tevoren had overvallen verdween.

'Je mag niet naar binnen, Héctor,' waarschuwde ze hem op een besliste en zakelijke toon. 'Er heeft hier een moord plaatsgevonden.'

Gehoorzaam deed hij een stap achteruit. De rottingslucht was nu trouwens ook in het trappenhuis niet meer te harden.

'Wat heb je daarbinnen aangetroffen?'

'Weet je dat dan niet?'

'Nee.'

'Dokter Omar ligt daar, Héctor. Dood. Hij is doodgeslagen.'

Héctor had geleerd om in kritieke situaties zijn zenuwen de baas te blijven. Hij vertrok dan ook geen spier. Ze bleven elkaar even aankijken als twee tegenstanders in een duel die proberen in te schatten wat de ander van plan is. Martina vroeg zich af wat ze moest doen. Ze stond immers oog in oog met de mogelijke verdachte van een moord, die op de dag dat het slachtoffer was verdwenen in de buurt van diens huis was gezien en die niet alleen nog altijd een appeltje met hem te schillen had, maar zelfs een video bezat waarop de dood van het slachtoffer te zien was. Bovendien woonde hij ook nog eens boven het huis waar zij het lijk had gevonden. Ze begreep dat ze maar één ding kon doen. En dat hij, als hij in haar schoenen had gestaan, precies hetzelfde zou hebben gedaan.

'Héctor, ik ben gedwongen je te arresteren wegens moord op dokter Omar. Maak het alsjeblieft niet nog moeilijker voor me.'

Héctor stak zijn verstrengelde handen in haar richting.

'Ga je me in de boeien slaan?'

'Ik ga ervan uit dat dat niet nodig is.'

'Geloof je me wanneer ik zeg dat ik hier niets mee te maken heb?'

'Op dit moment niet.'

'Goed,' antwoordde hij, terwijl hij zijn hoofd liet zakken als iemand die het onvermijdelijke aanvaardt. Martina deed een stap in zijn richting.

'Ik weet zeker dat dit allemaal opgehelderd zal worden, maar op dit moment is het beter dat je met me meegaat naar het bureau. Voor je eigen bestwil.'

Héctor knikte traag; vervolgens keek hij haar aan en Martina verbaasde zich erover dat hij glimlachte.

'Weet je, het enige wat mij op dit moment interesseert is dat Carmen er weer bovenop komt. Die vrouw is taaier dan jij en ik bij elkaar!'

'Je kunt het erg goed met haar vinden, hè?'

Héctor gaf geen antwoord. Dat was ook niet nodig. En zijn kalme gezicht, dat meer dankbaarheid dan angst uitdrukte, maakte dat de twee Martina's die in de onderinspecteur met elkaar streden plots een soort wapenstilstand tekenden, een niet-aanvalsverdrag.

'Héctor, ik ben de enige die het lijk heeft gezien,' zei ze terwijl ze hem met een gebaar het zwijgen oplegde. 'Hou je mond en luister nou eindelijk eens! Voor Omar kunnen we al niets meer doen, dus het maakt niet uit of ik hem nu vandaag of morgen vind.'

'Hoe bedoel je?'

'Dat ik nog even de tijd heb om deze zaak verder te onderzoeken zonder dat iemand me onder druk zet. Zelfs jij niet.'

Héctor begreep het nog steeds niet helemaal.

'Geef me de sleutels van je huis en ga ervandoor. Verdwijn voor een paar uur, totdat ik je bel. En beloof me twee dingen: ten eerste dat je beslist niet hier terugkomt of naar het huis van Omar gaat.'

'En ten tweede?'

'Ten tweede dat je je op het bureau meldt zodra ik het zeg. Zonder tegen te stribbelen.'

Héctor haalde de sleutels uit zijn zak en reikte ze Martina met tegenzin aan, die ze onmiddellijk uit zijn hand graaide.

'En nu opgehoepeld.'

'Weet je zeker dat je dit zo wilt doen?' vroeg Héctor.

'Nee, maar ik weet wel zeker dat zodra ik vertel dat ik hier een lijk gevonden heb, het hele onderzoek zich op jou zal toespitsen,

meneertje. En jij noch ik kan er dan nog iets tegen doen.'
Héctor ging de trap af, maar halverwege keerde hij zich om.
'Martina ... Bedankt.'
'Ik hoop dat ik hier geen spijt van krijg.'

Héctor liep de straat op in de richting van het centrum. Hij slenterde lusteloos rond, zonder op de voorbijgangers te letten. Een
flinke tijd later, toen hij op een bank zat voor de supermoderne
Torre Agbar, die blauw-rood verlichte wolkenkrabber die zo uit
Tokio leek te komen, besefte hij plots dat hij nergens heen kon. Hij
voelde zich als een verdwaalde toerist, een slechte Argentijnse kopie
van Bill Murray, die niet eens met het verhaaltje aan kon komen dat
hij in *Lost in Translation* meespeelde. Nee, hij was alleen in de stad
waar hij al meer dan twintig jaar woonde. Met een even instinctief
als nutteloos gebaar haalde hij zijn mobieltje tevoorschijn: waar
diende dat ding in vredesnaam voor als hij toch niemand had om
op te bellen? Alleen maar om je nog een belabberder gevoel te geven, dacht hij met een bittere glimlach. Hij was net de gemiste oproepen aan het bekijken, toen het toestel overging. Daarmee verdween zijn treurigheid in elk geval even. Natuurlijk was het niet
Scarlett Johansson die hem belde, maar een tevreden en geëmotio-
neerde Leire Castro.

Leire stond tien minuten voor haar afspraak met Rubén dubbel
geparkeerd bij een laad- en losstrook. Uiteraard zat ze in een gewone personenauto, die de politie altijd gebruikte wanneer het belangrijk was om onopgemerkt te blijven. Zenuwachtig wachtte ze
tot de knul verscheen die ze op de politiefoto had gezien en ze herhaalde bij zichzelf dat ze zich een stuk zekerder zou hebben gevoeld
wanneer Héctor in de buurt was geweest, zoals ze eigenlijk hadden
afgesproken, klaar om in te grijpen als de boel uit de hand liep. Ze
zuchtte; zo erg was het nu ook weer niet. Het enige wat ze ging doen
was een dealertje arresteren om via hem die etter van een Aleix
Rovira de duimschroeven aan te draaien. En dat kon ze best alleen
af, verdomme.

Leire zag Rubén aan komen lopen met zijn handen in zijn zakken
en de uitdagende houding van een straatjongen. Ze werd iets kalmer, want ze wist van zichzelf dat ze er goed in was gezichten te
beoordelen en het gezicht van deze knul, die vermoedelijk nog niet

eens twintig was, leek niet bepaald gevaarlijk. Ze wilde namelijk onder geen beding haar pistool trekken, niet eens om hem te bedreigen. Hij ging op de hoek van de straat staan en spiedde om zich heen. Ze knipperde met de lichten van haar auto om aan te geven dat ze op hem wachtte. Rubén kwam naar haar toe en nadat ze hem had gebaard in te stappen, deed hij het portier open en kwam naast haar zitten.

'Ik wist niet helemaal zeker of jij het was,' mompelde ze bij wijze van excuus.

'Dat snap ik. Heb je het geld?'

Leire knikte en terwijl ze net deed of ze in haar zakken zocht, drukte ze snel de knop voor de portiervergrendeling in. De knul schrok erg en vloekte toen zij hem haar politie-insigne toonde.

'Godverdomme! Ik ben mooi de lul.'

'Een klein beetje maar. Echt ernstig is het niet,' antwoordde ze, en terwijl ze de auto startte bleef ze haar passagier steeds vanuit een ooghoek in de gaten houden. 'Rustig maar, jongen. En doe je veiligheidsgordel om. We gaan alleen maar een blokje om rijden om een beetje met elkaar te praten.'

Onder een zacht gemompeld protest ging hij akkoord.

'Zei je soms iets?'

'Ik zei dat praten nooit kwaad kan ...'

Leire schoot in de lach.

'Goed, dan zal ik beginnen terwijl jij luistert. En als jij daarna iets kwijt wilt, hoor ik het wel.'

'En zo niet?'

Leire manoeuvreerde de auto een stukje achteruit.

'Als je niet meewerkt begin ik opnieuw, net zo lang tot ik je overtuigd heb. Je weet toch dat vrouwen erg kunnen zeiken, of niet soms? Nou, ik klets je echt de oren van je kop.'

Rubén knikte en keek vervolgens onverschillig door het zijraam. Leire was intussen de straat op gereden, waar in deze julimaand erg weinig verkeer was.

'Ik wil het met je over een collega van je hebben, een rijkeluiszoontje, trouwens. Je weet wel wie ik bedoel, zeker?'

Rubén gaf geen antwoord, maar Leire ging stug door met haar monoloog, want ze wist donders goed dat hij aandachtig naar haar luisterde, ook al deed hij net alsof dat niet zo was. Zodra ze het woord 'moord' uitsprak, keek hij haar bijna aan, maar uiteindelijk wist hij zich nog net in te houden. Toen ze echter over het geld van de familie van Aleix begon, hun connecties en de uitstekende advocaten die ze voor hun van het rechte pad afgedwaalde zoon konden betalen – iets wat hij als arme schooier natuurlijk nooit kon –, won zijn overlevingsinstinct het volledig van alle kameraadschap en begon Rubén haar alles te vertellen wat hij op de bewuste Sint-Jansnacht had gezien of meende te hebben gezien.

Nadat hij Leire had beloofd dat hij zich maandag op een door haar aan te geven tijdstip op het politiebureau zou melden, liet ze hem gaan. Ze was er zeker van dat de knul zich aan hun afspraak zou houden. Vervolgens haalde ze haar mobieltje tevoorschijn en belde voor de derde keer die dag haar baas.

34

Toen de oude hangklok in het huis van haar oma even hard als een kamerorkest negen uur sloeg, drong het tot Joana door dat ze al uren achter de computer zat. Ze had namelijk steeds weer de blog van Marc gelezen en ook zijn foto's bekeken en was daar zo in opgegaan dat ze elke notie van tijd had verloren. Op de foto's had ze een levendige Marc gezien, in allerlei omstandigheden: dronken, vrolijk, serieus of terwijl hij de lolbroek uithing en gekke bekken trok. Hij was een vreemde voor haar, maar in bepaalde spontane gezichtsuitdrukkingen herkende ze duidelijk Enric toen hij jong was, de Enric die erop los experimenteerde en de hele dag feestvierde, die niets moest hebben van de burgermansidealen van zwoegen en werken die zijn familie zo hoog in het vaandel had staan. Dat was de Enric geweest voor wie ze was gevallen. En met een gevoel dat het midden hield tussen opluchting en teleurstelling begreep ze dat de jongen van de foto's misschien wel een moederfiguur had gemist toen hij jong was, maar niet haar. Niet Joana met haar gebreken, deugden en manies. Op die foto's was Marc gelukkig. Gelukkig, zonder dat hij het zelf wist. Gelukkig, zoals alleen iemand van negentien dat kan zijn, die ver van huis is en voor wie de toekomst een eindeloze aaneenschakeling van fantastische momenten is. Misschien had zij gedeeltelijk schuld aan alles wat hem overkomen was, ook aan die vervloekte samenloop van omstandigheden die ervoor had gezorgd dat hij uit het raam was gesprongen. Maar ze was niet schuldiger dan Enric of Fèlix, of die vrienden van hem die haar onbekend waren, zoals Iris. Iedereen had er, zonder opzet, in meerdere of mindere mate aan bijgedragen. De gedachte dat zij, per slot van rekening een onbekende, een belangrijke rol in Marcs dood had gespeeld zou een blijk van arrogantie zijn.

Het begon donker te worden en ze deed de kleine bureaulamp aan, die alleen een paar keer knipperde en het toen helemaal begaf.

Met een geërgerd gezicht stond ze op om de grote lamp aan het plafond aan te doen. Die verspreidde slechts een zwak licht, waardoor de kamer een droevige, geelachtige sfeer kreeg. Plotseling zag ze zichzelf daar in de geërfde, eenzame woning zitten, terwijl ze werd overrompeld door een verleden dat ze zelf al achter zich had gelaten. Ze had destijds veel opgegeven, maar in de jaren daarna was ze erin geslaagd een nieuw leven te beginnen. Misschien niet het leven waar ze van had gedroomd, maar wel een waarin ze over voldoende bewegingsvrijheid beschikte om zich niet gevangen te voelen. En nu, sinds een paar weken, was ze opnieuw in een soort zelfopgelegde gevangenschap terechtgekomen – typisch voor een grijze, afgeleefde vrouw. Traag, maar met besliste bewegingen begon ze haar koffers te pakken. Ze zou pas weggaan als ze die Iris had gezien en had gehoord wat ze te zeggen had. Daarna zou ze doen wat ze moest doen: teruggaan naar Parijs en haar leven weer oppakken; dat nu misschien nog slechter was dan eerst, maar in elk geval haar leven. Een leven waar ze voor had moeten knokken.

Terwijl ze haar kleren opvouwde, vroeg ze zich af of Enric de blog van Marc ook gelezen zou hebben. Zij had hem 's morgens opgebeld om het hem te vertellen, maar ze had hem zelf niet aan de telefoon gekregen en had een bericht op zijn voicemail achtergelaten.

Enric veerde op toen hij de deur van zijn kantoortje hoorde kraken. 'Heb ik je laten schrikken?'

'Nee,' antwoordde hij. Ook al had hij op dat moment helemaal geen zin om met Glòria te praten, toch vroeg hij: 'Slaapt Natàlia al?'

'Ja ...' antwoordde ze, en ze liep naar zijn bureau. 'Ze heeft een tijdje op je liggen wachten, maar uiteindelijk is ze in slaap gevallen.'

Enric voelde het onderhuidse verwijt in Gloria's stem, zo typisch voor haar, want ze klaagde nooit openlijk. Hij deed altijd net of hij niets doorhad, maar deze avond, nu hij al twee uur lang foto's van zijn overleden zoon op het computerscherm had bekeken, reageerde hij zonder een blad voor de mond te nemen.

'Het spijt me, maar vanavond ben ik niet echt in de stemming om verhaaltjes te vertellen. Begrijp je dat misschien?'

Glòria wendde haar blik af zonder iets te zeggen. Dat was zij ten voeten uit: nooit protesteren en alles bezien vanuit een soort vriendelijke inschikkelijkheid.

'Je begrijpt het toch, of niet?' drong hij aan.

'Ik kwam alleen maar vragen of je iets wilde eten.'

'Eten?' antwoordde hij verbaasd. Haar vraag leek hem zo onbenullig, zo absurd huiselijk, dat hij bijna moest lachen. 'Nee, rustig maar. Ik heb geen honger.'

'In dat geval laat ik je verder met rust. Goedenavond.'

Glòria liep stilletjes naar de deur. Soms dacht Enric weleens dat hij met een spook was getrouwd, want het leek haast of ze liep zonder de vloer te raken. Hij dacht dan ook dat zijn vrouw het kantoortje al uit was, toen hij haar plots op kalme, gedempte toon hoorde zeggen: 'Helaas is Marc dood, Enric. Voor hem kun je niets meer doen. Maar Natàlia leeft en heeft je nodig.'

Ze wachtte niet op zijn antwoord. Zachtjes sloot ze de deur en liet hem alleen met zijn machteloosheid, met de vloed van onrustbarende vragen die Marcs blog bij hem had opgeroepen, en waarvan hij tot deze avond niets eens had geweten dat die bestond. Maar de korte, welbewuste verschijning van Glòria had nog een duit in het zakje gedaan, hem met nog meer schuldgevoel opgezadeld. Want als er iemand was op deze wereld die hem kende en zijn gedachten kon lezen, dan was het Glòria wel. En het maakte dan ook niet uit wat hij zei; ze wist heel goed dat hij veel minder voor Natàlia voelde dan zij. Enric had slechts één zoon gehad en die was dood, bijna zeker vermoord door een van zijn beste vriendinnen.

Even later, terwijl hij een vuist balde en zijn kaken op elkaar klemde, pakte hij de telefoon en belde zijn broer. Er nam niemand op.

Fèlix staarde naar de telefoon. Die klonk even ongeduldig, hardnekkig en tactloos als degene die belde. Maar die avond had Fèlix, die nooit iets had gezegd over Enrics egoïsme, absoluut geen zin om op te nemen. Hij wist precies wat hij hem wilde vragen. Wie is die Iris nu eigenlijk? Waar komt dat sinistere verhaal in vredesnaam vandaan? Enric herinnerde zich natuurlijk niets meer. Een andere vader zou alles nog weten, Enric niet. Hoogstens zou hij zich nog vagelijk herinneren dat die zomer het kamp eerder was beëindigd vanwege een ongeluk. Maar Fèlix moest wel toegeven dat hij zijn broer nooit gedetailleerd had ingelicht. Daarentegen had hij zijn neef wel nauwlettend in de gaten gehouden, maar Marc leek er niet erg onder te lijden; feitelijk leek hij Iris te zijn vergeten toen hij weer thuis was en zijn dagelijkse routine opnam. Inderdaad. Iedereen was Iris vergeten. Dat was het beste.

Dat was het beste, zei hij bijna hardop, ervan overtuigd dat hij, gezien de omstandigheden, had gedaan wat hij kon. Voor dat arme meisje viel al niets meer te doen; zij was bij de Heer. Hij had alleen verantwoordelijkheid voor degenen die leefden. Die knoop had hij zelf door moeten hakken, en dat had hij ook gedaan. Maar zodra hij de vage foto van Iris op Marcs blog had gezien, was er van zijn zelfverzekerdheid niets meer overgebleven. Want hij begreep dat zijn pretentie dat hij die zomer correct had gehandeld, misschien wel nergens op was gebaseerd. En het gezichtje van Iris herinnerde hem daaraan.

Die nacht, terwijl hij naar de foto van het blonde meisje keek, sloeg Fèlix zijn ogen neer en vroeg God om vergiffenis. Voor zijn zonden, voor zijn hoogmoed, voor zijn vooroordelen. Al biddend schoot hem te binnen wat Joana een paar dagen geleden tegen hem had gezegd, namelijk dat je je niet van schulden kon verlossen, maar dat je die op je moest nemen. Misschien had ze wel gelijk. En misschien was nu dan het moment aangebroken om dat inderdaad te doen, zodat het recht zijn loop zou krijgen, met alle consequenties van dien. Het is afgelopen om voor God te spelen, zei hij bij zichzelf. Laat iedereen zijn eigen schuld maar op zich nemen. Laat de waarheid aan het licht komen. En laat de Heer me mijn zonden en tekortkomingen vergeven, en eeuwige rust schenken aan de doden.

R.I.P. stond er op het briefje dat hij die middag samen met een dood katje op het zadel van zijn fiets had gevonden. Aleix had al zijn weerzin moeten overwinnen om het dode beest op te pakken en nu, een paar uur later, had hij het gevoel dat zijn handen er nog altijd naar roken. De tijd tikte door en het geld om die kerels te betalen had hij nog niet. Je hoefde dan ook geen genie te zijn om te begrijpen van wie het bericht afkomstig was en wat ermee werd bedoeld. Over twee dagen, op dinsdag, liep het ultimatum af. Hij had een paar keer tevergeefs naar Rubén gebeld. Ook dat was een teken aan de wand, dacht hij. De ratten verlaten het zinkende schip. Hij moest het helemaal alleen opknappen.

Opgesloten in zijn kamer dacht Aleix na over de mogelijkheden die hij had. Gelukkig dat zijn brein ondanks alle stress goed bleef functioneren, hoewel een lijntje coke beslist geen kwaad had gekund om te helpen de knoop door te hakken. Terwijl hij de lucht buiten steeds donkerder zag worden, werd het hem uiteindelijk duidelijk dat hij geen andere mogelijkheid meer had. Hoewel het hem veel moeite zou kosten en hij er diep in zijn hart van walgde, was er nog maar één iemand die hem zou kunnen helpen: Edu. Hij zou hem het geld lenen. En als het niet goedschiks ging, dan maar kwaadschiks. Hij wilde er niet langer over nadenken en liep snel en beslist naar de kamer van zijn broer.

35

Zonder vragen te stellen pikte Leire Héctor op bij de Torre Agbar. Ze deed net of ze zijn vermoeide gezicht niet had gezien. Hij droeg nog steeds hetzelfde overhemd als die ochtend en sprak traag, alsof het hem veel moeite kostte om zich te concentreren. Maar toen hij van haar te horen kreeg hoe de verklaring van Rubén was verlopen, kwam er toch een lichte schittering in zijn ogen.

'Het spijt me dat ik eigenmachtig ben opgetreden,' zei Leire toen ze klaar was met haar verhaal.

'Daar is al niets meer aan te doen,' antwoordde hij.

'Realiseert u zich wel, inspecteur, dat we nu een getuige hebben die meent te hebben gezien hoe iemand Marc Castells uit het raam duwde? Die getuigenverklaring verdient misschien wel geen schoonheidsprijs, maar ik zou zweren dat hij de waarheid spreekt.'

Héctor probeerde zich op de zaak te concentreren, maar het kostte hem veel moeite. Toen ze uiteindelijk in het centrum waren, nodigde hij haar opeens en enigszins opgelaten uit om samen iets te gaan eten. Ook al kwam het op Leire nogal vreemd over, ze zei er niets van, waarschijnlijk omdat ze erge honger had en eigenlijk ook niets in huis had. Ze wilde graag naar een goed Chinees restaurant waar ze al vaker was geweest.

'Houdt u van Chinees eten?'

'Ja,' loog Héctor. 'En hou nu eindelijk eens op om "u" tegen me te zeggen, in elk geval voor een tijdje.' Terwijl hij tegen haar glimlachte dacht hij dat hij morgen weleens geen inspecteur meer zou kunnen zijn, maar een verdachte van moord. Op gedempte toon voegde hij eraan toe: 'Of misschien zelfs wel voor altijd.'

Leire begreep niet helemaal wat hij bedoelde, maar voelde wel aan dat ze niet kon doorvragen, dus hield ze verder haar mond.

'Jij bent de baas. Maar het eten betalen we fiftyfifty.'

'Geen sprake van. Mijn godsdienst verbiedt me dat.'

'Ik hoop maar dat je godsdienst dan niet ook verbiedt om Chinees te eten.'

'Daar ben ik niet zeker van. Dat zal ik eens moeten navragen.'

Leire moest lachen.

'Nou doe dat dan morgen maar ... voor het geval het niet mag.'

Héctor liet zich er niet van afbrengen om de rekening te betalen. Vandaar dat Leire, vanuit een soort feministisch gelijkheidsstreven, voorstelde om daarna een borrel te gaan drinken in een bar in de buurt – REC geheten – waar ze volgens haar zeggen de beste mojito's van Barcelona hadden. Het ging om een klein etablissement, met een interieur in wit, grijs en rood. 's Winters zat het binnen meestal vol omdat het dan te koud was op het terras. Maar nu, op deze zomeravond, zaten er slechts een paar klanten aan de bar te kletsen met de eigenaar, een spierbundel die Leire met twee zoenen op de wang begroette.

'Zo te zien ben je hier erg bekend,' merkte Héctor op nadat ze aan een tafeltje waren gaan zitten.

'Ik kom hier regelmatig,' antwoordde zij. 'Met een vriendin van me.'

'Leire, wil je twee mojito's?' vroeg de eigenaar.

'Nee, eentje maar. Voor mij een vruchtencocktail. Zonder alcohol.'

De eigenaar gaf haar een knipoogje, zonder verder iets te zeggen; als zíj zich tegenover haar metgezel als geheelonthouder wilde voordoen, was dat haar zaak. Hij bracht hun dan ook de twee drankjes en ging weer achter de bar staan.

'Lekker?' vroeg ze aan Héctor. Eigenlijk wilde ze zelf ook dolgraag een mojito nemen, maar het vooruitzicht van een baby met drie hoofden weerhield haar ervan om ook maar één druppel alcohol te nemen.

'Ja. Weet je zeker dat jij niet wilt?'

'Ik moet nog rijden,' antwoordde ze, en voor één keer in haar leven was ze dankbaar voor de talloze alcoholcontroles die de politie op zaterdagavond in de stad hield.

'Brave meid.'

Héctor roerde de suiker die op de bodem van het glas lag door de mojito en nam nog een slok. Ze hadden de zaak van Marc Castells tijdens het eten nog een keer helemaal doorgenomen en waren opnieuw bij hetzelfde punt uitgekomen: Iris, of liever gezegd: Inés Alonso. Ze hadden afgesproken dat Leire haar op het vliegveld zou ophalen om ervoor te zorgen dat het meisje zonder problemen naar de woning van Joana Vidal zou kunnen gaan, of waar ze dan ook maar het eerst heen wilde. Natuurlijk zou ze het onderweg met haar over Marc hebben. Héctor had ervoor gekozen om zich afzijdig te houden, zonder dat Leire wist waarom. Hij kon dat natuurlijk onmogelijk vertellen zonder dat Martina Andreu in de problemen zou komen. Voor de zoveelste keer die avond keek Héctor naar zijn mobieltje, dat boven op de tafel hooghartig bleef zwijgen. Zelfs Ruth had niet de moeite genomen om hem antwoord te geven.

'Verwacht je een telefoontje?' vroeg Leire. Ook al had ze niets gedronken, dat verhinderde haar niet om nieuwsgierig te zijn. 'Een vriendin?'

Hij glimlachte.

'Zoiets. En vertel me eens: wat doet een meisje zoals jij eigenlijk alleen op zaterdagavond?'

Leire haalde haar schouders op.

'De mysteries van de grote stad,' antwoordde ze en terwijl Héctor haar met een spottende blik aankeek, kreeg ze plotseling veel zin om hem alles te vertellen: dat ze zwanger was, over haar gesprek met Tomás, haar angsten.

'Ik geloof niet dat ik nog meer mysteries aankan,' zei hij op gedempte toon, waarna hij een slok van zijn mojito nam.

'Dit mysterie is erg eenvoudig op te lossen, echt,' antwoordde ze. Héctor zou na María en Tomás de derde zijn aan wie ze het vertelde, zelfs nog vóór haar ouders. Maar ze kon zich gewoon niet meer inhouden: 'Mag ik je een nieuwtje vertellen? Niet aan de inspecteur Salgado die je morgen weer bent, maar aan de Héctor van deze avond.'

'Ik ben dol op nieuwtjes.'

'Ik ben zwanger,' zei ze en ze werd op slag rood, alsof ze een doodzonde had opgebiecht.

Héctor wilde net een slok nemen en klonk meteen glimlachend met haar.

'Gefeliciteerd,' zei hij, terwijl hij, ondanks zijn vermoeide gezicht en de wallen onder zijn ogen, vrolijk naar haar lachte.

'Niet verder vertellen, hoor. Ik ben nog niet zo lang zwanger en iedereen waarschuwt je altijd dat je het nieuws niet te snel moet vertellen, voor als er soms iets misgaat en ...'

'Rustig maar,' onderbrak hij haar. 'Daar weet ik alles van. Ik zal zwijgen als het graf. Dat beloof ik je. Ik neem nog een mojito. Wil jij nog zo'n ouwewijvensapje?'

'Nee. Het smaakt echt vreselijk. Er zit vast een paar kilo suiker in.'

Terwijl Héctor aan de bar stond om een mojito te bestellen, zei Leire teleurgesteld bij zichzelf dat ze stom was geweest. Ze vroeg zich af wat ze dan had verwacht. Hij is je baas, niet je vriend. En zelfs als baas kent hij je nog maar vier dagen.

Héctor kwam aan het tafeltje zitten met een nieuwe mojito. Zijn mobieltje bleef even stil als voorheen.

'Ik heb jou mijn geheim verteld,' zei ze. 'Nu ben jij aan de beurt.'

'En wanneer hebben we dat afgesproken, als ik vragen mag?'

'Niet. Maar het kwam plotseling in me op ...'

'Ach, nee ... Mijn vrouw heeft me maandenlang met zoiets achtervolgd, tot ik erachter kwam dat ze me allemaal flauwekul opdiste. Mijn ex-vrouw, bedoel ik,' antwoordde hij en hij nam een slok.

'Heb je kinderen?'

'Ja. Eentje,' zei hij. 'En dat worden nooit exen.' Tenzij hij niet kan leven met een vader die veroordeeld wordt voor moord, dacht hij, terwijl hij eigenlijk helemaal geen zin had om daarover na te denken. 'Ik waarschuw je maar. En zeg dat ook maar tegen je vriend.'

Toen Héctor de reactie op Leires gezicht zag, had hij onmiddellijk in de gaten dat hij iets verkeerds had gezegd.

'Oké, sorry,' zei hij en hij nam meteen een flinke slok van zijn mojito, die niet zo lekker smaakte omdat hij erg sterk was. 'Verdomme, je vriend heeft er deze keer wel heel veel rum in gedaan.' En nadat hij stevig in het glas had geroerd ging hij verder: 'Weet je, een vriend heb je helemaal niet nodig. Ik heb het over de vader, natuurlijk. Ik zweer je dat ik in elk geval heel goed zonder de mijne had kunnen leven.'

Leire keek hem aan terwijl hij opnieuw een lange teug nam. Toen hij zijn glas weer op tafel zette en ze zijn ogen kon zien, meende ze de duistere blik te begrijpen die erin te zien was en die leek op iets wat haar vriendin María 'de verleidingskracht van een droevige jeugd' noemde. Een blik waaruit zowel aantrekkingskracht als tederheid sprak. Terwijl ze haar hormonen vervloekte, die leken samen te spannen om haar te verraden, wendde ze haar blik af om te voorkomen dat hij zou merken dat ze naar hem keek. Gelukkig kwamen er precies op dat moment een paar mensen aan het tafeltje naast hen zitten, zo dichtbij dat het onmogelijk werd om een vertrouwelijk gesprek te voeren. Zowel Héctor als zij deed er alles aan om ontspannen verder te praten, maar omdat dat juist averechts werkte, was Leire maar wat blij toen Héctor na een laatste slok opperde dat ze wel moe zou zijn.

'Een beetje wel, inderdaad. Wil je dat ik je ergens heen breng?'

Hij schudde van nee.

'We zien elkaar morgen,' antwoordde hij. Althans, dat hoop ik, zei hij bij zichzelf. 'Doe voorzichtig.'

'Ik heb niets gedronken, inspecteur Salgado.'

'Ah, ben ik al geen Héctor meer?' vroeg hij met een flauwe glimlach.

Leire zei niets. Ze liep naar de bar en betaalde de drankjes zonder zich iets van zijn protesten aan te trekken. Héctor keek naar haar terwijl ze een tijdje met de eigenaar bleef kletsen. Hij hoorde haar lachen, en besefte dat dat precies was wat hij de laatste tijd zo miste: niet iemand om een nummertje mee te maken, om mee uit te gaan of om mee samen te leven, maar iemand met wie hij om dit vervloekte leven kon lachen.

Héctor bleef tot sluitingstijd in de bar hangen, net als een dronkenlap die geen zin heeft om naar huis te gaan en blijft plakken. Die avond echter hadden de mojito's geen effect op hem. Spottend bedacht hij dat filmhelden altijd bourbon of whisky dronken. Zelfs daar kun je niet aan tippen, Salgado. Pas toen de eigenaar van de bar hem beleefd kwam melden dat het sluitingstijd was, ging hij naar buiten. Hij zwierf een tijdje doelloos rond, terwijl hij probeerde nergens aan te denken. Dat lukte hem echter niet, en precies op het moment dat hij een andere kroeg wilde binnengaan om zich verder vol te laten lopen, nam zijn mobieltje plotseling wraak voor de langdurige stilte. Hij antwoordde meteen.

'Martina!'

'Héctor, de zaak is opgelost. Opgelost! Verdomme, inspecteur, ik heb iets te goed van je. Deze keer heb ik echt iets van je te goed.'

36

Zodra Héctor weg was, ging Martina opnieuw de woning binnen waar het mishandelde lichaam van dokter Omar lag. Doordat ze al voorbereid was op wat ze te zien zou krijgen, bleef ze deze keer doodnuchter bij de aanblik van het lijk. Als deze man tijdens zijn leven op een of andere manier kwaad had gedaan, dan was het duidelijk dat hij daar met een langzame dood voor had betaald, zei ze bij zichzelf terwijl ze naast het lichaam neerknielde. Als een hond aan zijn lot overgelaten. Hoewel ze geen patholoog-anatoom was, schatte ze zo in dat de dokter al een à twee dagen dood moest zijn. De enorme kneuzing die hij in zijn nek had moest echter al van voor zijn dood stammen. Ja, hij moest die vreselijke klap al een paar dagen eerder hebben gekregen, de dag dat hij was verdwenen, en vervolgens hadden ze hem hier achtergelaten, vastgebonden, een prop in zijn mond en nagenoeg dood. Met duidelijk sadisme, dacht ze terwijl ze de beelden van de video weer voor zich zag, had zijn moordenaar het moment van zijn dood vastgelegd.

Langzaam kwam ze overeind. Of ze het nu wilde of niet, alle aanwijzingen wezen in de richting van Héctor. Een getuige had hem bij het huis van het slachtoffer gezien op de dag van zijn verdwijning; een man met een Argentijns accent had per telefoon een varkenskop besteld en die later betaald. Maar opbellen kon je overal vandaan. Bovendien had ze van de slagersjongen geen erg duidelijke beschrijving gekregen van de man. Behalve het Argentijnse accent was die nogal vaag geweest. Vaag, maar volstrekt niet in tegenspraak met het uiterlijk van Héctor Salgado. En vervolgens was er dit lijk, in een woning recht onder die van Héctor. En de dvd met de dood van Omar erop in zijn huis. Martina sloot haar ogen; het volledige verband tussen de verschillende puzzelstukjes was haar nog onduidelijk. Natuurlijk was het ondenkbaar dat Héctor in een daad van sadistisch voyeurisme iemand dood zou filmen. En wat echt volstrekt ondenkbaar was, was dat hij die arme Carmen zou aanvallen, zijn huisbaas en buurvrouw. Maar wat als de aanval op Carmen volkomen toevallig was geweest? Iets wat die dag was gebeurd, maar geen enkel verband hield met de zaak-Omar?

Zo is het wel genoeg, zei ze bij zichzelf. Hier viel verder niets meer te onderzoeken. Ze liet de woning achter zoals ze hem had aangetroffen en de sleutels van Carmen hing ze netjes terug op hun plaats. Toen kreeg ze plots een vaag gevoel dat ze iets over het hoofd had gezien. Of misschien kwam dat wel door haar angst dat iemand zou ontdekken wat ze uitspookte: de ontsnappingsmogelijkheid die ze een potentiële moordenaar had gegeven ... Ze zette haar positie voor hem op het spel, dacht ze. En zonder enige garantie dat zij als winnaar uit de strijd zou komen.

Ze verwierp de mogelijkheid om terug te keren naar de woning van Omar en besloot naar het bureau te gaan. Daar zou ze zich met al het materiaal waarover ze beschikte opsluiten in haar kantoortje om na te gaan of ze niet een aanwijzing over het hoofd had gezien. Ze keek op haar horloge. Er stond haar een lange en misschien nutteloze nacht te wachten, maar ze was niet bereid om de handdoek in de ring te gooien. Nu in elk geval nog niet.

Twee uur later, met een vreselijk stijve nek en rood aangelopen ogen, had ze echter steeds meer het gevoel dat de nederlaag onvermijdelijk was. Ze had alle rapporten herlezen, zowel die van voor de verdwijning van Omar, toen er onderzoek was gedaan naar zijn connecties met de bende vrouwenhandelaars, als die van daarna. Ze had een schema gemaakt met de verklaringen van alle getuigen: die van de advocaat, die had verklaard Omar maandagavond te hebben gezien, die van de slager, en vooral die van Rosa, volgens wie de dokter dinsdagmiddag nog in zijn praktijk was. Ze had zichzelf alle mogelijke vragen gesteld, en hoewel ze die niet allemaal had kunnen beantwoorden, wezen alle sporen in de richting van één naam: Héctor Salgado.

Voor de laatste keer liep ze de vragen na die onbeantwoord waren gebleven. Sommige waren minder belangrijk, zoals: hoe had Héctor Omars lichaam overgebracht naar de lege woning onder de zijne? Hij kon een auto van een vriend hebben geleend. Of van zijn ex. Hij kon er zelfs een politieauto voor gebruikt hebben. Het was niet eenvoudig, maar ook niet onmogelijk. De vraag kon dus terzijde worden geschoven. En dat betekende weer een minpunt voor de inspecteur.

Martina was doodmoe. Ze had rugpijn, hoofdpijn en maagpijn. Bovendien was ze chagrijnig. Maar juist door haar vermoeidheid werd ze ertoe gedwongen met haast bovenmenselijke inspanning door te gaan. Even sloot ze haar ogen en haalde diep adem; toen begon ze opnieuw, vanaf het begin. Er was nog een andere vraag blijven hangen sinds er onderzoek was gedaan in het huis en naar de rekeningen van de dokter. Als ze ervan uitging dat die kwakzalver had samengewerkt met de bende vrouwenhandelaars – en ze had geen enkele reden om daaraan te twijfelen –, waar was dan het geld gebleven dat hij daarmee had verdiend? Overduidelijk niet op zijn bankrekening, maar ook niet in zijn huis. De vraag bleef onbeantwoord, maar dat nam de verdenking van Héctor niet weg. Zijn motief – als hij schuldig was tenminste – was nooit diefstal geweest, maar wraak. Het idee dat hij het recht in eigen hand kon nemen. Hetzelfde idee als dat dat hem ertoe had gebracht om Omar in elkaar te slaan.

'Het is welletjes geweest,' zei ze hardop. Ze kon gewoon niet meer en was volledig uitgeput. Misschien was het maar het beste om de vondst van het lijk aan te geven en dat Héctor zich in het verlengde daarvan aan een diepgaand onderzoek onderwierp. Zij had gedaan wat ze kon ... Terwijl ze nog een paar minuten wachtte alvorens de telefoon te pakken en het hele proces in gang te zetten, dacht ze erover na hoe ze haar eigen optreden kon rechtvaardigen, dat overduidelijk weinig professioneel was geweest. Ze schoof de rapporten over Omar terzijde en terwijl ze nadacht over haar eigen situatie, sloeg ze de mappen open over de mishandelde vrouwen die zich voor de zelfverdedigingscursus hadden ingeschreven die ze in het najaar opnieuw zou gaan geven. Als ze haar tenminste niet bij alcoholcontroles zouden inzetten wanneer deze zaak met Héctor aan het licht kwam, dacht ze. Ze keek alle mappen door. Helaas zou ze niet alle vrouwen een plaats op de cursus kunnen geven, hoewel ze ernaar streefde er zo veel mogelijk toe te laten. Bovendien kwam nooit iedereen opdagen wanneer de cursus eenmaal begon, ofwel omdat ze dachten dat ze het niet aankonden, ofwel omdat ze zich erbij neergelegd hadden door klootzakken te worden mishandeld. Arme vrouwen, dacht ze opnieuw. Wie niet met hen te maken had gehad, wist gewoon niet wat voor doodsangsten ze steeds weer moesten uitstaan. De vrouwen waren van alle leeftijden, met allerlei sociale achtergronden en van verschillende nationaliteiten, maar wat ze gemeen hadden waren angst, schaamte, wantrouwen ... Ze stopte even met bladeren toen ze de foto zag van een vrouw die ze onmiddellijk herkende. Het was Rosa, dat kon niet anders. María del Rosario Álvarez, volgens het inschrijfformulier. Het verbaasde haar niet om haar hier tegen te komen: ze had het over een echtgenoot gehad voor wie ze bang was. Plotseling schoot het Martina te binnen wat ze in het park tegen haar had gezegd, haar nadrukkelijke verzoek om anoniem te blijven. Rosa moest haar man welhaast vergeven hebben, want haar aangifte wegens mishandeling dateerde van februari dit jaar. Maar toen viel de onderinspecteur plots een andere naam op. Een naam die haar zowel bang als zenuwachtig maakte. Want de advocaat die Rosa in deze zaak had vertegenwoordigd was niemand minder dan Damián Fernández, dezelfde die dokter Omar verdedigde.

Martina kon maar nauwelijks haar zenuwen de baas blijven. Ook al had ze een paar uur eerder haar kalmte verloren, juist nu had ze die nodig om over dit onverwachte verband te kunnen nadenken. Ze keek opnieuw het rapport over Omar in, maar deze keer vanuit een totaal ander perspectief. Wie had Omar dinsdag nog gezien? Rosa. Wie had Héctor op zo'n ondubbelzinnige wijze herkend? Rosa. Alleen zij, want een Argentijns accent – de aanwijzing die de slager haar had gegeven – was gemakkelijk te imiteren. Het bewijs dat Omar dinsdagmiddag nog in leven was, was dus enkel en alleen gebaseerd op haar verklaring. Als die onjuist was, wat bleef er dan nog over? De verklaring van Damián Fernández, die beweerde maandag bij Omar op bezoek te zijn geweest. Wat waarschijnlijk waar was. Die maandag moest de advocaat inderdaad bij zijn cliënt op bezoek zijn geweest, maar niet om hem het voorstel van Savall over te brengen, maar om hem in elkaar te meppen. Ja, ongetwijfeld had hij Omar in elkaar geslagen en daarna het geld gestolen, dat vast ergens in dat verdomde huis verstopt zat! En daarna ... daarna had hij de zwaar toegetakelde Omar midden in de nacht overgebracht naar de lege woning onder die van Héctor, die de hele nacht afwezig was. Het vreemde gevoel dat Martina eerder had gekregen toen ze de sleutels terughing in Carmens huis, die bos met de sleutels van alle woningen, die ze waarschijnlijk amper gebruikte, kreeg ze nu weer. Ze wist niet goed hoe Damián Fernández die sleutels te pakken had gekregen, maar ze was er zeker van dat dat hem was gelukt. Vervolgens had hij ze gekopieerd om naar believen in en uit te kunnen gaan – dat wil zeggen om in de woning van Héctor binnen te dringen wanneer die er niet was en in de lege woning eronder om daar de dood van Omar te kunnen filmen. Zelfs de overval op Carmen paste nu perfect in het plaatje. Zij moest hem in het huis van Héctor hebben betrapt, vast terwijl hij bezig was de video in de dvd-speler te stoppen. Daarop had hij haar neergeknuppeld en naar haar eigen huis versleept. Ondertussen had zijn handlangster Rosa naar haar gebeld om in een glansrol Héctor tot de belangrijkste verdachte van de verdwijning en de dood van Omar te maken.

Geëmotioneerd en tegelijk opgefokt, besefte Martina dat ze nog niet alle puzzelstukjes aan elkaar had gepast, maar het was wel duidelijk dat ze Rosa en Damián Fernández heel wat vragen te stellen had. En ze was beslist niet van plan om daarmee tot morgen te wachten.

Héctor luisterde zowel verbaasd als geschrokken naar het relaas dat Martina, die echt over een onuitputtelijke energie leek te beschikken, hem om vier uur 's ochtends vertelde.

'We hebben ze te pakken, Héctor! Misschien zou het ons wat meer tijd hebben gekost als we ze niet samen in zijn huis in bed hadden betrapt. Fernández was niet gemakkelijk tot een bekentenis te dwingen, maar zij sloeg onmiddellijk door. Ze heeft alles opgebiecht, hoewel ze natuurlijk ontkent dat ze ook maar iets van die moord af wist. En toen we vervolgens de verklaring van Rosa voor zijn neus hielden, kon hij natuurlijk niet langer blijven ontkennen.'

'Was diefstal het motief?' vroeg Héctor, die bijna teleurgesteld was, na alle suggesties van vervloekingen en zwarte magie.

'Nou ja, het is een flinke buit voor die twee arme schooiers. We hebben meer dan honderdduizend euro in het huis van de advocaat gevonden, die ongetwijfeld uit de praktijk van Omar afkomstig is.'

'Maar hoe hebben ze dan in vredesnaam de sleutels van mijn huis te pakken gekregen?'

'Damián Fernández liet niets los, maar Rosa heeft het me verteld toen ik haar onder druk begon te zetten. Hij had er tegen haar over opgeschept dat hij zich bij Carmen voor installateur van airco's had uitgegeven. Die arme vrouw was met hem aan de praat geraakt, en terwijl ze hem haar hele huis liet zien, kreeg hij op een gegeven moment de kans de sleutels te pakken. Nadat hij een afspraak met haar had gemaakt voor de volgende dag, hing hij de sleutels weer netjes terug.'

Martina dempte haar stem.

'Fernández heeft je de hele tijd in de gaten gehouden, Héctor. Toen jij er niet was is hij snel je huis binnengedrongen om de dvd met de dood van Omar erop in de speler te stoppen.'

'Heeft hij dat ook gedaan?'

Martina fronste haar wenkbrauwen.

'Het is merkwaardig. Toen jij Omar aframmelde, werd dat opgenomen door een camera in zijn praktijk en ze dachten dat als bewijs tegen jou te gebruiken, maar daardoor was Fernández op het idee gekomen het nog eens dunnetjes over te doen en een video te maken met de dood van Omar erop. Wat betreft die video van je ex en haar vriendin op het naaktstrand ... Ik weet niet goed wat ik daarvan moet denken. Fernández beweert dat hij die tussen opnames van Omar heeft gevonden. Hij vertelde dat de dokter in de dagen voor hij hem heeft vermoord iets aan het bekokstoven was met een of ander ritueel.'

'Iets wat tegen mij gericht was?' vroeg hij geschrokken.

'Maak je daar maar niet druk over, Héctor. De dokter is dood, hij kan je al niets meer doen. Het belangrijkste is dat er voldoende bewijs is om Rosa en Fernández in staat van beschuldiging te stellen. En jij bent daarmee van elke verdenking gezuiverd ...'

Er viel een korte stilte, waarin Héctor bedacht hoe goed Martina hem eigenlijk geholpen had.

'Ik weet niet hoe ik je moet bedanken, echt,' zei hij uit het diepst van zijn hart.

Martina streek met haar hand langs haar voorhoofd: ze was doodmoe door die slapeloze nacht.

'Rustig maar, ik bedenk wel wat. Het is al laat ... of vroeg,' voegde ze er met een glimlach aan toe. 'Wat ben je van plan? Ga je naar huis?'

Héctor schudde zijn hoofd.

'Ik neem aan dat ik daar morgen niet meer onderuit kom. Maar vannacht ga ik in elk geval in mijn kantoortje slapen. Dat is trouwens niet de eerste keer dat ik dat doe.'

zondag

37

Op het vliegveld was het een voortdurend komen en gaan van toeristen die bagagekarretjes duwden of met koffers sleepten. Sommigen van hen vertrokken, en wierpen daarbij nog een laatste verlangende blik achterom, naar de zon die hen steeds gezelschap had gehouden, had verwarmd en geroosterd op het strand, en die straks, wanneer ze op hun bestemming in het noorden aankwamen, verdwenen zou zijn of slechts af en toe zijn gezicht zou laten zien tussen grote wolkenmassa's. Op de gezichten van de toeristen die arriveerden stond daarentegen een grote opgetogenheid te lezen, hoewel die onmiddellijk weer verdween wanneer ze eenmaal de nieuwe terminal met zijn zwarte spiegelvloer uit waren en buiten tegen een muur van hitte op botsten.

Leire had Héctor op zijn verzoek thuis opgepikt. Ze was er verbaasd over dat hij haar belde, want de dag tevoren hadden ze afgesproken dat zij alleen naar het vliegveld zou gaan om Inés op te halen. Héctor, die 's morgens vroeg naar huis was gegaan, alleen om een douche te nemen en andere kleren aan te trekken, was in een uitstekend humeur. Hij had weliswaar nog steeds wallen onder zijn ogen, maar hij was veel vrolijker. Zijzelf had niet veel geslapen die nacht en 's ochtends was ze vreselijk misselijk geworden. Erger nog dan wanneer ze een kater had.

De vlucht kwam met maar weinig vertraging aan en het kostte hun helemaal geen moeite om het meisje van de zwart-witfoto te herkennen, hoewel ze daarop ongetwijfeld knapper was dan in werkelijkheid. Want de jonge vrouw die door de uitgang naar buiten kwam, niet al te groot, met krullend haar en dikker dan ze hadden verwacht, had volstrekt niets mysterieus. Héctor liep naar haar toe: 'Inés Alonso?'

'Klopt,' zei ze terwijl ze hem angstig aankeek. 'Is er iets aan de hand?'

Hij glimlachte haar toe.

'Ik ben inspecteur Salgado en dit is agent Castro. We zijn hier-naartoe gekomen om je naar het huis van Joana Vidal te brengen, de moeder van Marc.'

'Maar ...'

'Rustig maar. We willen alleen met je praten.'

Inés sloeg haar blik neer en knikte langzaam. Ze liep zonder nog een woord te zeggen achter hen aan naar de auto. Ook tijdens de rit zei ze niets, hoewel ze beleefd antwoord gaf op een paar onbelang-rijke vragen. Peinzend zat ze op de achterbank van de auto; het enige wat ze bij zich had was een rugzak en die hield ze de hele tijd angstvallig vast.

Ze had nog altijd niets gezegd toen ze de steile trap naar het huis van Joana Vidal op gingen. Héctor bedacht met een lichte wroeging dat hij sinds gisteren, toen ze samen hadden ontbeten, niet meer met haar had gepraat. Toen Joana de deur voor hen opendeed, zag hij onmiddellijk dat er iets aan haar was veranderd. Ze spreidde een zelfverzekerdheid tentoon die hij eerder niet bij haar had gezien.

Ze ging hun voor naar de eetkamer, waar de ramen openstonden en die baadde in het zonlicht.

'Er zat niets anders voor me op dan de politie van je komst op de hoogte te stellen,' zei Joana tegen de haar onbekende Inés, die net als de anderen was gaan zitten, maar met een kaarsrechte rug, alsof ze op het punt stond aan een mondeling examen te beginnen.

'Dat was misschien ook maar het beste,' mompelde ze.

'Inés,' vroeg Héctor, 'je had Marc in Dublin ontmoet, niet?'

Ze glimlachte voor de eerste keer.

'Ik zou hem nooit hebben herkend. Maar hij had mijn naam op de lijsten voor de studentenwoningen zien staan. En op een dag kwam hij naar me toe en vroeg of ik diezelfde Inés Alonso was.'

Héctor knikte vriendelijk, om haar ertoe te bewegen verder te vertellen.

'Toen hij zich had voorgesteld nodigde hij me uit samen iets te gaan drinken,' zei ze, en ze liet duidelijk blijken hoe prettig ze dat had gevonden. 'Ik geloof dat hij verliefd op me was. Maar ... natuur-lijk konden we uiteindelijk niet om Iris heen. Die eeuwige Iris ...'

'Wat is er die zomer op het kamp gebeurd, Inés? Ik weet dat je nog erg jong bent en dat het pijnlijk is om erover na te denken ...'

'Nee. Nu niet meer,' antwoordde ze, terwijl ze rood werd en de tranen haar in de ogen sprongen. 'Ik heb jarenlang geprobeerd om die zomer en die dag te vergeten. Maar nu ga ik het niet meer uit de weg. Daarin had Marc gelijk, hoewel hij de ware toedracht niet helemaal kende. Eigenlijk ben ik zelf ook pas onlangs achter de volledige waarheid gekomen – met Kerstmis vorig jaar, om precies te zijn, toen mijn moeder ging verhuizen en we alle spullen van het oude huis aan het inpakken waren. In een van de dozen vond ik het beertje van Iris. Dat zag er nog steeds hetzelfde uit, met de vulling er half uit. Maar toen ik het oppakte merkte ik plotseling dat er iets in zat.'

Ze onderbrak haar verhaal om een map uit haar rugzak te halen.

'Alstublieft,' zei ze, terwijl ze de map aan Héctor wilde geven. 'Of hebt u liever dat ik het voorlees? Dit heeft mijn zus Iris die zomer geschreven. Ik heb het al heel vaak herlezen nadat ik het gevonden had. De eerste paar keer kon ik het niet helemaal uitlezen, maar inmiddels wel. Het is een behoorlijk lang verhaal ...'

En nadat Inés een paar pagina's uit de map had gehaald, begon ze met een stem die ze resoluut wilde laten klinken het verhaal van Iris voor te lezen:

'Ik heet Iris en ben twaalf. De dertien zal ik niet halen want voor de zomer voorbij is zal ik dood zijn.

Ik weet wat de dood is, of in elk geval kan ik me er iets bij voorstellen. Je valt in slaap en wordt niet meer wakker. Je slaapt de hele tijd, zonder te dromen. Toen ik klein was, was papa een paar maanden ziek. Hij was altijd erg sterk: hij kon met een bijl dikke bomen omhakken. Ik vond dat prachtig om te zien, maar ik mocht van hem niet in de buurt komen, want er konden gevaarlijke splinters rond-vliegen. Toen hij ziek was, voor hij voorgoed in slaap viel, werden zijn armen steeds magerder, alsof ze van binnen-uit werden opgevreten. Op het laatst was hij nog maar vel over been, en vlak daarna stierf hij. Hij had geen kracht meer om wakker te blijven. Ook ik heb intussen al niet meer zoveel kracht. Mama zegt dat dat komt doordat ik niet eet, en daar heeft ze gelijk in, maar zij denkt dat ik alleen maar even slank wil zijn als de fotomodellen uit de tijdschriften, en dat is niet zo. Ik wil niet slanker worden om knapper te zijn. Vroeger wel, maar nu lijkt dat me onzin. Ik wil slanker worden om net zo te kunnen sterven* *als papa. En de waarheid is dat ik ook niet zoveel honger heb, dus niet eten is eenvoudig voor me. Of dat was in elk geval zo, voordat mama begon te controleren of ik tijdens de maaltijd wel at. Nu is het veel moeilijker voor me. Ik moet net doen of ik alles opeet wat er op mijn bord ligt om te voorkomen dat ze vervelend gaat doen, maar gelukkig weet ik genoeg trucjes om toch niet te hoeven eten. Vaak hou ik het eten gewoon heel lang in mijn mond en daarna spuug ik het snel in een servetje. En wat ik pas heb geleerd is om alles gewoon helemaal op te eten en daarna over te geven. Als je eenmaal hebt overgegeven ben je schoon, en als je al dat vuil van het eten naar buiten hebt gewerkt, kun je rustig ademhalen.'*

Inés stopte even en Héctor wilde al tegen haar zeggen dat ze beter kon stoppen, maar voor hij daar de kans toe kreeg, haalde het meisje diep adem en ging verder:

'Ik woon in een dorp in de Pyreneeën, met mijn moeder en mijn jongere zus. Inés is acht. Soms heb ik het met haar over papa en dan zegt zij dat ze zich hem nog kan herinneren, maar ik geloof dat ze liegt. Ik was acht toen hij stierf en zij nog maar vier. Ik geloof dat ik me hem alleen maar broodmager herinner – alsof hij Jezus was, zegt zij. Dat papa sterk was en bomen omhakte, dat hij hard lachte en je zo de lucht in tilde alsof je een pop was, dat kan ze zich niet herinneren. In die tijd lachte mama ook veel meer. Daarna, toen papa voorgoed was gaan slapen, begon ze veel te bidden. Elke dag. Ik hield er ook van om te bidden en later wilde mama dat Inés en ik samen onze eerste communie deden. Dat was mooi: de pastoor vertelde ons verhalen uit de Bijbel en de gebeden leerde ik in een wip uit mijn hoofd. Maar de hosties vond ik vies. Ze bleven aan mijn gehemelte plakken en ik kreeg ze niet doorgeslikt. En je mocht er ook niet op kauwen, want dat is een zonde. Maar Inés vond ze lekker; ze zei dat ze op het laagje leken dat op noga zit. Ik heb de foto van onze communie. Allebei hebben we een witte jurk aan, met een strik in ons haar. Bijna geen enkel meisje van mijn school

deed de eerste communie, maar ik vond het leuk. En mama was erg opgewekt die dag. Ze huilde alleen een beetje in de kerk, maar volgens mij was dat niet omdat ze verdrietig was maar gelukkig.

Ik heb al verteld dat we in een klein dorp wonen; vandaar dat ik elke dag met de bus naar school moet. Ik moet erg vroeg opstaan en meestal is het erg koud. Soms valt er weleens zoveel sneeuw dat de bus ons dorp niet kan bereiken en dan gaan we niet naar school. Maar nu is het zomer en is het warm. In de zomer verhuizen we altijd een tijdje, want mijn moeder is kokkin in een kampeerboerderij. Omdat die boerderij veel groter is dan ons huis en een zwembad heeft, vind ik het daar erg leuk. Bovendien zijn er veel kinderen. Die komen in groepen van twintig met een bus vanuit Barcelona, voor twee weken. Het vervelende daarvan is dat je soms vriendjes maakt en die gaan dan alweer heel snel weg. Sommigen komen het volgende jaar terug, anderen niet. Er is nog een jongetje zoals wij, dat de hele tijd blijft, zo lang het kamp duurt. Mama heeft me verteld dat dat is omdat hij geen moeder heeft en zijn vader altijd aan het werk is. Hij zit dus de halve zomer in het kamp. Samen met zijn oom, een priester die de leiding heeft en wordt bijgestaan door begeleiders. Ik moet mama helpen, maar gelukkig niet zoveel, alleen soms in de keuken. Daarna kan ik lekker gaan zwemmen of met de spelletjes meedoen die er worden georganiseerd. In het begin deed ik dat wel, maar tegenwoordig heb ik er niet zoveel zin meer in. En mama blijft me steeds aan mijn kop zeuren waarom ik niet eet. Maar ze begrijpt me totaal niet. Zij zit alleen maar in de keuken en heeft niet in de gaten wat er buiten gebeurt. Het enige waar ze aan denkt is eten. Soms haat ik haar.

Het is de derde zomer dat we hier zijn en ik weet dat er geen vierde zal komen. Ik heb een van de begeleiders stiekem naar Inés zien kijken. Alleen ik heb dat gezien en ik moet iets doen. Hij kijkt naar haar wanneer ze aan het zwemmen is en zegt dan dingen als: "Je lijkt erg veel op je zus." En dat zal ook wel echt zo zijn want iedereen zegt hetzelfde. Soms gaan we samen voor de spiegel staan om

naar onszelf te kijken en dan zeggen we tegen elkaar dat
we nou toch ook weer niet zóveel op elkaar lijken. Maar
dat doet er niet toe. Het enige wat ik wil is dat zij niet in
zijn nieuwe pop verandert. Of dat ik dat in elk geval niet
hoef mee te maken.'

Joana stond op en ging naast Inés zitten, die dankbaar naar haar
glimlachte alvorens weer verder te gaan met het verhaal van Iris:

'Dit alles is twee zomers geleden begonnen, eind juli, toen
er nog maar één groep kinderen zou komen. Tussen twee
groepen in zijn we altijd een paar dagen alleen. Dat wil
zeggen, mama, Inés, de priester, Marc, zijn neef, en een
paar begeleiders. In die dagen hebben Inés en ik het zwem-
bad helemaal voor ons alleen. Het is net alsof we rijk zijn
en in zo'n groot huis wonen zoals je wel in Amerikaanse
series ziet. Maar omdat Inés niet zo dol is op water, was ik
die dag alleen aan het zwemmen. Daar hou ik erg van en
ik kan het ook goed. Crawl, schoolslag, rugslag ... Op alle
manieren behalve de vlinderslag, die me nooit goed is af-
gegaan. Daarom zei die begeleider dat hij het me zou le-
ren. Hij ging op de rand van het zwembad staan en liet me
zien hoe ik mijn armen en benen moest bewegen. De bege-
leider is behoorlijk knap en heeft veel geduld. Hij wordt
ook bijna nooit kwaad, zelfs niet wanneer de kinderen
zich slecht gedragen en ongehoorzaam zijn. Zo waren we
een tijdje bezig, terwijl ik zwom en hij op de kant stond,
tot ik moe werd. Toen hielp hij me om uit het zwembad te
klimmen, hoewel dat eigenlijk niet nodig was. Omdat het
tegen de avond liep en de zon al was verdwenen, zei hij dat
ik me beter meteen kon afdrogen om het niet koud te krij-
gen. Hij ging achter me staan, wikkelde me in een hand-
doek en begon me enthousiast af te drogen. Hij kietelde me
zelfs en ik moest vreselijk lachen. Net als hij. Maar dat
ging plotseling over. Hij begon me steeds langzamer af te
drogen, terwijl hij diep zuchtte, alsof hij moe was. Hoewel
ik al helemaal droog was, durfde ik niet weg te lopen, en
ik begon me heel raar te voelen. Ik was nog steeds in de
handdoek gewikkeld en hij streelde me door de stof heen.

Vervolgens stak hij zijn hand onder de handdoek. Op dat moment probeerde ik wel weg te glippen, maar hij hield me vast. Het enige wat hij zei was dat ik stil moest zijn, hoewel ik geen woord zei. "Ik zal je heus geen kwaad doen," zei hij. Dat verbaasde me, want ik was helemaal niet op het idee gekomen dat hij dat zou kunnen doen. Hij streek met zijn vinger over mijn been, die als een hagedis over de binnenkant van mijn dij gleed, steeds hoger en hoger. Hij stopte waar mijn zwempak begon, en toen zuchtte hij een paar keer waarna hij zijn vinger eronder stopte. Ik probeerde op alle mogelijke manieren te ontsnappen. Na een nog diepere zucht liet hij me plotseling los.'

'Mijn god!' riep Joana uit, maar Héctor legde haar met een blik het zwijgen op. Leire zei niets. Ze keek Inés alleen maar aan, meegesleept door het verschrikkelijke en overweldigende verhaal.

'Ik heb het mama niet verteld. Aan niemand. Ik had het gevoel dat ik een zonde had begaan, hoewel ik niet goed wist welke. En de begeleider zei verder niets meer, alleen op een half kwade toon: "Ga je aankleden, het is al laat." Alsof ik zijn tijd had verknoeid. Alsof hij me plotseling niet meer wilde zien. De volgende dag kwam hij niet naar het zwembad. Terwijl ik aan het zwemmen was, zag ik hem langslopen en ik riep naar hem: ik wilde hem laten zien dat ik de vlinderslag had geoefend en dat ik die al beter kon dan eerst. Hij keek me alleen maar ernstig aan, zonder iets te zeggen, en liep toen door. Ik had geen zin meer om te zwemmen en klom het zwembad uit. Het was vroeger dan de dag ervoor en nog altijd warm. Ik ging op mijn handdoek liggen om me in de zon te laten drogen. Ik geloof dat ik erop hoopte dat hij zou komen om me nog meer les in vlinderslag te geven, maar dat gebeurde niet. Hij was vast kwaad op me. Ik zei tegen mezelf dat ik niet nog een keer zo gek zou zijn om me door hem te laten afdrogen. Maar de volgende dag kwam er al een nieuwe groep kinderen, samen met begeleiders, en hij had geen tijd meer voor me. Ik ging elke middag oefenen wanneer de kinde-

ren andere activiteiten hadden en het zwembad leeg was. Op een dag vertelde ik hem opnieuw dat ik de vlinderslag al veel beter kon. Hij glimlachte naar me en zei: "Binnenkort kom ik eens kijken naar de vorderingen die je hebt gemaakt."

En hij kwam inderdaad kijken: de laatste dag, toen alle kinderen alweer weg waren. Hij klapte zelfs voor me. En omdat het mama niets kon schelen of ik goed of slecht zwom – zij geeft niets om sport – was ik zo trots als een pauw en erg blij. Toen ik uit het zwembad was geklommen, bleef ik stil bij de kant staan en wachtte tot hij me zou afdrogen. Maar hij gaf me alleen maar van een afstand de handdoek aan. En vervolgens zei hij dat ik een beloning verdiende omdat ik zo mijn best had gedaan om de vlinderslag te leren. "Wat voor een beloning?" vroeg ik. Hij glimlachte. "Dat zul je nog wel zien. Dat is een verrassing. Kom morgen na het middageten naar de grot in het bos en dan zal ik je je beloning geven, oké? Maar zeg het niet tegen Inés, anders wil zij ook wat." Dat was waar. Inés wordt altijd kwaad wanneer ze mij op mijn verjaardag cadeautjes geven. Zo erg zelfs dat mijn moeder en opa en oma ook altijd iets voor haar kopen, ook al is het niet haar verjaardag, maar de mijne. Dus ik had het haar inderdaad niet verteld en de volgende dag wist ik weg te glippen zonder dat ze het zag. Ook aan mama had ik niets verteld, want als ik dat deed zou ik van haar Inés vast moeten meenemen.'

'Je hoeft dit verhaal eigenlijk helemaal niet voor te lezen als je dat niet wilt,' verzuchtte Joana.

Maar Inés gaf met een blik duidelijk te kennen dat ze door wilde gaan en zei: 'Dat weet ik ook wel. Maar het is iets wat ik per se wil doen. Dat ben ik aan Iris verplicht.'

'Dat was twee zomers geleden. Nu ga ik bijna nooit meer naar beneden om te zwemmen. Ik heb geen zin. Ik wil alleen nog maar slapen. Echt slapen, zonder te dromen. Ik heb aan iedereen gevraagd hoe je dat doet, maar niemand kan me dat vertellen. Niemand weet ook maar iets van

wat echt belangrijk is. Van wat echt telt. Het enige wat
mama kan is koken en mij in de gaten houden. Steeds
wanneer we gaan eten let ze op me. Daar kan ik gewoon
niet tegen. Ik hoef haar eten niet. Wanneer ik na het eten
overgeef ben ik tevreden. Eens kijken of ze zo eindelijk
eens gaat begrijpen dat ze me met rust moet laten.

De grot ligt op zo'n twintig minuten lopen van de kam-
peerboerderij. Je moet een heel stuk een helling op door het
bos, maar ik weet precies de weg. Steeds wanneer er een
nieuwe groep kinderen hier komt maken ze een uitstapje
daarnaartoe. Vandaar dat ik er zelfs al de eerste zomer
vier keer ben geweest. Soms loopt een van de begeleiders
vooruit om zich in de grot te verstoppen en de kinderen
aan het schrikken te maken – dat soort dingen. Zoals we
hadden afgesproken, liep ik die dag na het eten naar de
grot. Maar toen ik daar aankwam zag ik niemand. Ik ben
niet bang voor grotten, maar ik had ook geen zin om al-
leen naar binnen te gaan en daarom ging ik in de schaduw
op een rotsblok zitten. Ik hou van het bos: het licht dat
door de takken valt tekent figuren op de grond. En er
heerst een stilte die geen echte stilte is, alsof er muziek in
verborgen zit. Het waaide een beetje, wat erg prettig was
na de klim over die steile helling. Ik keek op mijn horloge,
hoewel ik niet precies wist hoe laat hij zou komen. Maar
het duurde niet zo lang meer. Ongeveer tien minuten later
dook hij op. Hij droeg een rugzak en zei dat mijn verras-
sing daarin zat. Hij was zenuwachtig en keek steeds ach-
terom. Omdat hij flink zweette vermoedde ik dat hij heel
snel hiernaartoe gelopen was. Hij kwam naast me zitten
en glimlachte flauwtjes. "Heb je de verrassing voor me bij
je?" vroeg ik. En daarop begon hij pas echt te glimlachen.
Hij deed de rugzak open en haalde er een zak uit. "Ik hoop
dat je het mooi vindt." Er zat geen papier omheen, dus
keek ik meteen in de zak. "Haal het er maar uit!" zei hij.
Het was een roze bikini. Ik vond hem schitterend. Vervol-
gens zei hij tegen me dat ik hem moest passen om te zien
of het mijn maat was. Ik twijfelde een beetje maar hij zei
opnieuw: "Kom op, ik wil zien hoe hij je staat. Als je je
schaamt om je hier om te kleden, doe je het toch gewoon

in de grot?" Hij had een hese stem. Toen wist ik nog niet dat zijn stem altijd zo klonk als hij opgewonden was of kwaad werd. Behalve hees klonk die stem ook loom, alsof hij zijn woorden langzaam voortsleepte. Als hij zo praatte keek hij altijd de andere kant uit, alsof hij niet met jou in gesprek was. Alsof hij zich schaamde.

Uiteindelijk ging ik me omkleden in de grot en met de bikini aan kwam ik weer naar buiten. Ik liep voor hem op en neer zoals modellen bij modeshows doen. En hij keek op zo'n manier naar me dat ik me opeens heel knap voelde. "Kom even naast me zitten," zei hij vervolgens. Dat probeerde ik maar ik zat niet echt lekker: de aarde en de steentjes die in mijn huid drongen deden me zeer. Daarop haalde hij een handdoek uit zijn rugzak en spreidde die voor ons uit over het rotsblok. We gingen achteroverliggen en zo keken we een tijdje naar het licht dat tussen de boomtakken door viel. Ik vertelde hem over mezelf en daar luisterde hij aandachtig naar. "Je bent beeldschoon," fluisterde hij vervolgens tegen me, terwijl hij mijn haar streelde. Daardoor voelde ik me pas echt het knapste meisje van de wereld.

Ik verstopte de bikini, zoals hij tegen me had gezegd, om te voorkomen dat Inés hem zou vinden. Mijn moeder ontdekte hem natuurlijk en ik zei dat een van de meisjes die op kamp waren geweest hem had laten liggen. Ik glimlachte terwijl ik eraan dacht dat de bikini die hij me cadeau had gedaan ons geheim was, zoals hij had gezegd. Ik deed die bikini pas de volgende zomer weer aan, op de eerste dag dat de begeleiders bij het kamp aankwamen, maar hij zag het niet eens. Net als het jaar ervoor ging ik zwemmen, maar hij had het veel te druk met de andere kinderen om naar me te kunnen komen kijken. Maar toen ik hem later in een gang toevallig tegenkwam zei hij heel ernstig: "In het zwembad mag je alleen met een zwempak aan zwemmen." Daarop gaf hij me een knipoogje en voegde eraan toe: "Maar de bikini kun je aandoen wanneer we elkaar bij de grot zien. Tenslotte ben ik degene die hem je cadeau heeft gedaan." Ik begreep het niet, maar ik knikte. "Kom morgen rond vier uur," zei hij op gedempte toon, "en dan vertel je me wat je het afgelopen jaar allemaal hebt meegemaakt." Ik was opgetogen want ik had hem een heleboel dingen te vertellen – over mijn school, mijn vriendinnen –, maar de waarheid is dat we maar heel weinig praatten. Toen ik bij de grot aankwam, was hij er al en zat op dezelfde handdoek als een jaar geleden. "Je bent laat," berispte hij me, hoewel dat niet waar was. "Ik heb de bikini onder mijn kleren aan," zei ik om zijn boosheid te laten verdwijnen. Toen moest hij lachen en begreep ik dat hij me voor de gek had gehouden, maar toch bleef hij op een kwaaie toon praten. "O ja? Ik geloof je niet. Je komt niet alleen te laat, maar je bent ook nog eens een keer een leugenaarster ..." En lachend pakte hij me bij mijn schouders, drukte me neer op de handdoek en begon me te kietelen. "Eens kijken of het echt zo is," herhaalde hij en hij stak een hand onder mijn kleren om te voelen of ik inderdaad de bikini droeg. "Nou kijk eens, je hebt hem inderdaad aan." Ik moest ook lachen, ook al had hij zweethanden. Kleffe zweethanden. Toen ging hij op me liggen en streelde mijn gezicht, en herhaalde opnieuw dat ik beeldschoon was. "Je bent zelfs nog knapper dan een jaar geleden." Ik schaamde me een beetje en voelde dat ik een kleur kreeg. "Heb je het warm?" vroeg hij. "Ik ga je uitkleden alsof je een pop bent," zei hij glimlachend. Hij praatte weer met die rare stem. Ik liet toe dat hij mijn shirt en mijn broek uittrok. "Je bent mijn pop," herhaalde hij fluisterend. Ik kon hem bijna niet verstaan. Met één hand streelde hij mijn haar, mijn arm, kietelde in mijn nek. Ik sloot mijn ogen. Even later voelde ik een warme vloeistof over mijn buik spuiten. Geschrokken deed ik mijn ogen weer open en ik zag een slijmerige witte vlek. Ik probeerde op te staan omdat ik ervan walgde, maar hij liet dat niet toe. "Sst," herhaalde hij. "Sst ... poppen kunnen niet praten.'"

Leire stond bijna op het punt om de papieren uit Inés' handen te rukken. Héctor, die naast haar zat, pakte haar hand, waarop ze haar ogen sloot en opnieuw naar het verhaal van Iris luisterde:

'Die zomer leerde ik zijn pop te zijn. Poppen doen hun ogen dicht om zich vervolgens te laten strelen. Ook laten ze hun hand pakken om die gewillig naar de plaats te laten brengen waar hun eigenaar hem wil hebben. En ze doen hun mond open om met hun tong te likken, ook al kokhalzen ze daar soms bij. En de braafste poppen vertellen niemand ooit iets. Ze gehoorzamen. Ze protesteren niet. Net als echte poppen moeten ze wachten tot hun eigenaar hen pakt en vervolgens tot hij doodop is van alle spelletjes. Bovendien willen ze per se dat je met ze speelt, ook al zijn er spelletjes waar jij niet van houdt. En wat je als pop vooral niet verdraagt is dat je eigenaar je vergeet of je omruilt voor een nieuwe. Aan het einde van de vorige zomer, op de laatste dag dat we speelden, keek hij me plots aan en zei: "Je bent erg gegroeid." En anders dan de meeste mensen, die dat altijd met een glimlach zeiden, kreeg ik bij hem de indruk dat hij dat juist niet leuk vond. Later keek ik op mijn kamer in de spiegel en zag dat hij gelijk had: mijn lichaam was aan het veranderen. Ik begon borsten te krijgen ... Het was nog maar een eerste begin, maar genoeg om ervoor te zorgen dat de roze bikini binnenkort te klein voor me zou zijn. Toen besloot ik om minder te gaan eten.'

'De klootzak!' flapte Joana er woedend uit.

Inés keek haar aan en terwijl ze instemmend knikte zei ze: 'Ik ben bijna aan het einde.'

'Dit jaar is het 's zomers van het begin af aan anders geweest. Toen de begeleider op het kamp aankwam, keek hij me aan alsof hij me niet herkende. Ik was trots: doordat ik bijna niets at was ik amper dikker geworden. Maar groter was ik wel; dat kon ik nu eenmaal niet tegenhouden. En ik zag dat hij dat merkte, hoewel hij er deze keer niets over zei. Ik probeerde de bikini weer aan te trekken, maar dat ging niet meer, en ik huilde van woede. Hij zei helemaal niets meer over wat er tussen ons was voorgevallen en keek botweg langs me heen, alsof ik niet bestond en hij nooit met me gespeeld had. En toen ik op een dag zelf

*voorstelde bij de grot af te spreken, keek hij me verbaasd
aan. Hij deed net alsof hij niet wist waar ik het over had.
Maar voor één keer in haar leven, zorgde mijn moeder
ervoor dat alles goed kwam. Ze vertelde hem namelijk dat
het slecht met me ging op school en dat ze erg bezorgd over
me was, waarschijnlijk met de bedoeling mij voor schut te
zetten. "Rustig maar, we zullen haar wel helpen," had hij
daarop gezegd. "Ik zal haar 's middags bijles geven wanneer ik maar kan." Daar was ik erg mee in mijn nopjes: we
zouden alleen met z'n tweeën opgesloten zitten in een kamer. Opnieuw voelde ik me weer speciaal.
De eerste dag wachtte ik op hem achter het bureau in mijn
kamer, dezelfde kamer die ik met Inés deel. Die dwaas
nam altijd al haar poppen mee naar het kamp. Terwijl ik
mijn schriften en boeken klaarlegde, keek ik naar die poppen en zei tegen ze: "Vandaag is het mijn beurt, vandaag
komt hij met mij spelen." Maar dat deed hij niet: nadat hij
me een paar wiskundige problemen had uitgelegd, gaf hij
me wat oefeningen te doen. Vervolgens ging hij uit het
raam staan kijken. Toen hij naar me terug kwam gelopen,
merkte ik dat er iets met hem aan de hand was. Zijn ogen
stonden verdwaasd. Daarop zei hij: "Nu, nu." Ik verwachtte dat hij weer met zijn hese stem tegen me zou gaan
praten, me zou aanraken met zijn zweethanden, wat ik in
het begin zo walgelijk had gevonden. Maar hij ging alleen
maar zitten en vroeg: "Hoe oud is je zusje nu?"
Ik haatte hem. Ik haatte hem met alles wat ik in me had.
Eerder had ik hem soms gehaat vanwege de dingen die hij
met me deed en nu haatte ik hem omdat hij die juist niet
meer met me deed. En toen zag ik dat hij meer en meer
toenadering zocht tot Inés. Niemand had dat in de gaten
natuurlijk, behalve ik. Zelfs Inés had het niet door. Ze kan
uren achter elkaar met haar poppen zitten spelen zonder
dat ze in de gaten heeft wat er om haar heen gebeurt. Ze
houdt er niet van om buiten te spelen en ze houdt ook niet
van sport. Zelfs met andere kinderen spelen vindt ze niet
echt leuk: mama zegt altijd dat ze te eenzaam is. Op
school heeft ze maar één vriendin en verder gaat ze bijna
met niemand om. Maar hij had een oogje op haar, dat*

had ik wel in de gaten. En ik lette op haar wanneer ik aan
het lezen was, wanneer mijn moeder toekeek of ik wel at.
Toen besloot ik iets te doen. Ik wist dat er niets anders op
zat, dat de spelletjes van de afgelopen zomer slecht waren;
op school hadden ze het met ons over dat soort dingen
gehad en iedereen had een verafschuwend gezicht getrok-
ken. Ik ook. Dus nu wilde ik hier eens en voor altijd een
einde aan maken, maar ik wist niet goed hoe. En op een
middag, toen de kinderen en de begeleiders een uitstapje
maakten, besloot ik te gaan praten met de priester die de
leiding van het kamp had. Ik wilde hem alles over die be-
geleider recht in zijn gezicht zeggen: dat van de bikini, de
spelletjes bij de grot, zijn zweethanden, ook al schaamde
ik me dood.'

'Fèlix!' riep Joana uit.
'Inderdaad,' antwoordde Inés, 'de eerwaarde Fèlix Castells.'

'Nadat ik op de deur van zijn kantoortje had geklopt, ging
ik naar binnen. En bijna zonder dat ik het zelf in de gaten
had begon ik te huilen. Ik was werkelijk in huilen uitge-
barsten, met alle kracht die ik in me had. Daardoor was
ik bijna niet te verstaan. De priester deed de deur dicht en
zei: "Rustig, rustig, huil eerst maar eens goed uit en daar-
na vertel je me alles, oké? Huilen kan geen kwaad. Wan-
neer je uitgehuild bent, praten we verder." Het leek wel of
mijn tranen nooit ophielden, alsof mijn maag een grote
donkere wolk was waar voortdurend regen uit bleef plen-
zen. Na een tijd begon de wolk op te lossen en hield het op
tranen te regenen. Eindelijk was ik in staat om te praten,
en ik vertelde hem alles, terwijl ik op een oude houten
stoel zat die elke keer als ik me een beetje bewoog kraakte.
Hij luisterde naar me zonder me te onderbreken en stelde
alleen een vraag wanneer ik aarzelde. Hij vroeg of de be-
geleider soms nog verder was gegaan dan ik had verteld,
of hij zijn plasser ook in me gestoken had, en ik zei van
niet. Hij leek opgelucht te zijn door dat antwoord. Plotse-
ling voelde ik geen enkele schaamte meer, geen enkel ver-
langen om nog te huilen, alleen maar de diepe wens om

alles te vertellen. Ik wilde dat de hele wereld wist dat ik
zijn pop was geweest. Toen ik klaar was met mijn verhaal
had ik het gevoel dat ik niets meer in me had. Het enige
wat ik voelde was angst, angst voor wat er vanaf dat mo-
ment zou gaan gebeuren.
Maar er gebeurde niets. Nou ja, de priester zei dat ik tot
rust moest komen, dat hij alles zou regelen, dat ik me
nergens druk over hoefde te maken. "Vertel het aan nie-
mand verder," zei hij. "Dan zullen ze denken dat je alles
hebt verzonnen. Laat het allemaal maar aan mij over."
Dat is nu drie dagen geleden. De begeleider geeft me geen
bijles meer en als ik hem op de gang tegenkom doet hij net
alsof hij me niet ziet. Hij is kwaad op me, dat weet ik heus
wel. Ik weet dat ik me niet als een brave pop heb gedragen.
De een-na-laatste groep kinderen is al vertrokken. Ook hij
is vertrokken, maar hij komt binnen een paar dagen weer
terug. Maar ik heb geen zin om hem nog terug te zien. Ik
wil weg. Ergens heen waar niemand me kan vinden en
waar ik voor altijd kan slapen.'

Er werd plots aangebeld en iedereen schrok. Joana stond op om
open te doen, terwijl Leire haar arm om Inés heen sloeg. Die had de
papieren op de salontafel gelegd en was in tranen uitgebarsten.

Degene die bij Joana aan de deur kwam was wel de laatste die ze
op dat moment hoopte te zien: eerwaarde Fèlix Castells.

38

L eire bleef met Inés in haar armen zitten, die bijna geluidloos huilde, alsof ze er zich voor schaamde. Toen Fèlix binnenkwam staarde iedereen hem aan. Maar Joana barstte onmiddellijk tegen hem uit: 'En was je opgelucht toen Iris je vertelde dat die begeleider haar niet gepenetreerd had? Echt waar, Fèlix?'

Hij keek haar aan zonder een woord te zeggen.

'Heb je echt niets ondernomen?' ging Joana woedend en op beschuldigende toon verder. 'Helemaal niets? Dat meisje had je verteld wat die klootzak met haar had uitgehaald en omdat hij haar toch niet gepenetreerd had, dacht jij dat het allemaal niet zo belangrijk was? Heb je hem niet aangegeven, zelfs niet toen Iris in het zwembad was verdronken?'

Héctor pakte de papieren op die Inés op de salontafel had gelegd.

'Dit zou u eens moeten lezen, eerwaarde. En als God echt bestaat, hoop ik dat hij het u vergeeft.'

Fèlix sloeg zijn blik neer. Hij leek niet in staat om zich te verdedigen, om ook maar één woord ten gunste van zichzelf te zeggen. Hij ging al evenmin zitten, maar bleef tegenover het geïmproviseerde tribunaal staan.

'Geeft u hem nu niet de schuld van alles,' snotterde Inés. Ze duwde Leire zachtjes van zich af en keek de priester aan. 'Wat hij heeft gedaan was niet goed, maar hij heeft dat niet zomaar gedaan. Hij wilde mij beschermen.'

'Inés ...'

'Nee! Ik loop hier al jaren mee rond. Steeds heb ik me schuldig gevoeld en geloofd dat ik een schuld had in te lossen tegenover Iris, dat ik haar levend moest houden, al was het maar symbolisch ... Tot aan Kerstmis vorig jaar, toen ik deze papieren vond en erachter kwam hoe het precies zat. Ik heb ze in Dublin aan Marc laten lezen en hij reageerde hetzelfde als jullie nu. Met walging, met woede, met een diep verlangen om de waarheid te kennen. Maar ik durfde hem niet de hele waarheid te vertellen. Ik heb toegelaten dat hij zijn oom begon te haten, dat hij een wraakactie tegen hem op touw zette om achter de naam van de begeleider te komen.' Inés haalde even diep adem alvorens ze verderging: 'De waarheid is dat ik die bewuste ochtend heel vroeg voetstappen hoorde in de kampeerboerderij. Ik had namelijk niet goed in slaap kunnen komen omdat mama steeds lag te draaien. Toen ik stilletjes de gang op ging, zag ik niemand, hoewel ik zeker wist dat er iemand de trap af was gekomen. Een van mijn poppen lag op de vloer. Die pakte ik op en ik liep ook naar beneden.'

Iris zit in haar nachtpon op de rand van het zwembad, haar blik gericht op de poppen die in het water drijven. Ze heeft de hele nacht geen oog dichtgedaan en alleen maar naar de poppen gestaard. Die zijn van Inés en op dat moment haat ze ze met alles wat ze in zich heeft. Van sommige poppen heeft ze de kop of de armen af getrokken voordat ze ze in het water had gegooid; andere heeft ze geprobeerd naar de bodem van het zwembad te laten zinken. Ze heeft er nog maar eentje in haar hand, de lievelingspop van haar zus, en voordat ze die ook in het water zal gaan gooien, bekijkt ze tevreden haar werk. In het hele zwembad drijven plastic lichaampjes rond. Iris krijgt pas in de gaten dat Inés naar haar kijkt wanneer ze haar stem hoort.

'Wat ben je aan het doen?'

Ze lacht als een bezetene. Inés bukt zich en begint de poppen die het dichtst bij de rand drijven uit het water te halen. Het water is ijskoud, maar ze houdt nu eenmaal veel van haar poppen.

'Afblijven!'

Iris probeert haar zus tegen te houden. Ze grijpt haar beet en sleurt haar weg, maar ook al is Inés kleiner, zijzelf is erg zwak omdat ze bijna niets meer eet. Inés probeert aan de greep van haar zus te ontkomen. Ze worstelen met elkaar vlak naast het zwembad, rollen om en om, tot ze in het water vallen. Dat is ijskoud en Inés voelt dat haar zus haar meteen loslaat. Het lukt haar nauwelijks om boven water te blijven, maar uiteindelijk weet ze spartelend als een hond het trapje te bereiken. Dan kijkt ze achterom. Iris is langzaam boven komen drijven, als een enorme dode pop.

'Zo is het gegaan,' besloot Inés. 'Ik rende bij het zwembad weg en verstopte me. Mama vond me een tijdje later. Mijn haar was nog steeds nat. Ze sloeg haar armen om me heen en zei dat ik me heus geen zorgen hoefde te maken, dat het een ongeluk was geweest, dat de eerwaarde Fèlix alles in orde zou maken.

Er viel een diepe stilte in de woonkamer. Ook de priester was nu gaan zitten, hoewel hij zijn blik nog steeds neergeslagen hield.

'Mijn lieve god,' zei Joana. 'En Marc?'

'Marc wist van niets, Joana,' antwoordde Fèlix. 'Daar heb ik wel voor gezorgd. Zoals ik er ook voor gezorgd heb dat Inés vrijuit ging. Misschien vinden jullie dat het niet goed was, maar ik zweer dat ik naar eer en geweten heb gehandeld.'

'O ja?' vroeg Héctor. 'Ik betwijfel anders of ontucht met een minderjarige verborgen houden "naar eer en geweten handelen" is, eerwaarde. U kende de waarheid. U wist dat Iris woedend was en u wist waar dat door kwam.'

'En wat voor zin had dat dan nog?' riep Fèlix uit terwijl hij rood van woede overeind sprong. 'Iris was toch al dood en dit meisje had geen enkele schuld!' Hij slikte en ging iets kalmer maar nog altijd op kwade toon verder: 'Inderdaad twijfelde ik aan het verhaal dat Iris me had verteld. Misschien ben ik daar te makkelijk overheen gestapt. Ik dacht dat het deels waar was en deels een verzinsel van een problematisch meisje. Maar later, toen Iris eenmaal dood was, kwam ik tot de conclusie dat wanneer ik dit allemaal naar buiten zou brengen, die arme Inés heel wat ellende over zich heen zou krijgen. Haar moeder smeekte me om haar in bescherming te nemen. En ik koos voor de levenden, inspecteur. Ik heb de inspecteur die deze zaak toentertijd onderzocht de waarheid verteld,' zei Fèlix, maar hij hield de naam van Savall natuurlijk voor zich. 'Ik verzocht hem deze zaak niet verder te onderzoeken, in het belang van dit arme kind. En hij ging daarmee akkoord.'

'Maar u had hem vast niet verteld dat hier een pedofiel bij betrokken was, of wel soms? Volgens mij had u het alleen over een ruzie tussen twee zusjes, over een noodlottig ongeluk. En wat is er met die begeleider gebeurd?'

'Met hem had ik ook gepraat,' antwoordde de priester, terwijl hij wist dat wat hij ook zou zeggen, dat niemand van de aanwezigen zou overtuigen, maar desondanks ging hij door. 'Hij had me beloofd dat hij het nooit meer zou doen, dat hij zijn leven zou beteren, dat hij zoiets nog nooit eerder had gedaan en dat ...'

'Iris het zelf had uitgelokt, is het niet?' kwam Leire tussenbeide.

Fèlix schudde zijn hoofd.

'Het was een goede jongen, van goeden huize bovendien. Hij was gelovig en hij had me beloofd dat hij het echt nooit meer zou doen. De Kerk predikt nu eenmaal vergeving.'

'Maar de wet, vader, predikt iets anders,' onderbrak Héctor hem fel. 'Maar het lijkt wel of de Kerk denkt dat ze boven de wet staat.'

'Nee ... ik geloof het niet,' antwoordde Fèlix terwijl hij opnieuw zijn blik neersloeg. 'Ik heb Marc hetzelfde verteld toen hij me kwam opzoeken na zijn terugkeer uit Dublin. Hij wilde de naam van die begeleider weten. Hij was nog maar zes toen dit gebeurde en herinnerde zich natuurlijk nauwelijks nog iets van de begeleiders op het kamp. En ik weigerde om hem die naam te geven. In plaats daarvan zei ik dat hij de hele zaak beter kon vergeten.'

'Maar Marc wilde het niet vergeten,' ging Héctor verder. 'Dat vertelt hij in zijn blog: daar zegt hij dat het doel de middelen heiligt, en verder heeft hij het over wraak, gerechtigheid en waarheid.'

'Ik weet eerlijk gezegd niet wat hij van plan was. Ik heb er daarna niet meer met hem over gesproken,' zei Fèlix, terwijl hij in de richting van Inés keek omdat hij dacht dat zij hier meer van af zou kunnen weten.

'Marc heeft me nooit precies verteld wat hij van plan was,' zei Inés, 'alleen dat het tegen u was gericht. Verder wilde hij er niets over kwijt.'

Héctor keek de priester recht aan.

'Nou, intussen is het de hoogste tijd om de naam van die begeleider te geven, dacht u niet? De begeleider die misbruik van Iris heeft gemaakt en die, in elk geval moreel, verantwoordelijk is voor haar dood. De naam die Marc van u wilde weten.'

De priester knikte.

'Ik heb hem al een hele tijd niet meer gezien, maar gisteren liep ik hem toevallig tegen het lijf bij de Martí's thuis. Hij heet Eduard. Eduard Rovira.'

39

'Smeerlappen!' zei Leire woedend terwijl ze naar het huis van de Rovira's reed. 'Vuile smeerlappen. Ik weet zeker dat voor Fèlix Castells zijn vriendschap met de familie zwaarder woog dan wat Iris is overkomen. Een gelovige jongen van goeden huize die een misstap heeft begaan ...'

Héctor keek haar aan en kon het niet ontkennen.

'Ja, dat heeft ongetwijfeld een rol gespeeld. En verder gekrenkte trots of angst. Hoe kun je anders verklaren dat dit alles zich vlak voor zijn neus heeft afgespeeld zonder dat hij iets in de gaten had? En omdat Iris toch al dood was, was het veel handiger om de hele zaak weg te moffelen.'

Leire reed sneller.

'Ik heb zin om die klootzak te grazen te nemen.'

Eduard Rovira troffen ze thuis aan. Zijn ouders waren er niet en er werd opengedaan door een verraste Aleix, die dacht dat ze voor hem kwamen.

'Ik dacht dat onze afspraak pas morgen was ...'

Héctor pakte hem ruw bij zijn shirt.

'Dadelijk gaan wij even met elkaar praten, maar eerst is je broertje aan de beurt. Is hij op zijn kamer?'

'Boven. Maar u hebt niet het recht om ...'

Héctor gaf hem een flinke klap in zijn gezicht, wat een felrood spoor op zijn wang achterliet.

'Je gebruikt geweld, man!' protesteerde Aleix, terwijl hij Leire vragend aankeek om steun.

'Wat zei je?' vroeg ze. 'Zeg je dat vanwege wat je daar op je wang hebt? Je bent vast door een mug gestoken. In de zomer zijn die er nogal veel. Zelfs in deze buurt.'

Door het lawaai was Eduard zijn kamer uit gekomen. Héctor had Aleix losgelaten en richtte al zijn aandacht op diens broer. Hij probeerde niet te denken aan wat Inés hun nauwelijks een halfuur eerder had voorgelezen, om te voorkomen dat hij weer zo'n vreselijke woedeaanval zou krijgen en helemaal door het lint zou gaan. Met gebalde vuisten bleef hij even doodstil staan. Zijn gezicht moest angstaanjagend zijn, want Eduard deinsde achteruit.

'Je weet donders goed waarvoor we komen, hè?' vroeg Leire, terwijl ze tussen Héctor en Eduard Rovira in ging staan. 'Jullie gaan allebei mee naar het bureau en daar gaan we eens even rustig met elkaar praten.'

Leire sloeg Aleix gade, die, aan de andere kant van de tafel gezeten in de verhoorkamer, niet durfde op te kijken. Het rode spoor op zijn wang was bijna verdwenen, hoewel er nog steeds een lichte verkleuring zichtbaar was.

'We moeten het eens over Eduard hebben, Aleix,' zei ze op zakelijke, neutrale toon. 'Je weet dat je broer ziek is.'

Hij haalde zijn schouders op.

'Kom op. Sinds wanneer weet je dat? Heeft hij soms ook misbruik gemaakt van jou?'

'Nee! Hij houdt niet ...'

'... van jongens. Goed om te weten! Meisjes hebben zijn voorkeur. Wanneer ben je daarachter gekomen?'

'Ik ben niet van plan iets te zeggen.'

'Jawel. Je gaat me wel iets vertellen. Want het kan heel goed zijn dat jouw broer Marc en Gina heeft vermoord om dit alles verborgen te houden. En misschien dat het je van Marc niet zoveel uitmaakt, maar van Gina hield je ...'

'Edu heeft niemand vermoord! Hij wist hier tot gisteren zelfs helemaal niets van.'

Leire ging voorzichtig te werk, want als ze het verkeerd aanpakte kon dat haar lelijk opbreken.

'Als dat zo is, moet je praten, Aleix. Probeer me er maar van te overtuigen. Wanneer ben je erachter gekomen dat Eduard op kleine meisjes viel?'

Aleix keek Leire recht aan; ze begreep dat hij al zijn mogelijkheden naging en ze hoopte dat hij zou gaan praten.

'Ik weet er niets van,' zei hij uiteindelijk.

'Dat weet je wel ... Je bent een erg nieuwsgierige jongen, Aleix. En bepaald geen sukkel.'

Aleix glimlachte.

'Nou, een paar jaar geleden, toen hij hier 's zomers was heb ik wat dingen op zijn computer gezien. Ik kan namelijk heel goed wachtwoorden kraken. Maar helaas zult u niets kunnen bewijzen, want er staat al niets meer van op zijn computer,' zei hij met een stralende glimlach. 'Geen spoor.'

Aleix keek haar uitdagend aan omdat hij haar te slim af was geweest.

Nou, je wordt hartelijk bedankt, klootzak, dacht Leire. Maar ik pak je toch wel, ook al doe je nog zo stoer.

'En toen Marc uit Dublin was teruggekomen, vastbesloten om die knul te vinden die misbruik had gemaakt van Iris, heb jij eens even goed nagedacht en ben je tot de conclusie gekomen dat het Eduard weleens kon zijn geweest, niet? Je herinnerde je nog vaag dat hij begeleider op de zomerkampen van Fèlix Castells was. Jouw ouders en de Castells kunnen het ook overduidelijk goed met elkaar vinden. Marc herinnerde zich Eduard niet eens en kende jou ook nog niet toen dit allemaal gebeurde. En Eduard loopt al jaren op vrije voeten rond ... Om sociaal werk te doen. En spelletjes te spelen met kleine meisjes ...'

Aleix keek haar aan zonder zijn blik neer te slaan.

'Dat zijn uw woorden, niet de mijne.'

Leire zweeg. Ze begreep dat ze op een cruciaal punt in het verhoor was aangeland, het punt waarop ze iets uit hem zou kunnen krijgen wat ze nog niet wist. Ze moest nu dan ook beslist met een vraag op de proppen komen waardoor ze hem te slim af zou zijn.

In de verhoorkamer ernaast zat Eduard stil en geïntimideerd tegenover een gespannen Héctor, die hem op kwade toon ondervroeg. Hij hield hem uitgebreid voor, tot in de kleinste details, wat er in het dagboek van Iris stond.

'Bovendien heb je vreselijke pech,' besloot hij zijn verhaal. 'Want het mag dan zijn dat gevallen van ontucht, om een voor mij onbegrijpelijke reden, na vijftien jaar verjaren, de zomer waarin dit speelde is dertien jaar geleden. Heb je trouwens weleens gehoord wat ze in de gevangenis met pedofielen doen?'

Eduard trok wit weg en het leek of hij zich zo klein mogelijk probeerde te maken.

'Nou, in jouw geval zal het zelfs nog erger zijn, want ik zal er persoonlijk voor zorgen dat de bewakers dit aan de gevangenen vertellen. Dan kunnen ze er tussen neus en lippen ook nog aan toevoegen dat je een rijkeluiszoontje bent dat jarenlang aan justitie heeft weten te ontkomen dankzij de connecties van zijn pa,' zei Héctor, en hij glimlachte triomfantelijk toen hij het angstige gezicht van die worm zag. 'Als er twee dingen zijn waar gevangenen een pesthekel aan hebben, dan zijn het wel pedofielen en rijkeluiszoontjes. Echt, ik zou niet graag in jouw schoenen staan wanneer je door een paar van die gasten in een hoek gedreven wordt ... terwijl de bewakers de andere kant uit kijken.'

Eduard leek bijna van zijn stokje te gaan. Zo, daar wilde ik je hebben, dacht Héctor.

'Maar natuurlijk, als je een beetje meewerkt, doe ik misschien wel precies het tegenovergestelde; dan vraag ik aan de bewakers of ze je willen beschermen, omdat je eigenlijk een prima knul bent, die slechts een paar kleine foutjes heeft gemaakt.'

'Wat wilt u weten?'

'Wat heeft je broer tegen je gezegd?'

Leire wilde net haar vraag gaan stellen toen Héctor met een ernstig gezicht de verhoorkamer binnenkwam en recht op Aleix afstevende om op gedempte toon tegen hem te zeggen:

'Eduard heeft me heel wat uit de doeken gedaan, jongen. Bij het vooruitzicht om in de gevangenis te belanden is hij plots erg spraakzaam geworden.'

Vervolgens ging hij vlak bij Aleix op de rand van de tafel zitten en ging verder: 'Ik heb intussen dan ook een duidelijk beeld van je gekregen. Wil je het horen?'

Aleix haalde zijn schouders op.

'Geef antwoord als ik je iets vraag.'

'U gaat het me hoe dan ook vertellen, niet?' antwoordde hij.

'Inderdaad. Je bent een slimme jongen. Erg slim. In elk geval op school. De beste van de klas, de leider van je medeleerlingen. Een knappe jongen met een rijke familie achter zich. Maar je weet verdomd goed dat er in die familie heel wat duistere zaakjes verborgen worden gehouden. Niemand kan jou wat schelen, behalve Eduard; die is speciaal. Voor hem heb je heel wat over ...'

Aleix keek Héctor aan.

'Edu heeft me jaren geleden erg geholpen.'

'Ja, precies ... Daarom kon je niet toestaan dat Marcs plan zou slagen. Het was weliswaar nogal een gedurfd plan, maar het had succes kunnen hebben en dan had het er voor die dierbare Eduard van je erg slecht uitgezien. Heb je Marc daarom vermoord: om te voorkomen dat zijn plan effect zou sorteren?'

'Nee! Ik heb u al honderd keer gezegd dat ik Marc niet heb vermoord. En Edu al evenmin ...'

'Nou op dit moment wijst anders alles in jullie richting.'

Aleix keek van Héctor naar Leire. Hij zag geen enkel begrip op hun gezichten. Ten slotte boog hij zijn hoofd achterover, sloot zijn ogen en zuchtte diep. Toen hij ze weer opendeed begon hij langzaam te praten, bijna opgelucht.

'Marc was pisnijdig op zijn oom omdat hij weigerde te zeggen wie die begeleider was. En daarop kreeg hij dat idiote idee ...' vertelde Aleix, en hij zweeg even om meteen weer verder te gaan. 'U weet dat natuurlijk allang, hè? Ik neem tenminste aan dat u die USB-stick bij Gina thuis hebt gevonden.'

Leire wist niet waar hij het over had, maar ze knikte: 'Ik had geluk. Ik had hem gevonden toen jij alweer weg was.'

'Nou dan hebt u het allemaal al gezien. De foto's van Natàlia, klaar om op de computer van Marcs oom te worden gezet. Het had op zich best leuk kunnen zijn om te zien wat voor verbaasd gezicht de eerwaarde Castells zou trekken als hij zijn computer aanzette en de foto's van zijn naakte nichtje zou ontdekken, samen met nog wat meer foto's die Marc van internet had gehaald. Bovendien had hij er echt een heleboel gemaakt, terwijl zijn nichtje sliep. U weet toch wel dat Chinese meisjes erg in trek zijn bij pedofielen?'

Leire probeerde een onverschillig gezicht te trekken, ook al walgde ze hier vreselijk van. In gedachten probeerde ze alle puzzelstukjes aan elkaar te passen, maar ze twijfelde over haar volgende vraag. Héctor kwam echter meteen tussenbeide: 'Het zou erg moeilijk voor de eerwaarde zijn geweest om het hoe en waarom van die foto's uit te leggen als iemand hem had betrapt.'

'Natuurlijk. En voor één keer zou zijn priesterboordje hem niet tegen de geruchten beschermen. Integendeel zelfs.'

'Geruchten zoals jullie die op school over een van de leraressen hadden verspreid,' zei Héctor – iets wat hem zojuist te binnen was geschoten.

Aleix glimlachte flauwtjes.

'Inderdaad. Wat een slet. Ik vond een keurig profiel van haar op internet. Daar kopieerde ik de foto's van, die ik een beetje aanpaste door bepaalde verleidelijke vormen nog beter te laten uitkomen. Ik schreef er een andere tekst bij en vervolgens stuurde ik die naar al haar mailcontacten. En niet alleen naar haar persoonlijke contacten, maar ook naar al haar collega's, inclusief de directeur. Dat was fantastisch!'

'En hetzelfde dacht Marc te doen met de contacten van zijn oom met de foto's van Natàlia,' voegde Héctor eraan toe.

'Ja, zoiets. Eigenlijk wilde Marc het alleen maar gebruiken om zijn oom onder druk te zetten. Dankzij de paar foefjes die hij van mij had geleerd wist hij het wachtwoord van zijn ooms e-mail te kraken. Zijn plan was heel eenvoudig. Eerst wilde hij de foto's van Natàlia op zijn computer installeren, vervolgens wilde hij na de Sint-Jansnacht zijn oom bellen om hem voor het blok te zetten: óf hij gaf hem de naam van die begeleider, óf hij zou al die afschuwelijke foto's die hij op zijn computer had gezien naar al zijn contacten mailen. Omdat hij zijn wachtwoord had kon hij dat zo vanuit zijn eigen huis doen. Ziet u de gezichten van Enric, Glòria, de collega's van de priester, de oudervereningingen al voor u als ze plotseling een e-mail van Fèlix Castells zouden krijgen waarin naaktfoto's van zijn nichtje te zien waren?'

'Wat een ploertenstreek!' zei Leire. 'Was hij echt van plan dat te doen bij een man die hem had opgevoed, die bijna een vader voor hem was geweest?'

Aleix haalde zijn schouders op.

'De veronderstelling van Marc was dat zijn oom ging praten. Dat hij uit wanhoop die naam zou hebben onthuld. En dan zou hij zijn bedreiging niet hoeven uit te voeren. Hij vond het trouwens ook helemaal niet zo erg om zijn oom eens even flink te laten schrikken, want eigenlijk trad hij op als de beschermheer van een pedofiel.'

'En dacht Marc dat het hem zou gaan lukken?'

Aleix knikte.

'Het kon natuurlijk faliekant de mist in gaan als Fèlix alles zou ontkennen, maar ... De tijden zijn wat dit betreft niet bepaald gunstig voor de Kerk. Marc dacht dat zijn oom nooit zijn reputatie op het spel zou zetten om die begeleider de hand boven het hoofd te houden ... Ik probeerde hem van zijn plan af te brengen door hem te wijzen op de risico's ervan. Ik hield hem voor dat dit geen kwajongensstreek meer was en dat als ze hem zouden betrappen, het er voor hem en Gina heel slecht zou uitzien. Zo wist ik hem ervan te overtuigen om het plan in elk geval een paar dagen uit te stellen. Ik zei hem dat we er goed over moesten nadenken om geen vergissingen te begaan en hij ging ermee akkoord om het uit te stellen tot na de toelatingsexamens voor de universiteit. Daarna had hij het er niet meer over, maar door Gina kwam ik erachter dat hij er achter mijn rug om gewoon mee was doorgegaan.'

'En dat kon jij niet toestaan ... Dus wist je Gina ervan te overtuigen de USB-stick niet aan Marc te geven,' ging Héctor verder.

'Dat was heel eenvoudig. Ze was stinkend jaloers op dat meisje uit Dublin en daarmee heb ik haar flink onder druk gezet. Bovendien was ze erg gevoelig,' zei hij glimlachend. 'Te gevoelig ... Die foto's van Natàlia vond ze afschuwelijk. Marc had ze op een USB-stick gezet om ze niet op zijn eigen computer te hebben. Ik had Gina ertoe aangezet hem ervan te overtuigen dat het beter was dat zij die stick bewaarde, totdat hij de foto's op de computer van zijn oom zou zetten.'

'En dat wilde hij in de Sint-Jansnacht gaan doen,' zei Leire, die zich herinnerde dat Fèlix toen niet in Barcelona was, maar met zijn broer, diens vrouw en hun kind naar vrienden was gegaan. 'Maar Gina had die stick niet bij zich toen ze naar het feestje bij Marc thuis kwam, waardoor hij vreselijk kwaad werd,' ging Leire zelfverzekerd verder, dankbaar gebruikmakend van het relaas dat Rubén haar had gedaan: 'Kwaad op jou en Gina, en toen spoelde hij ook nog eens alle coke door de wc die jij die avond wilde verkopen. Coke die je trouwens nog steeds moet betalen. Je probeerde Marc tegen te houden en in de schermutselingen gaf je hem een klap. Het shirt dat Marc droeg kwam onder de bloedvlekken te zitten. Daarom had hij daarna een ander aangetrokken.'

'Zo is het ongeveer gegaan ...'

'Jij beweert dat je daarna naar huis bent gegaan en je broer heeft dat bevestigd, maar jullie alibi is nu niet erg geloofwaardig meer, vind je niet?'

Aleix boog zich over de tafel.

'Het is echt waar! Ik ben naar huis gegaan. Edu was thuis, maar ik heb hem hier niets over verteld. Mijn god, ik heb het hem gisteravond alleen maar verteld omdat ik geld nodig heb om die cokedealers te betalen. Als dat niet zo was geweest, zou ik hem nooit iets hebben verteld. Hij is tenslotte ... mijn broer.'

Leire keek Héctor aan. Aleix leek de waarheid te spreken. Héctor trok zich echter niets van Leire aan en ging op een hoek van de tafel zitten.

'Aleix, wat ik echt niet snap is dat een slimme jongen zoals jij zo'n stomme fout begaat. Hoe heb je ooit kunnen toestaan dat Gina zich over die stick ontfermde? Jij had alle touwtjes in handen en je wist dat ze niet te vertrouwen was ...'

'Dat heb ik ook helemaal niet toegestaan!' protesteerde hij. 'Dezelfde dag dat u haar kwam ondervragen heb ik die stick aan haar gevraagd. Maar ze vergiste zich en gaf me de verkeerde. Weet u, ik ben inderdaad slimmer dan jullie allemaal. Hebt u de tekst bij de hand van Gina's afscheidsbrief? Herinnert u zich die? Gina zou nooit zoiets geschreven hebben! Zij zou altijd leestekens hebben gebruikt en afkortingen waren taboe. Dat kwam door haar vader, die schrijver is.'

Héctor keek Aleix zwijgend aan. Daarop stelde Leire op zelfverzekerde toon een vraag: 'Wat stond er dan op die stick, Aleix?'

'Aantekeningen over kunstgeschiedenis. Maar wat doet dat er eigenlijk toe?'

Leire leunde achterover in haar stoel. Ze hoorde dat Héctor doorging Aleix vragen te stellen, maar ze begreep dat dat geen enkele zin meer had. Dat Aleix Marc niet had vermoord, en Gina al evenmin. Hij was een klootzak, die het verdiende dat de dealers hem eens flink onder handen namen, maar hij was geen moordenaar. En zijn broer, die schijnheilige pedofiel, ook niet.

Zonder iets te zeggen ging ze de verhoorkamer uit om te bellen. Ze hoefde alleen maar iets van Regina Ballester te weten, Gina's moeder.

40

Terwijl ze op de witte bank in het huis van de Castells zaten te wachten tot Glòria klaar was om Natàlia in bad te doen en naar beneden zou komen, constateerde Héctor dat de woonkamer dezelfde kalme sfeer uitstraalde als de laatste keer dat ze hier waren. Maar nu hij naar het met smaak ingerichte interieur keek en de zachte muziek op de achtergrond hoorde, begreep hij dat dat niet meer dan decor was. Een valse kalmte.

Tevoren hadden Leire en hij uitgebreid besproken wat hun volgende stap in deze zaak moest zijn. Hij had aandachtig naar haar gezichtspunt geluisterd en de onvermijdelijke conclusie waartoe haar redenatie leidde. Maar toen ze uiteindelijk duidelijk hadden wie de moordenaar van Marc – en waarschijnlijk ook van Gina – moest zijn, viel het Héctor plots in wat hij eerder tegen Joana had gezegd: 'Dit kan heel goed zo'n zaak zijn die nooit wordt opgelost.' Want ook al kenden ze de waarheid, de bewijzen waarover ze beschikten waren minimaal. Zo minimaal zelfs dat het er nu op aankwam dat de dader zichzelf zou verraden doordat alle spanning hem te veel werd en hij door zijn angst zijn koelbloedigheid verloor. Vandaar dat Héctor de knoop resoluut had doorgehakt en alleen naar de Castells was gegaan. Want voor wat hij van plan was, waren twee personen gewoon te veel.

Enric Castells was moe, zag Héctor. Hij had dikke wallen onder zijn ogen.

'Ik wil niet onbeleefd zijn, inspecteur, maar ik hoop dat u er een goede reden voor hebt om hier op zondagavond op bezoek te komen. Ik weet niet of het tot u is doorgedrongen dat dit weekend nu niet bepaald gemakkelijk voor ons is geweest ... Gisteren moesten we een paar goede vrienden gaan condoleren van wie de dochter zelfmoord heeft gepleegd, wat misschien wel de nekslag is voor ...' zei hij zonder zijn zin af te maken. 'Echt, ik ben alleen nog maar daar mee bezig ...'

Hij streek met zijn handen over zijn gezicht en zuchtte diep.

'Ik wil dat dit eindelijk eens afgelopen is,' zei hij daarop. 'Eens kijken of Glòria nu snel naar beneden komt ... Kunnen we niet alvast zonder haar beginnen?'

Héctor stond net op het punt te herhalen wat hij al had gezegd toen hij binnenkwam, namelijk dat hij de medewerking van hen allebei nodig had omdat er nieuwe, verontrustende bewijzen op tafel waren gekomen in verband met Marcs dood, toen plotsklaps Glòria verscheen.

'Eindelijk!' riep Enric uit. 'Duurt het nou zo lang om dat meisje in bad te doen?'

Zijn harde toon verraste Héctor erg. Enric had het niet over 'Natàlia' of 'mijn dochter', maar heel onpersoonlijk over 'dat meisje'.

Glòria deed net alsof ze niets had gehoord en ging naast haar man zitten.

'Nou, steekt u eindelijk eens van wal, inspecteur. Vertelt u ons eens waarvoor u gekomen bent,' zei Enric.

Héctor keek het echtpaar, dat wel een soort koude oorlog leek te voeren, recht aan en zei: 'Ik ga u een verhaal vertellen dat zich jaren geleden heeft afgespeeld, in een zomer toen Marc nog maar zes was. Een zomer waarin er een meisje is overleden dat Iris Alonso heette.'

Héctor meende aan Enrics gezicht te kunnen zien dat ook hij intussen de blog van Marc had gelezen. Hij wist niet hoe hij achter het bestaan ervan was gekomen, maar het was duidelijk dat de naam Iris niet nieuw voor hem was. Héctor ging door met zijn relaas en vatte voor hen het verhaal over misbruik en dood samen, zonder in overbodige details te treden. Vervolgens vertelde hij over de ontmoeting van Inés en Marc in Dublin en het besluit van de laatste om de waarheid aan het licht te brengen door middel van een plan waarbij hij Fèlix onder druk wilde zetten, omdat die had geweigerd hem de naam van de bewuste begeleider te geven; een smerig plan waarvoor hij Natàlia had gebruikt door naaktfoto's van haar te maken, die Héctor, zonder een blad voor de mond te nemen, uitgebreid beschreef, hoewel hij ze helemaal niet had gezien. Ondertussen observeerde hij de reactie op hun beider gezichten nauwlettend. Hij zag wat hij van tevoren al had verwacht: op Enrics gezicht was een zenuwachtige belangstelling te zien, op dat van Glòria walging, haat en stomme verbazing. Uiteindelijk vertelde hij hun over wat Aleix allemaal had uitgehaald om te voorkomen dat de naam van zijn broer aan het licht zou komen. Kortom, Héctor gaf beknopt maar duidelijk de stand van zaken weer.

'Inspecteur,' antwoordde Enric, die aandachtig naar Héctor had geluisterd, 'wilt u soms beweren dat mijn zoon mijn broer probeerde te chanteren? Dat zou hij nooit doen. Daar ben ik zeker van. Uiteindelijk zou hij er spijt van hebben gekregen.'

Héctor schudde zijn hoofd om zijn twijfel uit te drukken.

'Dat zullen we nooit weten. Marc en Gina zijn dood,' zei hij, terwijl hij zijn hand in zijn zak stak en de stick tevoorschijn haalde die Aleix hem een uur geleden had gegeven. 'Dit is de USB-stick die Gina hiervandaan heeft meegenomen en die ze later aan Aleix heeft gegeven. Maar hier staat geen enkele foto op. Eigenlijk is hij ook helemaal niet van Gina of van Marc, maar van u, Glòria, of niet soms?'

Glòria gaf geen antwoord, maar het was goed te zien dat haar hand, die ze op de bankleuning had gelegd, verkrampte.

'Het zijn uw aantekeningen van de universiteit. Miste u die niet?'

Enric keek haar verbouwereerd aan.

'Ik heb de afgelopen dagen niet veel tijd gehad om te studeren, inspecteur.'

'Dat geloof ik graag. U had het natuurlijk erg druk met andere zaken.'

'Wat wilt u insinueren?' baste Enric op zelfverzekerde toon, de toon van de heer des huizes die onder geen beding toestaat dat iemand in zijn eigen huis zijn verwanten beschuldigt.

Héctor liet zich echter niet intimideren en ging op kalme, bijna vriendelijke toon verder.

'Ik insinueer dat het noodlot iedereen even hard heeft getroffen. De stick met de foto's erop heeft een paar dagen hier gelegen voordat Gina hem zou meenemen. En Natàlia, speels en onschuldig als ze is, deed iets wat ze erg leuk vindt. Glòria, uzelf hebt agent Castro verteld toen die hier was dat ze geregeld in uw spullen rommelde. Ze pakte dan ook de stick met de foto's en legde die naast de computer van haar moeder, en de stick die u op uw bureau had liggen, met de aantekeningen van de studie die u volgt, bracht ze naar Marcs kamer. En Marc, die die foto's niet op zijn computer wilde hebben, gaf de stick aan Gina zonder dat hij had gemerkt dat Natàlia die verwisseld had. Maar u ... U opende op uw computer de stick die niet voor u bestemd was en zag de foto's van Natàlia: naaktfoto's van uw dochter, die u verschrikkelijk leken. U wist dat Marc bekend had dat hij een video van een schoolkameraad op internet had gezet. U vertrouwde hem voor geen cent en hield ook niet van hem. Tenslotte was u ook niet zijn moeder ...'

Glòria werd vuurrood, maar zei niets. Ze probeerde op alle mogelijke manieren haar kalmte te bewaren, hoewel ze zich krampachtig aan de bankleuning vastklampte.

'Heb je die foto's echt gezien?' vroeg Enric. 'Je had me er helemaal niets over verteld ...'

'Nee,' kwam Héctor tussenbeide. 'Ze had u niets verteld omdat ze had besloten het recht in eigen hand te nemen en Marc zelf te straffen, nietwaar?'

Enric Castells veerde overeind.

'Ik sta niet toe dat u zo tegen mijn vrouw praat, inspecteur!' riep hij uit, maar in zijn ogen stond duidelijk twijfel te lezen. Hij keerde zich langzaam naar zijn vrouw, die doodstil bleef zitten, als een konijn dat is behekst door de koplampen van een auto. 'In de Sint-Jansnacht heb je niet bij mij geslapen ... Je was bij Natàlia in bed gaan liggen. Je zei dat ze bang was voor de harde knallen van de rotjes.'

De spanning was om te snijden. Glòria wachtte even met haar antwoord, omdat ze wilde voorkomen dat haar stem zou trillen.

'Inderdaad. Ik heb bij Natàlia geslapen. Bewijs maar eens dat dat niet zo is.'

'Weet u,' kwam Héctor weer tussenbeide, 'ik kan u van één kant goed begrijpen, Glòria. Het moet verschrikkelijk voor u zijn geweest om die foto's te zien zonder dat u wist wat ze nog meer met uw dochtertje hadden uitgespookt. U vreesde het ergste. Iedere moeder zou zo hebben gereageerd. Moederliefde is erg sterk. Sterk en meedogenloos. Zelfs de vriendelijkste dieren slaan hard toe als het erop aankomt hun jongen te beschermen.'

Héctor zag twijfel in haar ogen. Maar Glòria liet zich niet gemakkelijk vermurwen.

'Ik ben niet van plan nog langer met u te praten, inspecteur. Als mijn man u niet de deur uit zet, doe ik het zelf.'

Maar Enric leek de laatste woorden van zijn vrouw niet te hebben gehoord.

'Toen we 's morgens vroeg na het Sint-Jansfeest halsoverkop terugreden naar Barcelona, moesten we onderweg stoppen om te tanken. Dat bedenk ik me nu pas. Fèlix reed, want ik voelde me te ellendig om achter het stuur te gaan zitten. Maar ik weet zeker dat we de tank op de heenweg niet zo ver hadden leeggereden ... Ik vond dat toen al een beetje vreemd, maar ik heb er verder geen aandacht meer aan besteed ...'

Daarop richtte hij zich tot zijn vrouw en vroeg zwakjes: 'Glòria, heb jij ... een moord begaan? Heb je echt mijn enige kind vermoord?'

'Je enige kind!' schreeuwde Glòria hem fel en verbitterd toe. 'En wat is Natàlia dan? Wat zou je hebben gedaan als ik jou dat van die foto's had verteld? Dat zal ik je eens piekfijn uitleggen: niets! Je zou opnieuw met smoesjes en vergoelijkingen aan zijn komen zetten, zoals altijd ... Er is niets aan de hand met het kind, het was een grapje, zo zijn jongeren nu eenmaal ... En wat heb je gezegd toen Marc die video op internet had gezet? "Hij heeft een moeilijk leven gehad, zijn moeder heeft hem in de steek gelaten ..." En Natàlia dan? Al die jaren die ze in een weeshuis heeft moeten doorbrengen, tellen die niet mee? Voor jou is ze zelfs helemaal geen dochter. Ze heeft je nooit geïnteresseerd!'

Glòria keek Héctor aan. Ze hoopte dat hij haar zou begrijpen en dat ze haar daad op de een of andere manier zou kunnen rechtvaardigen.

'Ik kon het Marc niet vergeven, inspecteur. Deze keer niet. Wie weet wat hij mijn kind nog meer had kunnen aandoen?' zei ze zonder dat ze zich nog kon inhouden. 'Inderdaad, in de Sint-Jansnacht had ik je gezegd dat ik bij Natàlia ging slapen, maar in werkelijkheid reed ik terug naar Barcelona zodra ik hoorde dat je in slaap was gevallen. Daar had ik zelf trouwens goed voor gezorgd, geloof mij maar. Ik wist eigenlijk niet goed wat ik van plan was. Ik dacht om Marc dat van die foto's onder zijn neus te wrijven en hem te verplichten te vertrekken zonder dat jij er iets van zou merken. Ik wilde hem niet langer in ons leven hebben. Toen ik bij ons huis arriveerde, kwam Aleix net naar buiten. Ik zag dat het licht op de zolderkamer aanging en vervolgens weer uit. Even later zag ik dat Marc op de vensterbank ging zitten. Ik stak snel de straat over en eenmaal binnen liep ik regelrecht naar boven. Toen ik op de zolderkamer kwam, zat hij nog steeds op de vensterbank en op dat moment kon ik me niet meer inhouden: ik rende op hem af en gaf hem een harde duw ... Het gebeurde in een opwelling ...'

En daarna zette ze de asbak die op de vensterbank stond zonder erbij na te denken terug op zijn plaats, dacht Héctor, zonder dat hardop te zeggen.

'Maar dat je Gina vermoordde was bepaald geen opwelling, Glòria,' zei Héctor. 'Dat was een moord in koelen bloede, en nog wel op een jong, onschuldig meisje ook ...'

'Onschuldig? Ik geloof dat u niet alle foto's hebt gezien, inspecteur! Die hadden Marc en zij samen gemaakt. Dat deden ze op een avond dat ze hier was gekomen om op Natàlia te passen. Ook Gina stond zelfs op een paar foto's, hoewel ze die vermoedelijk later wilden wissen.'

'Maar ze hebben Natàlia geen enkel kwaad gedaan,' mompelde Héctor. 'Ook al hadden ze het niet moeten doen, ze wilden alleen maar een pedofiel vangen.'

'Maar dat wist ik niet. Mijn god, dat wist ik niet! En ik zei tegen mezelf dat als Marc had moeten sterven, dat ook voor haar gold. Bovendien ...'

'Bovendien wist u niet eens dat Gina die nacht hier was blijven slapen; toen u daar later achter kwam, raakte u in paniek. U had geluk dat Gina zo dronken was dat ze meteen in slaap was gevallen en niets had gemerkt. Maar toen u ons hier zag verschijnen en begreep dat de zaak nog niet was afgesloten, schrok u. U dacht met een geënsceneerde zelfmoord een punt achter deze hele zaak te kunnen zetten. U ging de avond dat Regina haar man op het vliegveld ophaalde naar haar huis, zogenaamd om met haar te praten, en daarbij hebt u haar ongetwijfeld iets toegediend, zoals u ook bij uw man had gedaan in de Sint-Jansnacht. Vervolgens hebt u haar in de badkuip gelegd en meedogenloos haar polsen doorgesneden. Ten slotte schreef u een valse afscheidsbrief, waarbij u de stijl van jongeren probeerde te imiteren.'

'Zij was even slecht als hij,' antwoordde Glòria vol van haat.

'Nee, Glòria, slecht waren ze niet. Ze mochten dan jong en verwend zijn, en een beetje van het rechte pad afgedwaald, maar slecht waren ze niet. De enige slechterik hier bent u. En uw grootste straf zal niet de gevangenis zijn, maar om van uw kind te worden gescheiden. Neemt u maar van mij aan dat Natàlia een betere moeder verdient.'

Enric Castells staarde met open mond naar het tafereel dat zich vlak voor zijn neus afspeelde. Hij was zelfs niet in staat een woord uit te brengen toen Héctor zijn vrouw arresteerde, haar rechten voor haar opdreunde en haar naar buiten geleidde. Als een hart in staat zou zijn om uit eigen beweging te stoppen, dan was dat bij Enric Castells op dat moment ongetwijfeld gebeurd.

41

Héctor verliet om halfelf 's avonds het bureau in de wetenschap dat hij nu weer terug moest naar zijn eigen woning, hoewel hij daar helemaal geen trek in had. Behalve dat hij al zesendertig uur niet had geslapen, had hij een houten kop, een vieze nicotinesmaak in zijn mond en een lege maag. Hij wilde nu eerst een luchtje scheppen en daarna een lange douche nemen om zich een beetje te ontspannen en weer op krachten te komen.

De stad leek uitgestorven te zijn in deze hete zondagnacht. Zelfs de weinige auto's die er nog reden leken zich traag en loom voort te bewegen, alsof de bestuurders ook nog de allerlaatste druppeltjes uit hun vrije dag wilden persen.

Hoewel hij in het begin nog stevig doorliep, had hij zijn tempo stukje bij beetje aangepast aan het lome ritme op straat. Hij had er alles voor overgehad om ook zijn geest tot rust te brengen en de stroom van beelden die er door hem heen trok stop te zetten. Hij wist uit ervaring dat dat slechts een kwestie van tijd was, dat alle gezichten die hij nu steeds weer voor zich zag op den duur door de afvoerput van de vergetelheid zouden worden weggespoeld. Er waren er echter een paar die hij desondanks nu liever nog niet vergat: het geschrokken en schijnheilige gezicht van Eduard Rovira, bijvoorbeeld. Want ook al had hij hem zelf met de gevangenis gedreigd, hij wist dat het moeilijk zou worden om hem voor de rechter te brengen. Maar in elk geval, zei hij bij zichzelf, moest hij voor de rest van zijn leven de schaamte dragen te zijn ontdekt en de minachting van zijn familie ondergaan. Daar zou Héctor trouwens zelf zo snel mogelijk voor zorgen: types als Eduard verdienden geen greintje medelijden.

Hij haalde diep adem. Morgen stond hem nog heel wat werk te wachten. Met Joana praten en afscheid van haar nemen, op bezoek gaan bij Carmen in het ziekenhuis ... En zich verontschuldigen tegenover commissaris Savall. Misschien dat zijn optreden jaren geleden in de zaak van Iris geen schoonheidsprijs verdiende, toch had hij niet uit eigenbelang gehandeld – integendeel. Hoe dan ook had hij geen enkel recht gehad om op de rechterstoel te gaan zitten. Dat kon hij beter aan mensen als de eerwaarde Castells overlaten. Morgen, dacht hij, morgen stel ik orde op zaken. Vannacht kon hij toch niets meer doen. Vanuit het bureau had hij nog wel naar Leire gebeld om haar te vertellen dat haar vermoeden klopte. Dat verdiende ze. En misschien dat zonder haar deze zaak wel nooit zou zijn opgelost. Ze was intelligent, dacht hij. Erg intelligent. Hij had trouwens niet erg lang met haar gepraat, want hij merkte onmiddellijk dat ze niet alleen was. Op de achtergrond had hij een mannenstem duidelijk iets horen vragen. 'Ik zal je niet verder lastigvallen,' had hij gezegd, 'morgen praten we verder.' 'Oké,' had zij geantwoord. 'Maar dit moeten we wel vieren, hè? En deze keer betaal ik.' Er viel een korte stilte – zo'n betekenisvol moment waarop er zonder woorden iets lijkt te worden gezegd. Maar na de gebruikelijke groet, hadden ze toch opgehangen zonder er nog iets aan toe te voegen.

Terwijl Héctor voor een stoplicht stond te wachten, haalde hij zijn mobieltje tevoorschijn om te kijken of hij intussen een sms van Ruth had ontvangen. Het was bijna elf uur; misschien was ze nog onderweg. Ondertussen was het al bijna een maand geleden dat hij Guillermo had gezien en toen hij de zebra overstak zei hij bij zichzelf dat dat niet opnieuw mocht gebeuren. Hij wilde beslist geen afwezige vader zijn, zoals Enric Castells voor zijn zoon was geweest. De verantwoordelijkheid voor een kind kon weliswaar gedeeld worden, maar de band die je met hem had niet. We zijn de speelbal van het lot, dacht hij. Enric stond er nu immers alleen voor en had nog wel de verantwoordelijkheid voor een kind, een meisje dat hij niet eens als zijn dochter beschouwde.

Hij was nu bijna thuis en hij kreeg het opnieuw benauwd bij de gedachte dat hij naar binnen moest gaan. Het huis waar hij jarenlang had gewoond leek hem nu een sinistere plek, besmet door Omar en zijn moordenaars. Zo is het wel genoeg, zei hij tegen zichzelf. Omar is dood en zijn moordenaars zitten in de cel. Wat wilde hij nog meer? Opgemonterd door deze gedachte stak hij de sleutel in het slot, en net toen hij naar binnen stapte ging zijn mobieltje over. Het was Guillermo.

'Guille. Geweldig! Ben je alweer terug?'

'Nee ... Papa, luister eens ... Heb je nog iets van mama gehoord?'

'Nee. Ik heb pas nog met haar gebeld ... vrijdag, dacht ik,' antwoordde hij en het kwam hem voor alsof dat al een eeuw geleden was, in plaats van een paar dagen. 'Ze zei dat ze jou op de terugweg zou oppikken.'

'Inderdaad, dat had ze tegen mij ook gezegd. We hadden afgesproken dat ze tussen negen en halftien hier zou zijn.'

'Is ze er nu dan nog niet?' vroeg Héctor terwijl hij geschrokken op zijn horloge keek.

'Nee. Ik heb haar gebeld maar ik krijg geen antwoord. Carol weet ook niet waar ze zit,' zei Guillermo. Even viel hij stil en toen ging hij verder op een toon die niets kinderlijks had maar meer als die van een bezorgde volwassene klonk: 'Papa, sinds ze jou vrijdagochtend heeft gesproken, heeft ze niets meer van zich laten horen.'

Onder aan de trap die naar zijn woning leidde, met zijn mobieltje nog steeds in zijn hand, schoot het Héctor opeens te binnen wat Martina tegen hem over dokter Omar had gezegd, over de voodoorituelen waarmee hij bezig was, over de video die Ruth had gekregen: 'Maak je daar maar niet druk over, de dokter is dood, hij kan je niets meer doen ...'

Het koude zweet brak Héctor uit.

nu

Het is nu alweer zes maanden geleden dat Ruth verdween. Niemand heeft nog iets van haar vernomen sinds die vrijdag dat ze besloot naar het appartement van haar ouders te gaan. We weten niet eens zeker of ze daar ooit is aangekomen, want haar auto werd in Barcelona gevonden, vlak bij haar huis. We hebben haar foto gepubliceerd, affiches verspreid, haar huis onderzocht. Ik heb hoogstpersoonlijk die zogenaamde advocaat verhoord die Omar had vermoord en ben tot de conclusie gekomen dat hij hier niets mee te maken heeft. Die vervloekte dokter had met een gemeen glimlachje tegen hem gezegd dat ik zwaar zou gaan boeten. De advocaat dacht dat dat weer zo'n loze bedreiging was die hij wel vaker uitte. Ik zou het zelf ook niet serieus hebben genomen, maar nu ben ik erachter dat de dokter het echt meende. Niets is erger dan in onzekerheid te moeten leven, in een schimmige wereld vol twijfels. Ik waar als een spook door de stad rond om naar alle gezichten van de voorbijgangers te kijken, in de hoop dat van Ruth plotseling ergens te zien. Ik weet dat ik haar ooit zal vinden, levend of dood. Ik moet hoe dan ook aan mijn zoon uitleggen wat zijn moeder is overkomen. Dat ben ik hem verplicht. Als ik nog altijd niet gek geworden ben, heb ik dat aan hem te danken. Aan hem en aan mijn vrienden. Ook zij hebben de handdoek niet in de ring gegooid. Ze weten dat ik koste wat kost de waarheid wil achterhalen en dat ik niet zal stoppen voor ik dat heb bereikt.

Woord van dank

Nu het moment daar is om mijn dank uit te spreken, besef ik pas hoeveel mensen er op de een of andere manier aan hebben bijgedragen om dit boek tot een goed einde te brengen. Er zijn gewoon te veel namen om op te noemen. Maar laat ik beginnen met de familie en vrienden die me hebben moeten verdragen – en ook hebben gesteund – tijdens de maanden dat ik dit boek schreef (inderdaad, Montse, ik heb het hier vooral over jou) en die me op momenten dat ik het echt niet meer zag zitten letterlijk het huis uit hebben gesleurd (dank je wel, Pedro!).

Dank aan het hele team van Random House Mondadori, in het bijzonder de mensen van de redactieafdeling, met wie ik al jaren samenwerk als vertaler.

Aan Silvia Querini en Ana Liarás, van wie ik bijna alles heb geleerd wat ik van boeken weet. Het is een genot om met mensen samen te werken die, ook al zitten ze al jaren in het uitgeversvak, nog altijd enthousiast kunnen raken over een goede roman.

Aan Justyna Rzewuska, voor haar geloof, vertrouwen en inspanning.

Aan het team van Debolsillo dat, met Joan Díaz aan het hoofd, vertrouwen in mij had om dit project uit te voeren.

Aan María Casas, voor de 'gedurfde' ideeën die ze me voorstelde, alsof het de normaalste zaak van de wereld was.

Aan Gabriela Ellena, voor haar nauwkeurigheid en haar niet-aflatende inzet.

En natuurlijk zou het onvergeeflijk zijn om mijn uitgever, Jaume Bonfill, ongenoemd te laten. Zonder zijn geduld, zijn kritisch vermogen en toewijding zou deze roman gewoon nooit tot stand zijn gekomen.

Dank aan hen allen en aan vele anderen.